中國新聞史研究輯刊

六 編

主編　方　漢　奇

副主編　王潤澤、程曼麗

第 6 冊

新時期國家族群認同與
邊疆少數民族影像傳播研究（下）

尹　興　著

花木蘭文化事業有限公司

國家圖書館出版品預行編目資料

新時期國家族群認同與邊疆少數民族影像傳播研究（下）／
尹興 著 — 初版 — 新北市：花木蘭文化事業有限公司，2022
〔民 111〕
目 4+260 面；19×26 公分
（中國新聞史研究輯刊 六編；第 6 冊）
ISBN 978-986-518-687-6（精裝）
1.CST：國族認同 2.CST：少數民族 3.CST：邊疆民族
4.CST：視覺傳播
890.9208   110022046

ISBN-978-986-518-687-6

9 789865 186876

中國新聞史研究輯刊
六 編 第六冊   ISBN：978-986-518-687-6

新時期國家族群認同與
邊疆少數民族影像傳播研究（下）

作　　者　尹興
主　　編　方漢奇
副 主 編　王潤澤、程曼麗
總 編 輯　杜潔祥
副總編輯　楊嘉樂
編輯主任　許郁翎
編　　輯　張雅淋、潘玟靜、劉子瑄　美術編輯　陳逸婷
出　　版　花木蘭文化事業有限公司
發 行 人　高小娟
聯絡地址　235 新北市中和區中安街七二號十三樓
　　　　　電話：02-2923-1455／傳眞：02-2923-1452
網　　址　http://www.huamulan.tw 信箱 service@huamulans.com
印　　刷　普羅文化出版廣告事業
初　　版　2022 年 3 月
定　　價　六編 7 冊（精裝）台幣 20,000 元

新時期國家族群認同與
邊疆少數民族影像傳播研究（下）

尹興 著

目次

第三章　新時期邊疆少數民族電影
　　　　　國族文化認同研究

導　言

　　按照通常的理解，作為人類資源關係中最基本的結群方式，「族群」是由共同血緣、語言與文化傳播衍生而成的認同群體。而「擬血緣認同群體」的「國族」概念則包含於廣義的「族群」範圍中，其「同出一源」的凝聚力情感在於成員們篤信一共同的「歷史文化記憶」，可視為「主觀認同」所構成的群體。上述從擁有「歷史文化共性」的族群轉變為具有「主觀認同」的國族，無疑是一個漫長複雜的過程。遵循「想像的社群」的論述邏輯，「國族」由歷史記憶來形塑，同時借助歷史記憶來調整。該歷史記憶存在一種被歷史學家稱為「歷史心性」的模式化敘事傾向——一種族群在歷史文化中建構，與社會群體息息相關的文化意識。我們在文化所界定的語言、詞彙、符號中認識歷史，同時又不斷複製、改變、創新各種文化符碼，以延續維持各式族群邊界乃至國族邊界。毋庸置疑，在表徵傳承共同「歷史心性」的過程中，作為重要文化符碼的「少數民族電影文本」舉足輕重。〔註1〕

　　需要警醒的是，「國族」化的過程並非一廂情願的文化想像，其間既存在政治經濟平等與否的內容，也包含因為文化差異導致的認同與否問題。由於

<hr>

〔註 1〕明珂《英雄祖先與弟兄民族：根基歷史的文本與情境》，北京：中華書局，2012年，第 7～31 頁。

地緣政治、話語權和歷史發展等原因，與複雜的現實文化境遇相比對，少數民族電影文本非常容易在表徵實踐領域時產生明顯的裂痕和衝突。在人類歷史長河中，制度上的種族不平等與文化上的種族偏見都源遠流長、由來已久。如何擺脫主體民族的本質主義定性和潛意識扭曲？如何真正保障少數民族的生存和文化權益而又不至於落入種族主義的泥沼？上述問題成為少數民族電影文化傳播研究的重要難題，一如皮埃爾・安德烈・塔吉耶夫所言：「反種族主義的根本兩難命題是：必須尊重差別，一邊保持人類的多樣性；或是混合的義務，一邊實現人類的同一性。」〔註2〕

正因為如此，1980 年代以來，一批呈現特定民族高度文化自覺的電影作品「在多元化的全球倫理與民族認同的集體意識中得到高度的肯定，成就為一種民族史和電影史雙重意義上的新民族電影。」〔註3〕如維吾爾族題材電影《阿凡提》（1980 年，肖朗導演，北京電影製片廠）、《艾里甫與賽乃姆》（1981年，傅傑導演，天山電影製片廠）、《熱娜的婚事》（1982 年，廣春蘭導演，天山電影製片廠）、《邊鄉情》（1983 年，張昌源導演，天山電影製片廠）、《努爾尼莎》（1984 年，阿不都拉導演，天山電影製片廠）、《神秘駝隊》（1985 年，廣春蘭導演，天山電影製片廠）、《不平靜的鞏巴克》（1986 年，唐光濤導演，廣春蘭導演，天山電影製片廠）、《少女・逃犯・狗》（1987 年，達奇導演，天山電影製片廠）、《強盜與黑天鵝》（1988 年，吳蔭循導演，廣西電影製片廠）、《快樂世界》（1989 年，廣春蘭導演，天山電影製片廠）、《男子漢舞廳的女明星》（1990 年，廣春蘭導演，天山電影製片廠）、《火焰山來的鼓手》（1991 年，廣春蘭導演，天山電影製片廠）、《阿凡提二世》（1991 年，吐依貢導演，天山電影製片廠）、《求愛別動隊》（1992 年，廣春蘭導演，天山電影製片廠）、《滾燙的青春》（1993 年，廣春蘭導演，天山電影製片廠）、《廣州來了新疆娃》（1994 年，王進導演，天山電影製片廠）、《戈壁來客》（1995 年，廣春蘭導演，天山電影製片廠）、《庫爾班大叔上北京》（2002 年，李晨聲導演，天山電影製片廠）、《吐魯番情歌》（2006 年，西日扎提・亞合甫導演，天山電影製片廠）、《一夢十七年》（2007 年，嚴高山導演，天山電影製片廠）、《買買提的

〔註2〕〔法〕皮埃爾・安德烈・塔吉耶夫《種族主義源流》，北京：生活・讀書・新知三聯書店，2005 年，第 13 頁。

〔註3〕李道新《中國電影：國族論述及其歷史景觀》，北京：中國電影出版社，2013年，第 178 頁。

2008》（2008 年，西日扎提・亞合甫導演，天山電影製片廠）、《紅色馬甲》
（2009 年，董新文導演，天山電影製片廠）。

藏族題材電影有《第三女神》（1982 年，劉玉河導演，長春電影製片廠）、
《神奇的綠寶石》（1983 年，馬紹惠導演，峨眉電影製片廠）、《車輪四重奏》
（1984 年，瞿家振導演，上海電影製片廠）、《無情的情人》（1986 年，陳國
軍導演，珠江電影製片廠）、《松贊干布》（1988 年，揚吉友丹增等導演，西藏
電視臺）、《布達拉宮秘史》（1990 年，張一導演，峨眉電影製片廠）、《西藏小
子》（1992 年，元彪導演，香港嘉禾電影有限公司）、《孔繁森》（1995 年，陳
國星導演，北京電影製片廠）、《紅河谷》（1996 年，馮小寧導演，上海電影製
片廠）、《益西卓瑪》（2000 年，謝飛導演，北京電影製片廠）、《極地營救》
（2002 年，智磊導演，上海電影製片廠）、《喜馬拉雅王子》（2006 年，胡雪
樺導演，雲南電影製片廠）、《青藏線》（2007 年，馮小寧導演，中國電影集團
公司出品）、《岡拉梅朵》（2008 年，戴瑋導演，中國電影集團公司出品）、《尋
找智美更登》（2009 年，萬瑪才旦導演，喜馬拉雅影視文化）、《新康定情歌》
（2010 年，江平導演，中國電影集團公司出品）、《西藏往事》（2011 年，戴
瑋導演，北京格蘭海闊傳媒）。

蒙古族題材電影有《玉碎宮傾》（1981 年，高天紅導演，長春電影製片
廠）、《阿麗瑪》（1981 年，葛根塔娜導演，內蒙古電影製片廠）、《重歸錫尼河》
（1982 年，烏蘭導演，內蒙古電影製片廠）、《綠野晨星》（1983 年，賽夫導
演，內蒙古電影製片廠）、《森吉德瑪》（1985 年，陳達導演，內蒙古電影製片
廠）、《成吉思汗》（1986 年，詹相持導演，內蒙古電影製片廠）、《荒漠中的獅
子》（1987 年，卓格赫導演，內蒙古電影製片廠）、《天堂之路》（1988 年，雲
文耀導演，內蒙古電影製片廠）、《婚禮上的刺客》（1989 年，李育才導演，阿
布爾導演，內蒙古電影製片廠）、《騎士風雲》（1990 年，賽夫導演，阿布爾導
演，內蒙古電影製片廠）、《義重情深》（1991 年，孫天相導演，阿布爾導演，
內蒙古電影製片廠）、《保鏢哈斯爾》（1992 年，劉雲舟導演，福建電影製片
廠）、《東歸英雄傳》（1993 年，賽夫導演，內蒙古電影製片廠）、《悲情布魯克》
（1995 年，賽夫導演，北京電影製片廠）、《白駱駝》（1997 年，石學海導演，
廣西電影製片廠）、《成吉思汗》（1998 年，賽夫導演，內蒙古電影製片廠）、
《愛在他鄉》（2000 年，陳軍導演，山西電影製片廠）、《綠色的夢》（2001 年，
趙國華導演，內蒙古電影製片廠）、《天上草原》（2002 年，賽夫導演，內蒙古

電影製片廠）、《心跳墨脫》（2003 年，哈斯朝魯導演，內蒙古電影製片廠）、《白魂靈》（2004 年，賽夫導演，內蒙古電影製片廠）、《季風中的馬》（2004 年，寧才導演，內蒙古電影製片廠）、《生死牛玉儒》（2005 年，周友朝導演，紫禁城出品）、《圖雅的婚事》（2006 年，王全安導演，西安電影製片廠）、《尼瑪家的女人們》（2007 年，卓·格赫導演，內蒙古電影製片廠）、《額吉》（2008 年，寧才導演，卓·格赫導演，內蒙古電影製片廠）、《斯琴杭茹》（2009 年，巴音導演，卓·格赫導演，內蒙古電影製片廠）、《藍色騎士》（2010 年，卓·格赫導演，內蒙古電影製片廠）

此外，還有哈薩克族題材電影《草原槍聲》（1980 年，孟慶鵬導演，天山電影製片廠）、《姑娘墳》（1982 年，唐光濤導演，天山電影製片廠）、《戈壁殘月》（1985 年，趙心水導演，長春電影製片廠）、《魔鬼城之魂》（1986 年，張鳳翔導演，天山電影製片廠）、《在那遙遠的地方》（1993 年，滕文驥導演，西安電影製片廠）、《風雪狼道》（2006 年，高峰導演，天山電影製片廠）、《鮮花》（2010 年，西爾扎提·牙合甫導演，天山電影製片廠）、《永生羊》（2011 年，高峰導演，天山電影製片廠）；以及壯族題材電影《幽谷戀歌》（1981 年，吳國疆導演，長春電影製片廠）、傣族題材電影《孔雀公主》（1982 年，朱今明導演，北京電影製片廠）、景頗族題材電影《應聲阿哥》（1982 年，王君正導演，兒童電影製片廠）、朝鮮族題材電影《初春》（1982 年，呂紹連導演，長春電影製片廠）、白族題材電影《神奇的劍塔》（1984 年，梁延鐸導演，上海電影製片廠）、裕固族題材電影《姐姐》（1984 年，吳貽弓導演，上海電影製片廠）、瑤族題材電影《霧界》（1984 年，郭寶昌導演，廣西電影製片廠）、錫伯族題材電影《現代角鬥士》（1985 年，白德彰導演，長春電影製片廠）、哈尼族題材電影《黑林鼓聲》（1985 年，陳鷹導演，珠江電影製片廠）、彝族題材電影《奢香夫人》（1986 年，陳獻玉導演，浙江電影製片廠）、侗族題材電影《鼓樓情話》（1987 年，李小瓏導演，廣西電影製片廠）、苗族題材電影《血鼓》（1990 年，姜樹森導演，廣西電影製片廠）、回族題材電影《血誓》（1990 年，高天虹導演，瀟湘電影製片廠）、黎族題材電影《白沙恨》（1992 年，周康渝導演，瀟湘電影製片廠）、傈僳族題材電影《抗暴生死情》（1992 年，邱麗莉導演，雲南電影製片廠）、獨龍族題材電影《獨龍紋面女》（1993 年，謝洪導演，峨眉電影製片廠）、土家族題材電影《男人河》（1998 年，鄭克洪導演，青年電影製片廠出品）、党項族題材電影《西夏路迢迢》（1998 年，池沁

寧導演，西安電影製片廠）、鄂倫春族題材電影《最後的獵鹿者》（2000 年，石學海導演，長春電影製片廠）、摩梭族題材電影《馬背上的法庭》（2005 年，劉傑導演，雲南電影製片廠）、傈僳族題材電影《碧羅雪山》（2010 年，劉傑導演，雲南電影製片廠）等影片。

　　上述影片一方面以特定族群記憶為核心、表徵出明確的文化自覺；另一方面又在全球多元化語境下的國族認同與集體意識中得到高度認可。最終，中國少數民族電影文化超越疆域、種族、信仰的界限，皈依全民族普世的核心文化價值觀，並進入中國民族史、中國電影文化史的軌道，重啟中國電影的文化精神再塑。其內視角的族群記憶與外視角的國族文化認同在不同程度上或改變、或沿襲少數民族對傳統文化的認知方式，進而改變其寄託感情和傳播思想的途徑。

第一節　新時期邊疆少數民族電影：作為身份認同的族群記憶

　　在新時期眾媒時代語境下，少數民族的族群身份認同與信息傳播，特別是族群「集體歷史記憶」性質的信息傳統關係密切。我們可以從以下兩方面加以檢討：

　　其一，主體確認「自我身份」的重要標示為所接受或傳播媒介信息的內容與方式。「由於佔據共同的地域，種族背景和文化傳統不同的人群（people）獲得了一種文化一致性（cultural solidarity），進而可以維持一個民族的存在（a national existence）。」〔註4〕對此，文化人類學家和社會學家通常使用「同化」（assimilation）、「涵化」（acculturation）或者「文化同化」（culture acculturation）之類的學術話語來描述兩個不同民族的文化「碰撞」的過程和結果。再者，「共享記憶」的媒介信息並且「整合融入共同生活」，能幫助族群個體確定其文化身份。這類媒介信息在圈定人們精神思想疆域的同時，也固化其特定的「記憶認同空間」。毋庸置疑，當代的集體記憶有相當部分是藉助電影提供的素材建立而成。依賴共有傳統、集體記憶、歷史遺產，催化了個人文化身份認同，鞏固了集體認同的凝聚性。「通過塑造記憶，電影傳媒得以決定人的身

〔註 4〕〔美〕米爾登‧M‧戈登《同化的性質》，馬戎主編《西方民族社會學經典讀本——種族與族群關係研究》，北京：北京大學出版社，2010 年，第 91 頁。

份認同，進而緊密聯繫了『懷舊、傳播和身份認同』三個概念。」〔註5〕電影傳播帶來的文化認同媒介效果既受到受眾意願的限制，又受到新來文化是否積極參與並且接受群體社會意願程度的影響。

本節以「新時期邊疆少數民族電影」作為研究個案，之所以選擇「集體記憶——信息傳播——身份認同」的路徑，原因在於：其一，邊疆地區游牧民族與主體民族相比，具有不同的文化生態、宗教信仰、生活方式以及社會結構。這使得邊疆地區的文化身份認同危機頻頻出現，邊疆地區少數民族亦成為研究「身份認同」的典型範例；其二，邊疆地區文化多元混雜，少數民族個體在異域文化的衝擊下，極易產生身份認同危機；其三，較之使用強硬的意識形態手段來重塑規訓少數民族國族身份，以電影為代表的大眾傳媒使用逼真直觀的影像讓「身份認同」成為邊疆地區少數民族的文化自覺，並形成新的文化記憶組織形式。

一、民族語言的靜默書寫

語言文字具有抽象性和穿透力，而電影主要以人物對白、獨白、畫外音以及特定的場面調度、鏡頭剪輯來表情達意，以此體現語言文字的魅力。「電影通過影像（image）和聲音（sound）來講故事。電影話語是再現生產和理解現實，以及把意義固定下來的過程。在這個意義上，它們反映了權力關係——也就是說，會存在主導話語和邊緣話語。」〔註6〕新中國成立以來，共計出品了 300 多部少數民族題材電影故事片（還有大量少數民族題材新聞紀錄片和科教片）。這些影片的編導多為漢族、對白也大多為漢語，在影片的生產消費體系中表徵出強烈的政治意識形態導向功能。「以靜默書寫與艱難發聲的民族語文，21 世紀前後中國的新民族電影就此在中國電影文化史上獨樹一幟。」〔註7〕

建國初期的少數民族電影即表徵出強烈的政治意識形態色彩，1953 年中央電影局和東北電影製片廠聯合出品的影片《草原上的人們》為典型一例。

〔註 5〕祈林《作為身份認同的鄉愁——以香港電影的懷舊意蘊為例》，何成洲主編《跨文化視野下的文化身份認同》，北京：北京大學出版社，2011 年，第 242 頁。
〔註 6〕〔英〕蘇珊·海沃德《電影研究關鍵詞》，鄒贊等譯，北京：北京大學出版社，2013 年，第 135 頁。
〔註 7〕李道新《中國電影：國族論述及其歷史景觀》，北京：中國電影出版社，2013 年，第 178 頁。

該片取材自蒙古族作家瑪拉沁夫的同名小說，片頭處薩仁格娃與桑布暢想美好的社會主義新圖景：「我們種草、點電燈，馳騁在草原上，建設祖國的邊疆。」（影片對白）1953 年時值抗美援朝、鎮壓反革命的歷史時代大背景，男主角桑布把反革命分子的破壞行徑比喻為「狼跑到羊群裏去了」，以爭當打狼模範為榮。而在片中無處不在的宣傳式標語、口號式對白、蒙古包中的領袖像，呈現出一個「符號過剩」的世界。

1963 年，八一電影製片廠推出李俊導演的藏族題材電影《農奴》。該片主流話語鮮明、富於政治意識形態導向功能。影片中，活佛把用於叛亂的槍支藏在佛像的肚子裏；老奶奶在前去寺廟為農奴強巴求護身符的路上跌入河中；「衛教軍」焚燒經書、強姦尼姑，甚至最後活佛放火燒毀寺廟……影片《農奴》畫面構圖新穎，明暗對比強烈，造型獨特。導演選用全部是第一次走上銀幕的藏族農奴演員，呈現出真摯飽滿的本色氣質。值得提醒的是，影片「善於從西藏宗教文化和民俗自然風情中，選擇富於特徵性的情節與場面，隱晦、含蓄地揭示了這一特定文化的矛盾與衝突……」（如強巴奶奶以虔誠之心，傾其所有，去寺廟為孫兒求得保平安的護身符，不僅未能護祐孫兒平安，她自己在半路倒在了河流中，一紙護身符亦隨河水流逝……「白度母」視而不聞不問。再如，更頓老喇嘛一生辛苦，泥塑佛像，金塗佛面，功德無量。可是恰恰在大佛「開光」之日，老喇嘛雙目失明了，連他親手塑造的佛面也未看到。）片頭的空鏡頭從高山烏雲搖到喇嘛寺廟的金頂，再搖到陰沉神秘的寺廟，伴以時斷時續凝重的長號聲，讓人感到一種被原始、野蠻籠罩著的宗教氛圍，令人沉重壓抑，暗示出舊西藏的社會環境氛圍。〔註8〕

對此，有論者總結到：「影片展現了創作者對舊西藏宗教的態度，『打碎鐵索的菩薩兵』『全中國統一富強的祥光』……解放軍在藏民心目中也被賦予了濃厚的宗教色彩。在虔誠的藏民心中，菩薩兵和紅星正在漸漸取代舊的宗教偶像。」〔註9〕強巴是具有很強典型意義的銀幕形象，他從不是啞巴變成啞巴（由獨立的主體到身份的喪失，成為丟失主體意識的農奴形象的隱喻），再由啞巴變成不是啞巴（恢復主體身份和自我認同，獲得話語權），是對百萬農

〔註8〕鄭雪來主編《世界電影鑒賞辭典》，福州：福建教育出版社，2013 年，第 206～209 頁。

〔註9〕王迪主編《通向電影聖殿》，北京：中國電影出版社，1993 年，第 111～112 頁。

奴命運富於哲理象徵意味的藝術凝練。強巴三次背老爺、三次摔老爺的行動，則把農奴的個體命運和時代的歷史命運結合起來。在影片快要結束的時候，格桑與蘭尕兄妹相認，強巴與蘭尕重逢。強巴開口說的第一句話就是高呼「毛主席」。

事實上，新中國成立至今出品了 400 部左右的少數民族題材故事片，片中畫外音和對白大多為漢語普通話，同時又表徵出強烈的政治意識形態功能。「上述影片的『大漢族主義』和政治意識導向並不能為其創作者的少數民族身份、少數民族地區電影製片機構的標籤所改變。」〔註10〕這似乎在當年全國的觀眾中形成了定勢的刻板印象，無論是撒尼族姑娘阿詩瑪，還是壯族歌手劉三姐，都在說著純真的普通話、用漢語唱出家喻戶曉的動聽歌聲。

受制於「大漢族中心主義」和強烈的政治意識形態導向，新中國少數民族題材電影在言說本民族的內向族群記憶過程中，既缺少開放的文化自覺，又表現出身份定位、文化認同的迷茫。概而言之，新中國少數民族題材電影的本民族語文書寫不僅遭遇發聲艱難，而且承受著文化衝突的失落。在這樣的語境下，使用本民族母語作為劇中人物的對白與心靈獨語，內在的言說本族群的集體記憶、喚起本民族觀眾普遍共鳴的「新民族電影」成為重要的研究課題。其中，萬瑪才旦的藏族題材電影《靜靜的嘛呢石》、蒙古族導演塞夫、麥麗絲的《騎士風雲》等片可以視為重要代表。

二、類型電影與民族風格的重合樣式

對於蒙古族導演塞夫和麥麗絲而言，如何既保證電影的蒙古族民族品位、少數民族「電影作者」的藝術趣向，又在電影市場體制內不失去票房保障的商業娛樂性，的確是一個難以克服的困境。麥麗絲談到：「在電影走上商業化市場化道路的今天，我們一方面要深入挖掘，創作好的劇本，學習利用好現代高新技術，拍出有藝術性、思想性、觀賞性、有競爭力的民族題材影片。同時我們要利用國家扶持少數民族文化發展的政策建立起自己的發行放映機構，擁有一條民族電影的院線，一條龍的產業鏈，形成一個良性循環。」〔註11〕不難

〔註10〕李道新《中國電影：國族論述及其歷史景觀》，北京：中國電影出版社，2013年，第 179 頁。

〔註11〕麥麗絲《產業化是民族電影發展的必由之路》，牛頌、饒曙光主編《全球化與民族電影——中國民族題材電影的歷史、現狀和未來》，北京：中國廣播電視出版社，2012 年，第 22 頁。

發現，依賴民族風格與類型電影的有效重合，塞夫、麥麗絲的系列蒙古族電影在取得不俗票房、深刻表現本民族盪氣迴腸的英雄史詩同時，成功克服了文化矛盾、實現民族文化有效傳播。

　　首先需要指出的是，塞夫、麥麗絲系列電影和美國傳統的西部片電影類型不同，後者「之所以不能夠以至高無上的豪邁精神寫作傳統意義上的英雄史詩，是因為征服美洲的歐洲人已不是上古時代的『草莽英雄』。」〔註12〕傳統西部片往往「以美國西部拓荒時期為主要故事背景，反映文明與蠻荒、個人與社會、本民族與異域文明等基本矛盾的類型電影」〔註13〕片中的西部英雄憑靠一己之力，藉助個人英雄主義情懷來戰勝邪惡。由此，西部英雄在「自我拯救」的同時進行「自我揚棄」，最終實現「自我救贖」、恢復舊日秩序，完成道德神話的重建。塞夫、麥麗絲系列電影中「馬上動作類型片」方為其核心的類型要素。其次，傳統動作類型影片中，打鬥的動作場面往往佔據絕大篇幅；塞夫、麥麗絲系列電影即依靠「馬上動作特技」來博取觀眾的視覺興奮點。影片出色的鏡語剪輯節奏以及外部攝影機運動形成頗具特色的場面調度動感效果。但與其他動作片不同的是，塞夫、麥麗絲系列電影又呈現出別具一格的故事敘事結構。它的臺詞設置和故事敘述雖然也涉及傳統動作片常有的英雄傳奇、兒女情長、打鬥冒險；但猶如俄羅斯套娃一般，在內層的動作場面之外，包裹著家國情懷的主要敘事訴求。這使其與傳統動作片簡單展示武術技藝、滿足觀眾對攻擊欲的宣洩相比較，有了更深層次的意義表達。

　　事實上，塞夫、麥麗絲導演的《騎士風雲》和《東歸英雄傳》就可以視作少數民族風格電影與「中國西部動作類型片」結合的範例，兩者相互糅合為一種「馬上動作片」的特殊影片樣式。《東歸英雄傳》片中的山口馬戰、火馬衝營等經典橋段無不存在「馬」這一對象細節。這些形式各異、豐富多彩的馬上動作「不同於港臺動作片的常規套路，突顯蒙古民族特點的同時，將馬背民族的風采展現得淋漓盡致。」〔註14〕為了滿足影片發生在中亞地區伏爾加河流域的歷史要求，兩部影片都前往新疆取景。森林河流、古代遺址、雪山峽谷、大漠落日為影片的「民族風格化」增色不少。《東歸英雄傳》的動作

〔註12〕田卉群《探尋：中國電影的本土化與類型化之路》，北京：中國電影出版社，2009 年，第 63～64 頁。

〔註13〕郝建《影視類型學》，北京：北京大學出版社，2002 年，第 107 頁。

〔註14〕賈磊磊《中國武俠電影史》，北京：文化藝術出版社，2005 年，第 298 頁。

類型片要素十分明晰,「茨岡女人的『進入』、『猴人』的『進入』增加了影片的諧趣和喜劇意味,對武打戲的處理則採取『虛實結合』的辦法。影片不僅有實在的打鬥場面,更有虛擬的武打特技,像飛刀(塞夫語)、弔 wire(鋼絲)」〔註 15〕與此同時,影片中的動作場面和「視覺奇觀」大多依賴於馬上演員的氣魄神韻來完成,力圖追求民族電影「馬上動作片」和傳統動作類型電影的結合。影片「沒有過多的移動機位和場面調度,儘量讓主人公與背後的群山互為依照。(塞夫語)」莽莽雪山、碧綠湖水、遼闊草原與人物堅毅果敢的內心世界共同營構出蒙古族剛毅的文化品格。「總的來說,在環境造型方面,影片沒有按照以內景為主的香港片製作風格,也沒有走荒涼蒼茫的美國西部片路子。(塞夫語)」〔註 16〕

概而言之,塞夫、麥麗絲系列電影正因為植根大中華文化史詩般的恢宏氣勢,方得以充分彰顯「馬背民族」深厚的民族文化內涵和民族性品格。傳奇性的西部史詩故事「表現蒙古民族『不自由毋寧死』的英雄主義和犧牲精神,加上以『東歸』的重大歷史事件為包裝,融入蒙古民族的愛國主義情懷,內涵本身就顯得愈發深厚,使之具有北方民族的傳統史詩特點。」〔註 17〕通常情形下,學者們常常把「族群」或「民族」界定為擁有共同客觀文化、宗教信仰和共同體質的人群。而事實上,自 19 世紀下半葉以來,結合「中國人」(核心)與「四裔族群」而成「中華國族」的我群認識,逐漸成為晚清與民國初年眾多中國知識分子心目中的國族藍圖。這個國族的建構並非奉上述血統論為圭臬,而「主要依賴建立在大民族的『共同族源記憶』。正因如此,不同族群間的互相認同、由此而生發的根基式情感,以及基於此種情感和認同而產生的資源競爭、分享背景,在族群的形成與維持上愈發重要。」〔註 18〕毋庸置疑,塞夫、麥麗絲系列電影在國族「認同變遷」與「重新書寫」的過程中,以生動逼真的「民族想像」建構出具體的認同主體(中國國族)。

三、內向視角的主體建構與國家認同的價值指涉

如前文所述,以萬瑪才旦系列電影等少數民族電影為代表,新民族電影

〔註 15〕賈磊磊《中國武俠電影史》,北京:文化藝術出版社,2005 年,第 301 頁。
〔註 16〕賈磊磊《中國武俠電影史》,北京:文化藝術出版社,2005 年,第 303 頁。
〔註 17〕饒曙光《中國少數民族電影史》,北京:中國電影出版社,2011 年,第 240 頁。
〔註 18〕王明珂《羌在漢藏之間——川西羌族的歷史人類學研究》,北京:中華書局,2008 年,第 130~131 頁。

的內向視角回歸到少數民族語言文字本身，敘事視野也自然轉入少數民族人物內心。這些影片大多選用本民族非職業演員，影像風格追求現實主義紀實性和第一人稱限制式敘事。無論是蒙古族英雄成吉思汗（《一代天驕——成吉思汗》），還是藏傳佛教神祇智美更登（《尋找智美更登》），抑或是現實生活中的宗教界人士小喇嘛丹增與小活佛（《靜靜的嘛呢石》），各色人物走入到了平常少數民族老百姓的普通生活當中。需要反思的是，此類影片突破了先前少數民族電影史中的「大漢族中心」與政治導向，其獨立開放的傳播姿態如何與國族認同、文化認同、宗教認同交融不悖？在泛伊斯蘭主義和藏獨主義抬頭的邊疆少數民族地區，又如何藉助電影媒介真正最終實現國家認同？

　　考察新民族電影「內向視角」的主體建構與國家認同的價值指涉，蒙古族導演塞夫、麥麗絲導演的系列電影可以作為重要研究文本。《騎士風雲》將故事的歷史背景設置於新中國成立前夕的新疆土爾扈特蒙古部。在父王的命令下，南斯勒瑪公主與三區革命政府就聯合起義、迎接解放軍進疆制定計劃。國民黨軍在返回途中劫持公主，王爺被迫邀請遊俠阿斯爾、瑪斯爾、嘎斯爾和博斯爾營救公主。儘管阿斯爾與王爺有殺父之仇，但深明大義的他還是說服三兄弟出手相救。在營救的過程中，三兄弟或分屍荒野、或淹死沼澤，阿斯爾最終帶著公主重返家鄉草原。壯士的犧牲讓公主深負內疚感，而阿斯爾也懷著對弟兄們的深切思念，縱馬駛入草原深處。影片糅合蒙古族社會歷史、民風習俗，在悲壯雄渾的草原畫卷上，展現出令人心悸的金戈鐵馬歲月。〔註19〕影片中的王爺為了說服阿斯爾放棄私仇，手捧哈達、曉之以大義：「為了祖國的統一和草原的繁榮，你們的子孫將再次舉起義旗，再不受國民黨的欺壓……」王爺與阿斯爾歃血為盟，並且自願俯身作馬凳為壯士送行。四壯士不屑，義無反顧地飛身上馬。影片採用漢語對白，以雄渾壯麗的草原畫卷呈現各式讓觀眾驚心動魄的牧馬套馬、馬背絕技。四兄弟個性特徵鮮明的對白也拿捏到位，魯莽耿直的瑪斯爾對這次行動大感不解，質問大哥：「為女人賣命，不值得！再說那女人與我們有什麼關係？」阿斯爾義正辭嚴：「我們不是為王爺來泡妞的！渥巴錫的子孫，為了同一個目標，早晚會走到一起來的。」當博斯爾為救公主身陷沼澤淹死，內疚的公主自責：「他是為我死的…我不能再連累你們！」阿斯爾的回答擲地有聲：「不，他是為土爾扈特人死的！」片

〔註19〕參見牛頌、饒曙光主編《全球化與民族電影》，北京：中國廣播電視出版社，2012年，第443頁。

尾阿斯爾告誡公主：「我們弟兄以血的代價信守了諾言，但願王爺也能遵守和三區革命政府聯合起義的諾言。」

《騎士風雲》對白中屢次提及「渥巴錫子孫」與同一個目標「祖國統一」，有效契合了實現少數民族電影媒介傳播與國家認同價值指涉的可能性。明末以來，蒙古分為三大部——漠南蒙古（內蒙古）、漠北喀爾喀蒙古（外蒙古）和漠西蒙古。〔註20〕1695 年，康熙親自征討準噶爾汗噶爾丹叛亂，經昭莫多之戰得以平定叛亂。為了勸說土爾扈特部歸順中國，康熙在 1712 年向土爾扈特領主阿玉奇派去一個使團。該使團由圖理琛率領，穿越西伯利亞，於 1714 年抵達伏爾加河。圖理琛拜見了阿玉奇，達到了出使的政治目的。〔註21〕這一歷史時期「正值橫征暴斂的女沙皇葉卡特琳娜二世當權的年代，她推翻丈夫彼得三世沙皇后上臺，對外大肆侵略擴張，竟然強迫土爾扈特部落的牧民們參加侵略土耳其的戰爭。此後十年間沙俄更是變本加厲奴役和控制土爾扈特人，俄國沙皇迫使他們稱臣，還直接干預族內事物，在部落內推行東正教禁止佛教。」〔註22〕在土爾扈特族生死存亡之際，土爾扈特部首領渥巴錫決定率眾抗俄起義、回歸祖國。1771 年 1 月，土爾扈特領主渥巴錫率領屬下蒙古族 3.3 萬餘戶、16.9 萬人，攜帶家口與輜重從沙俄伏爾加河下流起程歸國。渥巴錫所部沿途克服長途跋涉和疾病飢餓，以近十萬人的傷亡代價，於 1771 年 7 月重返西部蒙古。乾隆皇帝冊封其為「烏訥恩素誅克圖舊土爾扈特部卓里克圖汗」，以其所部為舊土爾扈特部。電影《騎士風雲》恰到好處地利用了這一史實，讓「國家認同」避免淪為空洞的政治說教，而是和民族認同、文化認同有效共存於主要角色的觀念和意識中。作為軟實力的電影文化具有意識形態的自我吸收性、融合性和擬仿性。「民族認同有血緣和宗族特徵，國家認同具有主權、政治特徵。」〔註23〕只有以國家認同為最高目標，在堅持多種認同的協調發展基礎上，才能力求民族認同和國家認同趨向一致。不可否認的是，出於商業票房的考慮，這部影片融合風景片、槍戰片等各種商業電影

〔註20〕姜公韜《明清史》，傅樂成主編《中國通史》，北京：九州出版社，2010 年，第 163 頁。

〔註21〕徐中約《中國近代史》，北京：世界圖書出版公司，2008 年，第 26 頁。

〔註22〕烏爾沁《中國少數民族電影文化》，北京：社會科學文獻出版社，2015 年，第 411 頁。

〔註23〕南長森《西北地區少數民族新聞傳播與國家認同研究》，西安：陝西師範大學出版社，2014 年，第 152 頁。

的類型要素,在一定程度上削弱了影片的藝術氣質。

電影《東歸英雄傳》則直接講述土爾扈特部族因為不堪忍受沙俄的種族滅絕政策,隱秘東歸的血火傳奇故事。影片以護送「東歸圖」為主要線索展開,片中正面角色的人物動機亦遵循「神聖東歸」的核心使命。片頭密使阿拉坦桑千戶發誓:「我們成吉思汗的子孫,絕不給任何人做奴隸!」當哥薩克軍官「鷹」斥責阿拉坦桑:「一個不聽話的民族,你們如果逃離美麗沙俄的庇護,那就是背叛。」阿拉桑坦千戶義正辭嚴地針鋒相對:「我們有權返回故土。為了自由與和平,這是我們幾代人的願望!」阿拉坦桑的女兒莎吉爾瑪也對東土滿懷憧憬:「自由自在地放牧,在茫茫草原上我們不是被人奴役的民族啊!」陌生人巴杜桑格爾也時常以一曲哀怨的胡笳訴說遠離故土的悵惘:「我是一隻離群的孤雁,我的理想是回到遙遠的故鄉。」儘管《東歸英雄傳》是一部典型的商業動作片,但影片借助電影文本言說民族認同、國家認同的訴求卻顯而易見。正如導演塞夫之觀點:「我們的心裏匯聚了大中華文化和蒙古族文化的精神。我們不能失去蒙古民族的內涵,同時也不能把它封閉起來,規範得過於狹隘。」〔註24〕

內向性的文化認同與國族認同、民族認同特徵中的「文化性」、「地域性」、「族群性」以及「排他性」滲透交織形成繁複的認知關係。該文化認同既涵蓋宗教認同的「皈依性」,又包容民族認同的「自願性」,最終圍繞政治認同作為核心,形成國家認同的基石。該內向視角強調種族內的親和性,可視作建立在血親關係基礎上、前政治的「出身共同體」。同構建於想像的文化認同和血緣關係基礎上的國族共同體相比,它顯得更堅固、也更加龐大和複雜。因此,身兼少數民族和現代國民雙重身份印記的少數民族主體內必然同時存在「排斥」和「包容」兩個看似相悖的密切維度。在多元文化社會中,這個問題顯得特別突出。實現承認差異的「包容」必須保障少數民族的文化自主性、作為特殊群體的權利,以及平等的政治權利。另一方面,必須清醒認識到「不能以社會的零散化作為不同種族共同體、語言集體、宗教群體和生活方式之間平等共存的代價。必須確立一種共同的文化,因為它們可以有效地促使人們參與資源競爭,參與保護集體和個體的政治利益。」〔註25〕按照錢

〔註24〕賈磊磊《中國武俠電影史》,北京:文化藝術出版社,2005年,第303頁。
〔註25〕〔德〕尤爾根‧哈貝馬斯《包容他者》,曹衛東譯,上海:上海人民出版社,2001年,第167~168頁。

穆先生的觀點，民族創造出文化，文化又融凝此民族。「此即所謂『民族融凝』，正是文化陶鑄之功。在中國一統政權疆境之內，各少數民族始終不絕其存在，然其逐步融化歸一之趨勢，則雖緩而有常。中國於『國』之上尚有一『天下觀』。」〔註26〕由此，無論何種民族政權在中國疆域內出現，僅可視為上層的政治波動，而其底層的文化社會傳統，則始終堅如磐石。而影視文化對形塑、同化各式內向性的少數民族文化、構建國族文化起著舉足輕重的作用。

事實上，國家認同是少數民族主體以他者為比照，在差異中追尋趨同的過程，是一種特殊的心理認知現象。國家認同具備情感皈依和心理依附的特徵，而「反映在新聞傳播中，文化認同的概念和關係包容了其中的宗教認同、民族認同、公民認同，形成新聞傳播反映意識形態並以國家認同統領其他認同的複雜關係。」〔註27〕「新民族電影」在主體構建過程中生成的內向視角以敘述者本民族的「自我」意識貫穿行動過程。從而，對本民族所謂「真實歷史」、「客觀生活」的表徵成為新民族電影作者始終如一的追求。因此，如何正確理解闡釋此類電影所表徵的宗教信仰與民族文化，如何讓國族認同作為重要內容的社會主義核心價值觀主導統攝意識形態領域的輿論路徑，成為重要的研究課題。

個案 3-1-1　內向視角的主動建構與藏族文化自覺的探尋
　　　　　　——萬瑪才旦「新民族電影」編劇研究

新時期藏族題材電影呈現多元化的狀態，其創作者或為成長於多民族雜居區的漢族導演、成長於藏區的漢族導演；或為成長於多民族雜居區的少數民族導演、成長於藏區的藏族導演。源於創作者文化環境（文化身份）和身份意識（血緣身份）的不同，藏族題材電影也表徵出顯著的藝術風格差異。藏族導演萬瑪才旦試圖以「內向視角」的「藏族見」還原藏民生活的本真質感，其系列電影因此成為探尋「新民族電影」的理想文本。

（一）「內省視角」與藏族文化認同

何為「內向視角」的「新民族電影」？「在創作實踐中，對少數民族生活

〔註26〕錢穆《民族與文化》，北京：九州出版社，2011 年。
〔註27〕南長森《西北地區少數民族新聞傳播與國家認同研究》，西安：陝西師範大學出版社，2014 年，第 156 頁。

的表現可以有兩種視角：『外視角』和『內視角』。一般來說，『外視角』大多為非少數民族身份的創作者所採取，『內視角』大多為具有少數民族身份的創作者所採取。」「新民族電影」之所以區別於傳統的少數民族電影，正因其回歸少數民族語言文化本體，敘事視角自然洞悉少數民族人物的內心。「向內視角」的「新民族電影」超越漢族視角的狹隘視閾，書寫本民族文化形象，主要體現在「對於紀實性影像風格的追求以及對第一人稱『限制性敘事』的選擇……新民族電影也徹底突破了此前的政治導向與漢族中心，顯露出一種既獨立又開放的文化景觀。」〔註 28〕事實上，中國藏族題材電影從大型新聞紀錄片《神秘的西藏》（1935 年）到凌子風導演的《金銀灘》（1953 年）、李俊導演的《農奴》（1963 年）、再到《西藏天空》（2014 年），一直深受電影體制和政治意識形態文化的影響，表徵出鮮明「為政治服務」、「外視角」向度的主流意識形態色彩。而萬瑪才旦導演的《靜靜的嘛呢石》（2005 年）、《尋找智美更登》（2009 年）、《老狗》（2011 年）、《塔洛》（2015 年）等片採取與本民族文化一脈相承的「內視角」，開創出一種所謂純粹的藏族電影。萬瑪才旦談到「我迄今最大的夢想，就是關注最普通的那一些群體，然後完整藝術的再現。」〔註 29〕

萬瑪才旦系列影片《靜靜的嘛呢石》、《五彩神箭》、《塔洛》等均為導演本人獨立編導、使用藏語對白、藏族非職業演員出演，並且在藏族聚集區實景拍攝。按照導演自己的闡述，影片《靜靜的嘛呢石》「將自己非常熟悉的一些生活細節加到虛構的故事裏面，選取的每一個場景都是真實的，每一個細節都經得起考驗。比如說一個僧人他日常的生活起居、生活場景，其實都是有依據的。很多人看了電影之後都覺得很新奇，原來僧人他們的生活也跟我們平常人一樣。」〔註 30〕《靜靜的嘛呢石》電影劇本在一年半時間內五易文稿，力圖以完全虛構的材質表徵藏民的生活質感，導演認為「創作一個故事片，它肯定得有故事，拍攝裏面涉及的一些細節時，要作為一個文獻資料來

〔註 28〕李道新《中國電影：國族論述及其歷史景觀》，北京：中國電影出版社，2013 年，第 181 頁。

〔註 29〕劉炎迅《萬瑪才旦：訴說西藏的靈光》，《新聞週刊》2009 年第 7 期，第 34 頁。

〔註 30〕萬瑪才旦《用電影真實表達藏區的生活》，牛頌、饒曙光主編《全球化與民族電影》，北京：中國廣播電視出版社，2012 年，第 46 頁。

看待，過了很多年之後都能經得起推敲。」〔註31〕同樣，影片《尋找智美更登》、《老狗》、《五彩神箭》和《塔洛》的影像風格質樸簡練，以全景和中景為主，鮮用特寫鏡頭；依靠真實的場景或真實還原的場景來進入劇中角色特定狀態。無疑，在這些影片的創作過程中電影劇本的作用舉重若輕。無論場景的營造、藏族母語的恰當使用、對白的有效設計，還是戲劇性需求的建置、人物的成功界定都離不開優秀編劇的作用。其中，《靜靜的嘛呢石》獲第一屆全國少數民族題材優秀電影劇本、《五彩神箭》獲第六屆中國電影導演協會年度編劇獎提名、《尋找智美更登》獲第十二屆上海國際電影節評委會大獎、《塔洛》獲第五十二屆臺灣金馬獎最佳改編劇本獎。本文將聚焦上述優秀電影劇本，探尋萬瑪才旦在自覺性藏族文化書寫的過程中，如何以「內向視角」的「藏族見」還原藏民生活的本真質感。

（二）劇作主控思想：作為母題的「尋找」

萬瑪才旦系列「少數民族作者電影」均有一個深刻的「尋找」主題。他的影片呈現出一種寧靜中的優雅與自信。和其他少數民族作者電影不同，萬瑪才旦所表現的「尋找」主題重點並非焦慮困惑，而是一種「希望的尋找、自我意義的尋找和民族傳統文化幸存的尋找。」〔註32〕對「尋找」過程的關注，對藏區傳統文化精神的熱愛，以及對藏傳佛教真諦的堅守，使得萬瑪才旦電影文本表徵出一種「平靜而又蘊藉、日常而又溫暖的審美風格，在無言中訴說著靜默的高貴與優雅。」〔註33〕作為中國百年電影史上第一部由藏人獨立編導的本土電影，《靜靜的嘛呢石》主題明晰———一如那塊殘缺的「六字真言嘛呢石」，在其所表徵的慈悲智慧、寧靜和諧的藏傳佛教文化表象外，現代化事物的侵蝕讓藏區世事顯得「無常」難料。「以樸素的電影語言和真誠的創作態度，對藏族宗教世界的日常生活進行了形象地再現，展示了現代文明與古老宗教的融洽與碰撞。」〔註34〕

〔註31〕萬瑪才旦《用電影真實表達藏區的生活》，牛頌、饒曙光主編《全球化與民族電影》，北京：中國廣播電視出版社，2012年，第47頁。

〔註32〕唐紅梅，王平《寧靜中的自信與優雅——論萬瑪才旦小說創作的特色與意義》，《中南民族大學學報（人文社會科學版）》，第159頁。

〔註33〕唐紅梅，王平《寧靜中的自信與優雅——論萬瑪才旦小說創作的特色與意義》，《中南民族大學學報（人文社會科學版）》，第162頁。

〔註34〕梁黎《我那嘛呢石一樣的藏區——記中國第一位藏族導演萬瑪才旦》，《中國民族》2006年3期，第66頁。

　　電影《尋找智美更登》與傳統藏戲《智美更登》同名，講述的卻是「尋找」的主題。「智美更登是八大藏戲中最具代表性的人物之一，他體現了慈悲、寬容和愛在內的佛教最核心的精神。貫穿整部影片的是一種精神象徵的尋找過程。法文的片名直譯為『在路上』，藏文和英文的片名直譯就是『尋找』。」〔註35〕影片秉承萬瑪才旦作者電影風格，使用藏族母語對白，選取非職業演員扮演各色人物。從表層敘事來看，「尋找」這一主題體現於藏族導演和攝影師挑尋扮演智美更登演員的表層敘事、蒙面女孩對舊日情人的「尋找」、老闆對初戀情人的「烏托邦式追尋」。而從深層敘事的「尋找」來看，則體現在影片所流露的信仰化傳統藏區人民面對現代化浪潮侵襲的故事深刻困惑與隱憂。

　　「故事的講述是對真理的創造性論證。偉大的故事僅憑事件的動態設計來確證其思想；主控思想可以用一個句子來表達，描述出生活如何以及為何會從故事開始時的一種存在狀態轉化為故事結局時的另一種狀況。」〔註36〕一如萬瑪才旦早期電影《靜靜的嘛呢石》，《尋找智美更登》追尋紀錄片式的寫實風格，多用長鏡頭、遠景和全景鏡頭，節奏舒緩。影片不刻意渲染表面劇烈的戲劇衝突，而力求在質樸的畫面外營構出某種深刻的衝突張力與主題意蘊。由此，故事的主控思想反倒十分明晰：它明確鑒定出最後一幕高潮故事具有重大價值的正面或負面負荷，並同時鑒定出這一價值轉化為現在這一最後狀態的主要原因。〔註37〕不過，因為萬瑪才旦靜水深流的影像風格，直到全片結束之時觀眾才有可能完全領悟影片文本的主題意蘊所在。按照羅伯特·麥基的上述說法：故事高潮反映出編劇的「內在自我」，而如果故事來自編劇內心最好的源泉，通常的情形是，他會為自己所看到的、所反映的東西感到非常震撼。夢想拍出最純粹藏族電影的萬瑪才旦自言：「《智美更登》無時無刻不在警醒人們胸懷大愛、慈悲待人，這些都是藏文化最核心的東西。如果把這些元素放入影片，放入當下劇烈轉型的時代，就會產生諸多意料不到的效果。」〔註38〕兩個愛情故事在影片《尋找智美更登》中形成互文參照，

〔註35〕萬瑪才旦《用電影真實表達藏區的生活》，牛頌、饒曙光主編《全球化與民族電影》，北京：中國廣播電視出版社，2012年，第47頁。

〔註36〕〔美〕羅伯特·麥基《故事：材質、結構、風格和銀幕劇作的原理》，周鐵東譯，天津：天津人民出版社，2014年，第128～130頁。

〔註37〕〔美〕羅伯特·麥基《故事：材質、結構、風格和銀幕劇作的原理》，周鐵東譯，天津：天津人民出版社，2014年，第128～130頁。

〔註38〕許金晶《萬瑪才旦導演訪談》，《戲劇與影視評論》2015年5期，第71頁。

「通過老闆的故事，女孩做到佛教所說的『放下』；通過女孩及其他的故事，老闆達到『解脫』。它們就像照亮彼此的一面鏡子。」〔註39〕事實上，恰恰是《尋找智美更登》、《靜靜的嘛呢石》等劇本傳遞出的藏民生活本真氣息、藏傳佛教教諦，表徵出萬瑪才旦系列作品的主控思想——或對自身「身份認同」的惘然若失、或秉持堅守本民族文化信念系統「藏族見」的艱難。（傳統藏族內向視角）。

同樣，電影《老狗》亦傳遞出和上述兩部影片近似的「主控思想」——在信仰淡漠與傳統流失的語境之下，「身份」認同的迷失和「追尋」的困惑。萬瑪才旦談到：「『老狗』在影片中是藏族文化的一個象徵，老人作為老一輩會盡量去保護它。而對於迷茫懵懂的年輕人而言，他們全然不知該做些什麼，例如兒子就想把作為傳統文化象徵的狗賣掉。在我眼裏，這是當下藏區的一個現實。從賣狗到主動保護狗，這是年輕人在電影裏轉變的一個過程，他們慢慢地意識到一些東西。」〔註40〕及至片尾，步履蹣跚的老人忍痛勒死老狗。這個點睛昇華的長鏡頭在傳達老人無奈之痛的同時亦準確表達出上述主控思想。類似《老狗》裏兒子的轉變，影片《五彩神箭》兩次使用長鏡頭展現扎東跳羌姆舞，愈加舒緩自如的舞姿同樣傳遞出傳統文化力量在藏區青年中的回歸和轉變。

2016年，萬瑪才旦推出第五部藏語電影《塔洛》。和之前的作品《老狗》相比較，《塔洛》在延續性上更加彰顯了「尋找」與「回歸」的主題。「第52屆臺灣金馬獎最佳改編劇本獎頒獎詞」這樣評價：「用黑白影像聚焦藏人生存境況，以粗糲質感勾勒出西藏大地的蒼涼，更是一代內心迷惘的藏族青年的縮影。」《塔洛》描繪了一個孤獨生命的肖像，他一無所有，即便如此，仍舊是至善至美的生命。（法國維蘇爾亞洲電影節最佳影片獎頒獎詞）同樣，「第十二屆中國獨立影像展年度最佳影片頒獎詞」也道出了電影《塔洛》秉承導演一貫為之的「尋找」母題：「影片里人物和場景的塑造，處處暗湧著迎對變遷的幻想、角力和陣痛。影片深刻觸及了在現代到來之處，人如何保有人的價值——重於泰山或輕於鴻毛——曠野中塔洛及他的種種，究竟應該何去何從。」按照萬瑪才旦本人的表述，影片以黑白影像的特殊質感「把塔洛的狀

〔註39〕許金晶《萬瑪才旦導演訪談》，《戲劇與影視評論》2015年5期，第71頁。
〔註40〕許金晶《萬瑪才旦導演訪談》，《戲劇與影視評論》2015年5期，第69頁。

態凸顯得淋漓盡致，不管是他的孤獨感，還是他的外在世界、精神世界。」可以這麼說，塔洛和藏區的眾多年輕人一樣，面臨著這樣的困惑：「過去的年代迫使人放下自己的個性，在人心裏建立起另一個信仰的體系，隨即這種體系又坍塌了，人得在別人的側目中重建原來的體系。」〔註41〕對幸存民族傳統文化的內在找尋、對未來與自我的積極找尋，構成了萬瑪才旦系列「新民族電影」的創作核心。於導演本人而言，這種創作的重點根基在於找尋，而非迷惘。這也使萬瑪才旦的電影在找尋本民族藏區文化本真之時，更多了幾分從容和自信，平添了幾分溫暖與豁達。

（三）「兩極對立」的劇本人物設置

優秀的電影作品往往能揭示人物性格真相，在將主控思想落實於角色故事的講述過程中，展現人物內在本性的變化或者弧光。〔註42〕萬瑪才旦談到：「《靜靜的嘛呢石》核心人物是小喇嘛丹培。喇嘛寺院是藏區傳統文化保存最完整的地方，小喇嘛可以在裏面學到許多傳統的東西。然而在藏曆新年的時候，他父親接他回到家鄉的村莊，村莊與寺院相比，小喇嘛接受到的現代的東西就多一些。寺院、村莊、路上，這三個主要場景比較準確地表達藏區當下的一個現狀。」〔註43〕圍繞小喇嘛丹培，「《靜靜的嘛呢石》構造出『衛星人物』眾像——小喇嘛的師父、家人、熟人等。某種意義上，小喇嘛丹培的兩個世界——神聖世界（宗教）世界和世俗世界，就是影片的世界。其中的出家眾（宗教身份人物）包括南卡喇嘛、小仁波切、師父老喇嘛等人物；在家眾（世俗身份人物）包括小喇嘛父母、小喇嘛爺爺、刻石老人索巴、醉漢青年、才本（及其子）、錄像售票員等人物。」〔註44〕同樣，萬瑪才旦其他電影作品的人物關係也可以作出類似劃分。進而言之，我們可以將其營構的藏區人物世界分為「固守藏族文化傳統的藏民」與「信念困惑迷茫的藏民」兩個維度。參見下表：

〔註41〕萬瑪才旦、劉伽茵《或許現在的我就是將來的他——與〈塔洛〉導演萬瑪才旦的訪談》，《北京電影學院學報》，2015 年 5 期。

〔註42〕〔美〕羅伯特・麥基《故事：材質、結構、風格和銀幕劇作的原理》，周鐵東譯，天津：天津人民出版社，2014 年，第 114 頁。

〔註43〕萬瑪才旦《用電影真實表達藏區的生活》，牛頌、饒曙光主編《全球化與民族電影》，北京：中國廣播電視出版社，2012 年，第 45 頁。

〔註44〕吳迎君《如何書寫民族內省視角的藏族電影——探賾萬瑪才旦〈靜靜的嘛呢石〉電影劇本的自覺性藏族書寫》，《西藏研究》，2016 年 1 期，第 101 頁。

萬瑪才旦「新民族電影」劇本人物關係分析

	固守藏族文化傳統的藏民	現代化衝擊下傳統流失、 信仰淡漠的藏民
《尋找智美更登》	轉經老人、蒙面女孩卓貝、嘎洛大叔、藏戲團演員（《悲慘的黎明》扮演者）、藏戲團團長、小喇嘛甲乙丙	導演、大老闆、熱貢歌舞廳搖滾歌手、卓別林扮演者、歌舞大世界老闆、主持人、彈唱、英文歌手、蒙面女孩男友、藏戲團三位試演者、攝影師、司機、三個小學生
《老狗》	貢布父親	貢布、仁措、先措老師、警官表哥多傑、狗販子、打桌球的藏族小夥子
《塔洛》	塔洛、村長、會計	派出所所長、照相館攝影師德吉、髮廊短髮女孩
《五彩神箭》	尼瑪、扎東妹妹	扎東

　　萬瑪才旦系列「新民族電影」全都採用實景拍攝，劇本人物均為純粹的藏族，選用藏族非職業演員出演。原汁原味的藏語對白全景式還原藏區雪域高原的深厚宗教文化與獨特精神。此種「內省視角」的劇本角色設置揭示出導演淡淡的困惑與憂思：莊嚴神聖的傳統宗教文化世界交織融合於日常生活的世俗當中。老一輩藏民虔誠信仰藏傳佛教，而在青少年中卻普遍信仰淡漠、傳統流失。藏區世界與現代世界在文化理念、文化追尋上碰撞牴牾產生種種衝突。例如影片《靜靜的嘛呢石》，小喇嘛弟弟在觀看傳統戲劇《智美更登》的演出時興味索然，偷偷溜到錄像廳去看香港槍戰片；觀看藏戲時，中老年藏民們感動流淚，卻有年輕人喝醉了酒；老人訓斥醉漢：「這傢伙只知道喝酒，禮貌都不懂」；演出結束之後，年輕人迫不及待跳起了迪斯科，背景卻隱約能聽到老人的歌聲；刻經老人索巴風餐露宿，將生命奉獻給了佛土，可兒子卻耐不住誘惑，跑到拉薩做生意去了，老人至死沒能與兒子見面。《靜靜的嘛呢石》流露出導演對藏族文化傳承景況的一種隱隱的傷感，但也能體悟到其堅定的民族信仰自信。「導演鏡頭表面冷靜，實則難以掩飾自己內心對本民族文化的強烈認同，因為那是藏族文化的精神內核之一。」〔註45〕導演面對現代化喧囂浮華的淡泊，一如片中所唱佛家偈語：「財富如草尖的露珠，生命如風中的殘燭，這就是無常啊，靈魂往生天界。」又如小喇嘛丹增的幾次取捨：「在《智美更登》與新聞與之間，他喜歡的是前者；在《西遊記》與現代槍戰

〔註45〕王廣飛《新中國少數民族電影・築夢之旅》，合肥：安徽大學出版社，2016年，第 140 頁。

片之間，他喜歡的是前者……通過展開不同文化價值向度代表的各種人物的和諧與衝撞，導演意圖表達藏族宗教文化對現代文明所表現出的寬容與開放，以及因這兩種文明碰撞而產生的堅守與揚棄。」〔註46〕

　　雖然影片《老狗》角色設置簡單，但亦不難發現其中兩極的對立人物——如貢布老人固守藏族文化傳統，而貢布和藏族狗販子則信仰淡漠。貢布老人訓斥狗販：「狗是牧人的朋友，俗話說得好，狗是牧人和牲畜的依靠，我不賣。想當年你父親是最好的獵手，手下有十二隻兇猛無比的藏獒，他愛惜狗可是出了名的。現在你卻幹起了賣狗的營生。」狗販子的辯白則頗有些無釐頭的嬉皮味道：「我們的狗在內地生活比這裡好多呢！」《老狗》的劇本人物之所以設置成功，在於滿足了四個特質：（1）人物有一個強有力且清晰的戲劇性需求（如貢布老人的「護狗」）；（2）有獨特的個人觀點（如貢布老人的藏傳佛教宗教信仰）；（3）有一種特定的態度；（4）經歷過某種改變或轉變（如貢布從賣狗到主動地保護狗的轉變過程）。〔註47〕在劇本結尾處，步履蹣跚的老人仰望蒼鷹良久（「天葬」的隱喻），徐徐將老狗牽到矮牆裏勒死（片中用長鏡頭展現）。萬瑪才旦對此解釋，「整個影片讓人喘不過氣來，到最後我希望有一個昇華，這種設計對老人和老狗都是一種解脫。」〔註48〕這種失落的情緒哀而不傷，以一種平靜克制的態度緩緩呈現。萬瑪才旦系列「新民族電影」的角色構築之所以成功，正在於電影劇本有效滿足了戲劇性情境的設置，將描寫、對話、畫面成功地密鏤細針於嚴密的故事結構中，最終產生強大的戲劇張力和故事向心力。

　　同樣，在影片《尋找智美更登》中，觀眾亦不難辨識「固守藏族文化傳統的藏民」與「信念困惑迷茫的藏民」兩大角色類型。四處尋找扮演智美更登演員的導演為家庭瑣事煩擾困頓、不停接打電話。經過一路尋找，他最終對智美更登這個人物的象徵寓意有了更深層次的體悟。在熱貢歌舞廳，曾經演過智美更登、如今演唱流行歌曲的醉酒歌手質問導演：「我不演，我不喜歡智美更登這個人物……他把眼珠子施捨給了別人，那是他自己的事……但他憑什麼把老婆和孩子施捨給了別人，誰給了他這樣的權力？智美更登這個人物究竟表現了什麼？」他同時反駁大老闆：「這個年代你們還相信愛情嗎？昧著良心賺

〔註46〕王廣飛《新中國少數民族電影‧築夢之旅》，合肥：安徽大學出版社，2016年，第139頁。
〔註47〕〔美〕悉德‧菲爾德《電影劇本寫作基礎》，鍾大豐、鮑玉珩譯，北京：世界圖書出版公司，2012年，第49頁。
〔註48〕許金晶《萬瑪才旦導演訪談》，《戲劇與影視評論》2015年5期，第69頁。

了幾個黑錢，不知道自己究竟是個什麼東西？」醉酒歌手的困惑源於對藏地傳統文化在當下現實處境的隱憂：熱貢歌舞廳裏充斥文化雜交符號隱喻的英文歌曲；小喇嘛甲背不熟薩迦格言，卻能熟記英語字母；中年喇嘛歎息「我們寺院許多演智美更登的喇嘛都出去化緣了，不在寺廟……」對此，導演回答：「智美更登體現了無與倫比的慈悲、關懷和愛。」影片中也確實出現了活生生的智美更登，他以活化的形式承繼了這種精神。「智美更登精神以最形象、最通俗、最深入人心的方式傳承了上千年，很少有人質疑過，但在當下現實處境卻出現了一些不同的狀況。」〔註49〕當然，蒙面女孩等角色可以視作「智美更登精神」的執著者。女孩因為沒帶敬佛的酥油，寧願在公路旁等候，也不踏入寺院一步。當老闆接著講述自己的愛情故事，眾人皆記不清楚講到何處時，躲在角落裏的蒙面女孩突然發話：「上次講到你拿著信去找她。」這個影片細節傳神的表達出只有女孩才真正關心老闆講述的愛情故事。固定機位長鏡頭中女孩遠眺河水、目光堅毅，一如那位奉獻妻子的活「智美更登」，寓意藏民族信仰自信永遠無法被撼動、宗教生活的神聖莊嚴永遠無法被僭越。

結語：「小敘事模式」凸顯現實主義紀實風格

正因為深度開掘藏區日常生活的樸素與偉大，萬瑪才旦導演的系列「新民族電影」才得以表徵洞照出藏民日常生活的莊嚴與至美。一方面，蒙面女孩卓貝（《尋找智美更登》）、小喇嘛丹培（《靜靜的嘛呢石》）、尼瑪（《五彩神箭》、貢布（《老狗》）、塔洛（《塔洛》）等主要角色身處特定場景之中，人物之間表面上似無碰撞衝突，而角色內隱的情感衝突卻似靜水深流，蘊藉著巨大的戲劇性張力和強烈的感染力。

通常意義上講，電影故事結構都會在推動主角追求一個重要目標的前進道路上設置各種令人畏懼的衝突。「缺少衝突、不成故事」似乎成為了電影編劇的一條金科玉律。著名編劇埃里克·愛德森將構築電影有效衝突必須的基本要素概括為：衝突必須激烈、衝突必須可見、衝突必須兇險、衝突不斷發展升級、衝突必須令人信服、衝突必須以有意義的方式令人信服。〔註50〕按照這種觀點，萬瑪才旦導演的系列「新民族電影」似乎處處與之牴牾。影片

〔註49〕 杜慶春《少數民族電影與現實表現──與萬瑪才旦導演對話》，《藝術評論》2011 年 3 期，第 73 頁。

〔註50〕〔美〕埃里克·愛德森《故事策略：電影劇本必備的 23 個故事段落》，北京：人民郵電出版社，2013 年，第 28～35 頁。

有意消隱表面戲劇衝突，依靠難以察覺的內部張力使電影呈現較強的現實主義紀實風格敘事模式。

　　從《靜靜的嘛呢石》《尋找智美更登》到《塔洛》，影片都「確乎有意背離『一直以來蒙上了一層揭之不去的神秘的面紗』的『世外桃源或蠻荒之地』式藏地場景的他者視角消費，背離此前藏族題材電影的強烈（社會）衝突大敘事模式，而執著於再現表面閒淡瑣碎而內在化牴觸的小敘事模式。」〔註51〕此種「藏族內向視角」的主動建構契合了安德烈·塔可夫斯基所謂「理想的電影是追述生活和重建生活的方式，是紀實，而非單純的拍攝技巧。電影的雕塑，很大程度上取決於具體人物在具體情景中的心理狀態。在電影中，無論何種架構的必須的假定性，以及必需的最終標準，每一次都要歸結為生活的真實性和具體的事實。」〔註52〕萬瑪才旦導演以「小敘事模式」凸顯現實主義紀實風格，其「作者電影」既具備詩意電影的空靈，又不乏紀實電影的粗糲質感。現代文明帶來的「漢地世俗化」侵蝕、藏區高原艱難的近乎生存極限的自然環境、藏民身份認同的迷惘困惑，在影片中都似乎被一種無形的「信仰靈光」淡淡消弭。這種精神力量真正觸及藏人心靈的深層世界，讓觀眾脈動於藏民的寧靜和諧、慈悲智慧；使觀眾流連於藏地的單純潔淨、質樸醇厚……

圖 3-1-1　電影《塔洛》宣傳海報

〔註51〕吳迎君《如何書寫民族內省視角的藏族電影——探賾萬瑪才旦〈靜靜的嘛呢石〉電影劇本的自覺性藏族書寫》，《西藏研究》，2016 年 1 期，第 103 頁。

〔註52〕〔蘇〕安德烈·塔可夫斯基《雕刻時光》，張曉東譯，海口：南海出版公司，2016 年，第 78 頁。

個案 3-1-2　哈薩克民族電影的生命《鮮花》：一種西部電影的文化生態建構

　　　　生命的長河直直彎彎，時而平坦，時而波瀾。珍惜生命的人啊，才能勇敢地跨越萬水千山……

——哈薩克民謠《藍色的河》

一

　　在「眾媒時代」社會急劇轉型的複雜語境之下，如何以「他者」的觀察視角客觀審視「少數民族題材電影」？〔註53〕

　　或許，哈薩克族電影《鮮花》為我們提供了一個「內向視角」的本族群文化主體敘事影視文本。影片鏡語純真唯美、詩化動人，以哈薩克族女歌手（阿肯）的主觀視角傾情訴說哈薩克游牧民族淳樸的親情和愛情：伴隨脈脈低吟的哈薩克族民謠《藍色的河》，女主角鮮花誕生於阿依特斯大會（「睡搖籃」段落）〔註54〕；爺爺突然去世，失語五年的鮮花卻首次唱出阿依特斯主調（「輓歌」段落）；和情人卡德爾汗的兩度「謊言歌」交鋒，無疑是主人公「生命之花」激情綻放時刻（「謊言歌」段落）；痛離卡德爾汗，遠嫁憨厚本分的蘇力坦，只因眷戀難以割捨的哈薩克大草原和阿依特斯藝術（「哭嫁歌」段落）；丈夫蘇力坦罹難，卻為鮮花留下「遺腹子」的生命希望，鮮花也成長為為阿依特斯文化遺產的傳承者（「無聲」段落）……

　　作為少數民族題材經典之作，《鮮花》既非混同異域風情和情愛故事的驚

〔註53〕「少數民族題材電影」應該以富有社會歷史實踐視野的觀點來認識，在範疇上包括少數民族題材電影（故事片）、中國少數民族人類學電影（紀錄片）及其創作、中國少數民族參與的電影實踐、電影在少數民族地區的傳播。參見胡譜忠：《中國少數民族題材電影研究》，北京：中國國際廣播出版社，2013年，第11頁。

〔註54〕作為哈薩克民族的文化遺產，「『阿依特斯彈唱會』是哈薩克族一種即興彈唱表演的原生態文化形式。『阿依特斯彈唱會』2006年入選第一批國家非物質文化遺產代表作名錄。『阿肯』是哈薩克語『aqən』的直譯，意為詩人，阿肯是智者的化身，而在《突厥語大辭典》中，文學家、阿肯和博學的人被稱作『tæŋgərqan』。『阿依特斯』（ajtəs）是哈薩克語，詞根『阿依特』（ajət）有說、講之意；『阿依特斯』一詞，含有彼此訴說、爭訟，相互盤詰問答之意。阿肯阿依特斯具有用歌唱形式，賦歌造詩進行智慧較量的意義。現代漢語里根據上述含義直接譯為『阿肯對唱』。」參見娜斯拉·阿依拖拉碩士論文（2007年5月）《論哈薩克阿肯阿依特斯及其傳承特點》，未發表。

險片類型（如《神秘的旅伴》、《哈森與加米拉》），也不是裏挾入國家意識形態話語的民族集體記憶（如《東歸英雄傳》、《紅河谷》、《悲情布魯克》），更非充斥商業氣息的庸俗民族時尚敘事（如《大東巴女兒》、《尋找劉三姐》，而是聚焦邊疆少數民族原生態文化禮儀、風俗景觀，緩緩訴出一個邊緣民族的自我心語。影片大量使用哈薩克語彈唱，所有演員均為哈薩克族裔，並且片中女主角鮮花的扮演者茹扎為非職業演員。在文化傳承競爭與資本商業博弈的後現代語境，如此做法無疑是鋌而走險。這樣的敘事直覺與文化意圖和「概念化」、「偽主旋律」的傳統少數民族題材電影相割裂，在悠揚抒情的歌聲中傾訴本民族特有的文化生命意識，確屬難能可貴。

在影片《鮮花》中，主人公鮮花一心想嫁給一位像自己一樣的阿肯。「妾擬將身嫁與一生休，縱被無情棄，不能休！」與其說她期許著嫁給阿肯卡德爾汗，不如說她執意將一生奉獻於哈薩克族阿肯藝術。最終，卡德爾汗雖然在「阿肯對唱」中贏得了鮮花的芳心，卻因為身上流露出過多的商業氣息和「現代意識」而無法迎娶堅守民族傳統的鮮花。鮮花之心理困境恰似哈薩克民族原生態文化與現代化衝突內在困頓的絕佳像喻。作為阿依特斯傳人的卡德爾漢，平時和夥伴們收聽模仿的歌曲卻是搖滾巨星邁克爾·約翰遜（後現代文化的典型偶像）的說唱；「優美舒展的慢鏡中，哈薩克小夥們在春天林地裏策馬嬉戲。他們瀟灑地拋擲著收錄機，如同在古爾邦節上玩弄叼羊一樣，而錄音機裏放著的正是傑克遜的《真棒》。因為在城市參加演出和錄製歌帶，卡德爾汗錯過了與鮮花在古爾邦節上對歌定情。他身上穿著時裝，頭上卻戴著哈薩克民族的帽子。」〔註 55〕《鮮花》的電影敘事深沉冷靜，在克制地建構與現代化生活的「時代藩籬」同時，大量充分調用哈薩克民族文化符號——莊重熱鬧的阿依特斯大會、異域風情濃鬱的哈薩克族婚喪嫁娶、旖旎幽美的哈薩克大草原……影片力圖成功融合生存哲學於電影時空，「在吸引觀眾的消費性視覺元素之中，引導、開啟觀者去解碼故事內蘊的某些普遍性價值觀與生存哲學的『生產性』策略。」〔註 56〕

於是觀之，創作一部優秀的少數民族電影，需要構建尊重對方的適當觀

〔註 55〕王宜文，《鮮花》的兩個維度：文化之魅與時代之籬，《當代電影》，2010 年第7 期，第 26 頁。

〔註 56〕鄒贊，《「羊」的邊緣書寫與民族風情敘事——讀解電影〈永生羊〉》，《藝術評論》，2012 年第 8 期，第 130 頁。

影間距;而認同一部少數民族電影,更要擁有脈脈宗教情感般的人文關懷。電影《鮮花》之所以值得借鑒,在於其秉承本族群文化主體性敘事的文化生態構建,有效書寫哈薩克民族家庭、氏族和宗教信仰的普世價值觀。

二

《鮮花》的鏡語優美舒展、蓬勃濃鬱,洋溢著「原生態」美學活力。電影以哈薩克民族彈唱藝術「阿依特斯」的歷史傳承為故事背景,緩緩述說哈薩克民族流離遷徙的游牧生活和綿延不絕的生命哲學。西爾扎提・亞合甫身為新疆天山電影製片廠一級導演,成功拍攝過新疆少數民族觀眾耳熟能詳的《買買提的2008》、《吐魯番情歌》。此番執導電影《鮮花》,西爾扎提・亞合甫親率主創遠赴新疆伊犁州、塔城、阿勒泰等地選景。編導深入採訪阿依特斯專家學者,在廣泛調研的基礎上,最終將影片的冬景地選在擁有「世界最美村莊」盛譽的布爾津縣禾木喀納斯蒙古族鄉。在影片中,新疆伊犁哈薩克族自治州的迤邐山川、冰雪天地、壯美草原盡收眼底;哈薩克民族傳統歌謠《藍色的河》在爺爺、學生和鮮花的口中反覆詠唱、傳承不絕。這首中國「哈薩克版《音樂之聲》」在層層推進戲劇衝突的同時,有效闡釋了影片「生命哲學」的主旨;觀者猶如置身「歌如生活、生活即歌」的哈薩克西域草原。反觀以往的少數民族題材電影,歌舞風情往往成為簡單外在的「民族文化符碼」,或屈服於新時期國產電影的商業票房重壓,或被迫裹挾入新中國革命敘事的集體政治話語,難以表述自身獨立的民族文化自覺。《鮮花》之所以難能可貴,在於其大膽自覺嘗試,「成為一部獨具特色的表現哈薩克族文化生態及其民族文化心理的故事影片。」〔註57〕不言而喻,作為西部電影文化生態重建的典型,《鮮花》無疑是值得研究的重要影像文本。

值得注意的是,電影《鮮花》擯棄一元化「主旋律中心」結構立場,秉承本族群文化生命體驗,不但沒有疏離受眾的「他者」觀影感受,反而使全片具備了某種文化民俗人類學的深遠特質。在鮮花盛開的喀拉峻大草原「表層迷彩」敘事之後,「展現西域邊陲近乎生存極限的自然困境」、「詠說阿肯彈唱者的艱難人生」方為影片故事內核所在。作為阿肯民俗傳承人的鮮花坦然從容面對人生苦境(「少年失聲」以及「兩度失去親人」)——敬畏自然、崇尚精

〔註57〕李道新,《風情敘事與文化生產——影片《鮮花》裏的哈薩克文化及其市場前景》,《當代電影》,2010年第7期,第23頁。

神，與自然親密交流，與冥冥之中的真主溝通，發自心靈深處地真誠尊重少數民族宗教文化，這才是影片《鮮花》能以綿延不絕、堅韌曲折的生命哲學打動觀者的原因所在。看慣了秋逝冬來、看慣了獨特民風、聽久了對聖湖聖山的讚歌、聽久了對生命長河的詠唱，「溪流積而江河形，規矩久而風俗成。文化一旦成為風俗，便具備了塑造、約制其成員的功能，終而將這種塑造、約制變成社會成員自覺自願的行動，發自內心的行動，形成文化慣性、文化凝聚和認同，終而這種塑造、約制形成特殊的文化需求，成為這一文化群體獨具的文化 DNA。」〔註58〕啟發導引觀者拋棄「他者」的獵奇之眼，靜心凝聽「執著者」鮮花迴蕩於冰川草原的天籟之音，於清淨澄明的凝視中感悟探尋芸芸眾生共有之人生真諦，也許這才是通過影像表徵「他者」民族現實的惟一路徑。

電影《鮮花》格調唯美，盡顯哈薩克民俗文化的獨特魅力和西域風景的純淨美麗：盎然春意、燦爛夏花、秋季牧歌、冬雪皚皚……無論隆重盛大的阿依特斯大會，抑或「擀氈」「放牧」等牧人生活細節，既不乏細膩的文化質感，又洋溢親切自然的脈脈溫情。然而，電影真正打動觀眾的原因，卻在於真誠呈現哈薩克民族對艱難多舛人生的獨特哲思。鮮花自始至終難以擺脫兩個世界的糾葛「現世與超世、事實世界與價值世界纏繞著拉奧孔的蛇纏繞著人。」〔註59〕在鮮花的成長之途，更多與「現世的不義」和「荒誕的存在」為伍，童年失聲、少年失父（爺爺）〔註60〕、中年喪夫，讓她即使在頌讚世界的阿肯彈唱中，也無可避免將隱藏於韻腳之中的哀怨流露為無法調和的傷痛。此外，鮮花必須遵從某種「先在」（givens）之人生道路意識——「哈薩克族女人得按哈薩克族既定的傳統規範去生活」。一如片中所詠唱：「人在幸福的時候流的眼淚才有價值，痛苦、悲傷的眼淚就是幾滴帶鹹味的水，毫無用處……」再如老阿肯出殯之日，皚皚白雪中馬爬犁劃出的深痕道道，讓人刻骨銘心。縈繞「失落」和「缺席」的惆悵，影片「有意捕捉那些具有文化意味的景觀，如草原上先民遺留下的神秘石刻、遠景的皚皚雪山、夕陽下的草

〔註58〕丹珠昂奔，《藏傳佛教寧瑪聖蹟文化研究序言》，成都：四川民族出版社，2013年，第5頁。

〔註59〕劉小楓，《拯救與逍遙》，上海：華東師範大學出版社，2007年，第301頁。

〔註60〕影片中鮮花的爸爸、媽媽實際上是她的爺爺和奶奶。哈薩克族有「還子習俗」，年邁的父母收養第一個孫子或孫女，改稱孫女或孫子為「小女兒」、「小兒子」。

原石人、遠景的氈房駿馬，構成一副令人動容的畫卷。」〔註61〕而在蘇里坦和鮮花婚禮的遠景中，卡德爾汗獨自徘徊的身影則愈加讓人心碎。

從表層現象而言，《鮮花》或可稱為「勵志電影」；而於深層觀之，對多舛命運的獨到闡釋、對無常人生的特殊體悟，方為影片核心敘事。鮮花誕生於阿依特斯大會，喻示著與古老傳統文化的血脈相連。然而，悖逆弔詭之事是，作為享譽草原的阿肯，爺爺胡賽因卻無法在啞女鮮花身上實現傳承的願望。童年時代的鮮花，更多是伴隨尷尬與小夥伴嘲弄的困窘記憶成長。以至於病重的媽媽（奶奶）會發出由衷喟歎：「即使要走，再怎麼也要聽我的小羊羔叫一聲媽媽……」媽媽（奶奶）重病，離去的卻是爸爸（爺爺）。真主為鮮花帶來了天籟之音，卻無法治癒她一次次心理創傷：驟然間失去爸爸（爺爺）的慘痛經歷，和卡德爾汗「有情人難成眷屬」，乃至丈夫因車禍而離世。所謂「希望中的絕望」與「絕望中的希望」同在，「拯救」和「逍遙」並行，這樣一種獨特的心性精神原則貫穿全片始終。寒冷與苦澀浸透鮮花的生命靈魂，而面對種種毫無準備的厄運，真主在提供給受苦人類神義法則的同時，也讓鮮花清楚地看到生命重生的希望之光——撫養蘇力坦留下的遺腹子，培養更多的哈薩克族阿依特斯文化傳人。片尾卡德爾汗與鮮花在車站邂逅，叫喚自己同樣取名為「鮮花」的女兒，這一場景讓項目主持人聯想到經典電影《阿甘正傳》片尾，同樣是在車站，同樣是老阿甘深情叮囑第一次上學的小阿甘。與那片象徵「生命難以承受之重」的輕揚羽毛一樣，顯然並非閒來之筆和簡單的過場串景，而應該解讀為對上述生命主題的又一次洞見與揭櫫。

三

中國邊疆地區深遠廣袤，各族文化豐富多姿。作為少數民族文化的範式地理空間，如何以影像表徵傳播邊疆地區的現實與傳統格局？如何真切做到尊重少數民族宗教文化、善待各民族與眾不同的生活方式？尤為重要的是，如何在眾媒時代語境下，實現地域性與全球性話語間的交流互動？

邊疆少數民族地區的文化演進同當地生態環境息息相關。西方意識形態來勢洶洶，功利主義對自然資源無情掠奪，在如此嚴峻的歷史轉型期，邊疆少數民族文化景觀正遭遇難以想像的嚴峻挑戰。依靠「原生態影像」重譜哈

〔註61〕王宜文，《〈鮮花〉的兩個維度：文化之魅與時代之囈》，《當代電影》，2010年第7期，第26頁。

薩克族「生命之歌」,《鮮花》寓自然民俗、人文情感於生存哲學,為我們有效構建西部邊疆地區電影生態提供了一種思路。

　　《鮮花》作為「新西部電影」特殊範式,或可稱之為「新民族電影」。〔註62〕此類電影大多「不約而同地採用民族語言、內向視角、風情敘事和詩意策略,並力圖以此進入特定民族的記憶源頭和情感深處,尋找其生存延續的精神信仰和文化基因」〔註63〕。「新民族電影」的故事敘述洋溢濃鬱宗教氣息,保持對本族文化心理的敬畏之情。也恰好是此種克制尊重的審美間距,消融了「東部中心視角」與「漢族中心主義」少數民族電影觀。邊疆地區不再是「大漢族」視野中的異域奇觀,從而生產出其本相中的「多義性」繁覆文本空間。《鮮花》所呈現的西部影像空間(哈薩克族舞蹈「黑走馬」、哈薩克氈房、令人如癡如醉的冬不拉琴聲),一如其他「西部新民族電影」,「虔誠的誦經聲、悠揚舒緩的長調與如醉如癡的木鼓舞,再加上沉默如山的信眾、寬厚慈祥的母親與充滿渴望的心靈,彷彿令人觸摸到了特定民族的精神之魂、文化之根。」〔註64〕於是觀之,正面民族生存困境、同中國邊疆地區各語種電影觀眾產生密切聯繫、以豐富的民族文化景觀為聚焦點,方為有效重建中國西部電影生態的正確路徑。

　　《鮮花》導演西爾扎提·牙合甫坦言:「我希望通過影像讓其他民族瞭解哈薩克族『阿依特斯』文化的千年傳承,增進民族文化間的溝通交流。五月份正是鮮花盛開的季節,更恰逢『民族團結月』,我們選擇此刻讓民族的《鮮花》『開』遍全國,各族人民共譜『民族和諧曲』。」〔註65〕《鮮花》一反傳統民族文化敘事的「童話景觀」,正視個體生命的痛楚掙扎與生存困境,直面哈薩克民族乃至全人類的生命苦澀,最終抵達「現實彼岸」,建構出超越「民

〔註62〕如前文所述,這類電影以西部特定民族的族群記憶為中心,表徵出明確的民族文化自覺。代表作如藏族題材電影《靜靜的嘛呢石》、《草原》、《益西卓瑪》;蒙古族題材電影《額吉》、《季風中的馬》、《藍色騎士》;哈尼族題材電影《諾瑪的十七歲》;維族題材電影《大河》、《買買提的2008》;傈僳族電影《碧羅雪山》;羌族題材電影《爾瑪的婚禮》等等。

〔註63〕李道新,《中國電影:國族論述及其歷史景觀》,北京:中國電影出版社,2013年,第170頁。

〔註64〕李道新,《中國電影:國族論述及其歷史景觀》,北京:中國電影出版社,2013年,第171頁。

〔註65〕汪景然,《電影〈鮮花〉導演西爾扎提·牙合甫:讓民族之花開遍全國》http://www.dmcc.gov.cn/publish/main/178/2010/20100516134751249255166/2010051 6134751249255166_.html,2010年5月16日。

族形象本質主義」的主題呈現。

「如何既歷時地呈現少數民族地區悠久的歷史與獨特的地域文化，也從共時角度反映現代背景下民族文化面臨的轉型與挑戰？」〔註66〕如何以影像平等和諧地傳播邊疆少數民族文化，適宜恰當地重構國家文化形象？《鮮花》給出的答案是：原生態描繪少數民族獨特的生存哲學，消弭奇觀效應的審美間距，於真誠包容的內心思辨中，超越民族性與地域性的主題呈現，最終喚起觀者的情感認同乃至國族認同。這樣一種清醒澄明的銘寫語言，這樣一種融民族敘事於人類普世價值的結構主義，有必要成為一種邊疆「西部民族電影」的文化生態方式。

圖 3-1-2　電影《鮮花》宣傳海報

第二節　新時期少數民族電影：作為身份認同的國族文化認同

反觀 21 世紀前後的中國少數民族電影文化景觀，無論是韓萬峰、劉傑、王全安等以漢族身份進入少數民族題材電影創作的編導，還是像萬瑪才旦、

〔註66〕鄒贊，《「羊」的邊緣書寫與民族風情敘事——讀解電影〈永生羊〉》，《藝術評論》，2012 年第 8 期，第 130 頁。

西爾扎提・亞合甫、賽夫、麥麗絲、哈斯朝魯這樣的少數民族編導，都盡力採用向內視角，力求進入某一特定民族的文化源頭與現實困境。不可否認，在全球化、現代化浪潮的侵襲下，他們編導的影片對於延續本民族文化信仰基因起著不可替代的重要作用。但需要反思的是，在跨文化傳播的過程中，少數民族電影擯棄「扭曲化」、「刻板化」的極端，追求「原生態」和「純正性」的同時，能否有效融入中國電影文化？在不同文化背景的電影觀眾與少數民族電影的文化傾向性之間能夠找尋到契合的節點？進而言之，華語電影文化與少數民族電影文化之間是否存在交流的橋樑？

一、少數民族電影「跨民族傳播」中的文化斷裂與身份危機

少數民族電影的「內視角」文化認同觀與對既定秩序信守的傳統主義精神分不開，這種原生性認同未經過任何雕飾，在共享體系中建立，並且相信來自共同血緣祖先的主觀情感，及其對這種共享的文化詮釋，對一個群體的構成具有重要意義。〔註67〕新時期少數民族電影要融入華語電影文化圈，必須在「跨民族傳播」中消弭文化斷裂與身份危機。「跨民族傳播就是指非國家層面的兩個以上民族文化之間的傳播。民族電影的跨民族文化傳播語境就是指以少數民族文化為傳播主體的『跨民族傳播』，它包括少數民族與主體民族之間的跨文化傳播和少數民族文化之間的跨文化傳播。民族電影的文化共通原則就主要限定於純粹意義上的跨民族傳播語境之內。民族電影的文化共通是建立在不同民族文化之間具有文化普同性的基礎之上的。在跨民族的文化傳播當中，因為具有文化普同性，不同民族的人們才會在文化共通的理解平臺上認識其他民族的文化。」〔註68〕如何將少數民族電影文化中的關鍵「文化因子」有效內化到華語電影文化要素中，進而形成中國電影文化共同的文化特質，成為重要研究課題。

需要指出的是，少數民族電影的跨文化傳播過程，同時也是「國族主義」話語構建的過程。少數民族電影跨文化傳播的架構是歷史的，需要從社會學的角度切入其背景。「當知覺到自己深深植根於一個連續的、世俗的時間中，並且清醒地認識到這雖然暗示了連續性，卻也同時暗示了『遺忘』這個連續

〔註67〕范可《全球化語境中的文化認同與文化自覺》，選自何成洲主編《跨學科視野下的文化身份認同》，北京：北京大學出版社，2011年，第235頁。

〔註68〕魏國彬《少數民族電影學的理論建構》，昆明：雲南大學出版社，2012年，第132頁。

性的經驗，此種知覺引發了對於『認同』敘述的必要。」〔註69〕一個無法迴避的矛盾是，過於強調「內視角」的少數民族電影文化，必然在「國族」性歷史經驗的傳承過程中產生文化斷裂乃至身份危機的傾向。從宏觀的角度而言，「中華電影文化」作為現代化和外來影響的產物，「在其發展的歷程中背靠幾千年的深厚的中華文化底蘊，因此形成了別具一格的文化內涵和表現風格。這主要表現在媒體的題材選擇、語言、表達方式，以及存在於這些內容中的文化韻味。這種文化韻味的形成不是隔絕的，它本身是混雜的，是一個緩慢吸納和融合的過程，正是在各種外來的和本土的、傳統的和現代的、主體民族和少數民族的相互碰撞中，才形成今天這個樣子。這也是一個長期和緩慢的過程，因而保持了某種特定文化個性之穩定。」〔註70〕少數民族電影作為「中華電影文化」的重要組成部分，在國族構建的過程中，應當承擔更多的積極作用，而非以一種猛烈的、過激的狀態衝擊主體文化，最終表現為文化身份困惑的危機與文化斷裂。

「內視角」的少數民族電影可能會出現某種認同混亂的現象，「如果總是由一個他者的聲音填充了自己的話語空間，結果就是立場的飄忽不定，患上典型的失語症。一個喪失了自己的身份和認同的媒體，可能會危害國家利益，甚至成為社會失諧的重要源頭。過重的本土傾向可能引起本地人與外來人之間的族群分裂和矛盾，而媒體為了某種群體利益，對極端的民族主義情緒的煽動都會對社會秩序的穩定帶來不利的影響。」〔註71〕與上述少數民族電影相對，「外視角」的少數民族電影追求「國族文化」認同，它要通過影像表徵和思考的問題是：複合型的中華文明動力來源於何處？吸引力、中心輻射力、凝聚力以及族群的邊緣活力如何形成合力的機制？「中華文明的四脈道脈、史脈、詩脈和文脈伸展深入社會肌理。即使少數民族改變了一些內質和形式，但血脈不會中斷。」〔註72〕以外視角考察少數民族電影，就應該擁有一種民族共同體意識，而非侷限於探究其是否為純粹的維吾爾族電影或者正宗的藏

〔註69〕〔美〕本尼迪克特·安德森《想像的共同體：民族主義的起源與散佈》，上海：上海人民出版社，2011年，第200頁。

〔註70〕邱戈《媒介身份論：中國媒體的身份危機和重建》，北京：中國傳媒大學出版社，2008年，第177頁。

〔註71〕邱戈《媒介身份論：中國媒體的身份危機和重建》，北京：中國傳媒大學出版社，2008年，第190～201頁。

〔註72〕楊義《耕海一二三——楊義談讀書與治學》，北京：商務印書館，2016年，第234頁。

族電影的狹隘視角。概而言之，我們應該尋找少數民族電影與中華民族共同
體之間的內在精神聯繫；追蹤少數民族電影文化因子在整個「中華電影文化」
中的譜系；深究邊疆少數民族電影影像文本所表徵的文化活動、文學創造、
文化形式與主體文化之間的關係。

二、國族文化認同與十七年少數民族電影文化視點

在新中國的政治語境下，「政治是統帥，是靈魂」。因此，作為社會主義
體制產物的電影同樣需要從其意識形態性加以考察。新中國少數民族電影在
體現統治階級「管理一體化」和「思想一元化」特質的同時，試圖以一種所謂
「進步」的、「激進」的「新文化觀」對傳統的少數民族文化觀進行革命性改
造。這裡的「思想一元化、管理一體化，這『兩化』從兩個維度、兩個層面——
—人與制度、思想觀念與管理體制，構建而成一個立體化、全方位的社會體
系生態。」〔註73〕照此來看，新中國少數民族題材電影正是在這樣的語境之
下逐步發展成長。而「學習蘇聯電影生產體制」、「塑造工農兵英雄形象」、「採
用社會主義現實主義的創作方法」也成為少數民族電影創作的核心指導思想。

（一）新中國成立之初的少數民族電影創作語境

建國前後在少數民族邊疆地區開展的各式軍事、政治、經濟鬥爭複雜而艱
巨。以西藏地區為例，「在對待民主改革問題上，西藏少數民族上層勢力和廣
大人民之間的分歧並非快改和慢改的問題，也不是改革方式的問題，而是改與
不改的問題。」〔註74〕可以這樣說，為了建立一個多民族、文化多元一體、統
一獨立的國家體制，新興的社會主義政權面臨嚴峻而漫長的考驗。毋庸置疑，
在這一新舊勢力博弈的過程中，電影作為普遍而有效的文化／政治鬥爭工具，
承擔著舉足輕重的功能。1952 年 10 月 8 日，毛澤東在接見西藏致敬團代表時
強調：「學校、報紙、電影、宗教等等都是民族文化。」〔註75〕如何發展少數
民族電影文化事業，成為中共一項艱難巨大的任務。政務院明確了「按計劃加
強電影、藝術、出版、社會文化、藝術教育等各方面為少數民族服務的指導方

〔註73〕吳迪編《中國電影研究資料：1949～1979，上卷》，北京：文化藝術出版社，
　　　　2006 年，第 2 頁。
〔註74〕中國藏學研究中心主編《50 年真相——西藏民主改革與達賴的流亡生涯》，
　　　　北京：人民出版社，2009 年，第 2 頁。
〔註75〕中共中央文獻研究室、中共西藏自治區委員會編《西藏工作文獻選編》，北京：
　　　　中央文獻出版社，2005 年，第 87 頁。

針。」〔註76〕在1953年10月1日的《電影劇作通訊》上，中央電影局劇本創作所編輯部發表《關於反映少數民族人民生活方面的主題、題材提示》，指出少數民族電影應該「反映在中華大家庭裏各民族的空前友愛與團結互助，著重描寫各族人民的愛國思想、建設我們偉大祖國的激情和精神。」〔註77〕

建立一致的「國族認同」最終依賴國家政權來完成。民族身份屬於文化範疇，關涉倫理道德、價值觀念和思維方式，穿行其間的是國家共有的歷史記憶，以及由此而產生的「國族」認同感。少數民族個體的種族性特點，也必然深深植根於國家的文化結構之中。在民族國家建構的過程當中，「國族認同」的重要性體現於「首先，民族國家文化的正當性、社會成員的忠誠度以及統一的民族身份地位以獨立地面對其他民族國家。當一個國家得不到政治的、文化的、社會的力量為之效忠，它的合法性就會出現嚴重問題，往往會出現國家分裂的局面，使其無法以現代國際通行的規則和其他國家交往。」〔註78〕通過分析上述提示，可以得出以下結論：隨著新中國社會主義國營電影生產、發行放映工業體系的完善，中共對電影作為思想意識形態鬥爭工具的政治屬性有了更深刻的認識。新中國少數民族電影首先面臨的問題是如何以影像表徵「國族認同」這樣複雜的議題。新中國政權試圖經過社會運動，或改良、或革命，以國家的方式建立新的民族身份再認同。執政者認識到，「國籍只是民族認同的政治表達形式，而民族認同所內含的文化認同感則產生歷史、語言、宗教、文化和血緣等多種超越政治層面的感情紐帶。」〔註79〕正因為如此，解放區的少數民族文藝工作者在成為電影家的同時也必然成長為堅定擁護新政權的馬克思主義者，其少數民族的身份相應淡化（而國家主人翁的意識則相應增強）。漢族文藝工作者的傾力相助，則「保障了黨的少數民族政策在電影領域中的貫徹實行，加強了以漢民族文化特色為主體的中國式馬列主義和社會主義意識形態觀念向少數民族地區的輸入及其對少數民族同胞的教育和啟迪作用。」〔註80〕

〔註76〕劉源泉《中國共產黨少數民族文化政策研究》，北京：人民出版社，2014年，第118～119頁。

〔註77〕吳迪編《中國電影研究資料：1949～1979，上卷》，北京：文化藝術出版社，2006年，第358～359頁。

〔註78〕徐訊《民族主義》，北京：東方出版社，2015年，第34～35頁。

〔註79〕徐訊《民族主義》，北京：東方出版社，2015年，第37頁。

〔註80〕李奕明《十七年少數民族電影的文化視點和主題》，選自鍾大豐編《拉滿生命之弓：李奕明電影文集》，北京：東方出版社，2015年，第110頁。

（二）「十七年少數民族電影」與國家認同

1. 敘事策略

　　作為中共的政治宣傳工具，十七年少數民族電影的敘事策略和敘事主體聚焦於意識形態觀念的影像化，在民族風情的電影化過程中傳播黨的少數民族政策。新中國首先面臨的一個問題是，如何基於大一統的中國歷史文化重構「中華民族」這一概念。「中華民族」既可作單數，表徵統一的民族國家；亦可為複數，表示多元一體的中華各民族。「單數『中華民族』的『民族』大於『漢族』、『蒙古族』的『民族』；『中華各民族』的『民族』與『漢族』、蒙古族的『民族』相等。」〔註81〕我們可以這樣來理解電影中的「族性」影像傳播：「影像和語言一樣，都涉及闡釋、直覺和圖像三要素，同屬於廣義意義上的指號（sign）現象。這三要素合成社會語義，屬於互動共生的關係；『先在』的社會語義會成為『後在』的認知對象，最終構成圖像的有機元素。作為圖像手段的影視，是生成族性的重要元素，與闡釋、直覺共同形成互動共生、循環往復的交換代謝體。」〔註82〕十七年少數民族電影正是通過少數民族文化和主體民族的文化互動，借助流動往復的影像，把直覺和闡釋（電影編導和受眾的文化習俗、價值理念）加載入中華民族文化的多向互動。這裡的「直覺」與各民族的傳統文化息息相連，而「闡釋」則受到少數民族文化政策的規約。因此，以影像來建構「中華民族」這一概念，必然會受到種種桎梏。〔註83〕考察十七年少數民族電影與中華民族共同體以及國家的創建，不難發

〔註81〕納日碧力戈《萬象共生中的族群與民族》，北京：中國社會科學出版社，2015年，第251頁。

〔註82〕納日碧力戈《萬象共生中的族群與民族》，北京：中國社會科學出版社，2015年，第236頁。

〔註83〕以1950年出品的《內蒙人民的勝利》為例，該片原名《內蒙春光》，在公映之初，導演干學偉即受到中央統戰部部長李維漢的嚴厲批評：「雖然你在影片裏說要團結少數民族上層分子，但卻在形象處理上大量暴露他們。」（干學偉《從一部影片的復生說起》，選自陳荒煤、陳播主編《周恩來與電影》，中央文獻出版社1955年版，第273～274頁。）《內蒙春光》最終被確定在反映黨的民族政策上有錯誤。電影在情節構置和劇作文本衝突中完全運用了階級分析和階級鬥爭的理念。蒙古王爺道爾基被塑造為反動透頂的革命對象，這樣不可救藥的反面形象自然會引起少數民族上層的反感和恐懼，不利於黨的少數民族統戰政策和政府對各少數民族地區的管理；至於對活佛形象的醜化也只能傷害兄弟民族的宗教信仰。因此，政務院發出暫時停映的通知。根據5條修改意見，影片編導進行了一次較大修改，重新拍攝了16場，部分修改10場。原片54場，只保留了28場。影片最終剪掉的鏡頭為：道爾基王爺在

現，十七年少數民族電影的有效傳播在潛移默化中形塑了中華文化中的「常識性問題」、歸屬感以及在民族問題中最終實現的身份認同。值得探討的是，電影影像是以何種敘事策略參與到國家、國族文化和社區話語的重構中來的？在這一傳播過程中，「普遍意義上的文化與特定的民族文化均呈現出一種強烈的意識形態色彩，文化不再只是為殘暴的、血腥的身份戰爭提供的『場合』，而成為了鬥爭主體本身。歸屬感、國民性及身份作為民族文化的實質和內容被重新定義。」〔註84〕

正如學者李奕明的觀點，在敘事主題的迭次變化中，十七年少數民族電影按照劇作衝突和情節展開，可以分為以下幾大基本敘事策略：國族意識觀念、階級認同策略、落後與進步的分界線、漢文化特色的社會主義無神論。〔註85〕影片在敘事策略上試圖呈現統治階級對意識形態的強化和管控，但卻缺乏深入討論文化內部或不同文化之間產生的複雜互動。換而言之，在文化融合的過程中，對於「迻譯」「交流」「碰撞」這一類的概念總體討論不足。

針對主體文化的「進口」或者文化「移植」，少數民族群體往往會採取以下反應：接受、抵制、以抗拒和淨化形式呈現的抵制、隔絕、適應。〔註86〕第一種可能的策略是接受甚至歡迎，比如《五朵金花》《劉三姐》《阿詩瑪》等少數民族故事片，以明媚清新的山水之美、詩情畫意的鏡頭語言得到少數民族受眾的擁躉。黑白片《冰山上的來客》講述塔吉克族解放軍戰士阿米爾和戀人真古蘭丹姆的傳奇愛情故事，一曲《花兒為什麼這樣紅》的「祝頌與言情調式，呈現中國北方十七年少數民族題材電影的暖格調。主題曲《花兒為什麼這樣紅》反覆出現六次，面對綿延不絕的冰峰雪嶺和高山大川之巔，雪域高原終究

與活佛賽馬輸了後鞭打頓得布弟弟場景；道爾基王爺毒打修廟的工人鏡頭和蘇合制止了這種暴戾後乘機向群眾宣傳自治運動的意義的場面；道爾基王爺被潰敗的匪軍打死的鏡頭……。影片主要修改內容都圍繞著道爾基王爺形象的變化，由於修改前後人物的性格反差極大。在修改後的影片中，蒙古族的王爺最終醒悟了，成為黨爭取的對象。在周恩來總理的親自關懷下，《內蒙春光》終於修改完成，並被毛主席改名為《內蒙人民的勝利》。」（饒曙光等著《中國少數民族電影史》，北京：中國電影出版社，2011年，第26～33頁。）。

〔註84〕〔美〕普爾尼馬·曼克卡爾《觀文化，看政治——印度後殖民時代的電視、女性和國家》，北京：商務印書館，第251頁。

〔註85〕李奕明《十七年少數民族電影的文化視點和主題》，選自鍾大豐編《拉滿生命之弓：李奕明電影文集》，北京：東方出版社，2015年，第114頁。

〔註86〕〔英國〕彼得·伯克《文化雜交》，楊元、蔡玉輝譯，南京：譯林出版社，2016年，第73頁。

阻擋不住《花兒為什麼這樣紅》的暖調歌聲。冰山來客，終為血融。」〔註87〕
其次可能的策略是抵制，即保護自己本族群的文化邊疆不受外來文化的侵蝕。
眾所周知，文化身份往往是由對立因素來確證。少數民族文化為了守護自己文
化傳統的所謂純潔性，往往可能會對外來文化進行非同尋常的抵制。與此同
時，如果電影作品呈現有關少數民族群體的負面描寫或者刻板形象，少數民族
受眾會對其表現出消極的評價，對原型的認同程度也因此降到最低。少數民族
群體試圖抵制主體文化的侵犯，自身文化卻逐步淪為「高牆內的世界」。文化
隔絕則是對文化入侵的有意識的回應，「在這種情況下，分割線並不是劃在自
我和他者之間，而是劃在文化內部；它放棄保護整個疆域的想法，而集中地保
護部分地區免受外來影響的污染。另一種隔絕發生在一些不同種族聚居、數種
語言通用的城市。這些城市類似於文化馬賽克，由各種元素鑲嵌而成。」〔註
88〕十七年少數民族電影是中國少數民族題材電影的第一個黃金年代，如何依
靠有效的電影敘事策略消融文化隔絕，成為這階段電影創作的重要研究議題。
為了消融文化隔絕，影片或以全知敘事、或以主觀灌輸、或寓教於樂，試圖以
主導鮮明的宣傳教育傳播視聽主題。「『十七年』的少數民族題材電影在思想意
識形態領域內，不斷把中國共產黨一系列化的方針政策，路線教育等大政方
略，滲入進一系列革命性與政治化的電影藝術創作之中。」〔註89〕

　　不難看出，當時像《達吉和她的父親》、《邊寨烽火》這樣講述階級衝突
的影片，與新時期少數民族題材電影《家在水草豐茂的地方》、《碧羅雪山》、
《圖雅的婚事》等主題複雜的影片，在道德標準、價值取向上不盡相同，呈
現明顯的時代烙印。

2. 類型與主題

　　十七年少數民族電影總體上可以歸納為以下類型：「少數民族地區階級鬥
爭」的主題、「少數民族宗教神話傳說」的主題、「少數民族積極抗戰」的主題
和「少數民族與漢族融合認同」的主題。其中不乏《農奴》（1963 年，李俊導
演）、《回民支隊》（1959 年，馮一夫、李俊導演）、《五朵金花》（1959 年，王

〔註87〕烏爾沁《中國少數民族電影文化》，北京：中國社會科學文獻出版社，2015 年，
　　　　第 74 頁。
〔註88〕〔英國〕彼得・伯克《文化雜交》，楊元、蔡玉輝譯，南京：譯林出版社，2016
　　　　年，第 84 頁。
〔註89〕烏爾沁《中國少數民族電影文化》，北京：中國社會科學文獻出版社，2015 年，
　　　　第 304 頁。

家乙導演）、《劉三姐》（1960 年，蘇里導演）這樣的優秀作品。

（1）**少數民族地區階級解放的主題**。1963 年李俊導演的《農奴》可以視作少數民族地區階級解放主題的代表性作品。該片的產生背景具有重大的政治意義——1959 年的西藏平叛事件。〔註 90〕「影片的巧妙之處在於通過強巴這一人物本身的命運過程來展現 1951 年西藏和平解放到 1959 年平叛這一時期的西藏社會現實，憑藉強有力的情節敘事和電影化的手段來實現影片的政治表意策略。」〔註 91〕八一電影製片廠導演李俊擅長拍攝少數民族題材的影視節目，他最初從事紀錄片創作，先後拍攝《戰俘營》《通向拉薩的幸福道路》等片。電影《農奴》富於藏族生活氣息，氣勢凝重雄渾，感情含蓄深沉，標誌其導演藝術的成熟。「作為建國後十七年中國電影中一部具有代表性的作品，《農奴》不僅及時地配合當時政治鬥爭的需要，更重要的還在於它近乎完美地調動了諸多電影藝術手段。」〔註 92〕《農奴》的核心戲劇衝突是農奴強巴與活佛土登、領主熱薩之間的階級對立。影片將活佛土登塑造為偽善反動宗教勢力的代表，從西藏宗教文化和民俗自然風情中，選擇富於特徵性的場面，含蓄地揭示出「新中國 1960 年代」這一特殊歷史語境下的特定文化矛盾衝突。例如「強巴奶奶以虔誠之心，去寺廟為孫兒求得保平安的護身符，不僅未能護祐孫兒平安，自己卻在半路倒在了河流中，一紙護身符亦隨河水流逝……強巴受蘭乃尕一顆純潔之心的託付，在慈善的『白度母』面前多拜一拜時，因肚子飢餓，吃了一塗把酥油，被兇惡的鐵棒喇嘛捉住，幾乎要砍掉手、割掉舌。『白度母』

〔註 90〕早在 1958 年底，「西藏自治區叛亂武裝已經發展到 23000 多人，其中叛亂骨幹分子多來自川、青、甘、滇等省。1959 年 3 月，西藏叛亂分子在西藏上層反動集團的指使下，利用西藏駐軍、機關分散的特點，開始瘋狂地進攻政府機關、學校、商店和解放軍駐地。他們選定在 1959 年 3 月 10 日達賴喇嘛要到軍區看戲的時機，公開撕毀協議，背叛祖國，反動全面武裝叛亂。3 月 12 日，叛亂分子在布達拉宮前『雪』地方的印經院召開『西藏獨立國人民代表會議』；3 月 14 日，偽人民會議脅迫拉薩部分婦女上街遊行，呼喊『西藏獨立了』、『漢人滾出去』等反動口號，並到印度駐拉薩總領事館遞交『獨立』聲明，要求印度出面『調解』，讓漢人撤走。印總領事館收下『獨立』聲明，並答允轉告政府。當日，上層反動集團還派官員到尼泊爾駐拉薩領事館聲明『西藏獨立了』。」參見中國藏學研究中心主編《50 年真相——西藏民主改革與達賴的流亡生涯》，北京：人民出版社，第 41～48 頁。

〔註 91〕李奕明《十七年少數民族電影的文化視點和主題》，選自鍾大豐編《拉滿生命之弓：李奕明電影文集》，北京：東方出版社，2015 年，第 116 頁。

〔註 92〕王迪主編《通向電影聖殿》，北京：中國電影出版社，1993 年，第 110 頁。

視而不聞不問。再如，更頓老喇嘛一生含辛茹苦，泥塑佛像，金塗佛面，功德無量。不料恰恰在大佛『開光』之日，老喇嘛失明了，連他親手塑造的佛面也未看到……。」〔註93〕都在一定程度上反映出編導對於舊西藏宗教文化的負面態度。與之相對，解放軍被塑造為「頭頂五角星、打碎鐵鍊（《共產黨宣言》中桎梏勞動人民的普遍政治隱喻）的菩薩兵」，試圖以此來置換舊的宗教偶像。在一定程度上，影片塑造的各式形象雖然給人予刻板印象，但卻有效達成了「國族身份」重塑、「國家文化」認同的功能訴求。概而言之，「十七年少數民族電影」試圖建立一種在中華民族主體文化基礎上的，「以『家』的想像和『國』的想像為終極目的電影文化，立足政治、道德與情感的層面，肩負一個時代的家國夢想及其歷史使命。」〔註94〕在這種政治電影觀的指引下，國家和政黨的權力得到強化；與此同時，在少數民族文化風情的光影敘事中，主流意識形態得到承載、少數民族觀眾精神文化亦獲得引導傳達。

（2）**少數民族投身抗戰的主題**。「十七年少數民族電影」中的《回民支隊》（1959 年，馮毅夫、李俊導演）就出色表現了這一主題。《回民支隊》根據華北抗日活動中馬本齋的真實事件改編，「書寫了一隻由普普通通回族民眾組成的抗日義勇隊，在中國共產黨的領導和教育下，成長為一支英勇善戰的人民軍隊的光輝歷程。」〔註95〕該片成功地展示了作為中華民族大家庭一員——回族的國民精神氣質。作為東遷的穆斯林移民，回族與中國境內的維吾爾族、蒙古、漢族等民族融合而為民族共同體。作為回族政治倫理文化的核心，其愛國主義傳統經歷了一個形成、發展與豐富的過程。回族繼承了中華民族傳統文化和伊斯蘭文化的優秀文化傳統，具有識大體、顧大局的民族意識。這種不斷豐富發展的愛國主義傳統是回族政治倫理文化的核心所在。「從最初『斯土之人與居也』的熱愛家園，到當代『共建中華民族共有精神家園』，形成了回族愛國主義的光榮傳統。」〔註96〕抗日戰爭爆發後，中華民族危機

〔註93〕鄭雪來主編《世界電影鑒賞辭典》（增訂版・第二編），福州：福建教育出版社，2013 年，第 208 頁。

〔註94〕李道新《中國電影文化史（1905～2004）》，北京：北京大學出版社，2005 年，第 238 頁。

〔註95〕鄭雪來主編《世界電影鑒賞辭典》（增訂版・第一編），福州：福建教育出版社，2013 年，第 1112 頁。

〔註96〕李偉、潘忠宇《回族倫理文化導論》，銀川：寧夏人民出版社，2010 年，第 266 頁。

空前嚴峻，出版於南京的回族刊物《突崛》疾呼：「大家趕快起來，與敵人做殊死鬥。」在中國共產黨領導的抗日武裝中，更是湧現了許多回族人民英雄。「陝甘寧邊區回民騎兵團、渤海地區回民支隊、冀中地區回民支隊等武裝都是回族人民抗拒日本侵略者的光榮旗幟。」〔註97〕毫無疑義，在回民抗戰史中，馬本齋所率領的「冀中地區回民支隊」是最傑出的典型代表。影片《回民支隊》在「馬本齋抗戰」的母題之下，闡釋了黨「民族統一戰線」成功改造少數民族武裝的過程。編劇用「階級分析」的方法消解了「民族異同」的界限，成功塑造八路軍郭政委這樣一位解救者、教育者與指引者三位一體的形象。片中兩個細節頗為感人：一是郭政委為改善部隊生活，主動提出請阿訇來部隊宰牛，因為回族不吃未經阿訇宰殺的牛肉。這件事消除了回族的民族隔閡，使人感到郭政委與回民同屬於一個共同體的自己人。而片尾處，郭政委在犧牲前批准了馬本齋的入黨要求，「馬本齋將一面紅旗覆蓋在郭政委的遺體上。馬本齋眼裏噙著淚花，振臂高呼：『我們宣誓，在黨的領導下永遠忠實於黨，忠實於勞動人民，不把敵人消滅，決不罷休！』」〔註98〕回民支隊終於成長為一隻革命的隊伍，「最終，在共同抵禦外侮的前提下，國家意識和民族大家庭觀念取代了狹隘的少數民族意識。」〔註99〕

（3）**少數民族與漢族融合認同的主題**。該主題試圖超越民族界限、血緣異同，以階級親情跨越狹隘的族群關係，構建社會主義新型的家庭關係。1961年出品的《達吉和她的父親》（峨眉電影製片廠、長春電影製片廠，王家乙導演）是這一主題的典型代表，講述不同民族父親和漢族姑娘共同組建的特殊和諧家庭的故事。這一故事情節和《兩代人》（1960年，新疆電影製片廠，陳崗、歐凡導演）頗為相似，不過將《兩代人》中被維族老人救走的漢族娃子置換為了女性達吉，把漢族母親的身份替換成了彝族老奴。無論《兩代人》還是《達吉和她的父親》，都將孩子的失散歸咎於階級壓迫，而兩位孩子也都在被收養的過程中獲取了少數民族新的身份認同——達吉（彝族名字）和艾里（維族名字）。這樣，「孩子們成為少數民族的一部分，這一敘事

〔註97〕李偉、潘忠宇《回族倫理文化導論》，銀川：寧夏人民出版社，2010年，第268頁。

〔註98〕鄭雪來主編《世界電影鑒賞辭典》（增訂版·第一編），福州：福建教育出版社，2013年，第1112頁。

〔註99〕李奕明《十七年少數民族電影的文化視點和主題》，選自鍾大豐編《拉滿生命之弓：李奕明電影文集》，北京：東方出版社，2015年，第117頁。

策略成功展示了多民族的社會主義國家大家庭完美融合的景象。」〔註 100〕
這類電影有效體現了「熔爐」的理念。影片以直觀的影像構建了「社會主義
大熔爐」這一生動隱喻。對於這個巨大的熔爐而言，不存在任何例外與限制，
它吸收所有族群成員，將其置入其中熔化。漢族、彝族、維族還是漢族，無
論膚色與宗教信仰，都能在社會主義文化、中華文明這口大坩堝中沸騰。「各
類不同族群的文化將會融合一處，新構成一個『混合體』。後者全然不同於
『混合體』內任一單獨族群的文化。」〔註 101〕當然，兄弟族群、「單一熔爐」
的理念無論在民族心理、社會結構，還是在社會文化中，始終帶有理性主義
的幻想氣質。它必須具有宏大開闊的心理預期，處於民族平等、社會公正的
象徵性旗幟之下（影片中主人公的黨員身份可以視作該旗幟的化身），在心
理上給予所有族群平等待遇的承諾。這個具有家國情懷的象徵，也必然要大
於組成它的任何群體的文化象徵。

　　（4）少數民族民俗風情、宗教神話傳說的主題。在「十七年少數民族題
材電影」中，《五朵金花》（1959 年，長春電影製片廠，王家乙導演）和《劉
三姐》（1960 年，長春電影製片廠，蘇里導演）可以視作以階級鬥爭敘事策略
為變體、社會主義政治文化對於少數民族宗教文化的策略式消解。〔註 102〕《五
朵金花》是一部以兄弟民族生活為題材的輕喜劇，影片以阿鵬找金花為基本
線索，編導出一個個富於喜劇色彩的故事，讓活躍在社會主義事業不同崗位
上的五位金花呈現積極向上的嶄新風貌，呈現社會主義新時期民族新生活圖
景。影片「把白族奇異風情與民歌作為電影元素或情節場面注入影片，如採
藥老人的山歌、《蝴蝶泉邊》……本片之所以產生巨大的影響，更為重要的是
它展現了少數民族古樸溫馨的人性美。」〔註 103〕影片《劉三姐》取材流行於
廣西、柳州一帶的壯族民間故事《有甘牛民間故事選集》。壯族是我國僅次於
漢族的民族，聚集地嶺南是我國主要的海上通道，桂北的靈渠則是溝通中原
的咽喉。「自秦朝開始，歷代統治者大多選派最有能耐的名將重兵駐守，並強

〔註100〕 李奕明《十七年少數民族電影的文化視點和主題》，選自鍾大豐編《拉滿生
　　　　　命之弓：李奕明電影文集》，北京：東方出版社，2015 年，第 119 頁。
〔註101〕 〔美國〕米爾頓‧M‧戈登《美國生活中的同化》，馬戎譯，南京：譯林出版
　　　　　社，2015 年，第 114～115 頁。
〔註102〕 李奕明《十七年少數民族電影的文化視點和主題》，選自鍾大豐編《拉滿生
　　　　　命之弓：李奕明電影文集》，北京：東方出版社，2015 年，第 120 頁。
〔註103〕 鄭雪來主編《世界電影鑑賞辭典》（增訂版‧第一編），福州：福建教育出版
　　　　　社，2013 年，第 1099～1100 頁。

行移民於嶺南，實行殘暴的『以夷制夷』、『分而治之』的統治，其嚴厲程度遠遠超過其他任何地區。土司制度延續一千多年。『尺寸土地悉屬官基』，廣大壯民成為統治者的奴隸。」〔註104〕本片在強調「階級鬥爭為綱」的新中國初期拍成，難免存在某些階級鬥爭敘事策略的變體因素。但全片並未落入「階級鬥爭二元對立」的公式化套路，影片情節循序漸進、跌宕起伏；融入壯族民間對歌形式與桂林山水風光，又顯得明朗歡快。

三、國族文化認同與新時期邊疆少數民族電影

　　文革結束，邁入新時期（1977 年至今）之後，少數民族題材電影的創作開啟文藝復興的重要歷史時刻。國家主體文化被國民普遍認同的程度越來越體現一個國家的內部凝聚力與國際影響力。作為一個多族群的政治實體，中國各族群在宗教信仰、語言表達、傳統身份認同以及文化習俗等方面表現各異。毋庸置疑，少數民族電影文化在「國族構建」的過程中舉足輕重。若以「外視角」有效整合，其直觀影像有助於各族群將所屬國家視作共同的最高政治認同；而傳播不當，則會讓某些族群接受西方「民族」理念並以獨立「民族」自居，進而滋生分裂主義傾向、族群層面的「民族主義」。新時期邊疆少數民族電影致力於影像媒介，追求「共享國家層面的『政治文化』認同，該認同包括各民族在內的全體國民所遵從和分享的共同社會價值體系與意識形態。這是國家政治認同的文化基礎。」〔註105〕在此過程中，如何既體現主流政治意識形態，又避免簡單的刻板說教？如何既能尊重少數民族的宗教信仰、文化習俗，又能規避邊疆地區某些「政教合一」核心色彩濃厚的傳統意識形態？如何以影像形塑一個在主體國民中富於感召力的共同信仰？進而言之，新時期少數民族電影該如何以影像進行「民族構建」？不容置疑的是，「在『文化大革命』後，主體意識形態的感召度和神聖性都在逐漸下降。從某種程度而言，可以說中國社會出現了信仰危機和主體文化『真空』。」〔註106〕反觀「十七年少數民族電影」，影片《農奴》

〔註104〕鄭雪來主編《世界電影鑒賞辭典》（增訂版‧第一編），福州：福建教育出版社，2013 年，第 1183 頁。

〔註105〕馬戎《中國民族史和中華共同文化》，北京：社會科學出版社，2012 年，第 193 頁。

〔註106〕馬戎《中國民族史和中華共同文化》，北京：社會科學出版社，2012 年，第 197 頁。

《阿娜爾罕》等片即體現出特定歷史語境下，主流意識形態（解放軍和共產黨員為具體象徵）的神聖性和感召力。進入 21 世紀，共產主義政治理想需要繼續發揚，但在國際形式日益複雜化、邊境地區衝突頻發的新歷史時期，我們需要尋找更好表現凝聚全體國民的政治文化。無疑，新時期邊疆少數民族電影是其中尤為重要的傳播媒介。

對「新時期邊疆少數民族電影」與國家認同關係進行研究的過程中，有幾點需要重視。

其一，不應該把邊疆少數民族電影視作絕對獨立的對象，需要看到其跨越種族──民族──族群邊界，與其他文明彼此滲透的情況。探討在價值觀方面，不同邊疆少數民族電影文化的共性以及共同的倫理道德基礎。調節梳理邊疆少數民族與主體民族之間、邊疆少數民族與其他少數民族之間的文化互動，既反對強制同化、維護「和而不同」，又能積極引導各群體彼此欣賞其他族群的傳統文化。

其二，逐步消除邊疆少數民族電影文化生活中的民族區隔。在政府的文化建設和群眾文化生活方面，存在把漢族公民與「少數民族」公民這兩部分國民分隔開來的系統化制度傾向。「例如在文學和電影的分類中存在『非少數民族題材文學、電影』和『少數民族題材文學、電影』的區分。」〔註 107〕簡單的「二元區隔」容易產生「大漢族主義心態」，讓電影受眾對於少數民族文化產生誤解；而漢語水平低下的少數民族觀眾在觀看國產電影時同樣又會產生心理隔膜。與我國的所謂「普通題材電影」形成鮮明對比，好萊塢電影中普遍存在大量拉丁裔、黑人和亞裔的少數族群電影演員。

其三，積極構建邊疆少數民族影視的「民族生態共同體」。影視作品屬於廣義的指號（sign），「符號與其對象、解釋項之間存在著一種三元關係。」〔註 108〕圖像指號、直覺和解釋項三者互動共生，合成最終的社會意義。「影視作為圖像手段，是生成族性的重要因素，與直覺、解釋共同形成開放和歷時的交換代謝體。」〔註 109〕邊疆少數民族電影符號可視作少數民族群體社會與文

〔註107〕馬戎《中國民族史和中華共同文化》，北京：社會科學出版社，2012 年，第210 頁。

〔註108〕〔美〕皮爾斯《皮爾斯：論符號》，成都：四川大學出版社，2014 年，第 31頁。

〔註109〕納日碧力戈《萬象共生中的族群與民族》，北京：中國社會科學出版社，2015年，第 236 頁。

化的核心表徵。這些流動歷時的鮮活影像符號既涵蓋自然生物，也有人類創造；既有圖像典儀，也有神話傳說；既有時事政治，又有民俗宗教。由此觀之，形式多樣的電影像徵符號具有重要的功能，它們有助於族群的相互聯繫，同時構建起一套共同的、反映整個社會階級地位、民族觀、文化活動等內容的符碼體系。所謂『國族』，應該為擁有共同起源和傳統的人的集合。「這些集合關係通過共同的民族及文化象徵物得以提升。電影像徵符號多與政治、宗教、民俗有關，反映出一個社會及文明的方方面面；表徵出個體的民族、工作、信仰、個性、志向、階層等信息。『認同感需求』成為民族群體架構的基石，將同類人群緊密地聯繫在一起。」〔註110〕由此，電影像徵符號融合觀眾直覺、文本解釋項（反映影片製作者在特定歷史時期的社會語境以及文化沉澱），在多重互動中構成整個中華民族的話語隱喻、客觀建構起「民族生態共同體」。建構良性的「民族生態共同體」，需要真誠做到「像珍惜自己的體膚一般，珍惜『邊地』、珍愛『弱者』、珍愛『少數民族』，不將其視為改造對象。積極共建一個超級生態共同體，即『超級活生態』。」〔註111〕進而言之，以電影符碼消弭民族個體與民族代言人之間的張力關係；以族群認同、「國族主體性建構」為追求的外視角政治導向。邊疆少數民族電影既需要擯棄血統論和種族純粹主義，又需要保障「和而不同」的文化多樣性，猶如戴著雙重鐐銬起舞：主體文化經驗（以漢文化為代表）與少數民族文化經驗的錯綜交織。惟有秉承這樣的認識高度，才可能編導出真正「國族」意義上的邊疆少數民族電影。

（一）多義的新時期少數民族電影「情感結構」

長久以來，少數民族電影或作為明星與主流意識形態的共同塑造物（1949年～1966年），或充當概念化的政治符號（1966年～1976年）。在進入新時期之後（1976年至今），作為本民族文化的傳播媒介，少數民族電影開始在世俗化的浪潮中扮演愈加複雜的多元角色。我們可以從跨文化研究、民族性、身份、國家認同等諸多路徑切入，但需要警惕少數民族電影淪為被「凝視」的地位。這種被主體凝視而非凝視別人的特點，構成了跨文化想像的主要誤讀。

〔註110〕 〔英〕米蘭達‧布魯斯—米特福德、菲利普‧威爾金森《符號與象徵》，北京：生活‧讀書‧新知三聯書店，2014年，第215頁。

〔註111〕 納日碧力戈《萬象共生中的族群與民族》，北京：中國社會科學出版社，2015年，第248頁。

只有認識到少數民族電影是「跨文化」的媒介產物，才真正有可能將其融入中國電影的象徵、意識形態領域。我們需要考察在新時期政治語境下，如何構建新的少數民族文化？新的少數民族身份怎樣在地域性（秉持內視角的視點）、國際性（全球化的衝擊）、政治性的參照中加以考察？如果說少數民族的「民族性」與生俱來、無法擺脫，那麼新時期少數民族電影則表現出某種「後民族性」，試圖決定如何重新證實其所創造的意識形態。在西方某些批評家眼裏，「『中國』這一民族的符號隱含著中國知識階層與極權政治的共謀關係，因為他們對西藏、臺灣和香港等地被大陸中國文化所殖民和壓制的人民毫不關心」。〔註112〕因此，在這種「解構」國家和民族的後殖民語境中，重新反思新時期少數民族電影研究相關的「中國」或「中國性」成為極其重要的議題。

考察新時期邊疆少數民族電影的民族性、身份與國家認同，我們需要從電影文本的「整體意義」加以把握。這個「整體意義」形似「意義之塔」，涵蓋三個層面：1. 意向義。即電影創作者的創作意向，可以從電影作者在作品完成之前的事蹟與表現加以考察。2. 表達義。不僅從電影文本的角色、情節、題材等表達層面研究，還要從其講述方式加以細緻的文本細讀。3. 生成義。電影作品的傳播和接受，既是個性化的主體審美活動，亦為折射社會歷史語境的文化活動。其內涵包括，「其一為（個體）讀者所給出的定義，是他們在電影文本接受活動中按照文本的效應結構賦予作品的意義。其二是（文化）歷史派生意義。在特定的歷史時代背景下，不同時代語境往往能賦予前世所流傳下來的作品全新的闡釋和意義。」〔註113〕概而言之，邊疆少數民族電影呈現出一個倒金字塔樣式的整體意義結構。（見下圖）

〔註112〕張英進《審視中國：20世紀中國電影研究在西方的發展》，載於楊遠嬰主編《中國電影專業史研究‧電影文化卷》，北京：中國電影出版社，2006年，第609頁。

〔註113〕賈磊磊《電影語言學導論》，上海：復旦大學出版社，2011年，第219～222頁。

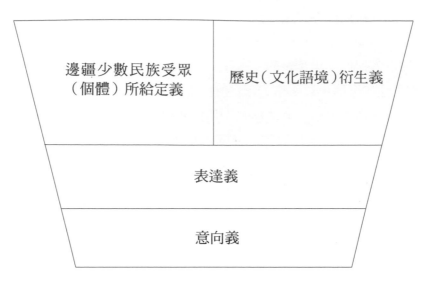

圖 3-2-1　邊疆少數民族電影「整體意義」的結構〔註 114〕

在邊疆少數民族電影的「意義塔」中，我們尤其需要重視的是「歷史（文化）衍生義」。邊疆少數民族電影作為重要的媒介表徵形式，不僅關乎「媒體公正」，同時牽涉「民族主義」、「宗教信仰」、「邊疆安全」等諸多複雜議題。如果電影創作者的「表述義」不合時宜，不僅可能與其「意向義」南轅北轍，導致邊疆少數民族受眾（個體）的歧義理解，而且最終在歷史（文化語境）中衍生出諸多誤讀。由此，考察新時期邊疆少數民族電影，既需要延續思考「十七年少數民族電影」所深受的冷戰政治影響，又需要留心「文化多元主義」、「自由主義」、「保守主義」等新的政治語境變遷帶來的「『世俗化過程中的宗教擴張』、『市場化、全球化與語言危機』、『日常生活方式的巨變』、『社會流動、移民權利與民族區域的社會危機』、『承認的政治』與多民族社會中的平等問題」。〔註 115〕伴隨歷史文化語境的變遷，新時期邊疆少數民族電影的主題和敘述方式均有所變化。在另一方面，饒有興趣的一點則是，如果結合該時期少數民族的真實心理模式，我們更能充分理解邊疆少數民族電影的主題、技巧及其演進軌跡。按照齊格弗里德·克拉考爾的說法，「首先，電影絕非個人作品。電影製作與工業生產相同，具有顯著的集體特性。其次，電影面向

〔註 114〕參見賈磊磊《電影語言學導論》，上海：復旦大學出版社，2011 年，第 223頁。

〔註 115〕汪暉《東西之間的「西藏問題」（外二篇）》，北京：生活·讀書·新知三聯書店，2014 年，第 266 頁。

無名大眾並要投合後者的心意。」〔註116〕由此，邊疆少數民族電影表徵出顯而易見信條的同時，也在一定程度表徵出少數民族特有的「心理習性」（psychological dispositions），也就是那些向意識緯度伸展、位於集體無意識的心理深層次的東西。作為民族文化生活中的重要沉積物，為我們瞭解少數民族社會中的主流心態和普遍的內在傾向提供有價值的信息。「故此，在經濟轉型、社會危機和政治圖謀的顯性歷史背後，少數民族電影運行著一段關涉本民族內在習性的隱秘歷史。借助電影銀幕這一媒介，讓這些習性曝光可以幫助我們更好理解這一時期邊疆少數民族的文化心理。」〔註117〕研究邊疆少數民族電影心理史，不同於傳統的溯源式敘事範式，強調對於邊疆少數民族主觀歸屬意識之狀況及其歷史演進作必要的考察。結合上述邊疆少數民族電影「整體意義」的結構，我們需要重點思考少數民族電影如何以影像傳播邊疆少數民族與中原漢族的交流史？邊疆少數民族與中原漢族兩個社會如何相互接觸、彼此影響？中華民族大家庭作為一種文化理想形態，如何借助電影影像予以維持鞏固？邊疆少數民族「情感結構」是一個重要的理論範疇，我們可以用這個概念來闡釋涉及邊疆少數民族個體的普遍情緒、感知、社會意識和情感經驗。無疑，邊疆少數電影可以作為少數民族「情感結構」的重要媒介物。「一方面，國家意識形態機器的操作區隔出特定的族群空間；另一方面，它也在深刻地形塑普通民眾的身體感知、情緒記憶。」〔註118〕從這個意義而言，用邊疆「少數民族情感結構」來處理民族關係，相較政治立場、意識形態等諸多概念更能真正涉及問題的深層。必須指出，在宗教信仰、民族文化等「表相差距」之外，正確依靠少數民族電影形象傳播，才可能將不同民族的歷史遭際銘刻於個體生命的「情感結構」中，實現不同民族生命體驗的和解可能。

（二）認同：新時期文明相互碰撞融合的社會心理結果

如果把新時期邊疆少數民族電影視作特殊意義的「想像的能指」，面對「缺席」而又「存在」的電影影像，在電影放映期間，少數民族觀眾究竟認同什麼呢？「他肯定必須與自己認同，進而在電影中要繼續依賴那種沒有它就沒有

〔註116〕〔德〕齊格弗里德・克拉考爾《從卡里加利到希特勒：德國電影心理史》，黎靜譯，上海：上海人民出版社，2008 年，第 4 頁。
〔註117〕〔德〕齊格弗里德・克拉考爾《從卡里加利到希特勒：德國電影心理史》，黎靜譯，上海：上海人民出版社，2008 年，第 4～10 頁。
〔註118〕唐宏峰《從視覺思考中國：視覺文化與中國電影研究》，北京：中國電影出版社，2016 年，第 230 頁。

社會生活的永久的認同遊戲。」〔註119〕因此，借助直觀有效的電影影像，認同這一心理過程才可能；另一方面，集體觀影的儀式感又為文化認同創設了文化語境。進一步說，邊疆少數民族電影的影像傳播之所以引發關注，正在於其以直觀的形象表現出不同文明相互接觸的社會心理後果。邊疆少數民族地區迥異的宗教信仰、民俗風情造成了不同於中原文明的文化因素。這種文化因子雖然相對孤立，但是如果「一個社會的內部引進了一種新力量，就會提出一種不可忽視的挑戰。無論新文化因素是從內部產生的，還是外部侵入的，它與舊文化模式之間的衝突總是受到同樣環境的支配。在這兩種形式中，新因素的進入實際上迫使舊模式要麼發生結構上的變化，要麼發生功能上的變化。除非文化模式的結構經過逐步調整而滿足這種對新生命的頑強呼喚，否則這個在另一種條件下無害甚至有益的新因素將會造成毀滅性的破壞。」〔註120〕世界範圍內，各國邊疆地區之所以衝突頻發，重要的原因之一正在於文明的衝突所帶來的「共同體認同感」匱乏，進而導致深層次的斷層線「認同戰爭」。如果說新時期之前的認同表現出隨意性和多重性，現階段則變得更加集中和強化。文明衝突雙方滋生出一種類似國際關係中「安全困境」的「仇恨動力」，雙方都把「善」與「惡」之間的差別戲劇化和誇大化，直接的後果是國族責任感的泯滅以及國家內聚力的喪失。〔註121〕以此觀之，新時期邊疆少數民族電影以生動直觀的影像為媒介，在融和「舊文明」、形塑「新文明」的過程中舉足輕重。

按照社會文化人類學家托馬斯·巴菲爾德的觀點，「在中原漢族與邊疆北方游牧民族漫長的交流史中，兩者因為有著自己的游牧經濟基礎，對鄰近政權的物質依賴性很小。但不容否認的是，在內陸與亞洲的兩者邊界，農耕社會與游牧社會彼此相互接觸，並對對方產生相當的影響。」〔註122〕歷史語境下的「邊疆史」描述總是或多或少存在某種「大漢族主義」意味的話語霸權。事實上，純粹卻片面的中原視野不足以真實洞察兩個社會間的互動制約與平

〔註119〕〔法〕克里斯蒂安·麥茨《想像的能指——精神分析電影》，王志敏著，北京：中國廣播電視出版社，2006年，第43頁。

〔註120〕〔英〕阿諾德·湯因比《歷史研究》，劉北成、郭小凌譯，上海：上海人民出版社，2005年，第374頁。

〔註121〕〔美〕塞繆爾·亨廷頓《文明的衝突》，周琪等譯，北京：新華出版社，2013年，第242頁。

〔註122〕〔美〕巴菲爾德《危險的邊疆：游牧帝國與中國》，袁劍譯，江蘇：江蘇人民出版社，2011年

衡（比如對「華夷之辨」的強調）。在「中國」這一複雜共同體形成的過程中，秦漢共同體確認了以儒家為主流的中國文化。魏晉南北朝時期，北方游牧民族大量侵入中國，「這一個時期，草原上的民族和文化逐漸為中國核心文化所吸收，也融入『中國』共同體之內。隋唐時期，佛教與中亞起源的啟示性信仰和救贖性宗教，都進入了中國。中國的文化接受了這些外來的影響，融入自己的意識形態和信仰之中。」〔註123〕到了晚清民國，「中國」這一共同體面臨西方和東方帝國主義的入侵剝削，能夠維持國家不亡已算奇蹟。直至今日，「中國」作為複雜共同體仍處於不斷變化更新、持續改造擴充的過程當中。如何在面對西方文明和傳統文化雙重迷失的情形下，致力重整堅實的國家共同體、復建動態平衡的新系統、構築全新的文明體系，成為中國各民族都必須面臨的難題。邊疆少數民族電影的影像傳播可以視作中國邊疆文化的重要組成部分。事實上，在「中國」這個複雜體系的共同體內，社會、文化、經濟和政治四個向度是其最主要的互應變量。「政治範圍內，包括政權的性質和行政的結構；經濟範圍內，包括生產方式、生產力和資源的分配；文化範圍內，包括意識形態、價值觀念和宗教組織；社會範圍內，包括社會階層、社會結構，尤其注重精英階層的作用。這四個方面交叉影響，互相制衡，複雜共同體本身的強弱、盛衰和聚散決定總的結果呈現。」〔註124〕在這四個向度中，文化認同因素不可小覷。如果說少數民族電影影像通過自身投射，設置並且構造了先驗的主體和想像的同一體。那麼，因為歷史文化語境不同，其表徵方式也不盡相同。借助電影意識形態批評這一路徑，通過文本細讀的方法，我們可以更好地探尋邊疆少數民族電影「講述歷史神話年代」的政治與文化變遷；從而直觀理解「國族認同」這一想像性共同體、想像性關係是如何得以構建的。

（三）新時期邊疆少數民族電影的國家形象建構及有效認同

1. 邊疆少數民族電影中國家意識和族群意識的表達（1977 年～1990 年）

新時期以來，我國邊疆少數民族電影創作迎來一個新的生產高潮。從 1980 年代開始，平均每年上映的作品在 10 部以上，豐富多樣的電影類型涵蓋神話

〔註123〕許倬雲《說中國：一個不斷變化的複雜共同體》，桂林：廣西師範大學出版
　　　　社，2015 年，第 212～213 頁。
〔註124〕許倬雲《說中國：一個不斷變化的複雜共同體》，桂林：廣西師範大學出版
　　　　社，2015 年，第 207 頁。

舞劇、大型史詩片、驚險動作片、歌舞音樂片和喜劇片等樣式。「這一時期，中國少數民族電影的品種主要包括了蒙古族（《祖國啊，母親！》）、土家族（《連心壩》）、布依族（《山寨火種》）、瑤族（《瑤山春》）、苗族（《火娃》）、回族（《六盤山》）、佤族（《孔雀飛來阿佤山》）、壯族（《拔哥的故事》）、獨龍族、基諾族（《綠海天涯》）、達斡爾族（《傲蕾·一蘭》）、維吾爾族（《嚮導》）、傣族（《青春祭》、《孔雀公主》）、滿族（《如意》）、朝鮮族（《初春》）、彝族（《奇異的婚配》）、裕固族（《姐姐》）、柯爾克孜族（《冰山腳下》）等。中國少數民族電影從1980年代中期開始走上了一個全新的創作時期，這一時期被稱為中國少數民族電影的第二個黃金時代。」〔註125〕這一時期的少數民族電影承接「十七年少數民族電影」文化傳統，以全新的影像語言表現新時期少數民族的全新生活氣象。值得注意的是，由於邊疆少數民族地區特殊的文化地理環境，拍攝邊疆少數民族電影不但是現實政治語境的需求，同時亦成為維護國防安全的重要意識形態宣傳工具。1975年，黑澤明執導的《烏蘇里江獵人》獲得奧斯卡最佳外語片獎。影片的「主題是展示令人震撼的美，俄羅斯烏蘇里地區壯觀而令人敬畏的大自然。導演的全部情感貫注在黯淡荒涼而又無處不在的西伯利亞荒野的攝影上。」〔註126〕影片的藝術成就固然可取，但也在無意間表達出中國強佔東北少數民族地區的歷史觀。作為對該片錯誤歷史觀的回擊，影片《傲蕾·一蘭》（1979年，湯曉丹導演）取材300年前橫跨歐亞大陸幾個民族的軍事政治鬥爭史蹟。「力求還原歷史本來面目，真實、集中、強烈地再現沙俄侵略軍的殘忍和達斡爾族等各族人民的英勇反抗，表現出強烈的愛國主義感情和精神。」〔註127〕

　　1979年1月，新疆電影製片廠更名為天山電影製片廠，恢復故事片生產和建制。〔註128〕從20世紀70年代末到90年代初，新疆電影在引發少數

〔註125〕饒曙光等著《中國少數民族電影史》，北京：中國電影出版社，2011年，第176頁。

〔註126〕〔美〕唐納德·里奇《黑澤明的電影》，萬傳法譯，海口：海南出版社，2010年，第280頁。

〔註127〕影片《傲蕾·一蘭》氣勢磅礴，生動刻畫出傲蕾·一蘭這一彪悍堅強的女英雄形象。據報導，影片在黑龍江莫力達瓦達斡爾族自治旗和齊齊哈爾梅里斯達斡爾民族區放映的時候，深深打動了當地少數民族觀眾，電影院裏哭聲一片。《傲蕾·一蘭》榮獲1979年文化部優秀影片獎。參見饒曙光等著《中國少數民族電影史》，北京：中國電影出版社，2011年，第179頁。

〔註128〕《新疆廣播電影電視編年史》編輯委員會編《新疆廣播電影電視編年史》，烏魯木齊：新疆人民出版社，2010年，第59頁。

民族影像文化自覺的同時，彰顯主旋律電影政治屬性，實現主旋律表達與民族文化資源的融凝。〔註129〕其中，王心語、謝飛、鄭洞天聯合導演的《嚮導》即是一部值得關注的主旋律影片。作為天山電影製片廠在恢復建制後拍攝的首部影片與「建國30週年獻禮片」，《嚮導》在新疆電影史上的地位舉足輕重。為突出《嚮導》濃鬱的地方特色，影片的外景地都在新疆境內。該片敘事時間跨度長達50年，記錄了從清末到解放初期邊疆少數民族自發抵抗外來侵略的鬥爭史，塑造了伊布拉音和巴吾東祖孫頑強堅韌的藝術形象。「作為一部獻禮片，《嚮導》的愛國主義主題明確，從影片的宣傳詞『前赴後繼，祖孫兩代鬥惡魔；氣壯山河，民族尊嚴立天地』就可以看出，這部影片記錄了新疆少數民族抗擊侵略者的血與淚的鬥爭史，並表現出了維吾爾族人誓死捍衛祖國尊嚴的高貴品質。」〔註130〕影片將伊布拉音、巴吾東等主要人物的坎坷命運置入烽火城西、枯木長河等新疆別具一格的獨特人文自熱景觀，營造出特有的雄渾與蒼茫。此外，神話傳說的融入，又使影片平添了幾分傳奇。事實上，片中塑造的反派角色——沙俄青年軍官畢齊科夫有著厚實的歷史文化語境。全片高揚愛國主義主題，「金鑰匙」這一對象細節既可視作畢齊科夫侵略新疆的工具，亦可看作解放軍解救新疆民眾、共產黨讓少數民族群眾當家作主執政思想的物化象徵。

　　同時期另一部值得關注的少數民族電影是《從奴隸到將軍》（1979年，上海電影製片廠攝製，王炎導演）。作為一部人物傳記片，《從奴隸到將軍》以羅炳輝將軍的主要生活經歷為素材，將他從一個備受欺凌的彝族奴隸娃子成長為彪炳史冊的紅軍將領的傳奇故事娓娓道來。「羅霄的婚姻悲劇是編導選擇的主要事件，藉此，影片展示了千千萬萬彝族奴隸娃子的悲慘命運；羅霄參加討袁和北伐戰爭，這是從舊民主主義革命過來的革命者最難忘懷的鬥爭；羅霄投奔共產黨，參加工農紅軍，這是那個時代的革命者跨出的最為關鍵的一步；羅霄參加抗日戰爭、解放戰爭，這兩場關係到中華民族前途與命運的

〔註129〕這一時期的新疆電影屢獲佳績：「1979年，《嚮導》獲文化部優秀影片獎；1983年，《不當演員的姑娘》獲文化部優秀影片榮譽獎和伊斯坦布爾國際電影節優秀影片獎；1988年，《買買提外傳》獲廣電部優秀影片獎和中國電影金雞獎影片特別獎。」參見王敏等著《新中國少數民族電影築夢之旅》，合肥：安徽大學出版社，2016年，第50頁。

〔註130〕王敏等著《新中國少數民族電影築夢之旅》，合肥：安徽大學出版社，2016年，第55頁。

鬥爭是考驗每一個革命者的試金石。」〔註131〕在羅霄的傳奇革命經歷中，其少數民族的血緣身份並未改變；而他積極不懈、努力融凝入中華主流文化的過程，則生動表徵出其對中華民族的情感認同。羅霄與彝族女奴索瑪的婚禮雖然「像辦葬事」，「但是當晚他們跳的彝族歌舞，不僅體現了少數民族表達愛情的獨特熱情的方式，也代表著對仍舊是奴隸命運的反抗。夫妻間的默契溫馨不僅在於夫妻間的相濡以沫，也在於革命道路志同道合的互相扶持。當羅霄看到索瑪的練習本上歪歪扭扭地寫著『黨章』、『黨綱』的字樣時，他深情地說出了一句令人感動的話：『索瑪，你我夫妻七八年，好像現在才看清彼此的面目！』在羅霄投奔蘇區的路上，夫妻倆又唱起了婚禮當晚的歌曲，不過這時不再光影黯淡，而是陽光明媚，凸顯出羅霄當時選擇共產主義這條道路具有無限光明的前程。」〔註132〕羅霄「少數民族」和「革命者」的雙重身份形象地詮釋了中華民族成長與發展過程中的「中國文化精神」。一如錢穆先生所言：「人類集體生活的總稱叫『文化』，文化必有一主體——『民族』。中國古代民族本以『血統』為主要分別，亦即以血統為其主要之結合；而中華民族之主要成分，則『生活文化』之重要性又在其血統分別之上。」〔註133〕以此觀之，影片《從奴隸到將軍》恰到好處地將革命主旋律敘事和國家創建、國族認同融合在一起，為同類型題材少數民族電影的創作提供了好的範式。

藏族題材電影《第三女神》（1982年，劉玉和導演）由長春電影製片廠拍攝完成。影片以20世紀80年代的體育熱為背景，時值中國女排首獲世界冠軍，舉重、跳水、乒乓球等體育項目在世界體壇嶄露頭角。體育熱極大激發了國人的民族主義自豪感，「振興中華」的體育口號響徹神州大地。1975年5月27日，中國登山隊再次從北坡登上珠穆朗瑪峰，其中登山隊藏族隊員潘多成為世界上第一個從北坡登上珠峰的女子，被體育界譽為「登山界的女神」。影片《第三女神》即以潘多為原型來塑造女主人公。〔註134〕「影片《第三女神》的片名取自藏語『珠穆朗瑪』，珠穆朗瑪藏文轉寫：Jo-mo

---

〔註131〕鄭雪來主編《世界電影鑒賞辭典（增訂版·第三編）》，福州：福建教育出版社，2013年，第86頁。

〔註132〕饒曙光等著《中國少數民族電影史》，北京：中國電影出版社，2011年，第181頁。

〔註133〕錢穆《民族與文化》，北京：九州出版社，2011年，第1～3頁。

〔註134〕參見王廣飛《新中國少數民族電影築夢之旅·西藏卷》，合肥：安徽大學出版社，2016年，第49頁。

glang-ma，轉譯為漢語就是『女神』之意（大地之母的意）。《第三女神》既對藏族女英雄潘多致敬膜拜，又讚美征服了珠穆朗瑪峰的中國登山隊員。電影中表現登山隊員們的大無畏的登山精神與1980年代中國由體育熱而引發的強國夢不謀而合。」〔註135〕以電影作為媒介、用體育題材來傳達邊疆少數民族「國家認同」、文化融凝的主題，形象而且直觀地對各民族電影觀眾產生社會心理學意義上的文化認同。應該承認，此類題材的電影仍然難以擺脫當時意識形態的窠臼，人物塑造存在臉譜化、刻板化的傾向。但是不可否認，在潛移默化之間，體現出這樣一種意識：中華民族由各民族融合而成，融合的動力是文化而非武力，融合的方法是同化而非征服。中華民族以博大精深的文化融合四鄰的邊疆民族，使其成為我們整個民族的宗支。而邊疆少數民族在政治、經濟、文化、體育諸領域亦為中華民族屹立於「世界之林」做出卓越貢獻。

　　1980年代後期，出現了一批具有史詩氣派的少數民族電影。西藏自治區拍攝的第一部故事片《松贊干布》（1988年，洛桑次仁、普布次仁、丹增聯合導演）即為其中的典型代表。吐蕃國土的主要部分是現在的康藏高原，在唐朝以前與中國沒有交通。〔註136〕到晚唐時期，吐蕃寇邊，甚為猖獗，成為威脅唐室邊防安全的最大敵人。杜甫《登樓》詩云：「北極朝廷終不改，西山寇盜莫相侵」是對這一政治情形的生動寫照。「『寇盜相侵』，針對吐蕃的覬覦寄

〔註135〕王廣飛《新中國少數民族電影築夢之旅・西藏卷》，合肥：安徽大學出版社，2016年，第50頁。

〔註136〕「關於吐蕃民族的來源，中國的舊史說法有二：一說吐蕃屬西羌種；另一說法，吐蕃是東晉末年南涼國主鮮卑人禿髮利鹿孤（即禿髮烏孤）之後。據藏族自己的歷史傳說，他們是一隻由觀世音菩薩授了戒律的獼猴與一女魔結婚所生子女六人的後裔。他們的王室，則是印度阿育王的後裔。第一個王仰賜贊普（贊普是吐蕃的王號），與中國的漢文帝同時。仰賜下傳三十一代到棄宗弄贊（西藏人稱他為松贊干布）是吐蕃第一個與中國往來的贊普。當時的吐蕃人，過著游牧生活，大都沒有定居，但也有若干城郭，國都叫邏些城（今西藏拉薩市）。貞觀八年（634年），松贊干布開始遣使朝貢，唐室也遣使前往慰勞，松贊干布向唐求婚，唐室不許。吐蕃懷疑吐谷渾從中破壞，因而發兵攻之。繼而吐蕃又攻破党項諸羌，擁眾二十萬，進攻松州（今四川松潘縣）。十二年（638年），唐以侯君集督帥諸軍討之，敗吐蕃於松州城下。松贊干布謝罪，並求婚，唐室始答應他。十五年（641年），唐以宗女文成公主下嫁松贊干布。公主厭惡吐蕃人以紅色塗面的陋習，松贊干布下令暫時停止，同時他本人也脫去氈裘，被服中國的綢緞，漸漸染上華風。」傅樂成《隋唐五代史》，北京：九州出版社，2010年，第104～105頁。

語相告：莫再徒勞無益地前來侵擾。」〔註137〕由此觀之，大唐與吐蕃實行和親政策，固然有穩定邊防的政治動機，但亦成為連接漢藏友誼的重要橋樑。事實上，唐朝皇室本身就是民族融合的範例：「太祖母竇氏，外祖母宇文氏，高宗母長孫氏，玄宗母竇氏，皆胡族也。則李唐世系之深染胡化，不容爭論。唐人對種族觀念，亦頗不重視。即據宰相世系表九十八族三百六十九人中，其為異族者有十一姓二十三人。時人遂有『華、戎閥閱之語』。又唐初已多用蕃將，甚至禁軍亦雜用蕃卒。」〔註138〕與邊疆少數民族的和親政策體現出中華民族形成過程中的重要精神內核——不以武力強征，而靠文化融凝，「只知有民族界限，而毀棄了文化大統，只會帶來萬劫不復的災難。」〔註139〕由此，以和親作為表現漢藏友誼的重要因子，電影《松贊干布》才能直觀生動地體現出中華文化認同、國家意識以及國家形象的積極建構。

影片《松贊干布》開篇就展現出一種「明暗喜憂」參半的混合色調。處於分裂狀態的吐蕃戰火四起，松贊干布在危急存亡之秋接過先王寶劍，即位為吐蕃第三十三世贊普（君主）。即位之後的松贊干布以年輕人特有的銳氣，一舉平定內亂，降服工布、娘布、蘇毗等部，完成統一吐蕃全境的大業，以邏些（拉薩）為中心，建立了藏族歷史上第一個強大的奴隸制王朝——吐蕃王朝。電影翔實逼真地重現了松贊干布實行「內行新政、外聯大唐」國策背後波詭云譎的政治風雲。「唐貞觀八年，吐蕃大倫祿東贊、女將央嘎奉松贊干布之令，率大軍向唐劍南道挺進，兵臨松州城下。松州總長韓威、州官徐青無視唐蕃正常關係，率兵出戰，敗北而逃。吐蕃大軍遵照松贊旨意『點到即止』，不攻入松州城。江夏王李道宗奉唐太宗旨意到松州，按律論處韓威、徐青，並向祿東贊轉達唐太宗同意唐蕃聯姻的喜訊，吐蕃大軍西撤，松州解圍。」〔註140〕在《松贊干布》影片發行之前，已經有西藏話劇團的《文成公主》、北京人藝的話劇《文成公主》等各種藝術形式的文成公主形象。電影中的文成公主參考這些藝術形象，逼真直觀地塑造了這一千古傳誦的奇女子。〔註141〕

〔註137〕俞平伯等著《唐詩鑒賞辭典》，上海：上海辭書出版社，2013年，第600頁。
〔註138〕錢穆《國史大綱》，北京：商務印書館，1996年，第448頁。
〔註139〕錢穆《民族與文化》，北京：九州出版社，2011年，第23頁。
〔註140〕鄭雪來主編《世界電影鑒賞辭典（增訂版·第三編）》，福州：福建教育出版社，2013年，第1003頁。
〔註141〕「據西藏民歌流傳，文成公主進藏時，曾帶去穀物3800類，牲畜5500種，工匠5500人。儘管這些數字無疑有誇大、言過其詞，但是存在不可否認的基本事實：隨著文成公主的入藏，內地平原地區諸如農具製造、紡織、繅絲、

影片《松贊干布》由中國西藏電視臺、中國香港新海華電影製作公司聯合攝製，主創人員皆為藏族同胞是該片最大的特點。〔註142〕以往類似題材的影視作品往往用「大漢族中心主義」來簡單傳遞民族大家庭觀念和國家意識，忽視了少數民族本真的歷史意識。影片以唐蕃聯姻為背景，賦予這一重大歷史事件特有的文獻價值、審美價值和歷史認知價值。片中的松贊干布以社會改革家的身份出現，用藏民族的視角原味呈現藏民聰慧粗獷的氣質。松贊干布掃除民族偏見，三派使者赴唐都迎娶唐太公義女文成公主的創舉可謂驚世駭俗。通過唐蕃聯姻，兩個民族化干戈為玉帛。藏民族不僅從唐朝引入先進的經濟文化，改變自身封閉自守的落後面貌，而且最終得以融入中華大家庭。「唐蕃聯姻，從民族學角度來看，有更深層的意義。漢蕃兩種民族存在著『同根意識』。據民族史考證，就漢藏語系而言，包括彝、藏、白、傈僳、普米、景頗、珞巴等民族，都是從古代的氐羌族群中分化出來的。據《史記·六國年表》記載，炎帝、黃帝都是古羌戎。也就是說，這些民族與漢族同出一源，都是炎黃的子孫後代。可見，影片《松贊干布》表現藏民族從單一民族內聚型性格走向中華同根意識，是有歷史淵源於現實基礎的。」〔註143〕

概而言之，研究1980年代的少數民族題材電影，離不開當時思想解放和改革創新的歷史語境。「對於少數民族地區的宗教信仰問題，文藝工作者抱著

建築、造紙、釀酒、製陶、冶金等生產技術和曆算、醫藥等科學知識，皆陸續傳到了吐蕃，使當地人民的衣、食、住、行等方面發生了變化。松贊干布命令大臣與貴族子弟誠心誠意地拜見隨文成公主而來的文士們為師，學習漢族文化，研讀他們帶來的詩書。接著他還派遣了一批又一批的貴族子弟，千里跋涉，遠赴長安，把漢族的文化引入吐蕃。吐蕃婦女流行的椎髻、赭面，以及吐蕃社會傳統的馬球遊藝等，也傳到了中原地區，為藏漢民族間的文化交流，增添了更加豐富多彩的內容。」參見王廣飛《新中國少數民族電影築夢之旅·西藏卷》，合肥：安徽大學出版社，2016年，第76～77頁。

〔註142〕影片導演洛桑次仁、普布次仁和丹增；編劇明瑪才仁；攝影強巴索巴；主要演員扎西頓珠（飾演松贊干布）、普珍（飾央嘎）、鐵多吉（飾祿東贊）、青梅多吉（飾穹布邦色）、群佩洛桑（飾朗日倫贊）、頓珠多吉（飾達波·尚爾）、平措（飾拉松）、益西拉姆（飾雍措）、蒼姆（飾弘化公主）、阿多吉（飾俄拇色章）。

〔註143〕鄭雪來主編《世界電影鑒賞辭典（增訂版·第三編）》，福州：福建教育出版社，2013年，第1006頁。《史記·六國年表第三》中有這樣的記載：「今秦雜戎翟之俗，先暴戾，後仁義，位在蕃臣而臚於郊祀，君子懼焉。及文公逾隴，攘夷狄，尊陳寶，營岐雍之間。」可見當時民族融合的情形。參見司馬遷《全注全譯史記全本》，李翰文主編，北京：北京聯合出版公司，2015年，第353頁。

誠懇的態度，做出許多努力的嘗試，用畫面還原本民族的宗教習俗的同時，亦保存了珍貴的宗教文化。以新的視角、新的語言，《布洛陀河》《盜馬賊》《松贊干布》等影片，通過展現邊疆少數民族的文化習俗、歷史風情，再現了改革開放時代少數民族的新風貌、新人物與新生活。」〔註 144〕一方面，少數民族題材電影開始擯棄他者獵奇的視角，聚焦思考本民族文化的傳承；另一方面值得關注的是，少數民族題材電影在國家意識與族群意識關係表達、國家形象的建構中愈加承擔起重要功能。誠然，形態各異的邊疆少數民族電影體現出宗教與族裔多樣性的多元主義表徵；但同時在中華民族這一大熔爐裏，各民族共同建構的「中國運轉方式」恰似一個交響樂團演奏出的共同和諧旋律，成功將不同族群組成一個國家實體。單純的同化論與極端的多元主義都並不可取。〔註 145〕

2. 新世期邊疆少數民族電影中國家意識和族群意識的表達（1990 年至今）

1990 年代以來，伴隨中國社會主義市場經濟體制的轉變，邊疆少數民族題材電影取得了顯著的進步。〔註 146〕進入新世紀之後，為適應市場化、產業化和國際化的新歷史語境，少數民族題材電影開始呈現出多元化的特徵。影片不乏文化反思和歷史重構的宏大動機，邊疆少數民族電影面向世界的民族特質、濃鬱悠遠的人文精神以及意蘊深沉的主題思想，已然成為中國電影乃

〔註 144〕 饒曙光等著《中國少數民族電影史》，北京：中國電影出版社，2011 年，第 177 頁。

〔註 145〕 參見 H・蒂施勒、B・貝里《多元主義》，載於馬戎編著《西方民族社會學經典讀本──種族與族群關係研究》，北京：北京大學出版社，2010 年，第 45～53 頁。

〔註 146〕 有影響力的影片諸如「從柏林捧回國際電影節兒童片大獎的《火焰山來的鼓手》；謳歌西藏高原地礦工作者艱苦奮鬥的《世界屋脊的太陽》；民族題材與體育類型『嫁接』的《世紀之戰》；猶如風情詩一般的音樂片《在那遙遠的地方》；天山電影製片廠投資，改編自同名歌劇的《阿曼尼薩罕》；史詩題材的《東歸英雄傳》。表現各民族的影片呈現出多元化的特點，如展現藏族地區風貌的影片《紅河谷》、《傑桑・索南達傑》、《遙望查理拉》、《彈起我的扎年琴》、《益西卓瑪》；蒙古族影片有《金色的草原》、《白駱駝》、《一代天驕成吉思汗》、《小城牧歌》，此外，王興東與光春蘭合作了描寫朝鮮族生活的作品《良心》、維吾爾族影片《阿娜的生日》，傣族影片《小象西娜》、《相愛在西雙版納》、彝族影片《彝海結盟》、土家族影片《男人河》，鄂倫春族影片《最後的獵鹿人》，納西族影片《幸福花園》。」參見饒曙光等著《中國少數民族電影史》，北京：中國電影出版社，2011 年，第 231～233 頁。

至世界電影文化史的瑰寶。〔註147〕少數民族電影如何致力於家的想像（族群）
與國的想像（國族），其政治見解、運營機制以及出品類型等諸多問題都值得
深究。在國家意識和國族形象形塑的過程中，《紅河谷》、《可可西里》、《香巴
拉信使》、《良心》（獲 1999 年政府「華表獎」和「五個一工程」獎）、《真心》
（獲 2001 年政府「華表獎」並作為向黨的 80 週年獻禮的優秀影片）、《錫林
格勒·汶川》、《紅河谷》、《買買提的 2008》、《家在水草豐茂的地方》等片成
為其中的重要代表。

　　總體來看，1990 年代至今的少數民族題材電影無論文化地理因素、族別
身份、還是內容題材，區域性特點愈加鮮明；同時又與整個中華文化大語境
乃至全球大眾文化，形成有效的互動交融。需要特別注意的是，新世紀以來
少數民族電影的講述方式發生了微妙的文化轉型，成為洞察一體化「中華故
事」的重要文化切片。顯而易見的是，「十七年少數民族電影」中的一體化國
家政治敘事逐漸為更加複雜多元的民俗展示與文化認同所取代。在此轉型過
程中，「表述主體」、「表述客體」和「表述內容」的變化需要加以細緻分析。
而以少數民族電影影像為文本，其中看似簡單、實則複雜的重要概念諸如「身
份」、和「國家想像」也需要重新認真揭櫫。「作為比喻本身，『身份』是一個
複雜的集合體，個人和非個人的歷史、文本、話語、信仰、文化前提和意識形

〔註147〕「新時期以來，中國少數民族電影 80 年代、90 年代分別獲國際獎項六七項，
　　　　到 2000 年 21 世紀的第一個十年（截止 2011 年）一下子呈井噴狀，獲得 29
　　　　項。其中，11 大 A 級電影有 15 項，2011 年，《轉山》（藏族）獲第 24 屆日
　　　　本東京國際電影節最佳藝術貢獻獎；2010 年，《碧羅雪山》（傈僳族）獲第
　　　　13 屆上海國際電影節金爵獎評委會大獎金爵獎最佳導演獎（劉傑）、金爵獎
　　　　最佳音樂獎（林強）和評委會特別嘉獎（江普則、娜真葉）；2009 年，《這兒
　　　　是香格里拉》（藏族）獲第 12 屆上海國際電影節最具潛力新人女演員獎（朱
　　　　芷瑩），《尋找智美更登》（藏族）獲第 12 屆上海國際電影節金爵獎評委會大
　　　　獎；2008 年，《長調》（蒙古族）獲第 11 屆上海國際電影節電影頻道最具探
　　　　索精神獎；2007 年，《圖雅的婚事》（蒙古族）獲第 57 屆德國柏林電影節金
　　　　熊獎；2006 年，《靜靜的嘛呢石》（藏族）獲第 9 屆上海國際電影節亞洲新
　　　　人獎最佳導演獎（萬瑪才旦）；2005 年，《綠草地》（蒙古族）獲第 8 屆上海
　　　　國際電影節亞洲新人獎最受歡迎獎；1998 年，《太陽鳥》獲第 22 屆加拿大
　　　　蒙特利爾國際電影節評委會特別獎；1995 年，《黑駿馬》（蒙古族）獲第 19
　　　　屆加拿大蒙特利爾國際電影節最佳導演獎（謝飛）和最佳音樂作曲獎（騰格
　　　　爾），尤其值得關注的是，《圖雅的婚事》獲得了歐洲三大國際電影節之一的
　　　　柏林電影節最高獎項——金熊獎。」參見李曉靈、王曉梅《建構和想像：中
　　　　國電影中的國家形象之研究》，北京：中國社會科學出版社，2016 年，第 145
　　　　頁。

態的召喚都被包含在內。」〔註148〕由是觀之，少數民族身份是一個為社會構建的自我指意的綜合體，派生於少數民族個體在階級、性別、宗教、地區等集體中的生活。少數民族身份的衝突乃至破碎與時俱進，它既是一個流動的過程、又是相對穩定的所在。「身份是一種再現，而身份的再現，無論是對個體還是別人，實際上都是身份自身的構建。」〔註149〕本文將以新世紀少數民族電影為對象，聚焦少數民族電影影像如何構建「國家想像」，探討「種族」與「國族」如何借助影像實現有效融合。

在用影像構建「國家想像」的過程中，1996 年馮小寧編導的影片《紅河谷》具有重要歷史意義。這部影片的主創由藏漢兩族人員構成，〔註150〕影片取材自 1904 年英國人榮赫鵬（Peter, Fleming）所著《刺刀指向拉薩》（Bayonets to Lhasa），展現了 20 世紀初英軍入侵西藏時，「江孜保衛戰」波瀾壯闊的歷史畫面。自清末以降，西方列強就開始覬覦西藏，維護西藏的領土主權成為晚清政府重要政治事務。由於多重政治與社會文化因素，中央政府與西藏地方政府的關係錯綜繁複。其間，「英帝國始終沒有放棄殖民主義帝國固有的思維，不肯放棄從與中國簽訂的各種不平等條約中所獲取的權益。以印度政府為主動、錫金行政官為指導、駐亞東江孜之英員為聯繫，積極進行各種侵藏行動。」〔註151〕20 世紀初，從英國入侵西藏並佔領拉薩到中國將軍鍾穎對拉薩的軍事佔領，再到辛亥革命以及西藏清朝駐兵的兵變（包括江孜保衛戰在內的戰爭），很大程度上改變了藏漢之間微妙複雜的關係。「最終獲得了 1906 年《中英條約》的簽訂。該條約重申了中國在西藏的地位，英國實際上只得到一些經濟上的好處便被驅逐出西藏了。」〔註152〕

〔註148〕〔美〕于連‧沃爾夫萊《批評關鍵詞：文學與文化理論》，陳永國譯，北京：北京大學出版社，2015 年，第 123 頁。

〔註149〕〔美〕于連‧沃爾夫萊《批評關鍵詞：文學與文化理論》，陳永國譯，北京：北京大學出版社，2015 年，第 124 頁。

〔註150〕《紅河谷》編劇、導演馮小寧；副導演央金卓嘎；獨唱宗庸卓瑪；主演寧靜（丹珠）、邵兵（格桑）、應真（雪兒）、多布吉（頭人）、波爾（瓊斯）、仁桑曲珍（阿媽）、曲吉（嘎嘎）。

〔註151〕中國第二歷史檔案館藏蒙藏委員會檔案《蒙藏委員會卸任駐藏辦事處處長孔慶宗述職報告（1945 年 6 月 1 日）》，張羽新、張雙志編撰《民國藏事史料彙編》第一冊，北京：學苑出版社，2006 年，第 214 頁。轉引自段金生《南京國民政府對西南邊疆的治理研究》，北京：社會科學文獻出版社，2013 年，第 115 頁。

〔註152〕參見〔美〕梅‧戈爾斯坦《喇嘛王國的覆滅》，北京：中國藏學出版社，杜永彬譯，2015 年，第 46～47 頁。

　　既要用影像的方式釐清上述複雜的漢、藏、英三方關係，同時又生動呈現漢藏兩地特色各異的民風習俗；在波詭云譎的歷史風雲底布之上講述一個浪漫質樸、淒美動人而又悲壯鏗鏘的愛情故事。於此，《紅河谷》無疑是成功的少數民族電影典範。影片以江孜保衛戰幸存者——探險家瓊斯的家信和日記來重構這場戰爭，他在外來的「他者」視角中反思：「為何要用我們的文明去破壞他們的文明？為何要用我們的世界去改變他們的世界？可以肯定的是，我們永遠也無法征服東方。」（瓊斯片尾獨白）同為戰役幸存者的嘎嘎則深情凝聽老媽媽的教誨：「剛誕生之日，雪山女神珠穆朗瑪只是茫茫大海中的一顆珠貝。很久很久以後，她才破繭成蝶，長成美麗女神。她有十個雪山姐妹，生下三個最為要好的弟兄。黃河是老大，長江是老二，雅魯藏布江是最小的弟弟。」這個故事可以視為中國國族變遷史的神話學再現。在這一過程中，由具「文化共性」的民族轉變為具「主觀認同」的「想像社群」（國族）。暗合老媽媽所講故事，在近代國族認同下的文化「傳統建構」背景中，康巴地區以及藏區更清晰、明確的一種族群歷史建構方式應為「弟兄祖先故事」。「這個背景也是，當吐蕃政權與藏傳佛教文化之擴張逐漸及於青藏高原東緣（康區）各部族時，中世紀藏人知識精英曾創作一種歷史論述，將康區諸部納入『我族』邊緣。」〔註153〕反觀《紅河谷》片頭，洪老六在河神獻祭儀式中救出妹妹，兩人卻不幸雙雙墜入河谷。妹妹雪兒達娃被格桑一家救起，嘎嘎的畫外音敘述同樣折射出上述「弟兄祖先故事」心性：「這個漢族姑娘的到來，是雪山女神創造的奇蹟。從此她成了我們的人，我的姐姐。」

　　影片《紅河谷》融合了戰爭史詩片、西部片、愛情故事片等多種電影類型元素。從整體上看，《紅河谷》力求避免戰爭電影在肖像學中的刻板類型化（stereotype）。因此，即使在塑造全片的大反派少校羅克曼這一角色時，也儘量規避將其簡單形塑成邪惡的、殘暴成性的虐待者。假借羅克曼之口，歐洲人踏入西藏已經三個世紀了，而少校羅克曼本人當年隨軍入侵中國北京，對北京很熟悉。在羅克曼眼中，野蠻人藏民理應為英人讓道，這事關尊嚴。反之，這些野蠻人就不會把西方文明人放在眼裏。具有反諷意味的是，文明人羅克曼卻作出了野蠻行徑——開槍威脅藏民。按照藏民嚮導對該動作的解讀，這是引發雪崩、觸怒天神的可怕行為。以頭人、格桑為代表的藏民以德報怨，

〔註153〕王明珂《英雄祖先與弟兄民族：根基歷史的文本與情境》，北京：中華書局，
　　　　2009 年，第 147 頁。

救出了羅德曼與瓊斯。這也解釋了為何在影片高潮處，格桑用羅德曼所贈的打火機點燃汽油，與羅德曼同歸於盡之時，他會發出「為什麼我們沒有成為朋友？！」的哀歎。

從西部片的類型元素來看，構成西部片類型學的兩個關鍵要素為荒蠻和文明的對立。西部片的英雄（電影《紅河谷》以格桑為代表）總是遊走於這兩種對立價值之間的接合部。西部英雄（格桑）從來都不打算真正接受洋人所代表的文化或開化（片中格桑對對象細節「打火機」由新奇嚮往到決絕拋棄是很好的證據）。在格桑的靈魂深處，他始終堅守藏傳佛教的教義真諦（以德報怨、不畏強權；慈悲憐憫、善惡分明；重視精神、重視自然。雪兒達娃不知道藏族每年要到嘎瑪堆巴星升起在雪山頂的時候，才能下河洗澡。平時下水會冒犯神靈，降下災禍。為此，格桑怒不可遏。在暴風雨夜，格桑會從沼澤地救出雪兒達娃。而當雪兒達娃換回漢人服裝，跪別老阿媽時，格桑則流下痛苦的眼淚。這是人性的真誠，是人性與大自然的結合，即使兄妹二人沒有絲毫血緣上的關係），秉持堅韌頑強的個人主義，在片中代言著藏區邊疆人，或者說至少體現了邊疆人的神聖不可侵犯的氣質。〔註154〕當然，影片中的皚皚雪山、蔚蔚藍天、聖人遺跡、神山神湖，加之展佛儀式、磕長頭、跳大神等民俗元素的加入，亦為全片的西部風情增色不少。「聖蹟、神山、寺院是人創造的，人是按照自己的心願創造的，以既定的環境創造的。有了形，有了形內的思想觀念，同時有了規定的儀式、規定的器物、規定的時間進行的祭拜活動，才算構建了這一系統，最終成為群體的供奉，成為凝聚信仰、統一風俗、規範行為、世代傳承的重要文化形式，真正觸及藏人心靈、心魄脈動的深層世界。」〔註155〕由此，在影片《紅河谷》中，單純潔淨的自然世界與藏人質樸淳厚的心靈世界圓融相通，構成別具一格的中國西部風情。

談及電影《紅河谷》中的愛情元素，無論是格桑（差巴的兒子）與頭人女兒之間的階級障礙，還是瓊斯與雪兒達娃之間的國族藩籬，都不過是或濃墨、或淡彩的背景元素。影片的核心訴求仍舊是聚焦於藏漢兩族兒女共同抵禦外辱的鮮明主題。在大英帝國科考隊員瓊斯的眼中，西藏的美在於它的神

〔註154〕〔英〕蘇珊·海沃德《電影研究關鍵詞》，北京：北京大學出版社，2013年，第585～586頁。

〔註155〕丹珠昂奔《藏傳佛教·寧瑪派聖蹟文化研究序言》，轉引自段晶晶《藏傳佛教·寧瑪派聖蹟文化研究》，成都：四川民族出版社，2013年，第5頁。

秘：一是人文的神秘；一是自然的神秘。「駐足在人間最後一塊淨土，詩人葉芝這樣描寫它的黃昏時分──無數紅雀的翅膀染了半天的顏色。而最感人的還是沐浴在如水月光中的幽蘭的山谷。」〔註156〕對於上述西藏烏托邦式場景而言，瓊斯所帶來的西方文明卻無異於一場夢魘。瓊斯與格桑一家之間的情感悲劇，與其說是文化衝突，不如說是文明的大英帝國和所謂「野蠻邪惡」的中華帝國之間的政治衝突。在瓊斯眼中，確切地說是在羅克曼少校眼中，國家衝突可以以和平的方式解決，但是，那只是在文明國家之間。「這場戰爭是自由的西方戰勝專制的東方的正義的戰爭。」〔註157〕換而言之，影片《紅河谷》並沒有絕對意義上的正反兩派，有的只是觀點不同所帶來的戲劇衝突。惟其如此，當情同手足的嘎嘎將小分隊帶入沼澤地，他舉槍瞄準嘎嘎的手才會緩緩落下，陷入人格分裂的巨大痛苦。按照影片嘎嘎畫外音的闡釋，「死去的人照常死去，活著的人照常活著。奶奶說，洋人有一個洋人的天堂，我們有一個我們的天堂。」

　　在重述晚清漢藏關係、中英關係的複雜歷史時，《紅河谷》中的頭人與代本始終奉晚清政府為正朔。在頭人處決大英帝國科學考察隊瓊斯和羅克曼少校的千鈞一髮之際，是大清政府的詔書救了他們。（詔書內容為：經北京核查，此英人乃大清政府特發護照，允許入境之洋人。故詔，立即護送出境，萬萬不可傷害。）同樣，當羅克曼對代本進行挑唆蠱惑「西藏是一個獨立的民族，應該成為一個獨立的國家。」代本反駁道：「請問先生是蘇格蘭愛丁堡人嗎？那為什麼蘇格蘭不獨立成為一個國家呢？」而頭人則一邊扳手指頭，一邊對羅克曼義正詞嚴地回擊：「這個是漢族，這個是藏族，還有維族、滿族，許許多多的族。我們的祖先把我們結成一個家，家裏的事情，就不勞駕您管了。」由此，《紅河谷》最終用影像成功構建「國家想像」，形塑出一個完整有效的「國族文化本體」。其間，「民族記憶與民族文化不再是一種自閉、中心化的本體；亦不簡單是被侵略、被踐踏的民族創傷，或者反抗、搏鬥中的民族記憶；而是獨立、自強與現代化進程中的再度確認。」〔註158〕於此，《紅河谷》

〔註156〕周寧《異想天開──西洋鏡裏看中國》，南京：南京大學出版社，2007 年，第 196 頁。

〔註157〕周寧《異想天開──西洋鏡裏看中國》，南京：南京大學出版社，2007 年，第 172 頁。

〔註158〕戴錦華《霧中風景：中國電影文化 1978～1998》，北京：北京大學出版社，2016 年，第 65 頁。

不啻為一部用影像表達，充滿洞見的第三世界國族寓言。

1990 年代初期，少數民族題材電影在表現國家意識、民族團結的主旋律敘事過程中，呈現主題多元化、表達形式多樣化的特徵。或如《孔繁森》（1995年，陳國星、王坪導演）形塑倫理化的政治人物孔繁森，避免刻板化的政治宣教；或如《彝海結盟》（1997 年，郝光導演）融合革命軍事歷史題材與民族題材，以恢宏的氣勢講述紅軍將領與彝族首領小葉丹歃血為盟的傳奇故事。電影《白駱駝》（1997 年，石學海導演）則借鑒類型片樣式，講述了一段超越族群血緣、時空地理的偉大母愛。〔註 159〕《黑駿馬》（1995 年，謝飛導演）全片角色全部用蒙古族演員扮演，採用蒙語對白，體現出濃鬱的蒙古精神氣質。影片「以主人公白音三來三去為敘事線索，呈現出一段逝去而不可追尋的愛情故事。流動是蒙古族的特性，這個馬背上的游牧民族永遠在流動中，但這種流動性恰恰又是男女主人公的愛情悲劇。在蒙古人的詞典裏，動是永遠的，千年來的顛沛，使這個民族永遠有對未來的恐懼和忐忑，這種擔憂如同擔憂遷徙中能否找到肥茂的棲息地一樣。活下去就能堅持下去，養育後代就是生命的延續。索米婭的懷孕只是這種民族集體意識的具體體現。」〔註 160〕《遙望查理拉》（1998 年，王小列導演）富於散文化風格，「在內地工作的青年女醫生安雲懷著複雜的心情前往西藏邊陲查理拉，探望戍邊的軍人丈夫。然而，就在這次並不漫長的旅途中，安雲因為每日耳濡目染戍邊軍人的艱苦與豪情，她深深地為扎根邊疆，忠於職守、勇於獻身的當代軍人的崇高思想境界以及他們平凡而崇高、純潔而深厚的情懷所打動。」〔註 161〕

進入新世紀，首先值得關注的電影是《可可西里》（2004 年，陸川導演）。《可可西里》擯棄了傳統類型劇情片兩極化角色設置，避免讓主要人物的道

〔註 159〕「1960 年代初期，一場罕見的持續三年的自然災害席捲中國的大江南北，導致上海數千孤兒流離失所，他們的生死牽動著周恩來的心。周總理請內蒙古的牧民們把孩子們接回去，年輕漂亮的姑娘薩日娜從鄉政府領回六個孩子，並救回了一隻奄奄一息的白駱駝，從此，這只白駱駝便伴隨著孩子們一起成長。在最艱苦的歲月，內蒙古人民不辱使命，養活了這 3000 個孤兒的生命。影片塑造了一個崇高而偉大的年輕『母親』的特殊形象，細膩地展現了這種『母愛』的逐漸蔓延。」參見饒曙光等著《中國少數民族電影史》，北京：中國電影出版社，2011 年，第 257 頁。

〔註 160〕鄭雪來主編《世界電影鑒賞辭典（增訂版·第四編）》，福州：福建教育出版社，2013 年，第 712 頁。

〔註 161〕饒曙光等著《中國少數民族電影史》，北京：中國電影出版社，2011 年，第257 頁。

德傾向過於簡明，讓模式化的人物形象導致角色可信度的降低。觀眾無法簡單將盜獵者馬占林定義為「大反派」，將以日泰為首的巡邏隊員歸為「英雄」。陸川導演冷靜客觀地「不介入」態度，讓《可可西里》跳出環保電影的窠臼，賦予其對複雜人性以及生命尊嚴的嚴肅拷問。巡邏隊「這個集體基本上是由社會強勢群體之外的人員組成，也就是說，假如他們不做巡邏隊員，他們就只能是這個社會裏沉默的大多數。記者們以環保與綠色的名義宣揚可可西里生態的不可恢復性之後，日泰們的行為才真正有了意義。或者換句話說，是媒體以及它所代表的抽象國家賦予了日泰他們行為的合法性及意義。藉此，日泰們被納入到國家秩序的話語圈內，並從而將此發展為一種可以寄託的信念———一個普通人可以通過自身的努力來報效國家，這也間接地證明了他們的價值所在。」〔註162〕

　　作為奧運獻禮片，影片《買買提的 2008》（2008 年，西爾扎提導演）講述一群維族孩子追求足球夢的故事。影片融合體育、勵志、青春等諸多元素，以非主流的形式講述「國家認同」、「中華民族身份構建」這樣主旋律的中心話題。借助獨特的電影視角，展現出新疆維吾爾古村落瑰麗多姿的人文景觀和廣袤蒼涼的自然風貌。「沙尾村是塔克拉瑪干沙漠邊緣的村落，面臨著日益嚴峻的生存挑戰。但是，沙尾村的人們的精神狀態猶如散沙一盤，沒有人願意幫助村長打井，是一場場孩子們的足球比賽喚起了全村人的『集體精神』，這昭示人們：沒有精神的家園，也就不會有物質的家園。影片通過小人物的喜怒哀樂表達了『同一個世界，同一個夢想』的『大主題』。」〔註163〕逼真呈現這個宏大主題背景的沙尾村事實上已然處於被邊緣化的狀態，生活其中的本地人抑或是外來者同樣處在被邊緣化的狀態——打饢、作手鼓這樣傳統的手工藝活動讓他們遠離現代文明，北京奧運會的召開對於他們更是遙不可及的事兒；而電影主角買買提是一位表演達瓦孜的退役運動員，夢想在鳥巢上方表演絕技的他卻陰差陽錯地被分配到沙尾村當足球教練。在影片中，當買買提動員沙比爾·馬拉多拉的父親同意自己的兒子參加少年足球賽時，兩人之間有過這樣一段發人深思的對話：

〔註162〕鄭雪來主編《世界電影鑒賞辭典（增訂版·第四編）》，福州：福建教育出版社，2013 年，第 1061 頁。
〔註163〕饒曙光等著《中國少數民族電影史》，北京：中國電影出版社，2011 年，第312 頁。

　　買買提：「讓足球來改變他的命運吧？」

　　沙比爾‧馬拉多拉父親（展示一番精彩絕倫的球技之後）：「我踢得怎麼樣？到現在，我不還是個做手鼓的嗎？」

　　卡德爾村長與村民的戲謔同樣耐人尋味：

　　卡德爾村長：「北京的奧運會跟我們沙尾村有什麼關係？」

　　買買提（指著奧運會印章圖）：「大家見過奧運會的印章嗎，奧運印章就是用和田玉刻製成的。和田在什麼地方，就在我們這裡，沙尾村就在和田。」

　　卡德爾村長（打趣道）：「國家打算把北京的奧運會搬到和田來了？」

　　村民齊聲哄笑。

　　沙尾村地處祖國邊陲，長煙落日、平沙淺草、沙丘連綿，蒼茫遼闊的自然風物煉就了沙尾村村民堅毅果敢的品格。為了守護祖國沙漠邊緣防護線，他們自食其力、打井植樹改變家園的夢想，正契合了奧運會「同一個世界，同一個夢想」的大主題。電影片頭用搖移長鏡頭呈現中英薩克縣英薩克鄉沙尾村村委會辦公樓頂高高飄揚的五星紅旗，而這也正是指引他們不懈前行的精神動力所在。此外，影片中多處細節強調了邊疆少數民族對祖國的認同。村民將開大會的院落稱為「人民大會堂」，而人民大會堂正是國家舉行重要政治活動的場所。在組建「夢想足球隊」時，買買提建議孩子們不要全用外國體育明星的名字作外號，說道：「不錯，我們都是中國人。我們『夢想足球隊』裏不能都是外國球星。我想問問大家，你們誰願意把自己的外號改成中國球星啊？」足球隊員們當即提出將外號改為劉翔和孫雯。在「我的理想專題演講會」，有隊員提出「我要在北京的體育館外面，造一個中國最大的饢坑。讓每一個比賽完的人，都能吃上熱騰騰的饢。外國隊買饢打五折，中國隊免費。」也有隊員的夢想是當英薩克縣裏的冠軍、區裏的冠軍，到北京去看奧運會。而沙比爾‧馬拉多拉的理想則質樸無比：「如果去不了奧運會，我就去學做手鼓，作最好的手鼓，賺好多好多錢，帶媽媽去看病。自己花錢坐飛機去北京。」

　　《買買提的2008》採用了兩條主題類似的敘事線索。如果不依靠集體的力量，踢野球的「夢想足球隊」要想短時間內取勝幾乎不可能，這是電影主線的敘事主題。同樣，「沙尾村民打井」這條輔線也表達出類似主題，一如村長對打井不順所發出的感慨：「記得在修紅旗水庫的時候，兵團的人喊的號子

我們學不會。輪到我們了，大家就敲著手鼓一起喊：烏駿姆（進攻）、烏駿姆（進攻），真是難忘啊！可今天的沙尾村人，連打口井的勇氣都沒有了。再也喊不出烏駿姆（進攻）這種聲音了。你們同孩子們輸球一樣，是因為你們輸掉了志氣。我這輩子就沒見過羊肉自己掉進鍋裏去。我就不相信，一個連十口井都不敢打的村長，憑什麼得冠軍？憑什麼能把你們的娃娃送到北京去看奧運會？」

值得注意的是，「少數民族女性參與到公共空間與奧運同行是中華民族一體化的又一體現。影片中的迪麗娜爾作為女足球教練，孫雯米納爾作為女孩子，都表現出遠超男性的成熟和勇氣。米納爾在決賽的緊要關頭為『夢想足球隊』踢進關鍵一球。迪麗娜爾、孫雯米納爾這些女性在影片中的價值，正是通過參與中華民族一體化進程並在其中擔任不可或缺的角色而得到實現。」〔註164〕概而言之，《買買提的2008》「通過講述維吾爾族孩子們參與到實現中華民族奧運夢想的過程，構建了一體化的中華民族身份，強調了同處一個大家庭中的各民族的共同榮譽感以及對國家的認同感。」〔註165〕彌散全片的是永不服輸、昂揚奮進的奧運精神「同一個世界，同一個夢想」。一如片尾激昂的主題歌《前進烏駿姆》所唱：「胡楊開花，為了千年的夢想，為了千年的夢想。紅柳茁壯，扛起永遠的堅強，扛起永遠的堅強。來來來，來來來，烏駿姆！」

新世紀伊始至今，少數民族題材電影進入全球化時期。該時期的少數民族題材電影呈現出以下特點：「1. 延續『十七年少數民族題材電影』的特點，更加突出少數民族電影史詩電影的製作。（如上述《紅河谷》、《嘎達梅林》、《聖地額濟納》、《斯琴杭茹》等片），以少數民族地區原生態人物為原型進行創作，呈現邊疆地區波瀾壯闊的歷史風雲變遷。2. 在主旋律的框架內強調民族團結的宏大主題。（如影片《真心》、《我的格桑梅朵》、《庫爾班大叔上北京》、《美麗家園》、《馬背上的法庭》、《鳥巢》、《卡德爾大叔的日記》、《香巴拉信使》、《真愛》等片）。〔註166〕3. 把邊疆地區的人文地理表徵作為符號進行表

〔註164〕王敏等著《新中國少數民族電影築夢之旅・新疆卷》，合肥：安徽大學出版社，2016年，第146頁。

〔註165〕王敏等著《新中國少數民族電影築夢之旅・新疆卷》，合肥：安徽大學出版社，2016年，第144頁。

〔註166〕值得注意的影片如《益西卓瑪》，以益西卓瑪的婚戀恩怨和曲折傳奇的愛情經歷來表現西藏從農奴制到現代社會的巨大變遷，反映新中國給西藏地區帶來的翻天覆地的變化。影片《雪山不會忘記》以20世紀60年代援藏醫生蔣英為原型，重現了40年前風雲變幻的西藏歷史，展示了援藏建設者的精神

述。注重表現邊疆地區的生態環境變化，傳遞邊疆少數民族地區傳統與現實的衝突困境。」

　　概而言之，新世紀邊疆少數民族電影中國家意識和族群意識表達（1990年代至今）的顯性作用不斷增大。在全球文化融合的大背景下，邊疆少數民族電影文化呈現前所未有的廣泛性與深入性，以潛移默化的方式滲透入中華民族文化。不同民族電影文化之間的分享開放、融合碰撞，構成了中華電影的「共性文化」。「共性文化的東西任何一個民族、任何一個國家都是認同的，可以拿來使用並以之增進民族、國家、社會制度中使用者的福利。共性文化本身沒有階級性和民族性。『和』的前提是『不同』，因為『不同』，所以就為相融合提供了可能性；基礎有『同』，提供了『和』的可行性；因為『不同』，『和』才有必要性。」〔註167〕由此觀之，邊疆少數民族電影中國家意識的「外向視角」離不開本族群意識的「內部視角」。背離少數民族本民族自身的電影文化立場，是一種虛妄的文化想像。這種他者的文化想像最終只能轉換為獵奇般扭曲的文化表徵。「總而言之，不應該利用意識形態作為虛妄的『異域奇景』的功能來滿足電影觀眾對『外部世界』的欲求。」〔註168〕當今邊疆少數民族題材電影在市場商業價值之外，更具有文化多樣性和文化安全等諸多價值。為了更好地建構「中華民族大文化」、防禦西方世界妖魔化中國民族政策，邊疆少數民族題材電影具有愈發重要的文化戰略意義。邊疆少數民族題材電影既需要堅守本民族「內向視角」的文化立場；又需要秉承國家意識的「外向視角」，充分展示本民族自信心、提升本民族心理凝聚力，最終真切感受融入中華大家庭的民族自豪感。

風貌和藏漢民族團結的民族深情，是援藏幹部的主旋律傳記片。《西藏往事》高度肯定了抗戰時期各族人民同仇敵愾、痛擊敵寇的民族大義和精神氣節。影片《真愛》是以『2009感動中國十大人物』、『新疆首屆十大傑出母親』阿尼帕·阿力馬洪的真實感人故事為原型創作拍攝的新疆重點影片。該片講述了維吾爾族母親與來自19個不同民族孩子的故事，以紀實與寫意的美學風格傳遞淳樸濃厚的民族真情，塑造平凡而偉大的人物形象。」參見王廣飛等著《新中國少數民族電影之旅·西藏卷》，合肥：安徽大學出版社，2016年，第170頁。王敏等著《新中國少數民族電影築夢之旅·新疆卷》，合肥：安徽大學出版社，2016年，第171頁。

〔註167〕劉建華《民族文化傳媒化》，昆明：雲南大學出版社，2011年，第274頁。
〔註168〕饒曙光等著《中國少數民族電影史》，北京：中國電影出版社，2011年，第378頁。

個案 3-2-1　藏族影視節目少數民族受眾接受情況訪談錄

2017 年 5 月 11 日，課題組成員和三位藏族大學生進行訪談。座談會上邀請到了來自阿壩藏族羌族自治州的卓瑪同學（嘉絨藏族，信仰藏傳佛教）、甘南藏族自治州的道吉先同學（安多藏族，信仰藏傳佛教）、涼山彝族自治州的索朗央宗同學（藏族，信仰藏傳佛教）。

話題一：影像傳播

卓瑪：

康巴衛視在我們那裡收視率很好，阿壩地區的老人很喜歡康巴衛視，漢語節目和藏語節目都有。康巴衛視所用的語言是康巴藏語和安多藏語，這兩種語言幾乎一樣，文字也是統一的。我們看歌舞類節目受語言的影響不大，我們注重的是節目表現形式而不會注意它到底在講什麼。我們看新聞訪談類節目時，只能靠畫面和漢語字幕來理解，如果家裏有會多種語言的長者，會為我們翻譯節目的意思。總體來說，康巴衛視大部分的節目我們能看懂。我們家看康巴衛視的藏曆新年晚會，我家裏的長輩不喜歡中央電視臺的春節聯歡晚會，一方面是語言障礙，一方面是文化差異，他們不懂小品的梗，長輩們覺得春晚不熱鬧。藏曆新年晚會給我的長輩們一種親切的歸宿感，畢竟是本民族文化。我的家庭比較特殊，比較保守，我們周圍的藏族會看中央電視臺的春節聯歡晚會。我們希望少數民族題材的影像中少出現政治的內容。比如康巴衛視播放藏曆新年晚會，在節目開頭就要說很多「圍繞黨中央……」、「深入貫徹落實……」之類的話，我們不喜歡這樣。我看過一些藏族題材的影視劇，關於嘉絨藏族的影視劇很少。小時候，我很喜歡看電視劇《格達活佛》，長大後，我看過很多遍電視劇《西藏秘密》。我覺得這些電視劇呈現的故事和我的實際生活聯繫不是那麼強。電視劇《西藏秘密》反映了藏族的歷史，講兩兄弟娶了一個老婆，很早以前，女王統治下的嘉絨藏區部落，就實行一妻多夫制。我喜歡電影《塔洛》，但我沒有看懂一個地方，塔洛的錢被騙了之後，他不告訴派出所所長，他選擇一個人走出去。看《塔洛》之前，我在網上看了一些影評，文章稱電影諷刺現實，但我並不覺得《塔洛》像影評宣傳那般諷刺了現實。紀錄片《第三極》拍得特別美，反映了藏區的自然人文。我對其他藏族的影視作品也感興趣。我沒有看過 BBC 拍的紀錄片《西藏一年》。

道吉先：

康巴衛視的設備很好，導演好，翻譯過來的影視作品很新。康巴衛視在我們心裏，就像內地人喜歡湖南衛視一樣。我喜歡好萊塢動作片，比如《速度與激情》系列。我覺得紀錄片《第三極》更多地起到了宣傳作用，人們看《第三極》的時候不會有心理上的負擔，就會覺得說，「藏地真漂亮，我也想去。」電影《靜靜的嘛呢石》在藏區播放時，哪怕是在很偏僻的牧場，反響都特別好。我們很歡迎這種題材的電影，因為這類題材的影視作品實在是太少了。藏族題材的旅遊風光片、商業宣傳片越來越多，我們去電影院這兩類電影，看到中途離場的現象太多了，太可怕了。安多藏區的人們對於影像傳播，以中年人追捧最多，年輕人次之，老年人最少。近兩年，安多藏區有了演唱會，我們對演唱會感到新奇。我看了好幾遍《靜靜的嘛呢石》，這部電影非常棒。我喜歡電影裏的場景，比如一座房屋，和我小時候住的一樣。國家每年會花一筆資金用於修繕牧民和農民的房子，把我們的房屋統一改裝成現代化風格，現在很難找到電影裏的房屋。電影勾起了我的回憶，當我看到電影裏的房屋，我突然很想哭，我想家了，我想我當年的那個家，而不是現在這個家。我的朋友們普遍對電影《塔洛》最感興趣，可能因為《靜靜的嘛呢石》離我們這一代有點遠。《塔洛》上映時，大家都在微信朋友圈刷屏，呼籲一起去看。我們都認為《塔洛》是部誠意之作，很多藏族的學者都在寫影評，有關《塔洛》的影評文章在各類微信公眾號或其他平傳播，一些藏族看了這些文章後，就越發好奇，越想去看。我經常看微信公眾號「ARYATARA」的文章，它推送的文章特別有深度。去年公眾號推了一篇《塔洛》的影評，我相當贊同。後來，我私信公眾號後臺想和作者交流一番，結果作者回覆我，影評文章不是他寫的，是他聯繫自己的一位學者朋友寫的。學者為《塔洛》寫影評，是對某個問題思考到了一個程度才會去寫。學者為什麼要寫《塔洛》的影評，因為他們認同電影導演傳遞的思想。為什麼會認同，因為學者注意到這是當下的一個需求點。

索朗央宗：

我老家在四川涼山州木里藏族自治縣，因為我從小生活在彝族聚居地區，對彝族和漢族的影像傳播瞭解相對更多一些。我最近在看《聽見涼山》，它是由中央電視臺社會與法頻道《普法欄目劇》打造的以彝族音樂為題材的電視

劇。《聽見涼山》在我的家鄉取景,有親切感。它的劇情設置不錯,展現了年輕人追求夢想與愛情的勇敢、無畏,充滿正能量。劇中真實地還原了一些彝族的民風民俗。關於劇中有負面影響的劇情,有專業律師會做出理性分析與講解,有助於大眾普法宣傳。總體來說,這部劇還是比較寫實的。我喜歡的藏族題材電影有《康定情歌》《最後的香格里拉》《靜靜的嘛呢石》《拉卜楞人家》,電視劇有《茶馬古道》《塵埃落定》,紀錄片《最近的雪域高原》。我經常看康巴衛視的《向巴聊天》《康巴歡樂匯》,通過科普文化欄目來瞭解本民族文化。我非常想通過影像傳播來瞭解本民族文化。我受家裏老人影響,對藏傳佛教的接觸挺多,如果說通過影像傳播來瞭解藏傳佛教,比較少。我在生活中使用漢語,我會簡單的藏語日常用語。

項目主持人:

電影《塔洛》改編自萬瑪才旦的同名短篇小說,講述牧羊人塔諾進城辦理身份證過程中的系列生活故事。有個片段,牧羊人塔洛像念佛經般背誦毛主席語錄,但他其實一點意思都不懂。在髮廊店,塔洛被楊措騙了錢,我覺得以楊措為代表的群體反映了社會現實。塔洛是個純粹的人,像他這樣以放羊為生、遠離社會的人還存在嗎?

道吉先:

我覺得《塔洛》有點極端,往兩個點發散,一個純粹,一個現實,所以造成了極大的衝擊力。

項目主持人:

《塔洛》是一件藝術品,電影全部使用藏語對白。萬瑪才旦導演有漢語言文學的專業背景,這是一位值得保護的導演。《塔洛》去年在綿陽科技館中環電影院上映,很難得。

道吉先:

《塔洛》的翻譯挺到位。

項目主持人:

萬瑪才旦的另一部電影《老狗》,講述藏族的守護神——藏獒的故事。漢族喜歡藏獒,想要把藏獒買走,漢族買家已經和年輕的藏族談好價格,但是當天晚上,年老的藏族把藏獒勒死了,很殘酷,電影裏的老藏族可能表現得比較極端。

道吉先：

我覺得狗對於藏族來說，不是神，而是最好的夥伴。萬瑪才旦導演的電影作品，更多地時候可以認為是半藝術品。從知識分子的角度來看，通過萬瑪才旦的電影可以引導人們去思考現實的問題，但是對於大眾來講，他們可能不需要這些東西，他們需要的可能是電影有沒有深入實際生活，能否與他們形成一種共鳴，避免電影和現實差距太大。現在一些拍少數民族題材的導演和編劇，他們沒有真正認識民族認同，沒有把握當下最重要的一個需求，他們的眼前利益是賺錢。有位藏族青年導演叫完瑪才讓，他拍了一些電影作品，但我不喜歡看他的電影，因為商業氣息濃，尤其當我生活在一座城市，完瑪才讓在拍攝這座城市時，我發現電影和現實的差別太大。為什麼我在日常生活中沒有碰到電影裏發生的故事，電影裏的主人公一出門就碰到了呢？電影很像童話。電影《高山上的世界盃》很不錯，講了一群喇嘛看世界盃的故事，電影的製片方之一是不丹，不丹的生活和我們很像，但是電影裏有些語言不太好。《高山上的世界盃》和《靜靜的嘛呢石》相似之處是喇嘛都把電視機抬回了寺院，表現了寺院的一種包容。包容和繼承能讓本民族文化發展得更好。

卓瑪：

佛教本身具有很強的包容性。

道吉先：

少數民族文化一定會受到現代化的影響，這是避免不了的，民族文化中好的、壞的成分都會被影響或改掉，但是根應該被留下。我們最重要的東西就是根，根就是心。因為有心，我們才會有這樣的生活習慣，才會有自己的立場，才會有信仰。我現在想不出來「心」是什麼，我想不明白深層次的東西，我還不夠成熟。

如果一部少數民族題材電影只講本民族文化，同樣有人捧場。藏族人喜歡看藏戲，《智美更登》是八大藏戲之一。農曆四月十五是佛吉祥日，我們會舉行佛教法會。佛教法會儀式結束後，會有藏戲表演，真人真事在上面演，臺下有好多人看。我小時候好喜歡看藏戲，當時太好奇了，那時沒有電視。近幾年看藏戲的觀眾少了，我猜測觀眾變少的原因是真人真事帶給他們的視覺感受不如大屏幕上帶來的衝擊感強。現在更多人喜歡去看電視、電影屏幕上呈現的《智美更登》，因為影像傳播裏會加入許多特效和素材，更吸引人。

近十年以來，現代化發展如此之快，現代和傳統不斷碰撞，產生矛盾。一些少數民族題材電影的劇情同質化，比如漢族來到藏區，漢族和當地藏族發生愛情故事，最後，漢族把藏族帶走了。萬瑪才旦拍了許多反映少數民族文化與現代化衝突的電影。現在一些學者寫出的文章，導演、編劇拍出來的電影，都是這類題材。但是，藏族題材電影除了旅遊宣傳片、劇情同質化的商業片和反映少數民族文化與現代化的碰撞以外，就沒有其他題材了嗎？不是的。少數民族的影像傳播太單一了，現在是一個過渡時期，大家都在摸索，還沒有發現合適的道路。就像當年新中國剛剛建立，模仿蘇聯老大哥，或者中國內地電影市場借鑒好萊塢電影的發展模式，如果沒有自身特色的發展道路，肯定是走不通的。少數民族被外界誘惑，這是時代的步伐，是整個民族都不能解決的問題，既然擋不了，現在就要抓緊做好防禦，傳承少數民族的文化和歷史。我理想當中的解決方式，還是得靠知識分子，他們是社會的中流砥柱，比如學者、編劇和導演，漢族知識分子和少數民族知識分子共同參與。希望知識分子通過大量的調研和理論知識體系的奠定，進而通過相關決策機構，找到一個拍板的人，來確定邊疆少數民族影像傳播的發展政策。否則，這道坎邁不過去。現在最主要的問題是傳承本民族文化，而不是阻擋外來文化的入侵。思考全方位的體系和模式，讓少數民族文化一代一代傳下去。

卓瑪：

我們就怕本民族文化成為了歷史記憶。

道吉先：

如果本民族文化成為記憶就完蛋了，我們絕對不能夠讓藏族文化變成記憶，我們現在要解決衝突點。我們的一些傳統在電影裏很少體現，比如藏族祭天地諸神的儀式煨桑，藏民轉經筒和唱誦佛經。影像傳播的影響太大了，它有直入人心的能力。人最重要的是精神世界，電影能夠影響人的思想，當你看完一部電影後，你很興奮，主導你內心活動的是電影傳遞的價值觀，你會逐漸改變，如果中國很多少數民族因此改變，這是多麼可怕的事情。

項目主持人：

不僅是少數民族題材影視作品，放眼國內，真正打動人心的、優秀的影視作品太少了，比如掀起熱議的電視劇《人民的名義》，停播又開播的電視劇《白鹿原》，它們其實非常重要。紀錄片《河西走廊》，它梳理了從漢代到中華人民共和國時期的河西走廊歷史，拍得挺好。

卓瑪：

我翻牆看過法輪功在境外的消息，消息就說江澤民是如何破壞法輪功。我覺得如果不打壓法輪功，任由其發展，會影響中國共產黨的執政地位。

話題二：宗教信仰

項目主持人：

學佛是很不容易做到的。電影《靜靜的嘛呢石》有一處細節給我印象很深，廣播電視技術的發展，讓小喇嘛迷上看電視，儘管之前小喇嘛的佛心很定，小喇嘛也受到紅塵世界的干擾。在電影結尾，小喇嘛很捨不得父親，想和父親一起回家。當小喇嘛想起之後有法會將要舉行，小喇嘛又轉身回到寺院。有意思的是，小喇嘛參加法會前，給自己的衣服裏放了孫悟空的面具。給大家推薦一部 NHK 的紀錄片，叫做《天空聖城　藏傳佛教‧紅色的信仰世界》。紀錄片展示了世界上最大的佛學院——色達五明佛學院的故事，通過記者在佛學院進行採訪、調查，講述了藏人的生死觀和信仰世界，反映了藏人的困惑和思想。紀錄片裏呈現了一些苦行僧形象，苦行僧的生活非常清貧。有很多人信仰藏傳佛教，特意來到佛學院求佛。紀錄片裏有位出家人，他的臥室裏貼了廣告畫，有美國前總統奧巴馬和民權主義者馬丁‧路德金。這位出家人表示自己最欣賞的人是奧巴馬，我認為這個出家人的內心可能對某些政策不太滿意。紀錄片傳達了一種觀點，佛教徒雖然生活在商品經濟社會，但是他們不會看重名利。紀錄片用了一個遠景鏡頭，最初去色達的時候，當地的宣傳語是佛教用語，後來由於政府的管制，宣傳語變成了「同一個夢」的標語。紀錄片反映了一種現實，它不作評論。一方面，傳承藏族的佛教文化很有必要，另一方面，政府用政治化的標語取代了佛教用語。

卓瑪：

每個人之所以有不同的信仰，在乎每個人的立場不同。拉薩是藏族的聖地，我的爺爺奶奶年事已高，他們最後的願望也是去拉薩。我不知道為什麼老一輩有這樣的想法，我想如果哪天去了西藏，我要自己做了才能體會。

索朗央宗：

我也沒有去過西藏，計劃去布達拉宮。

卓瑪：

在我們嘉絨藏族看來，如果你要念佛經的話，要用左手拿佛珠，不能用右手拿佛珠。你拿著佛珠去找活佛，活佛給你加持後，會摸下你的頭。2008

年汶川地震後，我去了汶川讀書，當時我覺得自己的生活不是很好，就給我爸說，我爸請活佛給我弄了一些佛珠和藏藥。我爸告訴我，即使你不吃不用，也可以把佛珠和藏藥放在枕頭下面，對你很好，這也是一種加持。

道吉先：

如果你去拜佛的話，就要去加持，活佛會給你祝福。有些人可能會一輩子把佛珠帶在身上，我的佛珠是從 9 歲開始帶的。

話題三：民族認同

卓瑪：

我是四川阿壩州金川縣的嘉絨藏族，我小時候接受的雙語教育，藏語和漢語都要學習，但是前幾年我們只實行漢語和英語教學，現在阿壩地區漢化很嚴重，很多 90 後和 00 後都不會說藏語。我所生活的村莊，也有很嚴重的分化，比如我會說漢語，但是其他村民就不會。我覺得阿壩地區的漢化離不開清朝時期的大小金川之役。可以這麼說，在我爺爺以前出生的人都是純正的藏族人，但是現在漢化後，大家不會說藏語。最近，我們的政府宣布 2019 年要開始繼續藏語教育。大多數藏族都在漢化的道路上越走越遠。作為小老百姓的藏族沒有想過漢化的問題，也沒有去刻意傳承本民族文化。當老人們發現自己的孫輩們只會講漢語，他們會感到可惜，但是孫輩的父母覺得將就。安多地區、康巴地區的年輕人溝通本來就有語言障礙，現在他們也更傾向於漢語和漢族文化了。雖然一些人的身份證上寫的是藏族，但是他們都不會說藏語，對藏族文化一無所知。現在我自身已經看到嚴重的分化。政府要保護少數民族文化，我們本來就處於一個邊緣的地方，一邊是西藏，一邊是大陸，文化的衝突是不可避免的。我們不能說完全恢復少數民族文化，但是我們可以在文化的衝突中，對本民族文化有所取捨，取其精華，去其糟粕，不斷與時俱進。

道吉先：

我在甘南讀的初中，我們全校師生都穿藏服，現在也穿。高中在蘭州一所普通的漢族高中讀的。前段時間，聽說海南藏族自治州決定取消藏語教育，只學習英語和漢語，一些學者發出了抗議的聲音。

索朗央宗：

我從小在四川涼山州西昌長大，在西昌二中就讀。木里藏族自治縣的漢化情況不嚴重，我們實行漢語、藏語教學，當地也有寺廟和活佛。

話題四：藏語

道吉先：

世界上最簡單的語言，英語排第一，藏語排第二。

卓瑪：

我不太同意道吉先的觀點。道吉先是安多藏族，我是嘉絨藏族，我們的藏語不一樣。嘉絨藏語在經專家研究後，被定為亞洲第一難的語言。嘉絨藏族沒有文字，語言只能口口相傳。我之前和一個喇嘛老師學過安多藏語，學習安多藏語的方法和英語差不多，把元音和輔音合起來。如果你掌握了拼字的方法，其實很簡單。我現在可以讀安多藏語，但是我不知道安多藏語的意思，我沒有掌握到這門語言的精髓。我和道吉先無法用藏語交流，因為我們的語系不一樣，我們也不懂對方的意思。肯定要說是安多藏語純正，因為嘉絨藏族的人口分布相對較少。但是教我學藏語的老師認為，藏語有安多藏語、嘉絨藏語等，但是不能說哪個藏語是最標準的。

道吉先：

我們和拉薩當地藏族溝通，沒什麼問題。但是嘉絨藏族去拉薩可能要講普通話，才能與當地藏族進行正常溝通。安多藏語算是比較標準的，前提是我不能把安多地區的方言和口音加進去，不然就像漢族說的川普和粵語，始終和普通話有距離。

圖 3-2-2　2017 年 5 月 11 日，課題組在項目主持人所在學校新聞系教研室與三位藏族同學進行交流座談會（左二、左三、左四分別為卓瑪、道吉先、索朗央宗）

個案 3-2-2　新疆少數民族影視作品受眾訪談錄

2017～2019 年，課題組在新疆維吾爾自治區開展了「新疆少數民族影視作品及其影響調查研究」，對來自南北疆各地市縣的多位少數民族受眾進行了深度訪談交流。

杜曼·艾尼娃（新疆烏蘇市哈薩克族，男，29 歲，烏蘇市公安局某派出所參照民警）：我平常愛看電影，我以前喜歡看新疆電視臺播放的哈薩克族電影，很有共鳴，比如《美麗家園》、《孤女戀》、《唐布拉之戀》、《風雪狼道》，這些本民族的電影看著非常親切，我比較懷念。可能是受眾群體比較少的原因，這些年基本不拍這類民族電影，但我覺得我們有這樣的文化需求。（2017年 7 月 31 日，新疆烏蘇市，馬爾江·那巴克訪談並記錄）

艾麗菲熱（新疆烏魯木齊市維吾爾族，女，西北工業大學學生，20 歲）：電影《阿娜爾罕》裏展現的喀什和現實已經有了很大差距，電影裏展現的喀什和我小時候的記憶一模一樣，馬路邊上都是泥，風沙很大，漫天飛土，一輛毛驢車拉著西瓜。事實上，喀什地區近年發展非常快，綠化帶變多了，人造景觀很多，氣候也變得不錯。這樣的電影不能讓人們很好地瞭解我們，我認為需要為少數民族顯材的影視創作添加更多現代化的內容。我們家以前住在喀什，現在搬來了烏魯木齊，我爺爺奶奶還在喀什。（2017 年 8 月 2 日，新疆喀什地區，沙德克·艾克熱木訪談並記錄）

扎雅各日麗（新疆巴音郭楞蒙古自治州蒙古族，女，大學畢業生，23 歲）：在我的印象裏，新疆這邊的少數民族影視作品創作以維吾爾族為主，其他少數民族很少涉及，所以我建議邊疆少數民族電影的創作者們，不僅要關注人口數量多的民族，也要關注人口數量少的民族。內地很少有人知道像柯爾克孜族這樣的少數民族，就是因為宣傳做不到位，要讓觀眾真正地瞭解一方風土人情，就要盡可能多地涵蓋各個方面。我們提到中華民族，不能只想到漢族，提到新疆少數民族，也不能只想到維吾爾族。（2017 年 8 月 3 日，新疆喀什地區，沙德克·艾克熱木訪談並記錄）

艾合買江·艾拜迪拉（新疆烏魯木齊市維吾爾族，男，微信公眾號「新疆生疆外足跡」創始人，24 歲）：對於加強各民族的國家認同，除了新媒體宣傳，我覺得還有一個好的方向就是影視作品。吳京執導的動作軍事電影《戰狼2》，最近非常火，很高的票房，從大家的反饋來說，這部電影讓受眾對中華民族的認同有了很大的提升，那可不止是一個高度，利用影像傳播來促進

年輕人的國家認同，我認為非常好。（2017 年 8 月 4 日，新疆烏魯木齊市，馬爾江‧那巴克訪談並記錄）

圖 3-2-3　2019 年 6 月，課題組在喀什採訪來自塔什庫爾干縣的學生阿塔庫里。（採訪者：文金鳳）

阿塔庫里（男，25 歲，塔吉克族，學生，塔什庫爾干縣。採訪者個人情況：文化程度大專；政治面貌：共青團員；宗教信仰：無）

（一）通過電影院接觸影像的情況

我家鄉的電影院只有一家，是官辦電影院，文體局自己辦的，我們也要自己買票進電影院。電影院裏我們民族的電影是沒有的，但是別的民族（漢族）部分電影能同步最新電影。我對家鄉的電影院是很滿意的。中國有很多電影，我們除了看自己民族的電影，也看許多其他民族題材的電影。我更能接受漢語電影，而且對於其他民族演員演自己民族的角色也覺得無所謂，只要演得好就行。我覺得少數民族題材的電影應該更偏向於反映少數民族歷史故事、歷史人物以及民間故事。我覺得少數民族題材的電影在民族團結和民族認同上起到的作用很大，我最喜歡的一部少數民族題材電影是《冰山上的來客》。

（二）通過電視接觸影像的情況

我看電視的主要目的是瞭解國內外發生的事情，我喜歡看體育類電視節目，最經常看的是 CCTV，每天大概看 2～5 小時，看電視的時候，語言對我會有一定影響，因為我漢語不是很好。我看電視的時候更傾向於選擇漢語電

視節目，我覺得目前塔吉克語的節目非常少，但是電視節目的確應該多放漢語節目，因為漢語節目的觀眾更多。我看電視的時候十分相信新聞節目，比如新聞聯播。對 14 年雲南昆明火車站恐怖襲擊事件我不太清楚，2011 年和田 718 事件媒體信息披露和報導立場挺好的，關於 2009 年 7.5 烏魯木齊打砸搶燒事件以及 2008 年西藏 3.14 暴亂事件我都不太清楚。我覺得電視媒介在消除民族文化隔閡方面起到的作用很大，電視節目對我的生活方式和思維方式影響都很大，而且對我的到的觀點、人際交往、價值取向、心理健康方面影響都挺大的，但是是否影響我的性格，我卻說不清。

（三）通過互聯網接觸影像的情況

我平時每天上 2～5 小時的網，我用手機上網比較多，上網主要是學習知識、交友聊天或者電影電視劇或視頻，我不打遊戲。我偶而會在網上看電影電視劇，我從不在網上看自己民族文化方面的東西，因為本民族的我都知道，我喜歡在網上看京劇表演。我覺得互聯網上少數民族形象與現實生活中少數民族形象基本是一致的。我不會在互聯網上發布塔吉克族的信息，我覺得互聯網在消除民族文化隔閡方面起到了很大的作用。

圖 3-2-4　2019 年 7 月，課題組在喀什採訪來自奎屯市的老師巴哈提亞。（採訪者：文金鳳）

巴哈提亞（男，52 歲，哈薩克族，老師，專科學歷，中共黨員，家庭所在地區為伊犁哈薩克自治州，奎屯市）。我每天在家看 2～5 小時的電視。我完全相信電視發布的新聞信息，但在接受互聯網上的信息時，有一些我是持懷疑、批判態度的，我會有選擇性地接受信息。我覺得奎屯的電視節目在有關司法方面的報導是做的不錯的，伸張正義，在所有媒介中，電視新聞節目在消除民族文化隔閡方面起到的作用最大。目前的媒介在消除民族文化隔閡起到的作用也是很大的。我對 2014 年雲南昆明火車站恐怖襲擊事件、2009 年7.5 烏魯木齊打砸搶燒事件以及 2008 年西藏 3.14 暴亂事件的信息披露情況與報導立場正確性方面都不是很清楚。電視節目對我的生活方式、思維方式、道德觀念、性格、人際交往、價值取向、心理健康方面都影響較大。我主要通過電視機看電視節目，比較喜歡專題片。一直習慣收看某個頻道、偏愛某個電視欄目以及別人的推薦都會影響我看某個節目。

我經常收看 CCTV，我看電視主要是為了獲取知識，我覺得電視媒介的主要作用是迅速提供信息、社會輿論監督、瞭解政府政策、反映群眾呼聲、提高文化水平、提供娛樂休閒。我在收看電視節目時會利用互動電視，選擇收看喜歡的節目。奎屯的商業性影院好像多餘官辦影院，因為我不怎麼去影院看電影，所以我對電影院放映的是什麼電影不是很熟悉。我也無所謂電影院放映的電影好不好，但我覺得奎屯的電影院可以多放映以漢語作為語言的少數民族題材的電影，也應該多放一些教育類的影片。《海市蜃樓》、《塔克拉瑪干》、《朱總司令視察新疆》、《真心》、《風雪狼道》、《陽光照耀著新疆》、《阿曼尼薩罕》、《阿凡提二世》、《天山歡歌》、《孤女戀》、《冰山腳下》、《熱娜的婚事》、《艾里甫與賽乃姆》、《阿娜爾罕》、《我叫阿里木》、《唐布拉之戀》、《胡楊深處是我家》、《庫爾班大叔上北京》、《草原雄鷹》、《阿娜爾罕》、《天山歌聲》這些電影我都看過，並有一些印象。我最喜歡看的少數民族題材電影是《庫爾班大叔上北京》《阿凡提二世》《冰山上的來客》。我覺得電影語言是什麼都無所謂，而且用其他民族演員飾演本民族角色也無所謂，我覺得少數民族題材電影應該多反映邊疆的變化和人們的幸福生活，我身邊沒有不同民族之間發生衝突的事件。

圖 3-2-5　2019 年 7 月，課題組在喀什採訪來自莎車縣的維吾爾族個體戶
玉蘇普·圖爾蓀。（左一為被採訪者）（採訪者：文金鳳）

玉蘇普·圖爾蓀（男，34 歲，維吾爾族，個體戶，籍貫喀什莎車縣，文化程度初中，政治面貌：無黨派人士，宗教信仰：無宗教信仰。）

（一）通過電影院接觸影像的情況

我家鄉的電影院有兩家，一個為官辦影院，一個為商業影院，家鄉的電影院基本能完全同步最新電影，我最近還去看了一場，我對家鄉的電影院是很滿意的，我認為家鄉的電影院應該多放映一些維吾爾語的少數民族題材電影，我更能接受的電影語言是本民族語言的電影，對其他民族來飾演維吾爾族人民的現象我覺得無所謂，只要演得好就行。我認為少數民族題材電影應該更偏向於體現民族團結、讚揚民族政策、歌頌黨、革命傳統和祖國的壯麗河山的故事。目前少數民族題材的電影在民族團結和民族認同上起到的作用很大，我最喜歡看的少數民族題材電影是《阿娜爾罕》《一生的木卡姆》。

（二）通過電視接觸影像的情況

我看電視主要是為了學習知識和增長見識，我喜歡看體育類與娛樂類的節目，最喜歡的頻道是 CCTV15 和 CCTV6 臺，我每天看 2～5 小時的電視，在收看漢語電視節目時我會受到一些語言的影響，不管是漢語電視節目還是

維吾爾電視節目我都看，不會因為語言而傾向於其中一種。我覺得目前維吾爾語言節目的數量適中，在我們這裡不管是其他民族電影還是維吾爾族電影都應該一樣多。我看電視時，會完全接受電視信息。我對雲南昆明火車站恐怖襲擊事件、718 事件和烏魯木齊打砸搶劫事件以及西藏 3.14 暴亂事件都不清楚。我覺得電視在消除民族文化隔閡方面起到的作用很大。電視節目對我的生活方式、思維方式、道德觀念、人際交往、價值取向方面都影響較大，但對我的性格影響很小，是否影響我的心理健康這也說不清。我平時會上網，每天上網的事件越為 2～5 小時，我主要用手機上網，上網的目的主要是學習知識和交友聊天，我偶而會看一些電影電視劇或者短視頻。我的手機裏有抖音，我偶而會看看上面的視頻，我覺得很搞笑。我也會在網上看維吾爾族文化方面的信息，我喜歡我們民族的文學，我也會看其他民族的文學。我覺得互聯網上少數民族形象與現實生活中的民族形象大概是一致的。我從來不會在互聯網上發布維吾爾族的信息，也不太瞭解互聯網是否在消除民族文化隔閡上起到了很大作用。

圖 3-2-6　2019 年 8 月，課題組在喀什採訪來自伊犁察布查爾縣的柯爾克孜族老師阿依肯。（採訪者：文金鳳）

　　阿依肯（男，42 歲，柯爾克孜族，老師，伊犁察布查爾縣。文化程度研究生，政治面貌中共黨員）我每天看電視的時長為 1 小時以下，對電視發布的新聞信息多數是信任的，會批判、有選擇性地接受信息，我沒有想過家鄉的電視在有關司法方面的報導如何。我認為電視節目在消除民族文化隔閡方面起到的作用最大，目前的所有媒介在消除文化隔閡上都起到了很大的作用。我不太清楚雲南昆明火車站和西藏 3.14 事件，我覺得 7.5 烏魯木齊事件，媒體報導得不管在信息披露還是報導立場上很挺好的。電視節目對我的生活方式、思維方式、道德觀念、性格、價值取向以及心理健康上都影響較大，但對我的人際交往上影響很小。我看電視主要通過電視機、網絡電視或者手機，我比較喜歡看電影、專題片、本民族節目、體育節目、文藝類、教學類、和談話類節目。一直習慣收看某個頻道以及偏愛某個電視欄目是影響我收看電視的關鍵因素。我經常看的電視頻道有央視的節目和外省市的節目。我看電視主要是為了獲得新聞、學習知識且娛樂。我認為電視的主要作用是社會輿論監督、瞭解政府政策、提高文化水平以及娛樂休閒。我在收看節目時會利用互動電視，選擇喜歡的節目或者在網上選擇電視節目收看。

　　我們家鄉有兩家以上的電影院，我很少去電影院看電影，所以電影院是否是官辦還是商業性質我都不清楚。我也無所謂電影院放的是什麼類型的電影。我看過《買買提的 2008》《卡德爾大叔的日記》《阿曼尼薩罕》《阿凡提二世》《不當演員的姑娘》《熱娜的婚事》《艾里甫與賽乃姆》《阿娜爾罕》《庫爾班大叔上北京》。我最歡的少數民族題材電影是《不當演員的姑娘》以及《冰山上的來客》。電影是哪種語言都可以，但我不能接受別的民族的演員來演我們自己的民族角色，我覺得少數民族題材電影在內容上應該多反映少數民族歷史故事、人物以及民間故事。

第四章　新時期國家族群認同與藏疆地區民語衛視的發展模式、策略機制

導　言

　　邊疆地區少數民族語衛視的開播、少數民族語影視劇的與日俱增、少數民族語視頻網站的陸續建成，一方面為邊疆地區的政治穩定、文化繁盛提供了媒介支持與信息保障；另一方面，少數民族語衛視信號在哈薩克斯坦、塔吉克斯坦、阿富汗、巴基斯坦、印度等國家落地，大外宣作用日益彰顯。在融媒時代語境下，少數民族影像傳播迅捷直觀、逼真生動、語言親近，成為最受藏疆地區少數民族用戶歡迎的媒介形式。然而，不容小覷的嚴峻問題是，藏疆地區普遍經濟滯後、區域發展不平衡、貧困問題突出（如南疆三地州、西藏高寒山地，生存條件極端惡劣艱苦）、環保問題凸顯、資源開發與利益分配問題嚴峻、少數民族文化適應力以及文化多樣性保護問題顯著。伴隨社會流動以及人口結構變化，藏疆地區的就業難題和社會管理問題也日趨明顯。由於生存環境惡劣、文化水平低下、法制意識淡漠，部分對漢族存在牴觸甚至仇視情緒的少數民族受眾極易受到疆獨集團、達賴集團以及西方反華勢力媒體的滲透蠱惑。〔註1〕新媒體時代的飛速發展，讓此類分裂

〔註1〕「新疆標準以下的貧困人口 227 萬人，占全區農牧民人口的 22%，其中 84% 居住在南疆三地州（喀什、和田和克州）。2009 年，南疆三地州 GDP 僅為全區平均水平的 31%。」參見王懷超、靳薇、胡岩《新形勢下的民族宗教理論與實踐》，北京：中共中央黨校出版社，第 4～30 頁。

國家、破壞民族團結的少數民族影像傳播更顯詭譎複雜。由此,如何獲取這場反分裂攻堅戰的勝利、促進藏疆地區的持續發展,亟需探索邊疆少數民族影像傳播的重要規律和傳播策略,摸索適應邊疆地區少數民族用戶需求的影視節目形態以及影視類型。製作讓邊疆地區少數民族受眾喜聞樂見的影視作品,增強少數民族影像傳播在邊疆地區的競爭性、親近性和重要性,探索借助少數民族影像傳播以達到邊疆地區長治久安的機制與策略成為重要研究課題。

在人煙稀少、廣袤無際的傳統藏疆地區(特別是藏族農牧民定居區),經堂與客廳往往是藏民家居重要的人際交往空間。經堂之中陳設供奉佛教聖物,是藏民的神聖宗教信仰空間;客廳(火塘)之內交友會客,廣播電視則無疑為農牧民世俗生活的最重要大眾傳媒。藏區流傳著這樣一句俗語「有喇叭的地方聽喇叭的,沒喇叭的地方聽喇嘛的」。毋庸置疑,「廣播電視已然成為藏區百姓瞭解國家大政方針以及同主流意識形態交流溝通的重要渠道,同時亦是藏區同西方反華勢力以及達賴分裂集團爭奪意識形態話語權的重要前沿地。」〔註2〕弘揚中華民族精神,在新時期實現中華民族偉大復興,是黨和國家面臨的重要任務。目前學界對於民族精神的研究成果不勝枚舉,但從媒介傳播的視角,尤其是立足如何發揮大眾傳媒培育民族精神、弘揚民族團結的論著卻相對缺失。邊疆少數民族的影像傳播發揮著引領社會價值觀的獨特功效,它既能成為引導習近平新時代社會主義核心價值觀的推進器與放大器,也能成為錯誤價值觀的矯正器。信息全球化時代的到來,在為中華民族文化的全球傳播帶來無限機遇的同時,也為如何抵禦國外文化霸權侵蝕中華民族的價值觀提出嚴峻挑戰。面對來勢洶洶的全球化、信息化、網絡化,置身世界文化體系的中華民族精神極易漂離迷失,這在邊疆少數民族地區尤為顯著。中華民族精神淡漠、國家意識缺乏、公民責任感喪失成為邊疆少數民族地區不穩定因素激發的重要原因。〔註3〕如何在邊疆少數民族地區增強國家民族自豪感、加強中華民族優秀文化的外宣傳播效果、有效抵制西方信息霸權,我們需要深刻思考下述問題:民語衛視的影像傳播該如何促進邊疆農牧區文

〔註 2〕韓鴻《藏語衛視與藏區發展:策略、機制與模式》,北京:社會科學文獻出版社,2017 年,第 1 頁。
〔註 3〕劉獻君主編《現實挑戰與路徑選擇——民族精神的對策研究》,北京:人民出版社,2009 年,第 133～164 頁。

明生態建設，有效配合國家精準扶貧的國策？如何以影像傳播促進邊疆問題治理，保障邊疆的政治穩定？進而言之，伴隨中國步入新時代，如何發揮少數民族語衛視在彰顯國族認同、民族團結中的積極因素，為各族人民共建「中國夢」創造和諧的輿論環境？面對疆獨集團、達賴集團和西方反華勢力咄咄逼人的宣傳，如何發揮少數民族語衛視作為邊疆地區第一媒體的功能，保障藏疆地區的繁榮穩定？

　　上述諸多問題成為本課題理性思考與積極實踐的重要議題。本課題以實證研究為核心。考慮到藏疆地區農牧民普遍文化程度較低，對調查問卷的認知存在嚴重障礙，加上邊疆少數民族分布廣泛、方言眾多，本研究主要以深度個案訪談、入戶採訪以及焦點小組座談的質性研究方法為主，同時輔以部分量化問卷方式以及少部分非參與式觀察方法。考慮到民語衛視仍然是對邊疆地區少數民族受眾影響最大的媒介，本章將以藏疆地區的民語衛視為核心研究對象，兼及少數民族電影以及少數民族網絡影像的傳播，重點考察和總結以下問題：1. 少數民族電視節目在藏疆地區傳播的用戶特徵及民族區域特色。2. 基於藏疆少數民族受眾的收視內容偏好以及收視心理，關注其對抗性傳播原因，探究疆獨集團、達賴集團、境外反華勢力的宣傳滲透策略。3. 探索少數民族影像雙語傳播的機理與方式，進而總結出邊疆少數民族地區影視媒體公信力的提升策略、規劃模式與設計機制。

第一節　影響藏疆地區發展穩定的意識形態領域　　　　　主要問題

　　改革開放 40 多年來，藏疆地區在政治經濟文化諸多方面均取得了舉世矚目的成就。但不可否認，邊疆地區民族問題依然嚴峻尖銳。本課題調研發現：群體性事件頻發的地區往往極端貧困並且宗教氛圍濃厚；聚集地各類宗教場所不僅規模龐大，而且數量眾多，特別不易管理；青少年未成年人成為各類宗教極端思想侵蝕滲透的對象，暴恐主義、境內外民族分裂主義、宗教極端勢力的負面影響不容小覷。其中，兩個特殊的宗教文化因素值得關注：一、藏疆地區普遍信教，宗教影響十分巨大。從匈奴帝國、突厥帝國、回鶻帝國、喀喇汗王國、高昌回鶻王國直至察合臺王國，在漫漫歷史長流中，伊斯蘭宗教文化一直在新疆地區佔據主導的價值取向。遵從真主的意志是維族等眾多

少數民族群眾意識形態和價值觀的核心所在。〔註4〕與之相較，藏傳佛教的情況同樣紛繁複雜。西藏歷史上自以來便是一個以宗教為本、全民信教的社會。藏傳佛教的教義不僅讓西藏下層人民逆來順受、服從天命，也對西藏上層階級產生一種神諭式的制約關係。達賴身兼至高無上的神和分裂主義集團的首腦，憑藉其在藏傳佛教界的巨大影響力，十分容易在藏區教徒中煽動大規模群體事件。二、各類宗教組織的壯大，在不斷滋養反對階層的同時，大大削弱了人民政府的公信力以及執政力。如何在充分尊重藏疆民眾宗教信仰自由的前提下，加強政府的控制力，成為考驗執政者政治智慧的重要課題。

自20世紀80年代迄今，以美國為代表的西方國家出於意識形態、國家利益以及政治制度的考量，打著「新疆問題」、「西藏問題」的幌子，對藏疆地區持續「同化」「西化」「分化」。在此過程當中，境內外分裂勢力的宣傳媒介身披宗教外衣，對少數民族自治運動煽風點火，大肆破壞民族團結，給國家安全以及邊疆少數民族地區的長治久安帶來嚴重隱患。融媒體時代語境下，複雜現實同虛擬社會錯綜交織，新形勢與傳統的不穩定因素互相作用，更強化了各類矛盾衝突的複雜性、突發性以及對抗性，讓邊疆地區的維穩工作困難重重。在意識形態領域探究影響邊疆地區穩定的風險，思考邊疆少數民族影像傳播與國族認同的模式、機制和策略，首先必須正視上述問題。概而言之，可以將影響邊疆地區穩定的因素概括為以下層面。

一、內部社會原因

近年來藏疆地區暴恐事件頻發、騷亂衝突不斷，「藏獨」、「疆獨」思想暗流湧動。其原因不可簡單歸於熱衷獨立的小部分所謂「內外精英」，其深刻的社會基礎亦需要深刻檢討。本文將影響邊疆地區長治久安的內部社會原因概括為以下三大方面。

（一）貧困與發展不均衡問題

中國藏疆地區民族發展問題的根本是區域發展不均衡、自我發展能力不足，貧困問題突出、生態環境壓力問題顯著。2000年～2009年間，西部地區和少數民族地區的貧困人口比例不升反降。根據國家統計局貧困監測數據，

〔註4〕「伊斯蘭教義認為，『公議』即穆斯林大眾或其代言人宗教學者階層的一致意見，也就是真主意志之體現。」參見王懷超、靳薇、胡岩《新形勢下的民族宗教理論與實踐》，北京：中共中央黨校出版社，第24頁。

該時間段內，西部貧困人口的比例從 61% 增加到 66%。五大自治區從 34% 增加到 40.4%。〔註5〕對於藏疆地區而言，因為教育就業、資源開發、人口過速增長等問題，傳統的農牧民已經出現明顯的重組和分化。受到自然資源、語言障礙、勞動技能等因素制約，社會貧富分化日趨顯著。邊疆地區的貧困化與邊緣化容易讓貧困群體與中高等收入群體產生衝突摩擦。深陷迷茫狀態的貧困年輕一代因無法找到生活出路而滋生對立不滿情緒，成為影響藏疆地區社會穩定的重要因素。

課題組在藏疆地區調研時，瞭解到不少受過高等教育或者僅有中等教育的維族、藏族同學對未來不確定的生活前途抱有悲觀情緒。一方面，這部分年輕人的世界觀已經深受外部媒介的形塑，對外部世界十分嚮往；另一方面，藏疆地區青年就業能力相對較差，與漢族在勞動力市場競爭時相對較弱。教育程度偏低、缺乏就業技能等客觀因素使他們往往只能從事層次較低的職業。理想與現實的巨大反差非常容易在藏疆地區（尤其是貧困地區）的青年中滋生各種不滿情緒。無論在藏區還是在新疆貧困地區，課題組經常能看到不少無所事事的少數民族青年在網吧玩遊戲打發時間，或者三五成群聚眾飲酒。這部分青年一旦受到外部刺激，其挫折感非常容易激發起維族或者藏族的族群認同，形成敵視社會、不滿所謂「大漢族主義」的惡性循環。

（二）宗教問題與國家認同

新中國成立迄今，如何正確處理宗教信仰與國家認同之間的關係，一直是影響邊疆地區長治久安的重大議題。十年文革時期，曾經發生對我國宗教全盤否定的極端政策。個別地區一度禁止宗教活動，嚴重惡化了藏疆地區信教群眾、宗教界同黨和國家的和諧關係，進而影響到宗教信徒的國家認同。改革開放 40 多年來，通過宗教信仰自由政策的落實貫徹，宗教在國家中的作用和地位得到客觀評價，符合中國國情的政教關係在邊疆地區亦穩步形成。但不容忽視的嚴峻問題是，伴隨中國社會的劇烈轉型，邊疆少數民族地區也出現了不同程度的道德失範現象——道德缺失、精神衰敗、信仰虛無、文明滑坡、物慾至上等問題動搖著每個民族、每個公民的理想信念。置身困惑矛盾、焦慮浮躁的新世界，為了尋求相對穩定的精神家園，宗教勢力非常容易

〔註5〕范小建《新時期以來的扶貧開發工作》，中共中央黨校講稿，2010 年 9 月。轉引自王懷超、靳薇、胡岩《新形勢下的民族宗教理論與實踐》，北京：中共中央黨校出版社，第 200 頁。

乘虛而入。由於宗教的心理根源、認識根源、社會根源、自然根源的長期存在，中國邊疆地區的宗教問題呈現文化性、族群性、國際性和長期性的複雜特性。如何通過積極正確的影像傳播進行輿論引導，讓信教群眾認識到宗教活動應該在法律的範圍內活動，並與新時代社會主義社會的文明進步與時俱進，成為不可小覷的重要課題。

新時期以來，國內信教者和寺觀教堂數量持續增加，這在藏疆地區同時呈現顯著的區域性特徵。西藏的宗教問題主要是藏傳佛教問題，在各個藏傳佛教派系中，尤以黃教（格魯派）的社會影響最為明顯〔註6〕。雪域西藏遠離中國經濟發達地區，以其舉世無雙的文化和不可企及的地理特徵為世人提供了無盡的想像空間。在各類媒體的渲染炒作下，西藏呈現出匪夷所思的奇妙形象——其中既有神權獨裁的「喇嘛王國」形象，又有純淨聖潔、香格里拉式的迷人的神話世界形象。伴隨數據化時代的到來、交通條件的日益改善，外部世界與西藏的物質距離早已經不像以前那樣遙不可及。於是新的問題出現了：隨著西藏神秘面紗的揭開，藏傳佛教日益受到追捧，往昔蠻荒之地的西藏一躍變為「道德精神聖地」。課題組無論在康巴地區還是西藏自治區都發現不少新建的佛塔僧舍，不僅規模奢華堂皇、駐寺修行的藏漢信眾中甚至不乏企事業單位黨員幹部。其嚴重後果是，信教群眾蔑視不信教的幹部或群眾，給意識形態領導權的爭奪帶來嚴重障礙。這對於建構新時代社會主義核心價值觀、形塑中華民族國族觀、乃至於維護西藏地區的邊疆穩定都帶來了負面影響。虔誠信仰藏傳佛教的信徒一旦產生基於宗教信仰的道德優越感，會自然在心中構築起自我封閉的防火牆，排斥社會主義思想的政治教化。最終，宗教認同取代國族認同和國家認同，不僅造成邊疆地區認同混亂，而且為社會主義意識形態領導權帶來嚴重威脅。顯而易見，對於西藏農牧民幹部群眾進行唯物論、無神論「兩論」的教育，是一項長期而艱巨的任務。在此過程中，既要做到支持弘揚藏傳佛教文化中護國利民、敬畏生命、揚善棄惡等與新時代社會主義核心價值觀相契合的內容；同時，更加迫切需要利用電影、電視、互聯網視頻的有效傳播，高效益地開展各種形式的「兩論」教育

〔註6〕格魯派的字面意思為「善規派」，俗稱「黃帽派」，因為該教派與其他所有教派有著鮮明的區別，其他教派戴紅帽，而格魯派戴黃帽。格魯派是致力於清除喇嘛教寺院制度弊端的積極改革者。參見〔美〕梅·格爾斯坦《喇嘛王國的覆滅》，北京：中國藏學出版社，2015年，第7頁。

以及愛國主義教育。

　　在新疆地區，維吾爾族、哈薩克族、回族、塔吉克族、塔塔爾族、東鄉族、烏茲別克族、柯爾克孜族、保安族和撒拉族等 10 個少數民族普遍崇信伊斯蘭教義。進入新時期，因信教而引發諸多問題。主要表現為：一些地區存在盲目朝覲的情況、跨地區傳教活動興起、部分地區存在「亂建濫建」清真寺的問題。伴隨融媒體時代的到來，私帶「塔力甫」（經學生）、跨區傳教問題愈加屢禁不止。南疆偏遠地區有大量未經「官方認證」的阿訇往往政治素質不高、宗教學識良莠不齊，極易被極端宗教狂熱思想煽動或利用。朝覲是伊斯蘭教的「五功」之一，但盲目朝覲會帶來諸多政治經濟問題。在朝覲期間，零散朝覲人員很容易受到境外「三股勢力」的蠱惑。境外疆獨勢力依靠免費提供食宿等物質手段拉攏零散朝覲人員。他們在我零散朝覲人員駐地打出「東突」旗幟，散發大量疆獨和伊斯蘭極端宗教思想，發送所謂為「東突聖戰」募捐的《呼籲書》。另一方面，大量滯留沙特、阿聯酋的朝覲人員成為難民，嚴重影響了中國的國際形象。〔註7〕此外，進入改革開放轉型期之後，伴隨利益糾紛加劇以及民族宗教意識增強，容易導致在信教徒與不信教的群眾間產生社會心理上的對立，進而惡化為嚴重的民族宗教衝突。據中共新疆維吾爾自治區委組織部課題組《關於正確認識和處理新形勢下新疆宗教問題的調查報告》，「新疆不少人對不信教者採取『六不主義』，即『見面不握手，有病不看望，有事不幫忙，過節不拜訪，死後不送葬，相互不結親』」。〔註8〕這不僅嚴重影響了新疆地區的民族團結、政治穩定，還會逐漸演化為導致動亂的「族群鴻溝」。

（三）落後思想觀念對政治經濟、社會文化發展的阻滯

　　歷史上，藏傳佛教作為政教合一的主流意識形態在藏區長期存在，迄今仍然以非主流文化形式在現實社會中產生根深蒂固的影響。出家修煉是大乘和上座部佛教哲學的基本原則，凡是佛教傳播的地方都有寺院和出家人。在西藏

〔註7〕「新疆經濟社會發展相對滯後，貧困地區農牧民的年收入往往不足 5000 元，而朝覲一次至少花費 3 萬～4 萬元，因朝覲返貧的情況時有發生。2003 年有300 多名零散朝覲人員滯留沙特，無力回國；2004 年有 400 多人流落在阿聯酋，成為難民。2006 年更加嚴重，4000 多人滯留巴基斯坦，在沙特使館前靜坐。」參見王懷超、靳薇、胡岩《新形勢下的民族宗教理論與實踐》，北京：中共中央黨校出版社，第 74～75 頁。

〔註8〕馬大正《當代中國邊疆研究（1949～2014）》，北京：中國社會科學出版社，2016 年，第 489 頁。

傳統歷史中，「藏人相信，出家為僧本身就高於俗人一等，並且認為，必須盡最大可能發揮僧人的作用才能使西藏的宗教發展、社會風氣得到改善，促進政教事業的發展。」〔註9〕作為藏族文化體系的紐帶，藏傳佛教已然成為穩定「藏民族共同體」的心理核心。佛教進入藏地不過1300多年，歷經本教文化、原始信仰兩個重要階段，使眾多神山文化、佛教聖蹟都納入到了藏傳佛教體系。朝佛（朝聖）成為全民行動，「幾乎每個藏人都要走向或遠或近的神山，走入寺院、走進或大或小、或古或今的聖地瞻仰、朝拜，繞著聖物轉，繞著神山轉，一代代，一年年，一月月，一天天，連空氣都瀰漫著『六字真言』。」〔註10〕藏傳佛教恪守「六道輪迴」、「人生唯苦，四大皆空」等宗教信條，將佛法修煉與個體命運、心靈世界緊密結合，成為藏人不棄不離、終身相伴的影響。誠然，藏傳佛教中「樂善好施」、「慈悲行善」、「寵辱不驚」等理念賦予了藏民族質樸醇厚、潔淨單純、誠實守信、慈悲憐憫的心靈世界，為他們在惡劣的自然地理環境中艱難生存尋得了精神支撐。〔註11〕然而不可忽視的是，藏傳佛教倡導布施喇嘛的習俗，造成部分信眾將大量財物捐給寺廟，減少了再生產的投入，使其無法最終脫貧或者脫貧後再次返貧。部分農牧民把全部家產變賣一空，磕著長頭到崗仁波齊神山、到拉薩拜佛，返回後重新成為政府禁準扶貧的對象。學齡兒童輟學到寺院為僧的現象也十分普遍。〔註12〕

〔註 9〕「西藏寺院制度的一個特點是，絕大多數孩子長到7～10歲時，他們的父母就要讓他們出家為僧，並不需要特意去考慮他們的個性或者願望，因為現身佛法是終身的義務，而不是權宜之計。父母之所以要讓他們的兒子入寺為僧，有多方面的原因。一部分原因是，由於他們虔誠信佛，所以相信當喇嘛是非常崇高而榮耀的時期。另一部分原因是，出家為僧是學習文化知識且受人尊重的一條出路，這不僅能夠減輕養家糊口的負擔，而且能夠確保自己的孩子從此以後永遠不需要過艱苦的鄉村生活。」參見〔美〕梅·格爾斯坦《喇嘛王國的覆滅》，北京：中國藏學出版社，2015年，第25～26頁。

〔註10〕丹珠昂奔《藏傳佛教：寧瑪派聖蹟文化研究序》，轉引自段晶晶《藏傳佛教：寧瑪派聖蹟文化研究》，成都：四川民族出版社，第4頁。

〔註11〕「但是另一方面，不可否認的是，佛教輪迴業報、注重來世、淡漠今生的說教形成了輕奮鬥實踐、重視個體宿命的心理結構。不僅使部分農牧民缺乏積極投身新時代社會主義市場經濟的競爭意識，同時影響了民族整體的創新力，阻隘了民族在政治經濟、社會文化各方面的發展與進步。」韓鴻《藏語衛視與藏區發展：策略、機制與模式》，北京：社會科學文獻出版社，2017年，第19頁。

〔註12〕2017年，由張楊執導，尼瑪扎堆、楊培、索朗卓嘎主演的電影《崗仁波齊》，以紀錄片的影像風格直觀重現了這一文化現象：時為馬年，恰巧是神山崗仁波齊百年難遇的本命年，普拉村裏很多人都希望加入尼瑪扎堆的朝聖隊伍。

在新疆地區，「七五事件」參與者多數為價值觀混亂的青壯年。作為改革開放後成長起來的新一代，他們的國家認同意識普遍淡化。置身複雜動盪的經濟轉型期，族群意識的增強會對其社會心理產生巨大影響，激化各類利益矛盾和民族衝突。政治上的低影響力和心理上的高敏感性與新疆地區環境壓力（高污染、高消耗、低層次的粗放式農牧業經濟模式，讓生態問題愈發嚴峻）、貧富差距、城鄉差距、地區差距等問題相互疊加，非常容易導致新疆少數民族的社會心理嚴重失衡。新疆民族因素突發事件的爆發，往往源自相對剝奪感與膨脹的族群認同感產生推波助瀾的負面效應。課題組在調研中發現以下特點：新疆受教育文化程度低的青少年亟需重塑正確價值觀；暴恐頻發地往往為宗教氛圍濃厚的極端貧困地，或者雖然生活在發達城市地區，但卻生存環境惡劣；暴力恐怖主義、宗教極端勢力、民族分裂主義和各類敵對勢力滲透爭取的焦點往往集中於未成年人。由於缺失內生性、參與式發展理念，給邊疆少數民族（尤其是青少年）正確價值觀的形塑帶來嚴重隱患。解決上述矛盾，一方面需要社會教育、學校教育的跟進；另一方面，需要大眾傳媒的輿論引導、撫慰宣傳、矛盾化解。在新疆少數民族群眾中開展國家認同教育、民族團結教育，以少數民族語衛視為代表的各類媒體責無旁貸。

二、外部社會因素

不可否認，新時期以來，藏疆問題已經到了一個十分危險的轉型期拐點。

藏疆地區維穩困難重重，不僅與邊疆少數民族政策理論的實踐相對滯後有關；同時亦與對藏疆問題國際化所出現的新困難、新衝突關注不夠有關。

（一）達賴藏獨集團的滲透與分裂

達賴藏獨集團流亡海外 60 年來，依靠西方反華勢力，利用「宗教領袖」的外衣，四處奔走游說，散步種種謊言，欺騙國際輿論。〔註13〕作為境外藏

這只隊伍裏有自感罪孽深重的屠夫、家貧四壁的青年，也有即將臨產的孕婦、不諳世事的小孩。為去崗仁波齊，這支十一人的朝聖隊伍歷盡千辛，磕著長頭走完了長達 2500 多公里的朝聖之旅。

〔註13〕第十四世達賴喇嘛·丹增嘉措，1935 年 7 月出生於青海湟中縣祁家川（今青海省平安縣紅崖村），乳名拉木登珠。1938 年拉木登珠被原西藏地方政府遴選為第十三世達賴喇嘛的唯一轉世靈童，後報請國民政府特准免予「金瓶掣簽」。1940 年在熱振呼圖克圖和國民政府特派大員吳忠信的共同主持下，拉木登珠在拉薩舉行坐床典禮，繼位為第十四世達賴喇嘛。1950 年 11 月 17 日開始親政，年僅 16 歲即成為藏傳佛教的領袖之一。1956 年 11 月下旬，達賴

獨分裂勢力的總代表，達賴集團的滲透與分裂成為影響藏區穩定的最大障礙。自 1980 年代以來，達賴被國外反華勢力塑造為所謂「和平使者」、「人權衛士」。他們以印度達蘭薩拉為基地，大肆進行分裂祖國的活動。達賴喇嘛拋棄歷代藏傳佛教宗教領袖的愛國傳統，踐踏宗教教義、愚弄善男信女的宗教感情，鼓吹「西藏獨立」，在背離西藏人民和祖國的道路上愈走愈遠。其分裂行為不但組織性強，而且極富偽裝性，無論「西藏在歷史傳統上是一個獨立國度」的公開叫囂、「走『中間路線』是西藏唯一出路」的謬論，還是「西藏需要真正意義上的民族區域自治」的妄言，達賴集團禍國亂教的本質始終未變。

西藏在歷史上長期宗派林立、動亂不斷，直到 1959 年平叛後，整個藏區才實現了統一和長年穩定。從 20 世紀 80 年代開始，藏傳佛教在國家宗教政策的指引下再次復興。早在 20 世紀末，西藏已經有神殿、寺廟、精修院 1787 座，幾乎每個鄉平均有一座；在寺僧尼 46000 人，按當時西藏人口 200 萬計算，幾乎每 40 人中就有 1 人出家修行。國家撥出數以億計的鉅資維修佛教和宗教場所，並且組織人力、物力、財力搶救、保護和發展西藏的傳統文化。藏語文得到普遍使用，自治區人民代表大會制定法律，規定會議文件、政府公文、門牌號碼，甚至拍發電報，都得使用藏語。藏文報紙、雜誌、藏語廣播、電視成為藏民瞭解外部世界的重要媒介。藏文書籍大量出版，超過了歷史上任何一個時期。〔註 14〕然而，基於藏傳佛教複雜的現實與歷史因素，這一時

應邀赴印度參加釋迦牟尼涅槃 2500 週年佛教法會，爾後在印度滯留近三個月，處於分裂主義勢力的包圍之下。1957 年以後，達賴喇嘛與西藏上層分裂勢力互相呼應，動亂由局部逐漸擴展為全面的武裝叛亂，公開撕毀《關於和平解放西藏方法的協議》（簡稱「十七條協議」）。1959 年 3 月 17 日，達賴喇嘛叛逃印度。1959 年 3 月 10 日，達賴喇嘛在拉薩公開發動武裝叛亂。3 月 17 日夜，達賴喇嘛本人充忙出逃，26 日抵達山南重鎮隆子宗，迫不及待地宣布：「西藏獨立了」。4 月 18 日，達賴喇嘛通過喜馬拉雅山口到達印度阿薩姆邦的提斯普爾，向聚集地的記者散發《達賴喇嘛聲明》，全盤否定《十七條協議》，鼓吹「西藏獨立」。4 月 25 日，西藏分裂主義分子頭目在印度城市姆索裏召開會議，籌組「流亡政府」。參見司仁格旺《十四世達賴喇嘛》，北京：五洲傳播出版社，1997 年，第 2～23 頁。

〔註 14〕「應該說 20 世紀 80 年代開始了西藏傳統文化的又一個春天，這一時期常見的景象是：八角街轉經的人從早到晚絡繹不絕，各教派寺廟香火旺盛。僧人和尼姑習經修法、禮拜神佛，各種法事活動恢復，向廣大信教群眾開放。各級佛教協會重新開展工作，宗教上層人士得到妥善安排，各地具有代表性的宗教節日逐步恢復，例如拉薩大昭寺的傳召大法會、日喀則的西莫青波節、江孜達瑪節、甘丹寺展佛節、哲蚌寺的雪頓節、色拉寺的金剛橛節、熱振寺、

期達賴喇嘛的影響不降反升。進入改革開放新時期，中國社會處於劇烈的轉型期，意識形態領域出現比較嚴重的價值觀缺失、正能量不足、倫理道德淪喪等信仰危機。由於新的價值觀體系難以及時形成，達賴集團得以借助傳統宗教上的影響力乘虛而入。這在搶奪廣大青少年藏族群體信仰空間的同時，也動搖了黨和國家的意識形態領導權。2007 年至 2009 年連續三年，西藏地區發生大小不一、層級不等的群體性局部暴力事件，都與達賴集團的參與有著顯著的聯動。而最令人痛心的是 2012 年的自焚事件，相當多的參與者是受到達賴集團蠱惑的 20 歲左右的青年喇嘛。〔註 15〕

　　達賴集團採取形式多樣的媒介行動主義策略，與國外支持藏獨的反華團體文化搭臺、政治唱戲，製造各種國際輿論。他們在西方主流媒體的唱和下，顛倒混淆真相，綁架裹挾國際輿論，使涉藏問題、涉藏事件在國際化的同時愈加複雜化。達賴喇嘛四處竄訪，頻頻參加超度祈福儀式。他打著「非暴力」、「保護藏文化」、「保護藏區環境」、「維護西藏人權」的幌子，煽動蠱惑藏區群眾、僧尼與政府對抗，大肆攻擊西藏自治區的民族宗教政策。達賴集團在其「流亡政府」內，設立安全、外交（後改為國際關係暨宣傳）等部門。在 10 多個國家設立達賴喇嘛辦事處或聯絡處，編輯、出版和發行大量宣揚「西藏獨立」的書刊。在國外藏胞青年人中成立「西藏青年大會」、收取藏人「獨立捐」，明白向世人宣告，達賴喇嘛及其「流亡政府」是一個旨在分裂祖國，妄圖實現「西藏獨立」的政治集團。毋庸置疑，達賴集團是影響藏區穩定的最危險因素。

（二）伊斯蘭教極端勢力、東突厥斯坦運動對新疆地區穩定的影響

　　新疆伊斯蘭極端勢力利用宗教進行分裂破壞由來已久，成為長達一個世紀的歷史問題。新疆地區頻發的暴恐事件時而表現出強烈的宗教色彩，時而

桑耶寺、楚布寺、薩迦寺、直貢寺的神舞節等等都已恢復。馬年轉納木崗底斯山、羊年轉納木錯湖，猴年轉德中寶山，規模盛大濃重熱烈。拉薩河日喀則等地重新建立了印經院，民間印經更是非常普遍，信教群眾節日掛幡，早晚煨桑，圍繞聖地轉經，進寺廟朝佛，吉祥時日請喇嘛念經，人死後悼念七七四十九天，這些都已經成為西藏人日常宗教生活的組成部分。」司仁格旺《十四世達賴喇嘛》，北京：五洲傳播出版社，1997 年，第 30 頁。

〔註 15〕關於自焚事件的中外傳媒報導研究，請參看前文 128 頁。《少數民族突發危機事件電視傳播策略與輿論研究──以「2012 年藏人自焚事件」的電視傳播為例》。

又表現出強烈的民族主義傾向，但最終又呈現出二者匯合之趨勢。伴隨西方反華勢力的攻擊詆毀以及戰略遏制，新疆民族問題又呈現前所未有的複雜性、嚴重性以及國際化。

新疆問題可以上溯至清朝末年。「清王朝從作為一個非漢民族統治中國的實際情況出發，將當地維族民眾視為漢族的屬民而禁止他們與漢族社會接觸，將維吾爾民眾也納入到為牽制內地漢族民眾而建立起來的藩部體制裏。因此，清王朝明文規定當地居民不許學習漢文，嚴格禁止中華文明向這些地區傳播。毫無疑問，這些舉措讓維吾爾族民眾實際上身處「伊斯蘭教烏瑪」與中華之間的夾縫。」〔註16〕所謂近代「維吾爾文化啟蒙運動」則是 19 世紀末由「開始對自己的民族認同有深刻的危機感」的「新型知識分子階層」和「一部分宗教人士」所開始的普及伊斯蘭教育。「其思想淵源為發祥於奧斯曼土耳其和俄國喀山的韃靼人社會的泛突厥主義思想和泛伊斯蘭主義思想。」〔註17〕在維吾爾文化啟蒙運動和傳統伊斯蘭教烏瑪的激發下，到了 1930 年代，維吾爾人開始大量使用「東突厥斯坦」一詞，這與 1933 年首次發生的東突厥斯坦運動息息相關。1933 年 9 月，吐魯番叛亂的領導人在寄給英國駐喀什噶爾領事館的書信中，曾經談到「東突厥斯坦」和「西突厥斯坦」的現狀。顯而易見，英國在「東突厥斯坦獨立運動」的發生過程中扮演過不光彩的角色。「新疆問題」成為當代境外反華敵對勢力破壞中國和平崛起、阻礙國家統一的重要籌碼，可以追溯至此。

由於「近代維吾爾文化啟蒙運動」與「東突厥斯坦獨立運動」之間的「這種思想傳承關係，東突厥斯坦獨立運動深受泛突厥主義思想和泛伊斯蘭主義思想的基本影響，其基本思想就是『推翻中國的統治』和爭取『民族土地的解放』，而它的最基本的行動特徵，就是攻擊和排除一切具有『中國』符號的東西。東突厥斯坦獨立運動的另一個重要的組織特徵為通過『伊斯蘭教聖戰』的口號來號召維吾爾族民眾。讓維吾爾伊斯蘭教徒，即維吾爾族穆斯林們產生這樣一種感覺，即：再也沒有什麼比接受『卡菲爾』（異教徒）的統治更讓伊斯蘭教徒感到屈辱的事情了。」〔註18〕伴隨泛突厥主義的興起，新疆伊斯

〔註16〕王珂《東突厥斯坦獨立運動：1930 年代至 1940 年代》，香港：香港中文大學出版社，2013 年，第 38 頁。

〔註17〕王珂《東突厥斯坦獨立運動：1930 年代至 1940 年代》，第 63 頁。

〔註18〕王珂《東突厥斯坦獨立運動：1930 年代至 1940 年代》，第 64 頁。

蘭極端主義的發展呈現狂熱化、極端化特徵的同時，在組織上也相應地發生
了詭秘化的演變，最終轉化為極端的恐怖組織。即使它們以宗教的名目活動，
抑或是具有宗教的原始因素，都仍然是宗教的變態。它們的任何信仰和活動
的極端主義性質，都絕不是什麼純粹的宗教實踐。〔註19〕

　　新疆伊斯蘭極端勢力和東突厥斯坦運動的分裂破壞活動主要表現在培養
宗教極端分子、傳播「阿拉木」宗教極端思想、借助「伊扎布特」等恐怖組織
開展活動三方面。〔註20〕新疆跨境民族眾多，與境外同民族擁有緊密的自然
聯繫，容易被國外的反華勢力蠱惑，嚴重影響我國的邊防安全。某些鄰國在
邊境地區實習所謂的優惠社會經濟政策，容易使新疆邊民在國家認同上產生
疏離感，出現邊民偷越境事件。此外，由於中方宗教從業者學識自養能力不

〔註19〕「當信仰極端化、行為狂熱化、宗教政治化、組織詭秘化，宗教發生異化、
　　　　演化為宗教極端主義後，宗教極端主義就不再是什麼宗教而是宗教的異己物
　　　　和異己力量了。宗教極端主義是地地道道的、純粹的政治。它與一般的政治
　　　　的不同之處在於，它具有宗教的外衣，它的成員在宗教名義的掩蓋下、庇護
　　　　下從事社會政治活動，它採取的宗教名義正是矇騙人、迷惑人的地方，也是
　　　　它以類似宗教的而又並非宗教的特殊形式活動的原因所在。它與宗教的根本
　　　　區別在於它的思想觀念的偏頗和極端，它的主張要求和行為活動已經遠離它
　　　　所從出的宗教而演變為政治要求、政治行為了。」參見金宜久主編《當代宗
　　　　教與極端主義》，北京：中國社會科學出版社，2008年，第187～191頁。
〔註20〕「（1）地下傳經點呈現出的特點為：一是無固定場所、無固定時段、流動教
　　　　經、上門服務，並充分利用互聯網、電話等隱蔽形式。二是教經人員大多是
　　　　沒有正式宗教身份的『野阿訇』。三是學經人員低齡化、女性化突出。18歲
　　　　以下的未成年人占多數，年紀最小的只有五六歲，女孩顯著增多。四是大力
　　　　灌輸對異教徒仇視、以暴力參與『聖戰』的宗教極端思想。近年來新疆暴亂
　　　　事件的主犯、骨幹分子，基本上都是私辦地下教經點培養出來的『塔裏甫』。
　　　　（2）傳播『阿拉木』宗教極端思想。主要表現是：不向政府交納任何稅費；
　　　　不執行國家的義務教育政策；不領取國家頒發的各種證件；不在政府批准的
　　　　清真寺做禮拜；不准看電視、聽廣播；不准在家門口張貼政府頒發的『五好
　　　　家庭』標識和門牌號；不准參加政府組織的義務工；不准參加領取結婚證後
　　　　舉辦的婚禮。（3）以『伊扎布特』（又稱伊斯蘭拯救黨）為代表的宗教極端組
　　　　織活動猖獗。該組織1998年進入新疆，1999年在新疆建立分部。該組織的
　　　　主要理論為泛突厥主義和泛伊斯蘭主義，最終目標是要推翻世俗政權，建立
　　　　一個政教合一的伊斯蘭教國家。基本手段是所謂的伊斯蘭教革命，即聖戰。
　　　　南疆地區很多宣傳煽動分裂的資料都是直接從境外的伊扎布特網站下載、編
　　　　輯、印刷。2003年，一個被警方破獲的伊扎布特組織的成員涉及了27所大
　　　　中小學，甚至延伸到內地的新疆高中班。該組織中危害國家安全的罪犯，有
　　　　近2／3的年齡在20歲到30歲之間。」王懷超、靳薇、胡岩《新形勢下的民
　　　　族宗教理論與實踐》，北京：中共中央黨校出版社，第76～77頁。

足,容易遭受外來宗教勢力的分裂與滲透。他們利用民族語廣播、網絡影像資料、非法印刷品等鼓動邊民分裂。新疆民族分裂主義是對民族自決權的誤讀與濫用,作為極端民族主義的產物,又天然地與暴恐主義有著緊密聯繫。2008 年以來,「國際敵對勢力和反華勢力不斷加強對新疆民族分裂勢力的支持力度,新疆地緣政治環境進一步惡化,加上宗教極端主義思想的滲透和伊吉拉特等組織的破壞升級,新疆民族分裂活動進入一個新的活躍期,在活動策略和手法上呈現出『文煽武擾、文武並舉』的新特點。」〔註21〕概而言之,新疆問題的長期性、複雜性與國際地緣政治因素和全球化浪潮的刺激干預息息相關,同時亦可視作境外過渡反應的某種放大甚至扭曲。無論極端伊斯蘭主義還是泛突厥主義,這些分裂思潮的源頭都來自國外。新疆分裂勢力的總部也來自國外,並且受到相關反華國家的庇護。因此,對新疆民族認同、反分裂的研究應該具備國際化視野,站在國家安全和國家治理的高度進行。其間,特別應該重視傳媒反恐,在傳媒反恐常態化的基礎上有效建構傳媒反恐戰略——建立有效的傳媒反恐應急機制、保障反恐傳媒渠道的暢通、完善傳媒反恐的網絡建設、加強與國際傳媒的合作、密切關注國內外新疆議題的互聯網動向,最終有效提升傳媒反恐的應急能力。〔註22〕

第二節 疆獨集團、藏獨集團及西方反華勢力影像傳播的主要方式與手段

　　無論疆獨集團,還是以達賴為首的藏獨集團,很早便與西方各類反華勢力糾結一處,相互呼應,通過人際傳播、電視信號、寺院僧堂以及新媒體等多種途徑,進行分裂祖國、破壞民族團結的活動。這種意識形態領域的破壞滲透呈現國際化、媒介融合、多層級的信息傳播格局和傳媒生態。

一、三類傳播途徑

　　概而言之,其傳播途徑可以概括為人際傳播、電視的大眾傳播、網絡媒體影像傳播三類:

〔註21〕馬大正《當代中國邊疆研究(1949～2014)》,北京:中國社會科學出版社,2016 年,第 506 頁。

〔註22〕馬大正《當代中國邊疆研究(1949～2014)》,北京:中國社會科學出版社,第 525 頁。

（一）人際傳播

自 20 世紀 80 年代以來，人際傳播一直是西方反華勢力進行疆獨思想滲透的重要手段。「疆獨」影像宣傳品屢禁不止，主要是疆獨集團通過邊境貿易、維族同胞探親訪友，以及國外遊客到新疆旅遊等多種渠道帶入。大量夾帶疆獨內容的策反信件、傳單、畫報、書刊、影像光碟進入新疆。這些影像宣傳品大肆宣揚極端伊斯蘭教主義和泛突厥主義，蠱惑信教群眾、製造思想混亂。最初「疆獨」非法出版影像製品大多在境外生產、在國內以人際傳播的形式流傳。現在逐步演變為境內疆獨分子製作、印刷和傳播，公開宣揚「疆獨」思想。這些非法出版物大多以私人渠道傳播，不僅收繳困難，而且因人際受授的獨特方式而成為「疆獨」思想傳播的重要特點。

早期「疆獨」暴恐音視頻的傳播主要是利用快遞、郵政、貨運（客運）等物流途徑，最終以人際傳播的方式達到運輸、夾帶、寄送暴恐音視頻的傳播目標。進入多媒體時代，利用二手手機、二手電腦、SD 卡、播放器等移動存貯介質製作、複製、存儲、播放、發送、傳播暴恐反動影視頻成為「疆獨」思想傳播的新特徵。2014 年 5 月，喀什地市兩級人民法院依法對阿某等 5 人公開審判，其罪名均為危害國家安全罪，其中最高者獲刑 15 年。法院指控阿某等 5 人從二手手機市場購買內存極端伊斯蘭教、泛突厥主義思想音視頻的 SD 電腦卡，先後多次給多人灌輸所謂聖戰思想，煽動對方隨時準備前往伊斯蘭國等地進行聖戰。〔註 23〕

藏區利用人際傳播方式宣揚藏獨音視頻的嚴峻問題同樣不容小覷。達賴集團外逃後，從未停止對境內藏區進行滲透。多年來，他們對國內藏區的滲透活動計劃明確、組織縝密，並逐步從隱蔽轉向公開，由中心城市轉向地（州）、

〔註 23〕「根據已公布的細節，阿某等人購買存有『東伊運』恐怖組織頭目艾山・買合蘇木聖戰、遷徙內容的 SD 卡，對信徒進行非法臺比力克（經文誘導）；從網站下載『宣傳極端伊斯蘭教思想、分裂煽動破壞國家統一內容的電子書以及非法臺比力克音視頻』，並傳播給他人下載使用觀看；私設非法教經點，為青少年兒童非法教經、傳播極端宗教思想，宣傳宗教狂熱；對他人進行煽動民族仇恨的宣講，儲備管制刀具準備作案等等。據新疆官方統計，僅 2013 年，『東伊運』就製作發布了 107 部這樣的暴恐音視頻，超歷年總和。官方稱，這些視頻含有宣揚暴力恐怖、宗教極端、民族分裂等內容，部分傳入中國境內，煽動性極強，已經成為當前暴恐案件頻發的直接誘因。近年來破獲的多起暴恐案件，暴恐分子幾乎都是參與非法宗教活動、收聽觀看暴力恐怖音視頻，引發『聖戰』共鳴，最終實施暴恐活動。」參見張馳：《暴恐音視頻流毒新疆》，《鳳凰週刊》2014 年第 15 期，第 21 頁。

縣、鄉，向農牧區分級擴散，由藏傳寺廟推向社會。利用宗教滲透，是達賴集團在藏區境內進行分裂活動的主要手段。

達賴集團宣揚藏獨的宣傳品屢禁不止，主要是利用千百年來藏民信徒對達賴喇嘛的信仰崇拜，以人際傳播方式達到擴散目的。達賴集團組織入境人員或利用國外遊客將大量的音像光盤、達賴照片、像章等帶到境內散發，向寺廟贈送達賴用過的法器、坐過的墊子、穿戴過的衣物等。據統計，西藏集團投運入境的宣傳品有 100 多種。主要為影像光碟、書刊、傳單、錄像帶、錄音、經書、印有「雪山獅子旗」的明信片、印有「西藏獨立」英文字樣的體恤衫、手錶，以及達賴集團的「流亡藏人憲法」手冊，達賴在美國國會發表的所謂「五點和平計劃」、在法國斯特拉斯堡拋出的所謂「七點新建議」等文件。這些宣傳品大多是由達賴「流亡政府」和「藏青會」、「藏婦會」組織製作。其中，音像光盤的傳播影響最為惡劣。光碟中大肆宣傳達賴「是觀音菩薩的化身」、「活著的神」、「是藏族的救星」；說達賴喇嘛獲諾貝爾和平獎是「藏族人民的驕傲」。為了神化達賴，他們編造出「2007 年藏曆某月某日在月亮中出現了達賴喇嘛」這樣的謠言。光盤中還欺騙信眾說：「呼喊一次『西藏獨立』獲『達賴喇嘛萬歲』的口號，等於念誦一億次『瑪尼』經，死後能昇天；散發一本達賴喇嘛的著作，人死七次都不會下地獄」。這些影像製品大肆鼓吹達賴如何「想念關心」境內藏人，達賴的一切活動都是「為了西藏 600 多萬藏人的幸福和自由」。〔註24〕這種人際授受、秘密觀看、私下傳播的方式管理起來十分困難，是「藏獨」思潮泛濫最傳統也是最重要的傳播渠道。

（二）電視的大眾傳播

目前，西方反華勢力在新疆、西藏地區的電視傳媒主要有 BBC、美國 ABC

〔註24〕 達賴明確提出：「佔領或奪取一個寺廟，就等於佔領或奪取共產黨控制的一個地區。堅持為西藏獨立而奮鬥，就是靠宗教精神。西藏是佛教與共產黨較量的戰場，我相信不用多久，佛教一定能戰勝共產黨。」達賴集團制定了以寺廟為媒介，依託重點大寺廟，進行宗教滲透的方針，設法在國內藏區群眾中不斷掀起宗教狂熱，並發展地下組織，以宗教形式煽動群眾與政府作對。達賴策劃和鼓動一些旅居南亞各地和西方國家、已經還俗並有其他職業的活佛，重新披上袈裟，以旅遊、探親等名義，回國干預寺院事務。他們培養同境外聯繫的聯絡員，以「講經」等形式建立境內外的師徒關係和寺廟間的關係，大肆鼓吹「藏獨」；同時通過認定活佛等非法活動，影響和控制境內寺廟。參見中國藏學研究中心主編《50 年真相——西藏民主改革與達賴的流亡生涯》，北京：人民出版社，2009 年，第 186～190 頁。

電視臺、DW-TV（德國之聲）、美國之音、美國 CNN、自由亞洲電臺、AI-Jazeera
（半島電視臺）、新唐人電視臺為代表的境外廣電傳播；臺獨、港獨等反華勢
力在新疆、西藏地區的電視傳媒則主要是民視、臺灣衛視、臺灣壹電視臺、
RTHK（香港電臺）等電視大眾傳媒。目前境內外反華勢力的廣播電視在新疆、
西藏的受眾影響如何？何種媒體的傳播影響力最大？由於話題敏感，我們無
法在藏疆地區展開調研，但是早在 2000 年初的一份境外機構的調研報告可資
參考。〔註25〕新時期以來，電視傳播的影響力日益彰顯，熱比婭疆獨集團、
達賴藏獨集團經常通過西方媒體來換取國際輿論支持，通過各類營銷活動以
及整合資源與上述媒體保持緊密聯繫。在受眾研究、內容生產諸多環節，更
成為西方反華電視傳媒的最重要供應者。

　　西方反華勢力控制的電視臺抓住藏疆地區某些局部問題大做文章。在
傳播不實負面信息的同時，詆毀中央人民政府、煽動種族分裂，大肆攻擊自
治區民族政策。然而，我們不得不承認的事實是，與中國主流電視媒體的海
外覆蓋率以及受眾到達率相比，西方反華媒體仍然佔據著絕對優勢。上述
媒體對新疆、西藏地區的民族問題一貫保持濃厚興趣，寧願篤信達賴集團
等異議人士的不實言論，也絕不相信中國主流電視媒體的報導。它們在轉
述中國電視媒體新疆、西藏地區新聞時，總會加上「中共控制的官媒」（CPC-
controlled state media），彰顯對信源的強烈排斥心理。為何藏疆地區新聞事
件的媒體形象屢被西方扭曲？西方反華媒體的媒介符號系統是如何構建
的？其修辭與符號運作、議題論述策略與框架如何？這些問題都值得仔細
探討。

　　早在上世紀五十年代，BBC、美國之音、自由亞洲電臺等海外電臺就通
過電波對我國藏疆地區進行立體交叉覆蓋。尤其是美國之音，24 小時不間斷
用維語、藏語向藏疆地區作「地毯式無縫」信息轟炸。在抵禦西方反華勢力

〔註25〕「1999 年底至 2000 年初，隸屬美國政府的國際廣播局在尼泊爾、印度進行
　　　　了一項藏人受眾研究。報告顯示：在國外涉藏廣播中，美國之音的藏語廣播
　　　　在藏民中的影響最大。美國之音的藏人聽眾占總人數的 45.2%，他們來自達
　　　　蘭薩拉（印度）、加德滿都（尼泊爾）和菩提迦耶（印度），一週至少收聽美
　　　　國之音一次。在所調查的電臺對象名單中，西藏人民廣播電臺位列第二
　　　　（34.7%），青海人民廣播電臺排列第三（28.4%），自由亞洲電臺位列第四
　　　　（22%）；而中央人民廣播電臺只以 13.9%排在第六。」參見韓鴻《藏語衛視
　　　　與藏區發展：策略、機制與模式》，北京：社會科學文獻出版社，2017 年，第
　　　　24～25 頁。

意識形態侵襲中，藏疆地區長時期處在消極防禦的被動守勢。〔註26〕近年來，相關部門加大了清理工作，但是一方面因為藏疆地區地形複雜，對電視信號的干擾難以全區域覆蓋；另一方面，因為農牧民居住分散，十分難以管理。這些宣揚「疆獨」、「藏獨」的言論仍然具有相當強的滲透性與蠱惑力。進入網絡時代，藏疆地區中心城市居民通過翻牆軟件、購買VPN觀看境外反華勢力電視節目的問題也不容小覷。

圖 4-2-1　美國 ABC 電視臺 2018 年播出的專題片《新疆》，片中以刻板的成見流露出對新疆「高壓維穩」的擔心。在西方反華電視節目中，當前涉及新疆地區的主要議題大多聚焦所謂「新疆高壓維穩」、「新疆再教育營問題」和「新疆去伊斯蘭化問題」。

圖 4-2-2　BBC 電視臺 2019 年播出專題片《尋找消失的維族人》，片中充滿大量主觀色彩強烈的解說詞。

〔註26〕「在藏疆地區，通過轉換『村村通』鍋蓋接受頻率、自購『黑鍋』，收聽、收看境外反華電視節目的情況仍然十分嚴重。」韓鴻《藏語衛視與藏區發展：策略、機制與模式》，北京：社會科學文獻出版社，2017 年，第 25 頁。

　　自「七五事件」以來，新疆始終面臨極端主義和恐怖主義的嚴峻威脅，企圖複製「伊斯蘭國」、重興「東突運動」的勢力暗潮湧動。這在 2014 年「3.1 昆明火車站暴力恐怖案」、「5.22 烏魯木齊暴恐案」中達到巔峰，對新疆穩定和當地群眾的幸福生活帶來巨大挑戰和威脅。為了剷除恐怖主義、遏制極端主義思想的蔓延肆虐，中國政府在新疆設立職業技能教育培訓機構，既是應對反恐鬥爭的預防性措施，又是為了讓受極端思想蒙蔽的民眾學習到更多技術來提高自身的工作能力，以更好地適應新時代發展需求。〔註27〕然而，自 2018 年至今，西方媒體以此為噱頭，大肆渲染所謂新疆「再教育營」問題，對中國政府的新疆政策無端攻擊、誹謗指責，企圖借助涉疆問題干預中國內政、惡意抹黑中國形象。西方媒體先是指責中國政府監控媒體對相關問題的報導，可在得到採訪許可後，以 BBC 為首的西方主流媒體卻又在最終的報導中刻意扭曲事實真相。

圖 4-2-3　2019 年 6 月 19 日，英國 BBC 電視臺發布電視新聞特稿「走進中國新疆的『思想轉化營』」。在該則電視新聞中，BBC 記者採訪和田縣職業技能教育培訓中心負責人馬合木提，指責培訓中心是勞改集中營。馬合木提反駁「存在讓犯人繪畫的監獄嗎？」。該則新聞以扭曲的視角報導新疆職業技能教育培訓機構的現狀及性質，影響十分惡劣。

〔註27〕「2018 年 10 月，新疆維吾爾自治區主席雪克來提‧扎克爾接受記者採訪，就新疆反恐維穩情況及開展職業技能教育培訓工作回答了記者提問。雪克來提‧扎克爾介紹說，當前，新疆呈現出大局穩定、形勢可控、趨勢向好的態勢，已連續 21 個月未發生暴力恐怖案件，包括危安案件、公共安全事件在內的刑事案件、治安案件大幅下降，社會治安狀況明顯好轉，宗教極端主義滲透得到有效遏制，各族群眾安全感顯著增強，為從根本上解決影響長治久安的深層次問題打下良好基礎。」《新疆維吾爾自治區主席雪克來提‧扎克爾就新疆反恐維穩情況及開展職業技能教育培訓工作答記者問》，https://www.guancha.cn/society/2018_10_16_475690.shtml。

圖 4-2-4　2018 年 11 月，DW-TV（德國之聲）在缺乏一手信源的情況下，單方面採訪流亡哈薩克斯坦的新疆難民，播出指控中國新疆所謂「再教育營」問題的新聞節目。

圖 4-2-5　2019 年 1 月，法國電視 24 臺《調查記者——檔案》欄目以《維吾爾人：處於危險中的民族》為題，報導新疆所謂「再教育營問題」。該電視紀錄片運用了大量虛擬動畫、單方面信源，用聳人聽聞的誇張語氣渲染上百萬維族人被關入集中營遭受慘無人道的虐待。這期顛倒黑白的報導在海外造成極其惡劣的影響。

圖 4-2-6　2018 年 12 月，自由亞洲電臺播出專題節目《新疆三問之一：為什麼說「新疆自古以來屬於中國並不準確？」》，記者採訪美國喬治城大學教授米華健，他的疆獨言論混淆視聽，影響十分惡劣。

圖 4-2-7　2019 年 2 月，半島電視臺播出紀錄片《新疆：北京不想報導的故事》，曲解中國官方媒體有關「新疆維穩」、「一帶一路」的報導，並且妄自斷言「中國有 230 萬維族被關押在集中營內」。

圖 4-2-8　2019 年 3 月，香港電臺在「脈搏中文特輯」中播出電視節目《「伊斯蘭教中國化」計劃》，指斥中國官媒有關新疆職業技能教育培訓機構的報導是虛假宣傳。

　　在反華電視節目中，涉及藏傳佛教的宗教節目舉足輕重。達賴集團借助為信徒普法講經的名義，在傳法的過程中滲透藏獨思想、反共言論，煽動種族仇恨。其中，負面報導西藏議題的主要境外電視臺是自由亞洲電臺、AI-Jazeera（半島電視臺）；港臺的電視傳媒主要是民視、臺灣衛視、臺灣壹電視臺、和 RTHK（香港電臺）。近期圍繞的主要政治議題則是達賴轉世的敏感話題。

圖 4-2-9　2019 年 4 月，民視新聞臺在《臺灣演義》欄目中播出《達賴喇嘛流亡歲月一甲子專題》。民視新聞臺的記者重走當年達賴喇嘛翻越喜馬拉雅山的逃亡路線，紀錄今日流亡印度的達蘭薩拉藏民生活情況。在接受主持人胡婉玲採訪時，達賴喇嘛宣稱：「達賴喇嘛統治已經過時了，長達四世紀的轉世制度傳統——政教領袖制度，將在我這裡自願終止掌權。」

圖 4-2-10　2019 年 5 月，民視新聞臺在《新聞觀測站》欄目中播出《流亡一甲子：西藏抗暴 60 週年》專題節目。該片以嘉賓座談的形式探討了所謂「藏人文化流失」、「後達賴喇嘛時代西藏未來」等複雜的政治議題，在傳播同情「藏獨」的聲音同時，給民族團結和國家統一造成非常負面的媒介效果。

圖 4-2-11　2019 年 3 月，臺灣公視在《晚間新聞》欄目中播出達賴喇嘛接受路透社專訪的新聞。在新聞中，達賴喇嘛宣稱：「自己圓寂後，可能會出現兩個轉世靈童。一個是自己的真身轉世，另一個是中國政府指定的傀儡。」通過臺灣媒體，達賴喇嘛再次散佈破壞中國民族宗教政策的反動言論。

抓住藏疆地區某些複雜的歷史問題，西方反華勢力控制的電視臺以及部分港臺電視媒體傳播大量不實負面信息，詆毀中央人民政府、煽動種族分裂，大肆攻擊自治區民族政策。然而，值得提醒的是，境外電視媒體往往熟悉傳播技巧，其主持風格詼諧輕鬆、剪輯編導自然流暢，具有顯著的心理貼近性，其混淆視聽的媒介勸服效果十分顯著。相對而言，中國官方媒體的電視節目很少涉及敏感的民族宗教政治議題，主持風格不僅呆板單調，而且對藏疆群眾的宗教精神、民族文化需求鮮有針對性。由此，在與境外電視媒體以及港臺媒體的輿論爭奪戰中大受限制。

（三）網絡媒體影像傳播

自 20 世紀 50 年代以來，西方反華勢力在國內藏獨、疆獨集團的策動下，展開了系列宣傳公關活動，使西藏問題、新疆問題呈現國際化趨向。在 20 世紀中後期，西方反華勢力採取的宣傳媒介主要為廣播電視和報刊雜誌。他們通過積極配合達賴集團等分裂勢力，與各類半獨立的非政府組織合作，打著宗教獨立、保護人權的幌子，頻頻製造媒介事件。西方反華勢力出版了大量有關東突運動、西藏歷史、藏傳佛教或藏區的報刊書籍以及影像作品，在文化外衣的包裹下框定出預設的所謂西藏問題。總而言之，西方反華勢力的傳播媒介顛倒歷史真相、混淆黑白，實際成為疆獨集團、藏獨集團的外交資源與政治後臺。

　　進入新世紀，伴隨信息傳播技術迅猛發展、網絡傳播成本大幅降低。因為視頻素材的採編對於製播系統的依賴愈發減小，視頻化也成為網絡發展的重要趨勢。隨著網絡視頻產品的日新月異，互聯網「顛覆」傳統電視地位亦成為不爭的事實。西方反華勢力開始對其傳統的傳播方式進行調整，發掘網絡視頻這個高性價比的媒介產物，全面系統地以「疆獨」、「藏獨」為核心議題展開網絡傳播。他們或自己創建網站，或通過網絡視頻網站發布自己製作的視頻，鼓動疆獨、藏獨，營銷「中國威脅論」等反華新聞，成為達賴集團、熱比婭集團等分裂勢力頻頻製造媒介事件的重要平臺。〔註28〕概而言之，西方反華勢力的少數民族網絡視頻傳播融合新媒體與傳統媒體特質，注重草根用戶的反饋和參與、以完整的傳播鏈條實現傳播效果。一方面，通過網絡獨立策劃活動與各類非政府組織呼應，策劃者開展所謂「自由西藏運動」（Free Tibet campaign）、「聲援新疆再教育營受迫害者」活動，在獲取西方各種民主基金會支持的同時，成為西方反華勢力的重要政治工具。另一方面，少數民族網絡視頻的傳播以柔性方式與少數民族用戶建立強鏈接關係。以往傳統大眾媒體的傳播在傳播方式和傳播目的上直接生硬，而少數民族網絡視頻的傳播強調與個體的柔性互動，強化用戶與媒介事件的深層次聯動，具有較強的可持續性。

　　事實上，融媒體時代西方反華勢力的影像傳播策略主要圍繞各種新媒體展開。借助少數民族網絡視頻的傳播，西方反華勢力試圖推進社會運動，達到謀取新疆獨立、分裂西藏的政治目的。這種政治觀念營銷的直接對象便是每一個觀看視頻的用戶，尤其是藏疆地區的少數民族用戶。傳統大眾媒體的視頻傳播只能決定用戶的收看內容，而少數民族網絡視頻的傳播則真正實現了用戶的個性化、差異化選擇。伴隨播客 RSS 定制方式的出現，西方反華勢力網站的網上行動主義策略得以貫徹。少數民族用戶只需要在網站上提供相應內容的頁。面上找尋並點擊 RSS 文字或者圖片按鈕，即可完成訂閱，並隨時接受自動更新的內容。視頻播客還以其便攜移動性改變了傳統廣電媒體的線性傳播方式，少數民族用戶可以將其下載於 IPAD、智慧手機等便攜式數碼

〔註28〕西方反華勢力發布網絡視頻的主要視頻網站為谷歌視頻（YouTube）、Microsoft（微軟網站）、FIM（福克斯互動媒體）、Yahoo（雅虎視頻）、CBS（美國哥倫比亞廣播公司視頻互動部門）、Turner（特納網站）、AOL（美國在線，原美國時代華納的子公司）、美國維亞康姆數字視頻製作部、Facebook（臉書）。

播放器，借助寬帶互聯網輕鬆實現視頻傳播與接受。依據傳播目的和受眾細分，西方反華勢力或創設相應公共主頁、或在視頻網站發布視頻，達到其意識形態輸出、觀念倡導、籌措資金的政治營銷目的。課題組對其中較有典型代表的主頁。或者視頻網站進行比對研究，歸納出如下政治觀念營銷特點：

（1）披著文化傳承的外衣，力圖以所謂「共享同一價值觀、歷史文化遺產和宗教規範」來增強藏族、維族用戶的認同感與社群凝聚力。以達賴集團的官方網站「藏人行政中央官方中文網」為例，該網站的鏈接視頻大多介紹西藏地區的宗教文化、特殊風土人情與歷史地理，如視頻《達賴喇嘛與華人量子科學家對談：時空對稱性與量子物理》、《我是救星：達賴喇嘛專訪》。然而，大量宣揚藏傳佛教文化影視頻的核心本質其實是藏獨意識形態的灌輸，《紀念達賴喇嘛尊者流亡雪域境外近 60 年》、《在世人眼中消失的班禪喇嘛》、《西藏：夢想破碎的國度》等視頻更直接是藏獨理念的赤裸營銷。

（2）利用各種社交網絡散播藏獨、疆獨音視頻，培育反華社會資本。無論藏獨還是疆獨網站，大多擁有獨自的社交網絡公共主頁，設有社交網絡的鏈接分享（主要是 Facebook、Twitter 和 YouTube）。社交網絡交互性、點對點的傳播特徵決定了網絡影視頻內容的「保鮮度」，反華藏獨、疆獨視頻叫以在各類社交網站流傳數年之久。〔註 29〕

（3）通過註冊視頻用戶、打賞捐贈的方式籠絡藏獨、疆獨分子，並且最終使其發展為堅定的民族分裂主義分子。這種網絡營銷的策略在為網站帶來不菲資金支持的同時，也以根深蒂固的傳播效果加強少數民族網民的政治觀念。〔註 30〕

二、應對境外媒體誤讀的策略分析

境外媒體對中國邊疆少數民族地區的影視報導充滿了極端的偏見與誤讀。這既與其截然不同的國家意識形態理論有關，又與其高超的宣傳技巧、說服理論息息相連。通過信息內容的巧妙選擇，境外媒體試圖操縱符號意義、控制用戶態度、改變交流結果，最終達到符合其國家整體戰略關係的傳播意圖。課題組在調研中深切體會到：如果中國政府缺失強有力的對外傳播媒介，

〔註 29〕在 YouTube 網站上，甚至可以搜尋到 11 年前發布的藏獨、疆獨音視頻。
〔註 30〕韓鴻《藏語衛視與藏區發展：策略、機制與模式》，北京：社會科學文獻出版
　　　　社，2017 年，第 27 頁。

只會在對外信息交流中處處被動，受制於境內外反華勢力，難以成為真正意義的獨立主權國家。

由是觀之，要想爭取國際話語領導權、引導輿論的一致性、改變對外傳播信息流向不平衡的被動局面，必須建設有效的議程設置來影響國際視聽輿論。在涉及邊疆少數民族影像的傳播過程中，看似「直觀逼真」的影像在潛移默化間滲透著信息傳播者的價值觀，彰顯其政治立場和思想傾向。用戶在觀看影像、認同信息的過程中，不知不覺也接受了傳播者的政治傾向。伴隨網絡時代的到來、國際交流日益頻繁，境外反華媒體愈加依仗強大的文化傳播力量說服邊疆少數民族受眾；以特殊的「軟實力」達到道德誘惑、精神綁架的預期效果。不平衡國際新聞流動帶來的惡劣後果是消極錯誤的中國國家形象成為大量海內外受眾的刻板印象。這嚴重影響了中國與他國政府以及各級組織的關係，阻礙中外人民之間的交流溝通，甚至會釀成不必要的國際衝突。

境外媒體在傳播邊疆少數民族影像時頻頻出現誤讀現象，既是源自意識形態差異，也來自於因國家利益需要導致的強硬對華政策。此外，文化差異也是需要考慮的一個重要因素。主觀上，西方世界對社會主義中國的刻板印象根深蒂固；客觀上，中國社會長期以來因多種原因導致的信息流通不暢加劇了彼此間的誤讀。中西方媒介屬性迥異，在新新聞消費主義的侵蝕下，關於中國的報導（尤其是邊疆少數民族議題）極易被簡化扭曲、誇張渲染，從而在議程設置上滿足西方受眾的神秘東方想像。當然不可否認，新時期以來中國社會各階層之間、各民族之間因為利益訴求不同，也自然會產生各種社會問題。邊疆少數民族的宗教信仰差異、族群思想差異、傳統生活習俗差異、語言文字差異又進一步加大了民族問題的複雜性。以上種種因素都容易被西方媒體加以誇大渲染，成為西方反華勢力攻擊中國少數民族政策的工具。似乎只有「妖魔化中國」，塑造一個不講民主、專制保守，迫害邊疆少數民族的「魔鬼中國政府」才能迎合境外受眾的興趣。

近年來，境外影視媒體在報導中國邊疆少數民族地區時呈現以下特點：一、報導手法看似公正客觀，實則放大負面細節、片面偏激。二、意識形態刻板成見根深蒂固，報導時傾向性明顯。三、追求新聞賣點，涉華邊疆問題的影像數量劇增，但內容題材的選擇性顯著。四、大量關於中國邊疆少數民族的影像既無準確消息源，又非權威人士的觀點，純屬媒體自身「唯恐天下不

亂」的主觀臆斷。五、模糊消息源，引用所謂不願意透露姓名的知情人士的話，達到隱性的宣傳策略。六、不顧新聞真實性原則，報導某些邊疆少數民族地區重大事件時，片面強調渲染負面影響。七、將評論和新聞本身份離，把媒體的主觀傾向和真實的價值觀隱藏在新聞導語（畫外音解說詞）的遣詞造句中。八、通過剪輯等影像手段，把自己一廂情願的主觀立場同客觀事實資料拼貼在一起。通過對影像的剪輯取捨、交叉對照，以蒙太奇的手段傳遞自己深層次的宣傳意圖。〔註31〕

　　有效應對境外媒體在報導中國邊疆少數民族影像時的主觀與偏激，不能一味依靠封鎖屏蔽，因為在開放自由的網絡新媒體時代，絕對的新聞封鎖完全做不到。我們需要在主觀上正確對待境外媒體的負面報導，而在客觀上大力提升自己的對外傳播力。

（一）正確對待境外媒體負面報導

　　主觀上正確對待境外媒體的負面報導，首先需要擁有一個坦然冷靜的態度。對於新聞事件的報導，純粹的正面報導不僅毫無宣傳效果，反而會使受眾滋生懷疑。同樣，境外媒體的負面報導如果沒有主觀惡意，只是認識問題的立場或者視角不一樣，就大可不必肆意封殺、惡言攻訐。即使境外媒體的負面報導心懷叵測，也不用氣急敗壞，因為這只反會落入對手圈套。誠然，如果境外媒體的報導不乏建設性意見，則應該積極正面回應，將負面報導轉變為促進改善中國邊疆少數民族地區政治經濟改革的動力。總而言之，回應負面媒體報導的正確途徑是用事實說話，是公開、公正與否的問題，而非簡單的或正面或負面的問題。坦承問題、積極應對只會更加有利於提升自己的形象。境外媒體對中國邊疆少數民族地區的影視報導之所以誤讀頻發，一個重要因素就是新聞封鎖管制過於嚴苛，境外媒體與中央政府缺乏必要的溝通交流。讓人欣喜的是，中央政府對此逐漸有了清醒的認知，邊疆地區信息公開化、政務透明化都取得了長足的進步。伴隨新聞發言人制度的建設，邊疆地區的危機事件信息得以及時發布，外媒記者到邊疆地區的採訪限制也進一步放寬。2012年允許西方媒體到藏區採訪「藏人自焚」事件；2019年允許BBC電視記者到新疆實地採訪所謂「新疆再教育營」問題，並且在2019年8月16

〔註31〕段鵬《國家形象建構中的傳播策略》，北京：中國傳媒大學出版社，2007年，
　　　　第110頁。

日適時發布《新疆的職業技能教育培訓工作》白皮書，都是自信回擊境外媒體不實報導的正確態度。改變以往對待西方媒體的封閉保守態度，方法適當、渠道合理，適當增加外媒影視記者的採訪自由，總體上只會有利於改善中國邊疆少數民族地區的形象。事實上，多與國外駐華記者溝通，消除刻板成見，借助西方影視媒介在國外輿論前沿塑造開放民主的中國邊疆形象，不失為大外宣的正確戰略。

（二）大力提升對外傳播力

我國邊疆少數民族影像對外傳播力不足，境外媒體對中國邊疆少數民族影視報導雖然頻頻誤讀，卻佔據道德至上的輿論高地。針對上述不利局面，首先我們應當積極開展國際公共和政治游說。對西方從最基層到最高層建構有關邊疆少數民族地區信息的交流渠道，利用國際公共手段消弭負面報導的影響。通過推進全方位國際媒體公關，調整與西方媒介集團的商業合作關係，把海外媒體邀請進來，給他們全面客觀、公平公正形塑中國邊疆少數民族地區民主開明形象的機會。其次，積極開展中國邊疆少數民族地區與海內外的各式文化交流，同國外受眾形成有效對話，打破意識形態隔閡。再者，通過議程設置實現議題多元化，全面介紹中國邊疆少數民族地區的發展成就，模糊淡化敏感複雜的邊疆少數民族地區政治色彩。借助議程設置影響國際輿論，建構公共關注、公共討論、公共政策，改變海外受眾對議題屬性的刻板認知，最終獲取有利的話語領導權。媒介事件的整體運作對於影視傳媒至關重要，無論在在圖像選擇、色彩運用諸方面，都應當力求於民族化和國際化之間得到平衡。無論在傳統媒介、影視媒體、網絡新媒體的中國邊疆形象都應當力求一致，避免產生形象的衝突和矛盾。

具體而言，大力提升邊疆少數民族影像的對外傳播力，可以從宏觀與微觀兩大層面來加以改進。

在宏觀層面上，改善中國邊疆少數民族地區對外傳播力不足的現狀，需要做到：1. 改革廣播電視網絡管理體制。廣播電視網絡一體化的對外傳播運營體制有利於形成強大的輿論場，以大數據、雲終端形塑影像包圍圈，最終打贏爭奪少數民族用戶以及海外用戶的心理戰。2. 為達到覆蓋傳播效果的目的，需要由政府主導全面性的戰略規劃，形成集團合力。3. 加大投入資金、增加對外傳播總體規模、加強在邊疆地區少數民族用戶中使用衛星傳輸、互聯網傳播等有效落地方式。4. 大力提升對外傳播人才素質，從提高待遇、改

善工作環境、創設激勵機制等方面防止對外傳播人才流失。5. 為有效服務中
國的大外宣戰略，需要加強邊疆少數民族影像傳播的信息搜集、信息調研工
作。與時俱進地分析境外受眾、邊疆少數民族受眾的媒介心理變化，研究其
收視習慣的發展趨勢及微妙變化。（註32）

　　概而言之，在邊疆少數民族形象塑造過程中，政府需要成為積極的推廣
者。既要有效去除負面消極的政治形象，又同時努力建構客觀積極的正面形
象。協調作戰，針對用戶心理、國際形勢、西方輿論、影像反饋等層面作出戰
略性的總體深層次研究規劃。面對邊疆少數民族地區突發事件，政府需要快
速發聲，掌控新聞發布會，向境內外影視媒體記者提供詳盡而有利的信息、
取得他們的充分信任。在政府的引導下，邊疆少數民族地區影視節目應該成
為促進邊疆進步的「推動器」、調節邊疆地區各動態社會系統功能的「平衡器」、
維護社會穩定和民族團結的「穩壓器」。（註33）

　　當前，從微觀層面來看，中國邊疆少數民族地區主流影視媒體存在社會
預警功能失靈呆滯、知情不報，對外傳播方式古板陳舊等問題，亟待在以下
方面大力改進：1. 改變以往壓新聞的保守政治意識，提升新聞時效性。邊疆
少數民族地區複雜而特殊，一旦消息發布不及時，往往會給道聽途說的境外
媒體留下充分「想像」的空間，在國際輿論上造成極端惡劣的影響。影視媒
體又因其傳播的直觀逼真性，對我國邊疆少數民族政策的肆意歪曲尤其嚴重。
2. 中國邊疆少數民族影像的多語言、本地化傳播亟待改進。只有採用多語言
傳播，對中國邊疆少數影視節目進行本地化包裝，才有可能讓中國邊疆少數
民族影視節目進入海外主流社會，爭取到海外受眾。3. 對於邊疆少數民族地
區突發事件的報導，需要建設充分的危機預警機制。比如調整電視播出時間、
建立突發事件報導預備隊，力爭先聲奪人、提高在國際輿論界的公信力與權
威性。4. 對宗教問題、民族問題等敏感議題，一旦發現輿論動向需要及時回
擊。平時高度戒備、掌握輿情的微妙變化。5. 改進對外傳播藝術，具體注意
以下層面的問題。（1）報導內容不符合海外用戶的心理。片面理解正面新聞
報導的涵義，反而帶來所謂「低級紅」的負面傳播效果。需要研究海外用戶

〔註32〕段鵬《國家形象建構中的傳播策略》，北京：中國傳媒大學出版社，2007 年，
　　　　第 51 頁。
〔註33〕段鵬《國家形象建構中的傳播策略》，北京：中國傳媒大學出版社，2007 年，
　　　　第 57 頁。

的觀影心理，使表述方式、影像風格更加貼近他們的知識體系與認知習慣。（2）報導內容缺乏針對性，一些影視節目在播出前把關不嚴，引發境外人士的誤解與對抗。在對外影像傳播中應該特別堅持「內外有別」，但「外外有別」的政治立場。（3）對外傳播模式「千臺一面」、「口徑統一」，傳遞信息缺乏必要的平衡性。為提高公信力、改變海外用戶的刻板成見，可以聘請海外資深影視媒體記者把關，允許不同意見觀點的交鋒爭辯。同時，招聘外國人作電視節目主持人或者演員。（比較成功的視頻案例是《中國日報》美籍記者艾瑞克的《兩會紀錄系列節目》、以大衛‧克拉克為項目經理拍攝的《秀美中國》系列節目。中國日報外籍記者親和的主持風格贏取了不少海外受眾）。（4）對外傳播空洞生硬，不善於寓觀點於講故事當中。需要注意，海外受眾傾向形象思維以及歸納演繹的認知習慣，最好的傳播方式是講好「邊疆故事」，讓觀眾自己從具體故事、客觀事實中得出結論。〔註34〕

第三節　藏疆地區民語衛視的發展狀況及面臨的挑戰

　　1949 年 12 月 21 日，新疆廣播電臺正式成立，採用漢維雙語同頻率播送。1951 年 10 月，中國人民解放軍進駐拉薩並建立西藏人民廣播電臺（前身為拉薩市有線廣播站）。由此，藏疆地區少數民族語廣播電視事業得到初步發展。〔註35〕1960 年 10 月，新疆電視臺創建。到 20 世紀 80 年代，在「四級辦電視」的方針指引下，藏疆地區建成了中央、省級、地、縣級四級立體化傳播網絡體系。2005 年 4 月，國家廣電總局正式批准青海電視臺藏語綜合頻道上星，作為中國唯一使用安多藏語播出的電視頻道，青海藏語衛視的電視信號以青海為核心，覆蓋周邊 260 多萬使用藏語安多方言的觀眾。青海藏語衛視在 2009

〔註34〕段鵬《國家形象建構中的傳播策略》，北京：中國傳媒大學出版社，2007 年，第 57 頁。

〔註35〕與廣播相比，藏區電視媒體起步稍晚。1985 年 8 月 20 日，西藏電視臺成立。1999 年 10 月 1 日，西藏電視臺藏語衛視頻道開播。西藏電視臺藏語節目正式上星，同步播出藏、漢語節目。2002 年，西藏電視臺攜手尼泊爾太空時代網絡，簽署「西藏第一套藏語衛視節目」在尼泊爾落地的協議，擴展了西藏電視新聞宣傳空間。2007 年 10 月，西藏藏語衛視全天 24 小時播出。2008 年 12 月，西藏電視臺在全國有線網落地入戶，並且實現在周邊國家落地。參見方延明主編《我國藏語新聞媒體影響力問題研究》，北京：民族出版社，2016 年，第 33～35 頁。

年 1 月 26 日實現全新升級改版，近 50%的節目採用藏語安多方言。2009 年
10 月 28 日，四川康巴藏語衛視頻道首播，衛星信號覆蓋甘南、青海玉樹、雲
南迪慶、西藏昌都以及四川甘孜州等廣大康巴藏語地區。四川康巴藏語衛視
與青海藏語衛視、西藏藏語衛視合稱三大藏語衛視頻道。我國藏語衛視從此
完成對康巴、安多、衛藏三大方言藏區全方位覆蓋的同時，電視信號落地尼
泊爾、不丹和印度達蘭薩拉等國家或地區。〔註36〕。2010 年 3 月 5 日，四川
康巴藏語衛視主持人啟米翁姆身著民族盛裝，用康巴藏語深情直播十一屆人
大三次會議開幕的時政新聞。這也是藏疆地區民語衛視首次參加全國兩會報
導的劃時代新聞事件。〔註37〕到 2014 年底，中國境內陸續開播維吾爾語、藏
語、蒙古語、朝鮮族語、哈薩克語等 9 個少數民族語電視頻道，成為弘揚民
族文化的重要傳播平臺。早在 2013 年，西藏全區民語電視的綜合人口覆蓋率
已經達到 95.51%，青海省民語電視綜合人口覆蓋率達到 96.93%。〔註38〕2018
年 2 月 9 日，青海安多藏語衛視與尼泊爾有線電視聯盟簽署了中國‧青海安
多藏語衛視節目落地尼泊爾協議。在全省建成了 38 個縣級戶戶通中心、135
個鄉鎮戶戶通專營店，率先在全國實施政府購買直播衛星戶戶通維護服務項
目，全省基本實現了村村通、戶戶通維護服務全覆蓋。〔註39〕

〔註36〕「康巴藏語衛視的定位為惠民公益頻道，為康巴藏民提供瞭解世界的廣播
　　　　電視公益服務。主要有《康巴衛視新聞》和《央視新聞聯播摘要》兩檔新
　　　　聞節目，社交類節目包括教學節目《快樂漢藏語》、專題紀實節目《雪域高
　　　　原》、時政訪談節目《啟米時間》。青海藏語衛視每日全譯全播央視《新聞
　　　　聯播》、譯播《青海新聞》20 分鐘，自製全藏語紀實節目《寫真》、藝術訪
　　　　談類節目《雪域足跡》、周播專題類新聞節目《新聞透析》。青海藏語衛視
　　　　的藏文版節目可在網頁。瀏覽，網上觀眾來自世界各國，擁有較高的日點
　　　　擊量。西藏藏語衛視的節目定位是：立足西藏，面向國內藏區和周邊國際。
　　　　主要的新聞類節目包括《西藏新聞聯播》、《新聞綜述》；專題類節目有《西
　　　　藏人口》、《農牧天地》、《雪域漫談》等節目。收看西藏藏語衛視節目的觀
　　　　眾遠及印度和尼泊爾等地，其中不乏眾多當年流亡印度的藏民，成為影響
　　　　境內外藏胞的重要藏文化傳播中心和外宣頻道。」參閱韓鴻《藏語衛視與
　　　　藏區發展：策略、機制與模式》，北京：社會科學文獻出版社，2017 年，第
　　　　36 頁～39 頁。
〔註37〕王斌、陳銳《少數民族地區電視傳播效果研究——以西藏、新疆地區為例》，
　　　　北京：中國廣播電視出版社，2012 年，第 19 頁。
〔註38〕國家新聞出版廣電總局發展研究中心主編《中國廣播電影電視發展報告
　　　　（2014）》，北京：社會科學文獻出版社，2014 年，第 44 頁。
〔註39〕國家廣播電視總局發展研究中心編著《中國廣播電影電視發展報告（2018）》，
　　　　北京：中國廣播影視出版社，2019 年，第 356 頁。

圖 4-3-1　2010 年 3 月 5 日，四川康巴藏語衛視主持人啟米翁姆用康巴藏語直播十一屆人大三次會議開幕。

圖 4-3-2、4-3-3　四川康巴藏區信息相對閉塞、交通不如城市發達，信息接收主要通過電視、廣播渠道；接收設備主要以衛星接收器（鍋蓋）為主，電視頻道有限，選擇性不多。受眾普遍文化水平不高；政府對西部地區大力扶持建設，牧民定居工程、「村村通」工程和「馬背電視」等有效改善了廣播電視信息的傳播〔註40〕

　　從 1998 年至今，在西新工程和村村通工程的推動下，西新地區廣播電視事業取得前所未有的巨大發展。與西藏、青海地區類似，2006 年 1 月 6 日，伴隨新疆電視臺哈薩克語電視節目在哈薩克斯坦的 TV-6 落地、新疆電視臺 3 套節目和 8 套節目在蒙古國烏列蓋省播出，標誌著新疆民語節目真正成為文化傳播的重要國際渠道。到 2008 年，新疆地縣市三級廣電總局共計 15 家，擁有電視臺和電臺 32 家、少數民族新聞網站 20 家。新疆生產建設兵團建有廣播電視機構 204 個，其中師（市級）電視臺 14 座，兵團電視臺 1 座。〔註41〕2013

〔註40〕圖片 4-3-1、4-3-2 均來自四川衛視廣告部康巴衛視推介手冊。
〔註41〕《中國新聞年鑒》2009，北京：中國社會科學出版社，2010 年，第 20 頁。

年，新疆全年譯製維吾爾語、哈薩克語、蒙古語、柯爾克孜語 4 種語言影視劇 5975 集，其中維吾爾語、哈薩克語所佔比例分別為 61.1%和 30.5%，能夠滿足新疆電視臺 3 個維吾爾語頻道每天播出 3 集新劇及 2 個哈薩克語頻道每天播出 2 集新劇的需要。新疆全區 84 個縣（市）均設立了廣播電視臺，民族語言頻率頻道占總量的 38.4%。〔註42〕迄今，新疆電視臺 15 個頻道每日採用漢語、維語、哈薩克語、柯爾克孜語以及英語等五種語言播出，時常超過 240 小時。電視衛星信號可以覆蓋阿富汗、蒙古國、吉爾吉斯斯坦、哈薩克斯坦和烏茲別克斯坦等周邊鄰國。新疆衛視漢語衛星頻道開設有日播專欄《絲路新發現》、日播信息節目《花兒為什麼這樣紅？》；哈薩克語衛星頻道開設有《夏熱法特》、《夏樂哈兒》、《農牧天地》等七檔文娛社教節目；維吾爾語綜藝頻道全天共計播出 14 小時，創辦有《新疆體育》、《天山之歌》等 7 個自辦欄目。維語綜藝頻道（XJTV-5）以電影、文藝、娛樂休閒類節目為主，開辦有《鑽石影院》、《家庭影院》、《佳片有約》、《經典影院》等四大影院，收視率最高。新疆電視臺新聞綜合頻道（XJTV-2）主要編譯中央臺和新疆臺新聞類以及專欄節目，同時舉辦一年一度的肉孜節文藝晚會和庫爾班節文藝晚會。〔註43〕

顯而易見，民語衛視已然成為少數民族影像傳播最重要的媒介平臺，在保障邊疆穩定、傳承民族傳統文化方面無可替代。藏疆地區民語衛視是中國邊疆廣播電視公共服務體系的重要環節，也是中國電視政治媒介生態的重要部分。一方面，民語衛視在保障國防安全、維護邊疆穩定、宣傳民族政策的作用舉足輕重；另一方面，邊疆少數民族與周邊國家交往密切，民語衛視亦成為形塑中國國際形象的重要傳播平臺。如何加強民語衛視的輿論公信力和國際傳播的影響力，探究民語衛視的發展困境及面臨問題，最終建構行之有效的發展策略、管理模式，成為重要課題。

〔註42〕國家新聞出版廣電總局發展研究中心主編《中國廣播電影電視發展報告
　　　　（2014）》，北京：社會科學文獻出版社，2014 年，第 44 頁。
〔註43〕「據新疆大學新聞與傳播學院教授阿斯買·尼亞孜團隊的調研報告《新疆維
　　　　吾爾族電視觀眾受眾現狀調查分析》，維族觀眾最喜歡的電視臺是新疆電視
　　　　臺維語綜藝頻道（XJTV-5），占 41.20%；其次是維吾爾語新聞綜合頻道（XJTV-
　　　　2），占 38.15%；最後是維語經濟綜合頻道（XJTV-9），占 18.12%。」參見王
　　　　斌、陳銳《少數民族地區電視傳播效果研究——以西藏、新疆地區為例》，北
　　　　京：中國廣播電視出版社，2012 年，第 19 頁。

眾多藏疆民語衛視的出現，顯示出民語衛視在維護國防安全、宣傳大一統的民族政策、促進邊疆地區穩定發展所起的不可或缺的作用。藏疆民語衛視是我國邊疆地區廣播電視公共服務體系的重要組成，同時因其跨國性而具有了國際傳播的重要功能。然而，由於藏疆地區特殊的歷史文化語境以及政治地緣，如何遵循電視傳播規律搶奪政治輿論高地，保障藏疆地區的繁榮穩定，依舊面臨著以下嚴峻挑戰：

一、維穩宣傳缺乏主動性，電視節目生產原創性、積極性不夠

建國伊始，伴隨新舊政權交替，各種矛盾交織、鬥爭複雜，藏疆問題日益國際化，成為國際新聞輿論關注的焦點。藏疆地區境內外分裂主義勢力為達到其政治目的，一直在強化意識形態領域中分裂言論的滲透與傳播。民族分裂主義分子與境外反華敵對勢力相勾結，盡力調動一切傳播媒介，可謂無所不用其極。〔註44〕藏疆地區不僅是西方反華集團與中央政府政治博弈的戰

〔註44〕以新疆地區為例，主要的媒介傳播方式有：「（1）利用電臺在空中傳播。20世紀40年代，中亞『塔什干同胞電臺』；50年代，聯邦德國慕尼黑『自由電臺』；60年代，中蘇邊境『救國電臺』，均無休止地用維吾爾、哈薩克、漢三種語言製造並傳播分裂新疆的輿論。還有『吉達(沙特)』『美國之音』、『英國BBC』等電臺在製造和傳播疆獨輿論方面，也有過之而無不及。進入90年代以來，『空中滲透』變本加厲。位於哈薩克斯坦的『阿拉木圖維吾爾語廣播電臺』是境外分裂主義分子出資建立，對新疆全天候廣播；『歐亞廣播電臺』是泛突厥主義分子在土耳其設立，每天向新疆傳遞節目11個小時；『自由亞洲電臺對華廣播維吾爾語部』是1998年由美國國會批准成立，用維吾爾、哈薩克、柯爾克孜、漢、烏茲別克5種語言廣播，該電臺於2001年在哈薩克斯坦設立了『維吾爾語分部阿拉木圖記者站』。目前，新疆周邊有『美國之音』、『BBC』、『自由亞洲電臺』等8個主要電臺，以128個頻率，用維吾爾、漢、烏茲別克等語種對新疆廣播，其撰稿人大部分為民族分裂主義分子。（2）利用互聯網、音像製品等進行傳播滲透。進入20世紀90年代以來，互聯網、音像製品均成為分裂勢力傳播滲透分裂輿論的重要途徑。1999年10月，分裂組織『東突民族代表大會』在互聯網上成立了『東突電子網絡廣播電臺』；20世紀末，分裂組織『東突聖戰者同盟』、『中亞東突真主黨』建立了『東突信息中心』。『東突信息中心』冠以新聞單位名稱，可卻長期利用各種媒體特別是互聯網進行分裂主義、極端主義、恐怖主義宣傳。該恐怖組織在美國、澳大利亞、土耳其、哈薩克斯坦、吉爾吉斯斯坦以及中國新疆等18個國家的四十多個城市建立了分部，向紐約、華盛頓、倫敦、伊斯坦布爾等二十多個城市派駐記者，建立了『美國維吾爾聯盟』、『東突代表大會』等網站。目前，新疆周邊有分裂勢力建立的網站四十多個，反分裂傳播形勢嚴峻。

場，同時亦為中國主流媒體與西方媒體強爭輿論話語權的主陣地。毋庸置疑，時政新聞的報導是搶奪該輿論領導權的要塞所在。但令人遺憾的是，在這個舉足輕重的領域，藏疆地區民語衛視的表現卻有諸多方面需要檢討。其中最主要的問題之一是「片面維穩」思維固化，突發事件的報導機制匱乏，需要進一步完善。

　　在中央治理邊疆策略當中，「穩定」與「發展」一直是維護邊疆長治久安、保障國防安全的重要關鍵詞。發展促穩定、維穩求發展、以發展化解各類矛盾成為邊疆各族民眾的共識。但值得提醒的是，在藏疆地區「守土有責」的特殊政治語境下，功利現實的短期「穩定」意識往往超越了長期的「發展」願景。因此，「不求有功、但求無過」的片面維穩思維直接體現在藏疆民語衛視節目的製作中。「維穩」似乎成為了電視臺攝錄編播人員乃至領導的固化思想，這也嚴重影響了電視節目生產的創新性與積極性。不可否認，藏疆民語衛視引領少數民族輿論、保障祖國統一的特殊政治地位使其免於面臨殘酷的媒體市場競爭。然而，缺乏壓力的生存環境也讓藏疆地區民語衛視安於現狀、求穩保穩，導致自製的創新性節目內容常年供給不足。〔註45〕藏疆地區處於反分裂、反滲透的最前哨，如果自製節目不足、缺少完善的突發事件報導機制，往往難以完成大外宣的政治任務。藏疆地區猝發的災害事件、政治事件、社會事件大多難以預防、來勢洶洶，給邊疆地區少數民族用戶帶來巨大的心理震撼。如果因報導延時導致信息不公開透明，往往會讓信息焦渴的受眾捕風捉影，盲信各種反華勢力媒介的不實報導。最終，各種流言蜚語甚囂塵上。對於新聞立臺的藏疆民語衛視而言，搶奪突發事件報導的輿論制高點理應成為新聞報導的絕對重心。然而令人遺憾的是，因為「片面維穩」思維的固化以及突發事件報導機制的匱乏，藏疆地區民語衛視在突發事件報導中往往或被動應對、或沉默消失，喪失了

　　　　同時，充滿分裂思想的音像製品通過各種渠道不斷流入新疆。如分裂組織『東突民族解放中心』與美國密歇根大學製品中心聯合攝製的所謂《新疆近代史》專題片、《當代新疆》專題片，影響十分惡劣。」參閱陳超編著《新疆的分裂與反分裂鬥爭》，北京：民族出版社，2009年，第81～87頁。

〔註45〕「以西藏電視臺為例，1985年西藏電視臺節目自製量為30分鐘，2009年也僅為5小時30分鐘，並且較長時間保持了這一自製節目時間量。」參見澤玉、羅布桑珠、羅布仁次《少數民族地區電視媒體轉型路徑探析——西藏電視臺新媒體個案分析》，《中國廣播電視學刊》2016年第11期，116頁。

新聞第一落點的最佳報導時機。

2008 年 3 月 7 日，疆獨分子企圖襲擊民航客機製造空難。當天上午 10 時 35 分，烏魯木齊至北京的南航 CZ6901 航班起飛，途中機組人員發現有可燃液體汽油，為確保人員安全，12 時 40 分這架飛機在蘭州中川機場緊急迫降。對於這起突發事件，外媒趁機煽風點火，導致新疆地區人心惶惶、流言四起。遺憾的是，面對這起重大事件，新疆媒體選擇了集體失語，新疆維吾爾語新聞綜合頻道也未對這個熱點敏感問題追蹤報導，在給謠言充分傳播空間、滋生蔓延恐慌情緒的同時，喪失了一次主流媒體直面疆獨勢力的交鋒機會。直到兩天後，在北京出席十一屆全國人大會議、時任新疆維吾爾自治區政府主席的努爾·白克力才宣布：「從目前掌握的情況來看，肯定是一起企圖製造空難的事件。至於犯罪分子的背景和目的，還在審判中。」〔註46〕

再以「7.5」事件的報導為例。〔註47〕事發當天，新疆維吾爾語新聞綜

〔註46〕陳超編著《新疆的分裂與反分裂鬥爭》，北京：民族出版社，2009 年，第 127 頁。

〔註47〕2009 年是中華人民共和國成立 60 週年，注定是「東突」勢力借機鬧事的年份。2009 年 6 月 26 日，廣東省韶關旭日玩具廠發生當地漢族員工與新疆籍員工群毆的刑事案件，2 名維吾爾族員工死亡。事發之後，廣東韶關警方妥善安置員工及其家屬；新疆也派出工作組趕赴韶關解決善後問題。「6.26 事件」發生後，「世界維吾爾人代表大會」（簡稱「世維會」）主席熱比婭馬上明確指示「這是千載難逢的機會，要高度重視此次事件。」不到短短十天，「世維會」大肆利用網絡媒體歪曲事件，煽動暴亂：（1）造謠中傷，捏造事實。「世維會」通過剪輯等各種手段偷樑換柱，將「6.26 事件」中漢族員工與新疆籍員工衝突的視頻放在網上擴散，謊稱事件中有 300 餘人受傷，18 名維族員工死亡，煽動境內維吾爾族群眾暴動。繼而又將美國 CNN 曾經播出的伊拉克庫爾德族人對本族女孩實施石刑的視頻謊稱為「維族紅衣女孩被漢人毆打致死」，經過移花接木，在網絡上病毒式傳播，製造民族對立。（2）密謀策劃，內外勾連。境內「清風網」網站與自由亞洲電臺維語部、「世維會」網站等聯繫，提供各種虛假音視頻信息。電話、手機、互聯網等現代通訊器材成為「東突」勢力組織、實施的手段。QQ 群擴算大量發布鬧事的非法聚集照片。據統計，僅 7 月 4 日發布的煽動大家去烏魯木齊廣場鬧事的信息，在不到一天的時間裏就被 1245 名網民在 3357 個 QQ 群中轉發 4720 次，受眾達 5 萬餘人。7 月 5 日，「7.5」事件爆發，據中華人民共和國國務院新聞辦公室發布的白皮書《新疆的發展與進步》披露，截至 2009 年 7 月 17 日，造成 197 人死亡（其中絕大多數人為無辜群眾）、1700 多人受傷，331 個店鋪和 1325 輛汽車被砸燒，眾多市政公共設施被損毀。這次事件無疑也給維族形象造成了嚴重的負面影響。參見馬大正《熱點問題冷思考：中國邊疆研究十講》，上海：上海辭書出版社，2013 年，第 73～76 頁。

合頻道對這一造成 197 人死亡、世界關注的重大時政新聞隻字未提。由於
缺乏對事件的細節報導,廣大維族群眾對信息的獲知更多是依靠央視《新
聞聯播》,而對於大量不懂漢語的維族民眾來說,這種傳播顯然是失敗的。
在單純借助畫面猜測事件的前提下,有時維族受眾反而會產生與報導意圖
相反的傳播效果。與此同時,大量境外 BBC、NHK 電視臺記者所拍的電視
畫面極端血腥暴力、充斥網絡,進一步激發了漢族與維族之間的民族對立,
甚至使事件朝著全面失控的方向發展。事實上,新疆電視臺與暴亂現場近
在咫尺,但記者們卻只能緘默待命。在缺乏正確輿論引導的語境下,各族民
眾無法動態瞭解事件進展,也不知道如何自救,這實在是媒體責任的嚴重
失職。

　　出現這樣的被動局面,與藏疆地區民語衛視的片面維穩思想密不可分。
針對突發危機事件,從國家安全層面來講,民語衛視應該在第一時間實踐「應
急報導機制」,動態發布穩定民心的權威消息。在全球化傳媒時代的語境下,
瞬間的短暫失語也會給反華勢力可乘之機,讓我們迅速喪失輿論制高點。上
升到「信息主權」這一高度,如果突發危機事件的報導失策,不僅會讓國家
在政治上被動、還會給整個國家的國族文化統合帶來嚴重挑戰與威脅。在邊
疆少數民族地區突發危機事件報導中,民語衛視是各族民眾管窺事件發展的
窗口、是安撫受眾焦慮情緒的按摩器;同時,又應該充當影響事件進程的重
要推手和協助政府平息事態的解壓閥。片面被動的維穩思維對於解決危機事
件於事無補,只會更加激化矛盾。

　　邊疆少數民族地區複雜尖銳的突發事件需要通過民語衛視這一媒介平臺
客觀、公正、全面、深入地報導,細水長流般疏導宣洩各種矛盾。如 2014 年
7 月 28 日,新疆莎車縣發生重大暴恐襲擊案。一夥慘無人道的暴恐分子手持
刀斧襲擊了莎車縣艾力西湖鎮派出所、艾力西湖鎮政府。部分歹徒竄逃到荒
地鎮,焚燒砍砸往來車輛、殺死無辜群眾 37 人(其中漢族 35 人、維吾爾族
2 人)。面對這起慘絕人寰的暴恐事件,自由亞洲電臺、美國之音等西方媒體
大肆歪曲報導。〔註48〕美國之音稱:「中國政府應當允許維族公民公開、和平

〔註48〕西方反華媒體作了這樣的報導「7 月 28 日,莎車縣艾力西湖鎮三個村子的婦
　　　　女為迎接肉孜節集會,有異教徒給漢族人報信稱婦女們聚集念經,武警部隊
　　　　迅速趕到聚集地將婦女和孩子全部擊斃,大約有 50 人……從清真寺回來的
　　　　男人們拉著屍體到派出所和鎮政府討說法,卻被以衝擊派出所為名逮捕起來,

地表達訴求，自由地表達不滿而不用擔心受到報復。同時呼籲中國安全部隊保持克制。」對於西方媒體的蓄意貶損、歪曲中傷，新疆民語衛視未能有力反擊，澄清事實真相，對安撫大眾情緒、制止流言散播起到防震墊的緩衝作用。在這起重大突發危機事件報導中，新疆喀什電視臺沒能在第一時間動態跟進報導新聞事態，新疆電視臺也只在 7 月 30 日晚的《新聞夜班車》播出《各族黨員幹部群眾憤怒聲討莎車縣暴恐事件》、《張春賢八一前夕看望慰問駐疆人民解放軍和武警部隊，堅決打擊暴恐維護社會穩定、長治久安》兩則新聞。一直到 2014 年 10 月 13 日，央視《東方時空》播出專題片《新疆莎車縣：「7.28」嚴重暴恐襲擊案一審宣判》，新疆各族群眾才得以從細節完整瞭解暴恐案的來龍去脈。

二、選題內容只求政治穩妥、唯上思想普遍

藏疆民語衛視時政新聞還存在選題內容只求政治穩妥、唯上思想普遍。內容選題大多聚焦領導活動、形象宣傳，社會普遍關注的熱點報導不夠的問題。早在 2014 年，學者韓鴻曾對當時《西藏衛視新聞》做過內容分析，發現存在會議新聞占比較大，新聞缺少親和力和貼近性等問題。〔註 49〕2019 年 9 月 1 日至 9 月 30 日，課題組分別就《新疆維吾爾語新聞綜合頻道新聞聯播》和《西藏藏語衛視新聞聯播》進行為期 1 個月的文本分析，發現上述問題仍未得到普遍改觀。

於是該村的伊瑪目開著自己的車，從早到晚在附近的幾個村子演講號召大家要『聖戰』。漢族人知道這個信息後，立即組織武警部隊鎮壓群眾，對這個三個村進行轟炸後，武警部隊對沒死的、受傷的進行擊斃……艾里西湖鎮是莎車人口最多的鄉鎮，莎車人口最少的鄉也有 500～600 人，這樣統計的話，死亡人數可能達到 3000～5000 人左右……上述消息的描述有板有眼，彷彿親眼所見。但後經證實，事實上信源的炮製者阿巴拜克熱木從 7 月 28 日起就根本沒有出過家門。」參見龐雪芳《新疆暴力恐怖事件最新消息：網民翻牆編造莎車謠言被刑拘》，https://www.guancha.cn/FaZhi/2014_08_11_255196.shtml，2014 年 8 月 11 日。

〔註 49〕韓鴻《藏語衛視與藏區發展：策略、機制與模式》，北京：社會科學文獻出版社，2017 年，第 48 頁。

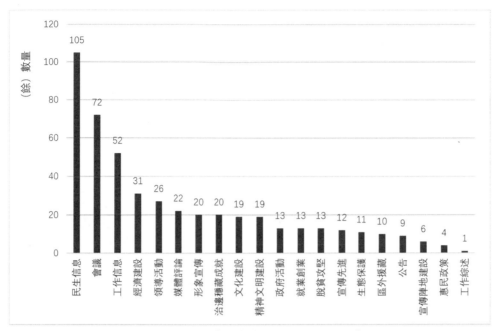

圖 4-3-4　2019 年 9 月《西藏藏語衛視新聞聯播》內容分析

　　由圖 4-3-1 不難發現，在 2019 年 9 月的《西藏藏語衛視新聞聯播》中，會議新聞占比高達 15.03%，僅次於民生新聞（21.92%）。其次分別是工作信息（11.06%）、經濟建設（6.47%）、領導活動（5.42%）、媒體評論（4.59%）、形象宣傳（4.17%）、治邊穩藏成就（4.17%），文化建設僅占 3.96%。會議新聞格式內容雷同，報導畫面單一，缺乏新意。涉及藏傳佛教文化傳承，與達賴反華集團作鬥爭的新聞視頻相對較少，主要有下述新聞：「第四屆藏傳佛教教義闡釋論壇暨堅持藏傳佛教中國化方向研討會」在日喀則舉行（9 月 12 日）；「感恩共產黨、奮進新時代——西藏百萬農奴解放紀念館巡展」走進日喀則（9 月 13 日）；羅布頓珠在全區安全防範工作電視電話會議上強調：統一思想、提高認識、細化措施落實責任，為慶祝新中國成立 70 週年創造安全穩定環境（9 月 14 日）；丁業現參加 2019 年西藏網絡安全宣傳周啟動日集中展示活動時強調：堅持新發展理念、建設好網絡陣地，為推進我區長足發展和長治久安提供強大支撐（9 月 16 日）；班禪額爾德尼·確吉傑布圓滿結束在藏佛事社會活動離藏返京（9 月 21 日）；丁業現主持自治區民族團結工作專題會議時強調：堅持正確道路，抓好工作落實、鞏固和發展社會主義民族關係（9 月 26 日）；全區寺廟僧尼慶祝中華人民共和國成立 70 週年書法展舉辦（9 月 28 日）。上述新聞均存在標題冗長、畫面單調、編創缺乏創意等不足。

2019 年 10 月 1 日是建國 70 週年華誕，在這個高度重要的政治媒介事件報導中，西藏藏語衛視新聞聯播節目的編播問題也十分明顯。節目全程圍繞自治區幹部群眾喜迎國慶、歡度佳節的主題做報導。新聞《自治區領導集中收聽收看中華人民共和國成立 70 週年慶祝大會實況直播，更加緊密地團結在以習近平同志為核心的黨中央周圍，為譜寫好中華民族偉大復興中國夢的西藏篇章而不懈奮鬥》時長有 8 分 09 秒，占節目時長的五分之一。接下來分別是《共慶人民共和國華誕，共享偉大祖國榮光——我區各族幹部群眾收聽收看中華人民共和國成立 70 週年慶祝大會實況》（9 分 42 秒）、《西藏自治區慶祝中華人民共和國成立 70 週年「升國旗唱國歌」儀式在拉薩隆重舉行》（3 分 20 秒）、《同升一面旗，共抒愛國情》（4 分 32 秒）、《美麗彩車濃縮展現幸福西藏》（3 分 29 秒）、《多彩遊園活動增添國慶喜慶氛圍》（1 分 15 秒）。總體看來，從集體隆重升旗到群眾自發升旗展現了自治區各族各界幹部群眾愛黨愛國、喜迎國慶的面貌，但因為內容過多呈現領導、群眾收聽收看國慶大典的反應鏡頭，顯得太過單調冗長、創意不足。

《新疆維吾爾語新聞綜合頻道新聞聯播》同《西藏藏語衛視新聞聯播》類似，也存在內容選題過度聚焦形象宣傳，社會普遍關注的時政熱點報導不夠等問題。自 2019 年 9 月 1 日至 9 月 30 日，《新疆維吾爾語新聞綜合頻道新聞聯播》共計播出 398 條新聞視頻。其中形象宣傳 99 條、經濟建設 80 條、文化建設 51 條、先進宣傳 47 條、精神文明建設 22 條、惠民政策 15 條、工作信息 14 條、援疆建設 13 條、公告 8 條、生態保護 6 條、工作綜述 5 條。新聞聯播的主要內容聚焦於形象宣傳，對於民生訴求關注不夠。而就社會普遍關注度較高的時政熱點問題，諸如所謂「新疆再教育營」問題、新疆「雙語教育」、新疆反恐維穩等議題，大多因政治敏感而諱莫如深，或用較隱晦的形式加以表述。涉及上述重要時政議題的新聞僅有：新疆衛視推出首檔深入高校電視版思政公開課（9 月 1 日，時長 38 秒）；陳全國在自治區維護穩定工作電視電話會議上作強調（9 月 2 日，時長 5 分 45 秒）；自治區黨委、政府印發《新疆維吾爾自治區關於落實中央掃黑除惡第 21 督導組反饋意見整改工作方案》（9 月 10 日，時長 5 分 57 秒）；自治區互聯網信息辦公室等有關部門查處六起傳播違法信息典型案例（9 月 26 日，3 分 21 秒）。

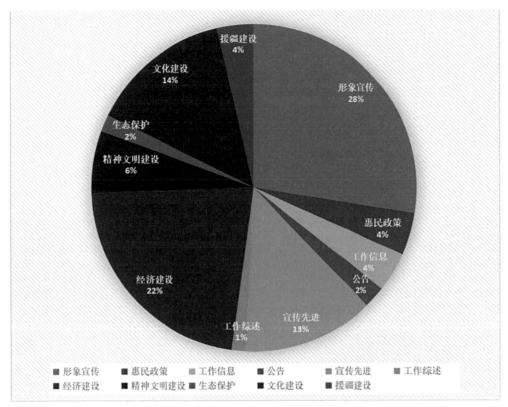

圖 4-3-5《新疆維吾爾語新聞綜合頻道新聞聯播》新聞報導主題類型占比統計〔註50〕
（2019 年 9 月 1 日～2019 年 10 月 1 日）

三、電視「可視性」不顯著，節目缺少民族特色與貼近性

　　新疆電視臺新聞綜合頻道、西藏藏語衛視等民語衛視的新聞節目內容與
報社稿件同質化嚴重。〔註51〕節目大量運用「上帝之聲」加畫面的簡單落後
處理方式，擯棄了電視同期聲、效果聲、採訪聲的現場感和真實性，既造成
紙媒與電視新聞的同質化，又帶來了藏疆地區普遍文化程度不高的電視受眾
認知障礙。對於視聽媒體而言，可視性的重要不言而喻。事實上，如何以電
視的直觀形象解讀中央政府有關邊疆少數民族地區的法規、法令、指示、決

〔註50〕資料收集視頻來源：http://www.xjtvs.com.cn/hy/xw/zhzx/index_14.shtml。

〔註51〕「因為報社的新聞通稿已經受審，政治上穩妥保險，電視記者只用在現場拍
　　　　夠空鏡，不必依據電視媒體的特點和需求挖掘獨特視角。《西藏衛視新聞》甚
　　　　至有過一天之內所有重要新聞全部使用報紙稿件的紀錄。」韓鴻《藏語衛視
　　　　與藏區發展：策略、機制與模式》，北京：社會科學文獻出版社，2017 年，第
　　　　50 頁。

議、文件，對於民語衛視而言是一個亟待解決的重要課題。民語衛視的記者在報導此類新聞時，不應該簡單照搬會議紀要的書面語言，而應該運用形象的畫面報導和相關事實對其作出通俗易懂的解釋。用形象的同期聲加「自彩畫面」鮮活呈現法令法規政策的出臺背景、對藏疆地區少數民族電視受眾的影響，同時闡釋前後期政策法規的前後變化。

此外，民族思維的差異性導致少數民族節目缺乏民族特色，這是民語衛視節目「可視性」差的另一個重要原因。藏疆地區少數民族受眾無論在語言使用、思維習慣等諸多方面都同漢語受眾大相逕庭，如果不注意二者在表達形式和內容主題上的不同，依靠漢語思維採制民語節目會十分生硬。新疆衛視的許多節目先用漢語製作一遍，再翻譯為維語或者哈薩克語在維吾爾語新聞綜合頻道、哈薩克語新聞綜合頻道、維吾爾語影視頻道、哈薩克語綜藝頻道、維吾爾語經濟生活頻道等民語衛視頻道播出。事實上，維族與漢族在新聞理念、新聞視角、關注重點以及語言敘事方式等諸多方面均存在較大差異。漢族記者雖然政策把控嚴謹，但並不瞭解維族和哈薩克族文化；而只有熟諳邊疆少數民族文化的記者才真正瞭解少數民族受眾的觀影需求。總體而言，原生態呈現新疆少數民族文化的節目並不多。新聞節目不少直接翻譯自漢語新聞，在自辦欄目中，《美食文化地圖》、《書香天山讀好書》、《我們都是追夢人》、《致富田園》、《新疆體育》、《真實紀錄》、《跟我學》、《雪蓮花》、《福星愛心對對碰》大多用漢語直接採製。上述節目以漢語文本為底稿，再翻譯成維語或者哈薩克語播出，對邊疆少數民族受眾的認知與欣賞造成一定困難。

相較而言，西藏民語衛視的自製民語節目稍多（如西藏衛視的《農牧天地》、《雪域漫談》欄目；康巴衛視的《康巴講壇》、《向巴聊天》等欄目），但總體而言節目的民族特色仍然彰顯不足。如下圖所示，自製民語節目的正例與反例傳播效果差距明顯。〔註52〕

〔註52〕在彰顯民族特色方面，康巴衛視的電視欄目作了有益的探索，不少經驗值得其他民語衛視借鑒。2010 年 6 月 24 日開播的康巴衛視，作為全國第三個藏語衛視頻道，衛星信號覆蓋國內川、藏、甘、青、滇西部五省康巴藏區以及境外印度、尼泊爾等地區。為貫徹「新聞立臺、傳播信息、弘揚文化、貼近群眾、服務藏區」的辦臺宗旨，採取藏漢雙語方式全天 24 小時播出，《崗日雜塘》、《啟米時間》、《快樂漢藏語》、《法制明鏡》、《雲丹學科技》、《康巴歡樂匯》、《雪域花開》、《格桑花開》等欄目逐漸獲得藏區群眾的認同。特別值

圖 4-3-6　2019 年 10 月 12 日，新疆廣播電視臺維吾爾語新聞綜合頻道播出維語新聞
節目，專訪參加「慶祝中華人民共和過成立 70 週年大會」的觀禮嘉賓——阿克蘇市
紅橋街道辦事處紅橋社區主任阿依仙木・艾買提。因為是維語直接採製，表現中華民
族認同的傳播效果顯著。

圖 4-3-7　新疆廣播電視臺維吾爾語新聞綜合頻道大量的新聞節目或者綜藝節目直接
翻譯自漢語新聞或者漢語綜合節目，節目的民族特色不足、缺乏貼近性。

得一提的是人文類雜誌式周播電視欄目《崗日雜塘》的推出，該欄目由文化
探尋《傑諾》（尋寶）、高原紀實《格桑啦》（好時光）、歌舞藝術《嘎查》（歡
樂匯）等三大板塊構成。節目以藏、英、漢三語方式每週播出，每期時長為
58 分鐘，一年 52 期。節目同時在康巴衛視微信公眾號、微博以及 Facebook、
Youtube 上進行傳播推廣。《崗日雜塘》欄目在海外觀眾有一定的知名度，已
經在印度達蘭薩拉、拜拉庫比、德拉敦等流亡印度的藏胞集中居住區的電視
頻道播出。同時，還在尼泊爾巴克提達山國際電視臺、喜馬拉雅國際電視臺
播出。2017 年，《崗日雜塘》欄目獲得第 54 屆亞洲——太平洋廣播聯盟大會
特別獎——「絲綢之路國際傳播獎」。

圖 4-3-8　同一則新聞簡單翻譯為維吾爾語或者哈薩克語後就播出，導致維吾爾語新聞綜合頻道大量的新聞節目與哈薩克語新聞綜合頻道的節目雷同。節目同質化現象普遍，影響不同頻道的少數民族特色定位。

　　課題組走訪了 18 個地區近 100 戶藏疆少數民族家庭，在調研中發現，電視劇仍然是藏疆地區少數民族觀眾最為喜愛的節目類型。〔註 53〕但從選播的電視劇題材來看，少數民族題材的電視劇十分稀缺。事實上，少數民族題材電視劇雖然數量不多，但年代跨越現當代；類型涵蓋歷史、人物傳記、歌舞音樂等各種形式；題旨更是語涉文化反思、民族團結與國防安全，對於建構國家認同起著不可或缺的重要作用。其中的精品佳作如表現藏區孩子報考民族中學的電視劇《天籟》、以全國人民代表大會民族委員會委員扎喜旺徐加入紅軍隊伍經歷為素材改編的紀實傳記片《扎喜的長征》、表現新疆塔爾巴哈臺影劇院女子放映隊的寫實劇《橫平豎直》、反映 1904 年西藏江孜軍民抗擊英軍入侵者的歷史劇《江孜——1904》、以及借助少數民族地域文化虛構的災難類型劇《雪狼》和《雪歌》。這些精良的少數民族題材電視劇在各級電視臺播

〔註 53〕訪談地區包括西藏自治區拉薩市、日喀則市；新疆維吾爾自治區伊犁哈薩克自治州（察布查爾縣、伊寧縣愉群翁回族鄉、沙灣縣、塔城地區）、昌吉回族自治州呼圖壁縣（二十里店鎮、呼圖壁鎮）、巴音郭楞蒙古自治州（和靜縣清真寺、和靜縣和靜鎮拉布潤林場）、喀什地區（莎車縣、巴楚縣巴楚鎮、巴楚縣阿瓦提鎮）、阿克蘇地區（阿克蘇市新和縣新和鎮、沙雅縣、塔里木河畔、阿拉爾市農一師十六團）、烏魯木齊市（新疆電視臺、新疆職業大學）、塔城地區烏蘇市九間樓鄉、昌吉回族自治州、阿勒泰地區、哈密地區、吐魯番市、克拉瑪依市；甘孜藏族自治州（康定市康定縣金剛寺、裏塘縣、稻城縣色拉鄉、稻城縣日瓦鄉亞丁風景區、鄉城縣青德鎮）；阿壩羌族藏族自治州（馬爾康市馬爾康縣）；甘南藏族自治州合作市；青海省西寧市等地市區。

出時均取得過不俗的收視率。〔註54〕一方面，少數民族題材電視劇弘揚傳播
了少數民族文化，促進了各民族間的溝通暸解；但在另一方面，大量少數民
族題材的電視劇因為娛樂化的傳播觀念、商業化的製作模式、世俗化的內容
以及或多或少大漢族主義的中心視角，卻並未得倒廣大藏疆地區少數民族觀
眾的認同。究其具體原因，主要如下：一是拍攝少數民族題材電視劇內容題
材敏感，報批程序繁瑣。二是創作團隊嚴重匱乏，這導致了大量偽少數民族
題材作品的電視劇出現。製作團隊以滿足觀眾對少數民族文化的獵奇為商業
導向，既不熟悉少數民族的歷史文化、生活習性，又無法把控其精神氣質，
只能在民風民俗、民族服飾和自然風光上作表面文章。三是眾多少數民族題
材電視劇啟用了外部形象不符，表演功力乏善可陳的漢族演員，加之編導多
是不熟悉少數民族生活的非本民族創作者，導致作品無論在形式還是內容上
全方位失敗。〔註55〕

　　不過令人遺憾的是，從藏疆地區民語衛視播出的電視劇來看，鮮有用少
數民族語自製的電視劇，絕大多數為譯製的漢語電視劇（題材多為漢族題材）。
在實際播出中，譯製片的「一片三版」模式並未得倒很好貫徹。大量影視劇
都是簡單配以少數民族語字幕的「特定版」漢語片。〔註56〕電視劇的譯製存
在兩大問題，一是對漢語和少數民族語文化思維方式差異認識不足，二是嚴
重脫離少數民族地域的特殊土壤，不考慮藏疆地區少數民族受眾的收視特點，
導致譯製傳播效果並不理想。

四、少數民族語電視專業人才稀缺，節目質量亟待提升

　　客觀來說，無論是三大藏語衛視還是新疆五個民語衛視頻道，從社會影
響力以及經濟效益而言，都在國內衛視排名偏後。在與「疆獨」勢力、達賴集
團以及各類西方反華集團的鬥爭中，表現難遂人意。究其原因，少數民族語
電視專業人才的稀缺是重要原因。

〔註54〕「如《雪歌》的收視率為 2.91%，單次收視人群達 2600 多萬人；《雪狼》的
　　　　收視率為 3.04%，單次收視人群達 3600 多萬人，其收視率甚至高於《投名
　　　　狀》、《夜宴》等大片。」趙小青《邊疆故事——電視電影中的少數民族題材
　　　　創作》，《當代電影》2009 年第 9 期，第 89 頁。
〔註55〕趙小青《邊疆故事——電視電影中的少數民族題材創作》，《當代電影》2009
　　　　年第 9 期，第 91 頁。
〔註56〕「一片三版」模式即：標準版少數民族語配音，少數民族語字幕；「大眾版」
　　　　少數民族語配音，漢語字幕；「特定版」漢語片，少數民族語字幕。

圖 4-3-9　課題組於 2016 年 7 月採訪新疆廣播電視臺哈語衛視頻道
節目中心副主任萊買提汗・阿布力汗

　　目前五家新疆民語衛視的工作人員普遍在年齡結構上呈現年輕化的趨勢。以新疆廣播電視臺哈語衛視頻道為例，該頻道共下設兩個科室和三個部門，即：技術管理科、綜合管理科、文藝部、社教部和哈語編輯部。頻道共 78 人，其中具有高級職稱的工作人員僅 11 人，86%的員工不僅年輕，而且普遍呈現低資歷、低職稱的雙低現象。頻道主要工作是編譯央視的「新聞聯播」、「國際時訊」等五檔專題類新聞節目，平均日播量高達 83 分鐘。自辦欄目《農牧天地》、《夏熱法特》、《夏樂哈爾》的播出質量有待提升。課題組在採訪過程中，五家新疆民語衛視的中心主任、頻道總監大多談及，其所面臨的最大困難是電視專業人才稀缺，而這又是頗具藏疆地區特殊性的相對人才稀缺，具體表現如下：

　　一是雙語人才稀缺。在藏疆少數民族地區，雙語人才作為稀缺資源往往會首選公務員、外企等效益好的就業崗位。由此，民語電視臺的採編導人員跳槽流動頻繁。例如新疆廣播電視臺哈語衛視頻道和維吾爾語新聞綜合頻道，不少工作由地方新聞院校剛畢業不久的大學生或者實習生承擔。在實際運營當中，有經驗、懂維語或哈薩克語的編導人才集中在做譯製工作，影響了一線少數民族語出境採訪記者的數量和少數民族語節目的質量。（註 57）

〔註 57〕三家藏語衛視的情形也十分類似。根據學者韓鴻的調研，「康巴衛視為每天要

二是熟悉網絡媒體時代廣播電視傳播技能的人才稀缺。民語衛視從無到有，真正系統接受過電視相關專業培訓和學習的老員工鳳毛麟角，多數人員來自科研院所、國家機關、工廠和軍隊。老員工所學專業五花八門、類別龐雜，學歷普遍較低。新進的電視新人雖然普遍具有本科以上學歷，但因為受到少數民族語言的硬性制約，不少新人畢業於地方民族大學的維語系或藏語系，普遍不熟悉廣播電視新聞傳播規律，欠缺廣電專業技能。以新人員工為核心的製作隊伍在製作電視節目時，普遍存在電視鏡頭敘事能力弱、對比度過大、熒屏污染、缺乏電視思維等問題。新疆廣播電視臺哈語衛視頻道節目中心副主任萊買提汗·阿布力汗談及，「我們民語衛視不少員工是缺少從業經歷的新人，真正富有廣電技術、影像思維的專業人才十分缺乏。目前電視臺主要用工是三種形式：臨時工、招聘工和固定工。固定工是計劃經濟下的歷史遺產，這部分員工素質差卻數量多。人才結構不合理，整體質量差。為彌補這一缺陷，電視臺普遍使用招聘工和臨時工，這兩類編外用工比例高達60%。臨時工（臺聘、部聘或欄目聘）中不乏熟悉廣電技能的人才，但因為流動性大，直接影響民語衛視的宣傳效果和節目質量。新疆廣播電視臺哈語衛視不僅僅是單純的地方衛視，節目還在哈薩克斯坦、塔吉克斯坦等周邊國家落地，承擔著宣揚民族團結、國家『一帶一路』政策的大外宣作用。但現在這個亟待與國際接軌的行業卻苦於缺人缺設備，在宣傳技巧方面滯後於媒介的飛速發展。如果再不從加大投入、提高廣電人才素質上下工夫，如何去抗衡『疆獨』反華勢力囂張的影像傳播呢？」

作為藏疆少數民族的重要信息渠道，民語衛視在觀眾中的媒體公信力至關重要。節目質量不佳，非常容易受到境外媒體、西方反華勢力、疆獨集團以及達賴集團的全方位詆毀攻擊。長遠觀之，廣電從業人員素質水平較低，而邊疆地區電視新聞宣傳工作承擔著黨和政府的喉舌輿論引導作用，作為促進邊疆地區長治久安的重要力量有著非常高的要求。毋庸置疑，二者間的矛盾嚴重制約了民語衛視的發展高度。

佔用 20 人左右譯製播出中央電視臺《新聞聯播》。整個流程涵蓋抄寫、審核、翻譯、再審核、配音，既要求快速又要求準確。西藏衛視和青海衛視由於當天全譯全播，佔用的人員更是達 30 人以上，剩下的基本是藏語水平較低或不會藏語的採編人員，結果導致一線採編人員中會講藏語的記者較少。康巴衛視目前全頻道主持人中講康巴語的只有 4 名。」韓鴻《藏語衛視與藏區發展：策略、機制與模式》，北京：社會科學文獻出版社，2017 年，第 45 頁。

第四節　藏疆地區民語衛視促進國家認同的策略機制研究

藏疆地區民語衛視既是藏維等各民族同胞溝通信息的平臺，更是黨和國家有關邊疆地區發展的大政方針得以實現的重要橋樑。兼顧藏疆地區民語衛視節目製作的服務性與輿論導向性，探索促進中華民族認同、藏疆地區發展需求的傳播策略，成為當前亟待解決的重要課題。

一、第一時間掌控輿論話語權，建構新聞突發事件報導應急機制

長時期以來，藏疆地區一直是國際關注的焦點。西方反華媒體、藏獨疆獨勢力頻頻利用其國際傳播優勢，在藏疆新聞議題的報導中煽風點火、扭曲事實、混淆輿論。由此，第一時間掌控輿論話語權、快速針鋒應對各類突發輿情，成為藏疆地區民語衛視在輿論高地爭奪戰中的首要任務。新聞輿論引導是一個可建構、動態鮮明、系統性的生態系統。具有以下兩大特徵：「一、國內外輿論大環境、政治架構、政策制度、機構體制和媒體高層融為一體，構成新聞輿論引導的大框架生態系統。二、只有信息與資源合理使用的效果最大化，實現內外協調，才能有效實施和維護該系統，並最終使其處於有效協調的可控狀態。」〔註 58〕以藏疆地區民語衛視為核心，藏疆地區新聞輿論引導系統包括新聞輿論引導決策內核、決策亞內核和決策外圍，是一個特徵鮮明的三圈層生態系統。

在上述生態系統裏，最外圈的國內外輿論大環境主要涵蓋宗教、政治、經濟、文化等方面。其中宗教與政治的核心理念是政治擔當與民族特色，政治擔當要求立場鮮明；民族特色涉及民族問題，則關乎輿論引導的大是大非。最裏層的決策內核是體現價值訴求的理念層，中間層的亞內核屬於新聞輿論引導的制度層，關係如何落實我國民族宗教政策的合法性問題。藏疆地區行政區劃複雜、人文地理條件特殊、自然地理環境險峻，使藏疆地區民語衛視在面臨各類突發事件報導時面臨眾多特殊具體的問題。這些矛盾不僅有來自技術條件和外部環境限制的客觀約束，也不乏因自身管理理念、機制、體制缺陷帶來的問題。

要充分發揮藏疆地區民語衛視在突發事件報導中的作用，必須有效重構

〔註 58〕方延明主編《我國藏語新聞媒體影響力問題研究》，北京：民族出版社，2016年，第 314 頁。

應急報導機制，正確認識輿論引導決策內核的價值理念、完善決策亞內核的
各項制度。

　　首先，我們應當正確認識藏疆地區民語衛視在突發事件應急體系中的核
心作用。在藏疆地區突發事件的報導過程中，藏疆地區民語衛視無疑是應急
體系中的最重要環節。藏疆地區信息基礎設施薄弱，作為有重要影響力的媒
體，民語衛視理應納入整個邊疆地區應急體系的頂層設計和總體規劃。作為
重要媒介的民語衛視，是政府和邊疆民眾兩級之間的平衡力量，也是社會安
定團結的重要元素，具有防震墊或緩衝帶的功能。藏疆地區民語衛視新聞節
目在報導突發事件時的滯後與種種缺陷警醒我們：要想安撫少數民族受眾情
緒，越來越應該擯棄「靜態維穩」而代之以「動態維穩」。在第一時間以客觀
準確的報導疏導安撫少數民族受眾各種不安的情緒，有效建立談判和協商的
應急機制。邊疆少數民族地區的負面輿情事件一旦出現，再完善的處理方式
也難免負面影響的滋生，因此以各級民語衛視為核心，實現預警工作常態化，
建構專業預警機制同樣勢在必行。民語衛視對突發事件的及時報導要履行各
族民眾不同利益的表達功能。既要體現漢民族和少數民族之間、少數民族內
部成員之間、少數民族與政府之間的利益衝突與矛盾癥結，更要通過甄別篩
選，最大化地平衡各樣利益關係，實現多元利益主體的多樣化需求。〔註59〕
由此，滿足邊疆地區各族群眾正當的信息知情權，用新聞事實講話，堅持新
聞客觀性至關重要。只有及時得體地回應邊疆少數民族群眾的不滿和質疑，
才能有效減少負面輿情的集中爆發和連帶效應。主動及時回擊藏疆地區各類
謠言蜚語，可以有效樹立政府公信力；而當正面輿情出現時，民語衛視更要
及時跟進，利用跟蹤報導、專家權威闡釋、後續活動等多種形式主動擴大輿
情影響力，為形塑政府的良好親民形象積累力量。〔註60〕

　　其次，有效建構突發新聞事件報導應急機制需要制定規範詳盡的報導預
案。預案的制定依據為《國家突發公共事件總體應急預案》以及國家民委頒
布的《民族與宗教方面群體性事件應急預案》。同時需要遵從新疆、西藏、青
海、四川各省行政部門頒布的《突發公共事件總體應急預案》。藏疆地區民語

〔註59〕車鳳《中國新聞媒體社會治理功能研究》，北京：中國傳媒大學出版社，2014
　　　　年，第91頁。
〔註60〕謝耘耕主編《輿情藍皮書：中國社會輿情與危機管理報告（2013）》，北京：
　　　　社科科學文獻出版社，2013年，第233頁。

衛視可以總編室為核心樞紐，充分整合共享各種 UGC 信息資源，以現場訪談、視頻連線、電話採訪等多元方式建構起權威真實的信息覆蓋立體場域，有效正確導引突發新聞事件的輿論觀。藏疆地區民語衛視的新聞報導應急機制需要建立在網絡新媒體語境下有效轉型，充分利用新媒體互動化、多元化、親民化的特徵，重構臺網合一的媒介平臺。〔註61〕

不言而喻，邊疆地區突發公共新聞事件危機（包括各類社會安全事件、群體性事件、公共安全事故、自然災害）複雜尖銳，使邊疆地區黨和政府的形象遭遇重重挑戰。面臨危機，以藏疆地區民語衛視等傳媒機構為核心，建構多步驟地方形象改善模型無疑有助於修復危機形象。建構富於民族特色的輿論引導體系和新聞突發事件報導應急機制，秉持新聞專業主義精神是解決問題的關鍵所在。對突發新聞事件危機的有效管理依賴於下述因素：可靠的應急機制、充裕的應急資金、政府與電視傳媒間合作的類型和有效程度、所有與國族認同的利益相關者之間的通力合作。無論是否遭遇危機，都不應該把應急機制簡單停留在臨時的應急報導技術模塊。相反，必須站在戰略高度從更深遠的機制、體制、理念上作出徹底更新。需要充分認識到，以民語衛視為重要核心處理形象危機是一項多維的複雜任務。熟諳危機傳播技術、為抵禦未來的新聞突發事件危機作有效準備，可以顯著地減少危機對於黨和政府形象造成的長期負面影響。在這方面，尤其是如何有效利用網絡進行臺網融合十分重要，可以依靠網站聚合視頻、音頻廣播等傳統媒體，同時容納互動新聞、播客和桌面新聞等各類網絡新媒體。在線下推廣移動端手機服務，開設博客和 RSS 訂閱等多種功能設置，真正做到在新聞輿情危機的第一時間與邊疆地區少數民族群眾有效互動。

二、以參與式傳播策略有效建構公共服務體系

增強民語衛視的輿論影響力，耕植邊疆地區少數民族受眾的國家認同意識，需要以公共服務為宗旨。是否能夠有效提供公共服務與公共產品，屬於

〔註61〕「依據 4 級響應程序不同的預警級別，設置相應的突發新聞事件電視報導分級響應機制。突發事件大小規模不同，相應級別和報導規模也相應不同。根據工作需要，可在應急報導領導小組下設綜合協調組、應急報導組、技術支持組、後勤保障組等 4 個工作小組，由應急報導領導小組統一調配頻道人員、設備力量。」韓鴻《藏語衛視與藏區發展：策略、機制與模式》，北京：社會科學文獻出版社，2017 年，第 174 頁。

民語衛視的功能定位；如何提供公共服務與公共產品，屬於民語衛視的制度
設計；而提供什麼樣的公共服務與公共產品，屬於民語衛視的媒介內容。歸
根到底，民語衛視只是媒介載體，而電視節目內容才是其媒介靈魂所在。公
共電視服務的基本內容為教育、娛樂和資信，無論英國 BBC 為代表的公共電
視臺，還是德國公共廣播電視 ADR 和 ZDF 全頻道，都以提供優質的、滿足
受眾文化教育需求的節目為旨歸。對於藏疆地區的民語衛視而言，肩負著愛
國教育、傳承中華民族文化、易風移俗的重要教育使命，如何探索適應藏疆
地區少數民族受眾文化心理的電視媒介傳播策略，毋庸置疑是一項艱巨的挑
戰。本課題認為，以參與式傳播策略、娛樂教育傳播策略改變藏疆少數民族
受眾的思想觀念，促進民族融合、國家認同乃至中華民族認同，是十分有意
義的研究路徑。實現民語電視臺建構公共服務體系的具體化要求可以大致概
括為：新聞類節目與公共服務的榜樣作用、文化社教類節目與公共服務的融
合作用。（註62）

（一）弘揚雙語新聞類節目公共服務的榜樣作用

雙語新聞類節目在公共服務中的優勢顯而易見。首先，它擁有無與倫比
的即時性，可以將各類重要的國家政策、媒介事件在第一時間傳播給邊疆地
區的少數民族受眾。其次，雙語電視新聞報導的傳播符號豐富直觀，綜合利
用圖像、聲音、文字系統，向觀眾提供有知曉意義的新聞信息，給少數民族
受眾帶來新聞事件強烈的視聽衝擊。再者，新媒體語境下少數民族受眾的立
體式、多層次、全方位參與保障了公共服務的群眾性參與。最後，雙語電視
新聞報導的方式多樣，諸如新聞訪談、系列追蹤報導、連續深度報導等，能
保障公共信息以多層面、近乎全息立體的姿態呈現在少數民族受眾面前。

以西藏自治區成立 50 週年的雙語電視新聞類節目的成功報導為例，西藏
電視臺播出了綜合性主題報導《50 年巨變西藏》、微紀錄系列片《50 年最美
印記》、大型系列報導《中國夢・西藏腳步》。這一系列弘揚少數民族自治區
生態保護政策、文化宗教政策的雙語電視新聞節目全面反映了西藏自治區 50
年社會經濟發展所取得的巨大成就。周慶之後，西藏電視臺投入使用 10+2 訊
道高清電視轉播車，成立大採訪中心，搭建覆蓋全臺的新聞資源共享平臺，

〔註62〕〔德〕嚴斯・路赫特《德國公共廣播電視：基礎——分析——展望》，修春民
　　　　等譯，北京：中國廣播電視出版社，2011 年，第 213 頁。

先後播出《在西藏》、《西藏誘惑》、《西藏新畫卷》、《高路入雲端》等優秀的雙語新聞類電視欄目。這些節目的播出對於全面貫徹黨的民族宗教政策，加強民族團結，增進各族群眾對中華民族、中華文化、新時期中國特色社會主義的認同起到了重要的作用。同樣，為慶祝新疆維吾爾自治區成立 60 週年，新疆電視臺、新疆人民廣播電臺精心開辦了《輝煌 60 年》、《美麗新疆 60 年》、《東西南北新疆人》等 230 多個雙語新疆節目專欄，「播發各類稿件 23600 多篇。各族記者走遍天山南北，行程 50 多萬公里，採寫有深度、有廣度、有溫度、有角度的多個新聞故事，首創『史詩性配樂專題』、『超大擴版』、『同名特別節目』、『眾星拱月』等多種新聞編排報導運作模式，取得良好宣傳效果，有力推進了全疆各民族融合與和諧發展。」〔註 63〕

　　據課題組的調研訪談發現，民語衛視的雙語新聞節目在藏疆少數民族受眾中的認同度相對較高，但其榜樣作用仍然需要進一步弘揚，以求在各個文化層次和各個年齡段的觀眾都能得倒最大化的認可。這要求民語衛視臺製作的節目不僅在品質上應該起到表率作用，而且保證相當高的專業性和嚴肅性。一方面，整點新聞的播出力求增加到每天 12 次，同時陸續完善大型綜合性雙語新聞欄目，例如新疆衛視的《今日聚焦》、《新聞夜班車》、《真實記錄》欄目；新疆廣播電視臺維吾爾語新聞綜合頻道的《整點新聞》、《今日訪談》等欄目。節目爭取實現滾動新聞播出，以大信息量、快節奏、時效性為建設高品質綜合性電視新聞欄目的建設目標。此類電視新聞欄目在時段上分早間、午間、晚間欄目；同時針對專門受眾群體的新聞需求，開始探索嘗試專業頻道的設立。（如新疆衛視十套的《巔峰賽事》、新疆廣播電視臺哈薩克語新聞綜合頻道的《經濟政策與信息篇》欄目）。大型雙語綜合性新聞欄目往往就藏疆地區的重要新聞事件作比較翔實而有深度的報導，其題材多為新近發生的典型新聞政治事件或典型新聞政治人物。因為解釋分析系統詳細，新聞專題報導往往能較深入完整地重現新聞典型的全過程。毋庸置疑，充分發揮民語電視臺雙語專題類新聞節目公共服務的榜樣作用舉足輕重。利用民語衛視專題類新聞節目的特殊優勢改善輿論環境、增強邊疆地區少數民族新聞事業的群眾性和指導性，是邊疆地區實現民族團結、國族融合的重要課題。〔註 64〕

〔註 63〕國家新聞出版廣電總局發展研究中心編著《中國廣播電影電視發展報告（2016）》，北京：中國廣播影視出版社，2016 年，第 312～316 頁。
〔註 64〕在這方面，「需要實現民漢雙語新聞同步傳播，規範新聞節目製作標準。同時，

於此觀之，正是民語衛視雙語新聞節目的成功播出，塑造了邊疆少數民族受
眾「中國人」的自我想像；正是民語雙語新聞節目將藏疆地區不同少數族裔、
有巨大內部差異的社會群體整合為中華民族。

圖 4-4-1　康巴衛視雙語新聞訪談類節目《啟米時間》主要宣傳藏區各地各條戰線
湧現出來的優秀人物；介紹藏區各地日新月異的變化和成就；解讀國家扶持藏區
發展的各項政策；解讀藏區幹部在促進藏區跨越發展、改善民生方面的新思路、
新舉措。關注熱點、焦點事件背後的故事。〔註65〕

（二）以參與式傳播策略發揚雙語文化社教類節目公共服務的融合作用

　　文化和文明都可以視作人類為適應自身生存環境所採取的應對方式，即
「*Way of Life*」。中國邊疆地域廣袤、環境各異，各地少數民族文化特徵也豐
富多樣。少數民族作為保存異質文化的群體集團居住在不同的地域，文化也
可視為其地域性的存在。在彼此差異的文化接觸碰撞中，給其他文化圈帶來
重大影響並形成系統的「*Way of Life*」就是「文明」。對中華民族而言，中華
文明就是這個最高層級的系統。個別少數民族文化受到中華文明影響推動的
同時，因其強勁的創造性和生機勃勃的多元性，成為「消除文明的停滯和閉

　　　　認識到語言認同與國家認同的必要性、雙語教育和雙語學習的需要。構建『民
　　　　語發音、漢語字幕』的民漢雙語傳播途徑。重視對於全國性重大事件的民語
　　　　現場直播，強化民語衛視的『儀式傳播』功能，在邊疆少數民族受眾中形成
　　　　參與國家大事的儀式感，滋生對於中華民族的國族認同感。」韓鴻《藏語衛
　　　　視與藏區發展：策略、機制與模式》，北京：社會科學文獻出版社，2017 年，
　　　　第 127～135 頁。
〔註65〕參見康巴衛視推廣介紹手冊《新的媒體平臺，新的價值發現》。

塞、推進文明向前發展的根據地。」〔註66〕邊疆少數民族對整個中華民族的整體命運都有著重大影響，對中華文明的形態產生巨大形塑改造作用。如果缺少有效的文化社交類電視節目，就無法彰顯邊疆少數民族在整個中華文明建設中輸入「邊緣活力」的獨特功能。一方面，我們需要豐富多彩的文化社交類節目呈現邊疆少數民族的特殊文化；另一方面，我們更需要研究邊疆少數民族文化與華夏文明碰撞融合所帶來的系列症候。由此，才能明晰中華文明的歷史進程、性格命運。儘管位居邊緣，民語衛視文化社交類節目在潤物無聲、潛移默化間，靜水深流般「將邊疆文明的邊緣活力注入中原文化板塊，異質的活力成為激蕩整合中華文明文化更新融合的重要文化因素。」〔註67〕民語衛視的文化社交類節目在公共服務中應當承擔這樣的功能，即從文化結構層面豐富中華文明的文化景觀。同時，在與華夏主流文明共處融合、相互碰撞的過程中，相互吸納、相互化和，拓展豐富中華民族的整體文化形態。

圖 4-4-2 《雪域高原》是康巴衛視一檔以藏漢雙語形式播出的專題文化紀實欄目。用紀錄片、文化專題片的形式，帶領觀眾領略高原迷人的風光、解讀康巴厚重的歷史、詮釋雪域浪漫的風情、探尋藏區遠古的神秘。雙語文化節目的策劃、編導、剪輯製作過程需要擯棄漢語思維方式，融化涵蓋於少數民族文化和感情色彩。無論主持人還是採編人員都需要出色的雙語能力。可以說，擴大民語衛視的影響力、增強語言認同與國家認同、積極塑造國家形象，雙語同步的參與式傳播策略決定著民語衛視未來發展的深度與廣度。

〔註66〕〔日〕岩本憲兒主編《黑澤明之十二人狂想曲》，上海：上海人民出版社，第30頁。

〔註67〕楊義《耕海一二三：楊義談讀書與治學》，北京：商務印書館，第78頁。

　　在公共服務體系中，民語衛視的雙語文化社教類節目起著舉足輕重的論壇作用。作為承載邊疆文明的有效媒介，雙語文化社教類節目對中華文明的生命力與多樣性起著強大的深化拓展與豐富作用。例如位列世界非物質文化遺產的《格薩爾王傳》，屬於長江黃河源頭上的「江河源文明」。「格薩爾」中存在眾多文明要素，諸如對中原忠孝節義的仰慕，對藏傳佛教、原始苯教的信仰，同時又交織高原藏民族種種文化習俗於其間。2012 年，青海民語衛視專訪全國人大代表諾爾德，播出大型文化社交類系列節目《格薩爾》，就青海省對《格薩爾王傳》的搶救發掘作出深入報導。這樣的文化社交類節目不僅有力駁斥了達賴集團詆毀中國滅絕藏文化的謬論，有力爭取到藏傳佛教領域的意識形態領導權；同時，對《格薩爾王傳》中忠孝節義等傳統儒家文化要義的開拓，有利於正確認識藏傳文化與中華文明的水乳交融。

　　民語衛視雙語文化社教類節目在公共服務體系中的論壇作用，要求民語衛視保證政治的平衡性、充分關注邊疆少數民族群體的心聲。從文化社交類節目的整體性來看，在遵循黨和國家民族政策的大前提之下，論壇作用表現為言論平臺的多樣性以及節目種類的豐富多彩。如新疆廣播電視臺維吾爾語新聞綜合頻道的文化社交類節目《絲路發現》，以史詩般的壯美和驚心動魄的低空航拍俯瞰新疆西部茫茫戈壁。令人觸目驚心的大漠黃沙既展示了祖國的大好河山，引發人們愛國之情，又喚醒觀眾的環境意識。同樣，由新疆維吾爾自治區黨委宣傳部統籌安排，新疆各民語衛視策劃推出的慶祝新中國成立 70 週年的七集大型文化紀實欄目《和祖國在一起》反響強烈。節目展現了十八大以來新疆民眾的生活巨變，生動紀錄新疆各戰線為維護社會穩定、實現邊疆長治久安目標中的精神風貌。「維吾爾語女性時尚節目《美麗你我他》成為生活服務類節目中的收視標杆。維吾爾語求職類欄目《我是應聘者》，充分發揮了民語電視臺的社會服務功能。維吾爾語歌唱真人秀節目《絲綢之路好聲音》成為新疆地區名副其實的收視明星節目。哈薩克語音樂節目《天籟之聲》受到廣泛好評。」〔註68〕不難發現，只有用民族文化力鍛造傳媒，把握邊疆少數民族的文化心理，堅持「以與眾不同之形，求與眾不同之本」，才能創建飽涵時代感、富於震撼性、感染力、人格化魅力的高品味文化社教類民語節目。

〔註68〕國家新聞出版廣電總局發展研究中心編著《中國廣播電影電視發展報告（2016）》，北京：中國廣播影視出版社，2016 年，第 316 頁。

在普遍文化智識不高的「草根」接受者（邊疆少數民族受眾）與傳遞家國情懷的「信源」之間，參與式傳播策略要求民語衛視的文化社教類節目充當雙向互動的動態傳播者。民語衛視身兼製作者與把關者，其文化社教類節目提供的是一個促進藏疆地區長治久安的公共服務平臺和穩定開放的信息傳播平臺。如果說雙語新聞類節目顯示了政府媒介政策管理中強硬的一面，那麼文化社教類節目則柔中帶剛，柔化媒體結構布局中的硬性管理，依靠自我約束強化社會責任意識，在商業化、市場化運作強化的同時強化公共意識。因此，民語衛視的文化社教類欄目需要樹立面向受眾的全新運營理念，為邊疆少數民族受眾營造雙向互動的良好輿論環境與市場氛圍，策劃實現與相關政府部門、其他媒體的戰略合作。〔註69〕民語衛視雙語文化社教類節目應當成為全中國華人喜愛和認同的品牌，既體現中華民族歷史與現實的交匯，又呈現少數民族和華夏民族的融合趨勢。扎根中華文化，以傳播中華文化為己任，既富於濃鬱的少數民族傳統，又不失中華文化的厚重底蘊。在靜水深流、潛移默化之間，消融各民族不同意識形態之間看似堅硬的邊界。

因為參與式傳播策略的有效採用，邊疆地區少數民族受眾在觀看雙語文化社教類節目時，將自身的想像投射到主持人、出鏡記者和特邀嘉賓身上，產生強烈的認同感，認為「我們」都在切實參與這些事務，無形間強化了社會責任感和國族意識。概而言之，民語衛視的雙語文化社教類節目如果運營成功，非常容易使邊疆少數民族受眾對中華文化產生深厚的認同感。（諸如康巴衛視的《康巴歡樂匯》、《法制明鏡》、《雪域高原》、《雲丹學科技》和《向巴聊天》等品牌欄目；又如新疆廣播電視臺維吾爾語新聞綜合頻道的《公民與法》、《科技與教育》、《絲路發現》、《文化導遊》和《雪蓮花》等優秀欄目的成功運營）。由此，邊疆少數民族受眾擁有了真誠的認同感和歸屬感，形成自己的文化忠誠理念，既有邊疆少數民族文化的勃發生機，又不失中國五千年的歷史文化積澱。國家軟實力最終體現為文化結晶，外在表現於文化理念的延

〔註69〕合理安排製作團隊，應該建構以下專業崗位：1. 編播運行管理科（業務運行監控）。2. 專業頻道管理組（負責欄目的營銷和經營承包）。3. 時間資源管理組（核定直播節目的切換時段）。4. 客戶服務組。（負責廣告客戶的開發）。5. 策略研究組。（負責民語衛視文化社交類節目的欄目定位、傳播價值研究、收視率的數據管理開發）。6. 整合傳播組。7. 監播組。（負責監控民語衛視文化社教類節目與國家民族政策相悖指出，提出並及時改正）8. 人力資源財務管理組。9. 製作組。參見冷述美編著《媒體管理案例研究》，北京：中國傳媒大學出版社，2006年版，第40～42頁。

伸。只有全力弘揚邊疆少數民族文化作為中華文化不可或缺的、積極向上的正能量，方能讓中國呈現平衡大國、責任大國、理性大國的理想形象。

三、寓教於樂：少數民族語言主旋律電視劇的生產與集體記憶的建構

毋庸置疑，因為文化和社會意識多元化、生活方式多樣化、社會成員價值觀多元化以及來勢洶洶的全球化所帶來的異域文化示範效應，中國邊疆地區的國家認同危機日益彰顯。在文化意識形態領域，邊疆少數民族語言主旋律電視劇對於凝聚共識、展現時代歷史性、寓主流價值觀於少數民族日常生活、構建國族認同機制至關重要。然而，伴隨商品市場經濟的衝擊，中國邊疆少數民族題材電視劇世俗化、商業化的趨勢日益明顯，對於家國情懷、現實困境的關注愈加匱乏，很難對邊疆少數民族受眾產生深刻教益。於是觀之，邊疆少數民族題材電視劇國家認同建構模式的探討與集體記憶的建構意義重大。

（一）加大對邊疆少數民族語言主旋律電視劇的培育與扶持

如前文所述，少數民族語言主旋律電視劇的製作，不但事關邊疆地區少數民族觀眾的文化傳播，而且承載著維護國防安全和大外宣的重要歷史使命。對於邊疆少數民族受眾而言，觀看少數民族語言主旋律電視劇不能單純視作簡單的娛樂消遣途徑，而是主流意識形態宣傳的重要傳播媒介方式。它將主流價值觀滲透於家國情懷，借助觀眾對公共記憶的再現，不斷喚起其對國家、民族的認同情感，進而在社會現實生活當中不斷深化原來固有的社會認同。在此過程中，不同的集體記憶都力求獲取主導性地位，文化協商、妥協乃至衝突始終貫徹全過程。民語主旋律電視劇依靠渲染、強化、剪輯、選擇等方式，在日常生活中寓於政治倫理、主流價值，並且通過藝術方式有效呈現。最終，將各種對國家認同的不利阻力收編整合於主流的集體記憶當中。

目前，藏疆地區的民語少數民族題材電視劇生產十分落後。主要表現如下：編創隊伍弱，製作能力不強；投資少、缺乏產業化規模；結構不合理，缺少長篇精品；反映藏疆地區少數民族題材的電視劇作嚴重匱乏。根據國家新聞出版廣電總局發展研究中心編著《中國廣播電影電視發展報告（2016）》，2015 年全國共備案電視劇 1146 部 43077 集，發行 394 部 16540 集，但與藏疆題材相關的電視劇不到 10 部。以新疆維吾爾自治區為例，持《信息網絡傳

播視聽節目許可證》的機構僅有 10 家，全年只發行 1 部維語動畫片 26 集。
〔註 70〕藏疆民語衛視播出的電視劇大多為漢語題材的譯製劇，與藏疆少數民族觀眾生活遙遠、題材疏離。加之熱播電視劇的首輪播出費用昂貴，藏疆地區民語電視臺無力購買，無法控制影視劇的高重複率。〔註 71〕大量「戲說化」、「狂歡化」的譯製劇嚴重損害了主旋律題材需要的現實主義品格。發達地區都市情感劇中的拜金主義、商品化意識形態反而加劇了落後邊疆少數民族地區少數民族觀眾的心理挫敗感，為邊疆地區的不穩定造成隱患。商品化、市場化選擇的結果使得影視製作機構越來越趨向受眾感興趣的熱門題材，導致邊疆少數民族題材成為獵奇對象，淪落市場邊緣。低劣的製作水平、墊底的收視率又進一步惡化了邊疆少數民族題材電視劇製作機構的投資熱情。

在這樣嚴峻的媒介生態環境下，缺少國家專項少數民族影視劇發展基金的扶持獎勵，離開對具有鮮明民族特色的少數民族語言主旋律電視劇的孵化和培育，很難推出優質的少數民族語言主旋律電視劇。因此，圍繞《文化產業振興計劃》，把邊疆地區民語少數民族題材電視劇製作業確定為重點文化扶持產業勢在必行。只有確定民語衛視的製播分離制度，孵化涵育具有領軍作用的產業推動者，才能推動民語電視劇市場的蓬勃發展、有效促進邊疆地區影視劇市場的產業結構調整，實現民語題材電視劇資源的資本平臺轉化。這裡需要對收視率有正確清醒的認識，不能因收視率而完全受經濟利益驅動，而尤其應該針對邊疆地區國防安全、民族團結的特殊地位，把肩負社會責任、創造社會效益放在首位。只有通過親民化、貼近藏疆地區少數民族受眾日常生活的拍攝方式，少數民族語言主旋律電視劇才能引起少數民族受眾的共鳴、接受和認同。通過這一途徑，少數民族語言主旋律電視劇的製作者方能有效地將自身對中華文化、對國家民族、對複雜社會的深刻認知傳遞給少數民族觀眾，而觀眾則在認同劇中人物的追求和選擇過程中，形成對中華民族的認同感和正確的主流價值觀。

〔註 70〕國家新聞出版廣電總局發展研究中心編著《中國廣播電影電視發展報告（2016）》，北京：中國廣播影視出版社，2016 年，第 186 頁。

〔註 71〕「以藏語衛視為例，2011 年全年共完成 1534 集譯製劇，1200 小時的影視劇譯製任務，藏語衛視觀眾每天可以觀看到 4 集新譯製劇；2012 年全年共完成 1734 集譯製劇，1300 小時的影視劇譯製，藏語衛視觀眾平均每天可以看到 4.7 集新譯製劇。顯而易見，絕大比率的新電視劇增長都是譯製劇。」澤玉《電視與西藏鄉村社會變遷》，北京：中國傳媒大學出版社，2015 年，第 155 頁。

（二）發揮民語衛視輿論引導力，扎根民族特色，打造貼近少數民族受眾收視需求的主旋律民語電視劇

打造貼近少數民族受眾收視需求的民語電視劇，發揮民語衛視輿論引導力，需要追求兩個目標：一是保持輿論導向的核心功能形態，密切聯繫黨和國家民族團結的少數民族政策，強化少數民族民語電視劇的政治道德性、傳統主導性；二是扎根民族特色，有效使用大眾文化包裝形式，增強電視劇的對外吸引力和對內凝聚力。

1994 年 1 月，在黨中央召開的全國宣傳思想工作會議上，對「主旋律」的內涵作出了概括，指「一切有利於發揚社會主義、集體主義、愛國主義的思想和精神，一切有利於改革開放和現代化建設的思想和精神，一切有利於民族團結、社會進步、人民幸福的思想和精神」。在主旋律文化的渲染下，邊疆少數民族觀眾自然而然會熱血沸騰地融入榮格所謂「集體無意識」的「原型」中。這是一個雙向互動的過程，既應該有國家意識形態所倡導的、自上至下的主旋律鼓動與宣傳；更離不開邊疆少數民族受眾作為每個有機細胞從下至上的認同與迎合。

1. 擯棄自上而下的單向意識形態灌輸模式

嚴格意義來講，純粹的少數民族民語電視劇鳳毛麟角。民語電視臺播出的大量電視劇至多算是少數民族題材的電視劇，他們多由漢族編導製作、轉譯成少數民族語言後再在藏疆地區民語電視臺播出。這些所謂少數民族題材電視劇類型繁多，有主旋律歷史題材電視劇，如《成吉思汗》、《東歸英雄》；有古裝電視劇，如《絲綢之路傳奇》、《阿娜爾罕》、《阿曼尼莎罕王妃》；有響應政府宣傳、描寫當下社會生活題材的，如《昨天的故事》、《新疆姑娘》、《帕米爾醫生》、《索瑪花開》等。無論哪一類電視劇，似乎都存在一個共同的單向灌輸模式：電視劇大多由政府部門提供拍攝資金，政治宣傳色彩濃厚。生產者是政府部門，製作發行單位為主流的藏疆地區電視劇製作機構，如天山電影製片廠等受廣播電視行政管理部門直接管理的電視劇製作中心。電視劇的情節大都會有一個充滿希望的光明結局，全劇調子高昂，不會用低沉灰暗的影調影響觀眾的消極情緒。主旋律歷史題材電視劇對歷史的描寫也能看出編創者主流意識形態的流露。如《東歸英雄傳》、《成吉思汗》等電視劇通過弘揚中華傳統文化，從「土爾扈特回歸中國」等歷史事件中釋放邊疆少數民族受眾的愛國主義激情，同時在裏面表達中國與西方列強的對抗，從歷史的

影像詮釋中獲取官方意識對於現實境遇的投射。「在這種愛國主義『鏡象』中，愛國主義的歷史虛構巧妙地營造了現實所需要的觀念，建構了現實的政治意識形態。」〔註72〕

應該承認，這些少數民族題材電視劇集中展現了我國近代以來邊疆社會的變遷脈絡，試圖將邊疆少數民族群眾的個體人生置於宏大的社會主義歷史發展中。這種歷史場景的展示，在一定程度上提供了邊疆少數民族觀眾中華認同的資源。不過因為採取單向度的意識形態說教灌輸模式，邊疆少數民族受眾在傳播和互動中難以獲得廣泛共享的結構化集體記憶信息，形塑國家認同、傳承中華民族文化的傳播效果未必理想。邊疆少數民族題材電視劇不應該簡單視為國家意識形態的機器，更應該看作意識形態的重要表徵。要想弘揚主旋律價值，展示邊疆時代風貌、實現國族情感共享，必須塑造邊疆少數民族喜聞樂見的銀幕形象、建構精彩紛呈扣人心弦的故事情節、淨化釋放少數民族受眾的生存焦慮與生活苦悶。換而言之，大多數所謂少數民族主旋律題材電視劇的不成功，在於行政性說教痕跡明顯、大漢族主義思想顯著、不尊重少數民族視聽習慣、缺乏與受眾的親和力，導致邊疆少數民族受眾在聽覺和視覺上的排斥，難以達到宣傳預期。如此，將邊疆少數民族的人物故事融入具體的歷史變遷場景，喚起邊疆少數民族觀眾的「自我移情」體驗變得十分艱難。

2. 高度重視自下而上的少數民族觀眾接受

邊疆少數民族題材電視劇通過復現承載中華民族集體記憶的符號，重現並強化中華集體記憶，有利於維護國族認同、凝聚社會共識。但需要提醒的是，電視劇必須充分發現和紀錄被官方忽略的少數民族之聲，描述他們在新時代社會主義的廣闊生活圖景，高度重視自下而上的少數民族觀眾接受。為此，必須真正做到「一性五化」，「一性」指少數民族觀眾高度參與性；「五化」為電視劇情景真實化、語言民族地方化、演員本土群眾化、題材親民化、形態生活化。邊疆少數民族題材電視劇應當寓教於樂，其文本特徵需要涵蓋戲劇衝突、解決方式、雙線敘事、正反角色等重要元素。根據課題組大量個案採訪發現，少數民族觀眾喜愛的三大電視類型為：本民族題材電視劇、戰爭歷史片、諜戰警匪片。對本民族題材電視劇的偏好，毋庸置疑同文化語言環

〔註72〕郝建《中國電視劇文化研究與類型研究》，北京：中國電影出版社，2008年，第102頁。

境的貼近性、題材的親近性，以及表述內容與生活細節高度契合相關。再者，邊疆少數民族受眾的文化知識水平普遍不高，喜歡情節跌宕激烈、人物設置正反分明、故事主題是非分明的電視劇。其觀看特徵具有沉浸式、交互式的鮮明標誌。如今邊疆地區的少數民族觀眾，已經不再是單純的媒介受眾，作為一個特殊的消費群體，他們有著更為自由、更為寬泛的選擇能力。觀影的主要需求仍然是娛樂，因此邊疆少數民族主旋律電視劇需要從線條生硬的嚴肅主題中相對脫離出來，適當插入一些娛樂元素。內容上，竭力迴避直接宣揚灌輸黨的方針政策、國家意識；表達形式上，盡力追求生動風趣，擯棄刻板說教。「在各種家長里短、百姓生活、愛情婚姻中植入對崇高人性的謳歌，對黨和國家忠誠奉獻的頌揚。」（註73）

　　藏疆地區民語衛視是邊疆少數民族百姓（尤其是邊遠農牧區）重要的甚至是唯一的觀看媒介，他們對契合本民族宗教文化、反映本民族生產生活、講述自己故事的電視劇有著極其強類的需求和偏愛。由此，少數民族題材電視劇的製作更需要在前期策劃和調研上下足工夫，通過決策確定既有動人情節、又為主流社會所認可的核心價值觀，在觀眾觀劇體驗中潛移默化地將社會主義法制觀、家庭倫理道德意識融入國族認同與中華民族認同當中。

　　新時期比較成功的少數民族題材電視劇有《茶馬古道》、《西藏風雲》、《一路格桑花》、《莫哇帕洛》、《鴻雁》、《巴鐵長歌》、《索瑪花開》等劇。〔註74〕這些電視劇通過各式或正面、或負面的角色建構，通過衝突激烈的情節設置，有意識地植入新時代社會主義所倡導的教育價值觀。在「角色替換」以及「代替式訓誡」中，邊疆少數民族受眾在沉浸式觀看中潤物無聲般接受符合社會時代潮流的價值觀，尋找到新的激勵傚仿對象。要想滿足上述要求，必須高度重視自下而上的少數民族觀眾接受。一方面熟悉邊疆少數民族群眾的觀影心理、欣賞偏好，進一步完善少數民族電視劇編導演人才隊伍的培養；另一方面，需要建構起合理的政策扶持措施和激勵機制。在現階段基礎上，除了發展少數民族語言電視劇譯製中心外，有必要由廣電總局頂層設計，建立國家級的維語電視劇製作中心、藏語電視劇製作中心、蒙語電視劇製作中心等

〔註73〕郝建《中國電視劇文化研究與類型研究》，北京：中國電影出版社，2008年，第104頁。

〔註74〕其中，青海省廣播電影電視局製作的電視連續劇《巴鐵長歌》入選國家廣播電視總局2017年度「絲綢之路影視橋工程」重點項目庫；《索瑪花開》榮獲「中央電視臺2017年度電視劇突出貢獻獎」。

專業電視劇製作機構。此外，扶持搭建專業化的少數民族語言影視產業人才培訓基地、職業培訓機構，建構少數民族語言專業人才的編創製作平臺也十分必要。考慮到少數民族題材電視劇製作成本高、審查准入複雜、融資渠道窄、播出收視率低等客觀現實因素，鼓勵少數民族單本劇、少數民族系列電視欄目劇的製作也是一條卓有成效的途徑。（註 75）

3. 國族政治倫理的再生產：寓少數民族家國情懷於中華民族道德倫理

值得提醒，邊疆少數民族主旋律電視劇滲透著編創者的價值觀，體現其對邊疆少數民族群眾生活的情感與認識。然而，只能通過有效的貼近化敘事策略，在成功的故事敘事結構、多元敘事手段的展開中方能得以體現。於是觀之，邊疆少數民族主旋律電視劇的成功與否，很大程度上取決於其傳播價值觀的受眾接受效果。寓家國情懷於道德倫理，向中華民族傳統倫理道德故事（而非狹隘的少數民族本民族傳統倫理）靠攏，形成國族政治倫理的再生產，打造政治倫理情節劇模式，不失為既吸引受眾、又達到教化目的的有效策略。這種模式的邊疆少數民族題材電視劇可以通過對邊疆少數民族傳統倫理道德的重置與反思，在恢弘的政治歷史語境下，有效將主流的家國情懷、中華民族價值觀普及融化到少數民族個體中。

電視劇的觀看狀態呈現碎片、多元化的視覺模式，它為受眾提供了許多複雜甚至相悖的身份認同（價值觀認同）。邊疆少數民族主旋律電視劇所展現的倫理價值觀應該既呈現少數民族傳統文化風貌，更反映對中華民族主流意識形態的認同。需要提醒，如果完全依靠政策扶持、各類管理機構和媒體傾向性政策法規的制定，邊疆少數民族主旋律電視劇的製作與管理仍然捉襟見肘。因為，少數民族主旋律電視劇仍然要面臨商業化市場競爭的挑戰，成功的主旋律電視劇應該取得收視率（商業價值）和宣傳效果（主流價值）雙贏的理想目標。在此過程中，邊疆少數民族主旋律電視劇對於主流意識形態的述說不能直白平敘，而要成為和中華民族傳統倫理道德相互融合的有機綜合體。邊疆少數民族主旋律電視劇應該成功表現的，是新時期社會主義革命的歷史傳統、中華民族優秀傳統倫理道德結合的綜合價值觀。並且，需要把當代少數民族個體跌宕的命運起伏匯入宏觀的中華民族大歷史畫卷中，從而為邊疆少數民族受眾理解主流價值觀提供堅實的媒介文本。例如藏族歷史題材

〔註 75〕韓鴻《藏語衛視與藏區發展：策略、機制與模式》，北京：社會科學文獻出版社，2017 年，第 142～151 頁。

電視劇《西藏秘密》（2013），在講述 1930、1940 年代舊西藏日常生活的歷史背景中，鋪陳了西藏活佛扎西為推翻農奴制所作出的巨大犧牲這條主線。《犛牛歲月》（2011）通過講述藏漢三代人的江湖恩怨與兄弟情仇，塑造了藏漢民族共禦外敵的家國情懷與大情大愛。維族題材電視劇《絲綢之路傳奇》（2015）則呈現了新中國成立伊始迄今，漢維民眾為新疆紡織工業發展所作出的巨大貢獻。這些電視劇之所以在宣傳效果和少數民族觀眾認可度上同時取得雙贏，主要在於細節生動、人物藝術形象鮮明、富於親和力，有效地將邊疆少數民族倫理情感劇昇華為標準典型的主旋律作品。由此，作為深入每個邊疆少數民族家庭的視窗擴音器，少數民族題材電視劇將民族團結、衛疆護國的政治信念深植涵化於少數民族電視受眾意識形態當中。

事實上，邊疆少數民族題材電視劇每一組電視符號的提煉、每一個中華民族集體記憶的典型修辭提煉、乃至每一種行為模式和生活方式的推崇，都將成為中華民族集體表徵的結晶途徑。中華民族集體記憶的建構是一個持續的結晶、溶解過程。中華民族集體記憶這個「結晶體」誕生於碩大的素材庫「溶液」。在此過程中，不斷有少數民族文化甚至異域文化的新的分子結晶融入，同時又不斷有分子釋放溶解。「只有當結晶速度大於溶解速度之時，中華民族集體記憶方能延續並不斷晶化增大。」〔註76〕因此而需要清醒認識的是，進入新時代中國特色社會主義時期，中華民族的家庭倫理關係已從封閉縱向的小範圍衍生出交錯縱橫的複雜姿態。邊疆少數民族原有的血緣親情為主導的倫理情感也需要與時俱進，融入更多理性內涵。邊疆少數民族題材電視劇應該立足普通少數民族百姓家庭，主要表現其人情世故、倫理情感關係如何「轉變」、「契入」乃至最終融入中華大文化的全景式圖卷。充分反映出當代邊疆地區社會新風貌的變遷和少數民族家庭倫理文化的發展，以及由此引發的少數民族家庭制度、道德意識、倫理觀念、精神價值追求的變化。〔註77〕只有在此基礎上，中華民族的基本倫理內容，諸如寬容、忍讓、包容、孝道、互愛等觀念才巋然不動。也因此，寓家國情懷於中華民族道德倫理的國族政治倫理再生產才可能真正實現；而極端利他主義的、超越血緣宗親的情感關

〔註76〕張慶園《傳播視野下的集體記憶建構——從傳統社會到新媒體時代》，北京：
　　　　中國社會科學出版社，2016 年，第 134 頁～200 頁。
〔註77〕仲呈祥《中國電視劇藝術發展史》，北京：中國電影出版社，2014 年，第 254
　　　　頁。

係和愛國主義道德情操才可能在邊疆各族民眾中萌發。

個案 4-4-1　少數民族民語電視節目受眾訪談錄

　　洛桑達瓦（四川省甘孜藏族自治州藏族，男，喇嘛，17 歲）：我來自涼山彝族自治州木里藏族自治縣，能說一口比較流利的普通話。我從小到大的夢想是出家，於是我到甘孜藏族自治州康定金剛寺，目前在誦經班學習。來金剛寺學習有一年半了，我明白修行和慈悲將是我畢生不斷學習的兩樣事物，它們很重要。修行和慈悲需要人奉獻一生去領悟，不為別的，只是心之所向，不像現在的人學習是為了考公務員和掙錢。我平時用手機上網看新聞和聊天，我住的房間裏有電視機，我喜歡看漢語電視劇。但是如果把一部漢語電視劇翻譯成藏語，我不喜歡，我感覺電視劇翻譯成藏語就不好看了，我看漢語電視劇還能學習漢語。我的偶像是明星李連傑，每次國家有災難的時候，李連傑是給災區人民捐款最多的人之一，其他有錢的明星連一元錢都不願意捐。雖然說每個人都有痛苦，但是有些人的痛苦是需要我們發善心幫助他們度過苦難的。（2016 年 1 月 10 日，四川省甘孜藏族自治州康定金剛寺，仁青卓瑪、宋西訪談並記錄）

　　扎西羅布（四川省甘孜藏族自治裏塘縣藏族，男，喇嘛）：我家是丹巴的，我來裏塘有七八年了。我平常看電視，經常看體育節目，喜歡籃球運動員科比。寺廟放假了，但我不想回家，家裏沒有什麼做的，所以明天我會去麗江。聽別人說麗江風景很美，我喜歡看景色。我沒有去過西藏拉薩，你們想去西藏拉薩直接就可以去，我們喇嘛去的話沒有那麼簡單。如果我們想去西藏拉薩，需要所在縣、鄉政府和旅遊局蓋章，喇嘛不是那麼容易就能出去的，可能是為了維護社會秩序，怕有暴亂產生。（2016 年 1 月 10 日，四川省甘孜藏族自治州康定金剛寺，宋西、仁青卓瑪訪談，文小成整理）

　　扎西羅布（四川省甘孜藏族自治州康定金剛寺喇嘛，藏族，男，31 歲）：我七歲來到金剛寺學習顯宗（注釋：佛教的宗派之一，也稱「顯教」），已經二十餘年了。我以前會看中央電視臺《焦點訪談》，現在很少看電視，偶而看青海衛視的藏族歌唱表演類節目，挺好看的。如果要我評價「藏人打砸燒搶事件」，我的心情就像看到小孩哭，但不知道小孩為什麼會哭。現在當喇嘛的人太少了，外面有太多誘惑，很多人來金剛寺出家了一段時間，就想還俗，金剛寺尊重每位喇嘛的意願，不會強制喇嘛的自由，如果喇嘛想還俗，明天就

可以離開。我作為喇嘛，未來有三種出路，第一種是當主持，第二種是遊學弘揚佛法，第三種是教小喇嘛，我選擇第二種。我們正在學英語、心理學等知識，我們請了一位成都的英語老師，老師教的挺好，我想學好英語，更好地弘揚佛法。我的娛樂放鬆方式就是和朋友一起聊天、唱歌、運動。在金剛寺上面有一個政府修建的籃球場，我們上十天的課放一天假，放假的時候會去打籃球。（2016 年 1 月 10 日，四川省甘孜藏族自治州康定金剛寺，仁青卓瑪、宋西訪談並記錄）

洛絨兵巴（四川省甘孜藏族自治州裏塘縣藏族，警察）：我家裏沒有電視，我平時也不看電視，偶而看康巴衛視。我覺得康巴衛視的節目有真實的，也有假的。宣傳片把我們這裡拍得很美，但我覺得沒那麼美啊。這些人說藏區獨立是達賴喇嘛說的，我敢百分百保證不是。我家裏掛的活佛像是政府指定的，我心裏相信的活佛是我們自己指定的。我很相信佛教，但我不會忌諱。我準備把我在裏塘的房子賣了，我的家裏有活佛像和一尊毛澤東塑像。（2016 年 1 月 11 日，四川省甘孜藏族自治州裏塘縣洛絨兵巴的家，仁青卓瑪、宋西訪談並記錄）

旺加（四川省甘孜藏族自治州藏族，男，歌手，21 歲）：我們藏族家裏有火爐，晚上會圍坐在一起烤火聊天。我的家人除了我媽媽，基本都不看電視。我只有晚上失眠才會看電視，看國內動畫片。珠穆朗瑪峰在藏傳佛教徒心裏是一座神山，一些藏族為了掙錢幫助別人去攀登，我只能說他們是藏族中的敗類。我們去珠穆朗瑪峰，連大聲說話都不敢，這是對神山的尊重。我爸爸曾經開車送兩個外國人去珠穆朗瑪峰，把兩個外國人送到目的地後，我爸爸看到兩個外國人把登山鞋拿出來，我爸爸比較趕時間就忘記告訴他們不要爬神山了。結果第二天晚上兩個外國人到了半山腰，紮營的時候就死了。神山名湖是很神聖的，不能隨便褻瀆的。我爺爺是四川遂寧的漢族，我奶奶是藏族。我爺爺落難到甘孜後，來養路隊工作，我奶奶是牛場上的牧民，我爺爺和奶奶結婚後就沒有回過遂寧，我不清楚爺爺奶奶是怎麼相愛的，他們都去世了。我爺爺的習慣和藏族人一樣，但他不信仰藏傳佛教，他信仰基督教。我爺爺臨終前提前選好了自己的墓地，他是土葬的。我的漢族名字是王淑華，是我爺爺取的。（2016 年 1 月 12 日，四川省甘孜藏族自治州旺加的家，仁青卓瑪、宋西訪談並記錄）

　　丹巴（四川省甘孜藏族自治州藏族，男，鞋店老闆）：我和家人都不看藏語電視臺，我們覺得不好看。我平時喜歡看古裝電視劇，我最近在看電視劇《一起來看流星雨》。我從來沒有去過寺廟，也沒有念過經。我和家人都不信仰藏傳佛教，我們也不喜歡去寺廟，我和爸媽沒有那個意識，但我奶奶還挺喜歡去的。我是一個 1 歲半小孩的父親，我現在教孩子學習漢語，沒有教孩子學習藏語。我覺得不會藏語沒關係，會漢語就可以了，再說讀書也用漢語，上學學得也快。我在生活中都說漢語，一些藏族說藏語我都聽不懂。（2016 年 1 月 12 日，四川省甘孜藏族自治州，仁青卓瑪、宋西訪談並記錄）

　　尖安澤仁（四川省甘孜藏族自治州裏塘縣藏族，男，37 歲，出租車司機）：我家裏有電視機，我們很少看電視，偶而看康巴衛視的抗日戰爭片。我們用手機，也給孩子買了手機。我不怎麼讓孩子看電視，孩子要以學習為主。我有兩個孩子，分別讀初一和小學六年級，孩子接受的是雙語教育，漢語、藏語都學。我家是巴塘縣的，我今天來裏塘縣跑出租車，跑了就回去。我喜歡做遊客的生意，我曾經拉了一車漢族遊客去拉薩，一個月掙了 8000 元，還包吃住、包加油。我和漢族遊客之間沒有發生過衝突，也沒有發現他們有不好的習慣。我和老婆都是藏族，我們同意孩子以後結婚可以找漢族。我隔幾天就會去一次寺廟。我在四川成都呆過幾個月，但我不喜歡成都，因為我連一畝田都沒有看到。（2016 年 1 月 12 日，四川省甘孜藏族自治州裏塘縣車站旁小飯店，仁青卓瑪、宋西訪談並記錄）

　　白馬王修（四川省甘孜藏族自治州裏塘縣藏族，學生，18 歲）：我很少看電視，但我會看中央電視臺的《新聞聯播》。學校每週一到週五會組織我們看，其他的電視節目不讓看。我手機裏下載了微信，但我很少用。我喜歡看書，周末放假一般都在圖書館學習，我最近在看一本關於藏族宗教、歷史、文化方面的書。我覺得以前的教育沒意思，所以我初一就輟學了，目前在康定學習藏醫。學習藏醫很困難，要背很多⋯⋯需要學習配藥、針灸、推拿等，應該和中醫差不多吧，我不是很瞭解中醫。我打算畢業後去西藏拉薩實習，那裡條件好一點。如果我想繼續在藏醫方面深造，西藏拉薩也有系統的教育。如果要我談國家對藏醫教育的重視程度，我不作評價。我覺得國家重視藏區教育，在我們鄉，每個家庭裏必須有個孩子去上學，自主選擇學習藏語或漢語，不過選擇漢語教育的占多數。（2016 年 1 月 13 日，四川省甘孜藏族自治州裏塘縣「康巴」服飾店，仁青卓瑪、宋西訪談並記錄）

圖 4-4-1　2016 年 1 月 13 日，課題組在甘孜藏族自治州訪談
藏族學生白馬王修（左一）

　　達瓦（四川省甘孜藏族自治州稻城色拉藏族，65 歲，男）：我們這裡家家
戶戶都有電視，我們都喜歡看電視，電視節目太好看了，只要是電視上放的
節目，我都喜歡。我經常看新聞節目、《康巴衛視》放的抗日戰爭片、唱歌跳
舞的節目，我覺得都很好。我會一點點漢語。我基本上不去寺廟，但我會經
常圍著白塔轉經筒。我的孫子在稻城讀書，他學習漢語和藏語。我的孩子沒
有工作，我們一起在稻城色拉生活。我的家鄉很漂亮，就是冬天寒冷乾燥，
每到這個時候，我就想去四川成都，那裡冬天不冷。（2016 年 1 月 15 日，四
川省甘孜藏族自治州稻城縣色拉鄉，仁青卓瑪、宋西訪談並記錄）

圖 4-4-2　2016 年 1 月 15 日，課題組在甘孜藏族州自治州訪談
藏族老人達瓦（右一）

　　GD（四川省甘孜藏族自治州藏族，男，鄉黨委書記）：稻城亞丁的家家戶戶都能用機頂盒看電視，但是移動網速慢。我們想看《鳳凰衛視》，不過搜索不了。我覺得中國的新聞發展就是新聞記者說真話是要遭殃的，在《鳳凰衛視》你說假話要下課。鄉鎮縣上的領導，可能人前是人，人後連人都不是。我曾經陪過一些上級領導來稻城亞丁，領導喜歡照相，還要看日出，早上五點起來把早飯給領導準備好，出發看日出。拍照 360 度不能漏。我很反感做這些事，我們作為下屬，低三下四、鞍前馬後地招呼領導，如果以後領導想起來說不定會提拔我們。作為領導的司機最可憐，隨時把領導的筆記本、公文包擺好位置，領導下車要開門，領導上車要關門，領導吃飯要夾菜，還要知道領導喜歡吃什麼，夾錯了領導還會對司機有意見。我寧願我兒子做生意，以後我都不讓兒子到政府當官。一些當官的人和你們喜歡的明星沒有什麼區別，人前光鮮亮麗，背後不知道有多少見不得人的事。現在稻城亞丁的發展，說是漢族式的發展，不像，說是藏族式的發展，也不像。按照我的想法，發展旅遊就需要有特色，藏區的旅遊發展就要有藏族特色。我給當地老百姓就說，遊客來稻城亞丁不是來看這裡的污垢有好厚，你們要想吸引遊客，首先要做到環境的乾淨衛生，其次就要有自己的特色。以前來稻城亞丁的遊客都知道，來了就睡地鋪，男的一邊，女的一邊。這些遊客有錢，住得起酒店，就是想感受地方特色。我管轄的區域有幾個百姓，我們要求把房子漆成黑色，他們偏要漆成紅色，他們不聽，觀念不更新，就只能永遠窮。一個地方的房子顏色統一了，看起來才好看，才能進一步打造自己的特色。（2016 年 1 月 16 日，四川省甘孜藏族自治州稻城亞丁，仁青卓瑪、宋西訪談並記錄，出於尊重受訪者隱私權，受訪者用了化名。受訪者的觀點僅代表其立場，為保留原始性而作完整記錄。）

圖 4-4-3 2016 年 1 月 15 日，課題組在四川省甘孜藏族自治州稻城縣色拉鄉訪談

圖 4-4-4 2016 年 1 月 15 日，課題組在甘孜藏族自治州稻城縣色拉鄉一戶
藏民家中，圖中的人像雕塑為松贊干布，圖中的 3 幅照片從左至右分別為：
第十世班禪額爾德尼·確吉堅贊、第十四世達賴喇嘛·丹增嘉措和第十一世
班禪額爾德尼·確吉傑布。

　　阿衣古麗（新疆昌吉回族自治州呼圖壁縣二十里店鎮哈薩克族，女性，家庭主婦，50 歲）：我每天都會看新疆電視臺哈薩克語頻道的《新聞聯播》和呼圖壁縣電視臺的《呼圖壁新聞》，我只看這兩個臺的節目。這對於及時瞭解政府頒布的新政策以及我身邊發生的事情，非常有用。我漢語不好，《呼圖壁新聞》是漢語節目，不過新聞報導多是本地民生，所以我可以通過電視畫面來理解。我認為新疆電視臺哈薩克語頻道的新聞節目質量還可以，讓我更加直觀地瞭解新疆社會發展，而呼圖壁縣電視臺的新聞節目質量更接近我的生活，都是身邊發生的事情。但是新聞節目的新鮮性不夠，部分節目內容是一周要聞歸納，會重複著播放一周。我通常碰到重複的新聞，就不會看了，會轉檯看其他的節目。我喜歡接近我的生活、真實的節目。（2017 年 1 月 17 日，新疆昌吉回族自治州呼圖壁縣二十里店鎮，馬爾江·那巴克訪談並記錄）

　　努爾古麗（新疆昌吉回族自治州呼圖壁縣哈薩克族，女，阿葦灘鎮婦聯職工，44 歲）：我在微信朋友圈分享了一篇「哈薩克斯坦歌手迪馬希，因為參加《我是歌手》在中國走紅」的文章，但我並不是湖南衛視《我是歌手》節目的粉絲。我因為迪馬希才關注《我是歌手》，迪馬希是我們本民族的優秀歌手，他的聲音太特別了，我很喜歡他。我經常看哈薩克語頻道的阿肯彈唱，節目裏有一些優秀的哈薩克族歌手。我也經常看新疆電視臺哈薩克語頻道新聞類、法制類節目。總體來說，哈薩克語頻道的節目類型比較單一，沒有漢語電視節目做得好。在新疆電視臺哈薩克語頻道，播放頻率較高的是電視劇，而且是一些老陳的電視劇，其次就會播放娛樂節目。觀眾最需要的健康養生節目還是空缺，我特別希望有關部門能關注。現在我一般通過看書和上網來獲取健康養生知識。不過新疆電視臺哈薩克語頻道的大多數受眾都沒有運用互聯網來獲取信息的習慣，所以最靠譜的還是希望通過電視媒介來進行健康文化傳播。（2017 年 2 月 3 日，新疆昌吉回族自治州呼圖壁縣廣域花園小區，馬爾江·那巴克訪談並記錄）

　　小結：上述邊疆少數民族民語頻道受眾訪談錄反映出如下問題：「新聞節目的新鮮度不夠，部分節目內容是一周新聞歸納，會重複著播放一周。」、「哈薩克語等民族語言頻道的節目類型比較單一，沒有漢語電視節目做得好。」、「電視劇老舊」、「我感覺電視劇翻譯成藏語就不好看了。」、「現在當喇嘛的人太少了，外面有太多的誘惑，很多人來金剛寺才出家一段時間，就想還俗。」、「我覺得丹巴衛視的節目有真實的，也有很假的。宣傳片把我們這裡拍得很

美，但我覺得沒有那麼美啊。」這表明，作為「想像共同體」的「國族主義」
要想借助影視傳媒形塑一種象徵物、一面統一旗幟、一個統一口號，始終只
能是作為外源性的派生物而存在。建構團結積極的「國民性」需要在國家認
同的前提下產生，這又是一個內置性的問題。複雜多樣化的媒體世界可能創
造出多元認知體系，如果真像採訪中某位基層官員所言：「中國的新聞發展就
是新聞記者說真話要遭殃的。」那麼國家民族認同之途，最終只能流於形式
和表層。惟有以真誠、平等、公正的態度來對待民族問題、落實民族政策、創
作真正意義上的少數民族影視節目，方為在多媒體語境下建構「國族」想像
政治共同體的正途。

附表 4-1　〔註78〕新疆、西藏、青海、內蒙古、寧夏地區電視製作機構
　　　　　　2017 年 1 月至 2019 年 10 月少數民族題材電視劇備案情況
　　　　　　一覽表

年　份	省　份	製作機構	劇　名	題材	體裁	部門審查意見
2017 年 1 月	內蒙古	新湃娛樂（內蒙古）有限公司	夢開始的地方	當代都市	一般	省級管理部門備案意見：同意備案，報請總局電視劇司公示。
2017 年 2 月	新疆	霍爾果斯不二文化傳媒有限公司	總有蝴蝶過滄海	現代都市	一般	省級管理部門備案意見：同意備案，報請總局電視劇司公示。
	新疆	霍爾果斯悅凱影視傳媒有限公司	山月不知心底事	現代都市	一般	省級管理部門備案意見：同意備案，報請總局電視劇司公示。
2017 年 3 月	新疆	霍爾果斯光彩世紀傳媒有限公司	我的機器人男友	當代都市	一般	省級管理部門備案意見：同意備案，報請總局電視劇司公示。
2017 年 4 月	新疆	霍爾果斯猛獁天下影業有限責任公司	黎一	現代都市	一般	省級管理部門備案意見：同意備案，報請總局電視劇司公示。
	新疆	霍爾果斯樂道互娛文化傳媒有限公司	莫負寒夏	當代都市	一般	省級管理部門備案意見：同意備案，報請總局電視劇司公示。

〔註78〕附表 4-1、4-2、4-3 的資料和數據均來自國家廣播電影電視總局電視劇電子政
　　　　務平臺，網址：https://dsj.nrta.gov.cn/index.shanty。

新疆	新疆大森文化傳媒股份有限公司	第十二村民組	現代農村	一般	省級管理部門備案意見：同意備案，報請總局電視劇司公示。相關部門意見：已徵求新疆維吾爾自治區民族事務委員會（宗教事務局）意見。
新疆	新疆電視臺	航勒村的故事	現代農村	一般	省級管理部門備案意見：同意備案，報請總局電視劇司公示。相關部門意見：已徵求自治區民委（宗教局）意見。
新疆	霍爾果斯悅凱影視傳媒有限公司	愛情的開關	現代都市	一般	省級管理部門備案意見：同意備案，報請總局電視劇司公示。
2017年5月	新疆	新疆廣電設備影視傳播有限責任公司	天山在呼喚	當代農村	一般	省級管理部門備案意見：同意備案，報請總局電視劇司公示。相關部門意見：已徵求新疆維吾爾自治區民族事務委員會意見。
	新疆	霍爾果斯鳳凰聯動影業有限公司	曾少年	當代都市	一般	省級管理部門備案意見：同意備案，報請總局電視劇司公示。
2017年6月	內蒙古	內蒙古大自然影視有限公司	回歸烏拉特	當代農村	一般	省級管理部門備案意見：同意備案，報請總局電視劇司公示。
	新疆	新疆中視紫禁城影業傳媒有限公司	喋血白樺	革命題材	一般	省級管理部門備案意見：同意備案，報請總局電視劇司公示。
	新疆	新疆邁丹宏影視文化有限公司	團結路56號	現代都市	一般	省級管理部門備案意見：同意備案，報請總局電視劇司公示。相關部門意見：已徵求新疆維吾爾自治區民族事務委員會意見。
	新疆	霍爾果斯一實文化傳媒有限公司	飛狐外傳	古代武打	一般	省級管理部門備案意見：同意備案，報請總局電視劇司公示。

2017年7月	寧夏	寧夏廣電新媒體有限公司	靈州盛會	古代傳記	一般	省級管理部門備案意見：同意備案，報請總局電視劇司公示。
	新疆	霍爾果斯一實文化傳媒有限公司	鏡花奇緣	古代神話	一般	省級管理部門備案意見：同意備案，報請總局電視劇司公示。
	新疆	喀什飛寶文化傳媒有限公司	帝凰業	古代傳奇	一般	省級管理部門備案意見：同意備案，報請總局電視劇司公示。
	新疆	霍爾果斯向日葵影視文化有限公司	一步登天	近代傳記	一般	省級管理部門備案意見：同意備案，報請總局電視劇司公示。
2017年8月	新疆	新疆絲路鼎晟影視製作有限公司	阿勒泰的天空	當代農村	一般	省級管理部門備案意見：同意備案，報請總局電視劇司公示。相關部門意見：已徵求新疆維吾爾白治區民族事務委員會意見。
	新疆	霍爾果斯中環影業有限公司	新后羿傳	古代神話	一般	省級管理部門備案意見：同意備案，報請總局電視劇司公示。
2017年9月	內蒙古	內蒙古莫尼山文化產業發展有限公司	鴻雁故鄉	當代農村	一般	省級管理部門備案意見：同意備案，報請總局電視劇司公示。
	寧夏	寧夏寶丹影視有限公司	良種	當代農村	一般	省級管理部門備案意見：同意備案，報請總局電視劇司公示。
	寧夏	寧夏寶丹影視有限公司	老爹要住養老院	當代都市	一般	省級管理部門備案意見：同意備案，報請總局電視劇司公示。
	新疆	霍爾果斯華盛金榜國際傳媒有限公司	尖峰對決	革命題材	一般	省級管理部門備案意見：同意備案，報請總局電視劇司公示。
	新疆	伊犁華朗億星影視製作有限公司	安靜的美男子	當代都市	一般	省級管理部門備案意見：同意備案，報請總局電視劇司公示。

	新疆	霍城星座魔山影業有限公司	工夫少女	古代武打	一般	省級管理部門備案意見：同意備案，報請總局電視劇司公示。
	新疆	新疆三山紅文化傳媒有限公司	走西口的婆姨	現代傳記	一般	省級管理部門備案意見：同意備案，報請總局電視劇司公示。
2017年10月	西藏	西藏梵行文化傳媒有限公司	大唐御史傳奇	古代傳奇	一般	省級管理部門備案意見：同意備案，報請總局電視劇司公示。相關部門意見：已徵求自治區黨委宣傳部的意見。
	寧夏	寧夏和合影業有限公司	沙漠綠洲	現代愛情	一般	省級管理部門備案意見：同意備案，報請總局電視劇司公示。
	新疆	新疆影人影視文化傳媒有限公司	紅色鹽池	革命題材	一般	省級管理部門備案意見：同意備案，報請總局電視劇司公示。相關部門意見：該劇為原創
	新疆	霍爾果斯新力量影視文化有限公司	劍王朝	古代武打	一般	省級管理部門備案意見：同意備案，報請總局電視劇司公示。
	新疆	霍爾果斯蝴蝶效應文化傳媒有限公司	一念永恆	古代傳奇	喜劇	省級管理部門備案意見：同意備案，報請總局電視劇司公示。
	新疆	新疆影人影視文化傳媒有限公司	馬小燦認親記	現代農村	一般	省級管理部門備案意見：同意備案，報請總局電視劇司公示。相關部門意見：已徵求民委意見。
	新疆	喀什飛寶文化傳媒有限公司	小女花不棄	古代傳奇	一般	省級管理部門備案意見：同意備案，報請總局電視劇司公示。
2017年11月	新疆	霍爾果斯樂光影視文化有限公司	往北的地方海未眠	當代都市	一般	省級管理部門備案意見：同意備案，報請總局電視劇司公示。

	新疆	霍爾果斯金洋湖影視傳播有限公司	沙棗花兒香	當代知青	一般	省級管理部門備案意見：同意備案，報請總局電視劇司公示。相關部門意見：已徵求新疆民族事務委員會（宗教事務局）、生產建設兵團委員會宣傳部意見。
	新疆	霍爾果斯市千易志誠文化傳媒有限公司	別了，拉斯維加斯	當代都市	一般	省級管理部門備案意見：同意備案，報請總局電視劇司公示。
	新疆	霍爾果斯鈞銳影視傳媒有限公司	大丈夫居家日記	當代都市	一般	省級管理部門備案意見：同意備案，報請總局電視劇司公示。
	新疆	喀什博思影業有限公司	女兒之國世無雙	古代神話	一般	省級管理部門備案意見：同意備案，報請總局電視劇司公示。
2017年12月	新疆	新疆嘉焰影視文化傳媒有限公司	大崑崙之絲路寶藏	近代傳奇	一般	省級管理部門備案意見：同意備案，報請總局電視劇司公示。
	內蒙古	鄂爾多斯金尚德影視有限公司	鹹魚也瘋狂	當代都市	一般	省級管理部門備案意見：同意備案，報請總局電視劇司公示。
2018年1月	寧夏	中視華唐文化傳媒公司	北京夢	當代都市	一般	省級管理部門備案意見：同意備案，報請總局電視劇司公示。
	寧夏	寧夏寶丹影視有限公司	四十年	當代農村	一般	省級管理部門備案意見：同意備案，報請總局電視劇司公示。
	西藏	九州夢工廠國際文化傳播有限公司	愛的平行宇宙	當代愛情	一般	省級管理部門備案意見：同意備案，報請總局電視劇司公示。
2018年2月	西藏	九州夢工廠國際文化傳播有限公司	而今從頭越	當代都市	一般	省級管理部門備案意見：同意備案，報請總局電視劇司公示。
	新疆	霍爾果斯德意誠品文化傳媒有限公司	一念時光	當代都市	一般	省級管理部門備案意見：同意備案，報請總局電視劇司公示。

	新疆	新疆達雅風尚文化傳播有限公司	精誠的心	當代青少年	一般	省級管理部門備案意見：同意備案，報請總局電視劇司公示。
2018年3月	內蒙古	內蒙古電影集團有限責任公司	父親的草原母親的河	當代農村	一般	省級管理部門備案意見：同意備案，報請總局電視劇司公示。相關部門意見：已徵求內蒙古自治區民族事務委員會劇本審讀意見。
	內蒙古	內蒙古友戲文化有限公司	玉泉人家	當代都市	一般	省級管理部門備案意見：同意備案，報請總局電視劇司公示。
	新疆	霍爾果斯悅凱影視傳媒有限公司	永夜君王	古代傳奇	一般	省級管理部門備案意見：同意備案，報請總局電視劇司公示。
2018年4月	新疆	霍爾果斯喜天影業有限公司	我們	當代都市	一般	省級管理部門備案意見：同意備案，報請總局電視劇司公示。
	新疆	新疆邁丹宏影視文化有限公司	鋼鐵絲路	現代都市	一般	省級管理部門備案意見：同意備案，報請總局電視劇司公示。
2018年5月	新疆	霍爾果斯喜天影業有限公司	遇見弗洛伊德的眼淚	當代都市	一般	省級管理部門備案意見：同意備案，報請總局電視劇司公示。
	新疆	霍爾果斯金洋湖影視傳播有限公司	情繫和田玉	近代革命	一般	省級管理部門備案意見：同意備案，報請總局電視劇司公示。
	新疆	霍爾果斯博納熱愛影視傳媒有限公司	掌中之物	現代都市	一般	省級管理部門備案意見：同意備案，報請總局電視劇司公示。
	青海	青海日嘎布影視文化傳媒有限公司	達娃的童年	現代農村	一般	省級管理部門備案意見：同意備案，報請總局電視劇司公示。相關部門意見：已徵求青海省民族宗教事務委員會意見。

2018年6月	新疆	霍爾果斯快樂陽光傳媒有限公司	最後的我們	當代都市	一般	省級管理部門備案意見：同意備案，報請總局電視劇司公示。
2018年7月	新疆	霍爾果斯皓境影視文化傳播有限公司	異海	當代科幻	一般	省級管理部門備案意見：同意備案，報請總局電視劇司公示。
	新疆	霍爾果斯合喜文化傳媒有限公司	律師先生	當代都市	一般	省級管理部門備案意見：同意備案，報請總局電視劇司公示。
2018年8月	新疆	霍爾果斯喜天影業有限公司	我的世界剛剛好	當代都市	一般	省級管理部門備案意見：同意備案，報請總局電視劇管理司公示。
	新疆	霍爾果斯萌貝爾影視有限公司	北京像素	現代都市	一般	省級管理部門備案意見：同意備案，報請總局電視劇管理司公示。
2018年11月	新疆	霍爾果斯新媒誠品文化傳媒有限公司	親愛的他們	當代都市	一般	省級管理部門備案意見：同意備案，報請總局電視劇管理司公示。
2018年12月	新疆	霍爾果斯新力量影視文化有限公司	武神聯盟	古代傳奇	一般	省級管理部門備案意見：同意備案，報請總局電視劇管理司公示。
	新疆	新疆新苗文化傳媒有限公司	我叫阿米提	當代農村	一般	省級管理部門備案意見：同意備案，報請總局電視劇管理司公示。相關部門意見：已徵求新疆維吾爾自治區民族事務委員會（宗教事務局）意見。
	新疆	新疆立百立影視文化傳播有限公司	趕大營	近代傳奇	一般	省級管理部門備案意見：同意備案，報請總局電視劇管理司公示。相關部門意見：已經徵求新疆維吾爾自治區民族事務委員會（宗教事務局）意見。
	新疆	霍爾果斯新媒誠品文化傳媒有限公司	愛情高級定製	當代都市	一般	省級管理部門備案意見：同意備案，報請總局電視劇管理司公示。

2019年1月	西藏	西藏風古道悠悠文化傳媒有限公司	幸福路上	當代農村	一般	省級管理部門備案意見：同意備案，報請總局電視劇管理司公示。相關部門意見：已經徵求區黨委宣傳部意見
	新疆	霍爾果斯鳳凰聯動影業有限公司	你若安好，便是晴天	革命題材	一般	省級管理部門備案意見：同意備案，報請總局電視劇管理司公示。
2019年2月	寧夏	愛幕依（寧夏）影視文化有限公司	六盤山上高峰	當代農村	一般	省級管理部門備案意見：同意備案，報請總局電視劇管理司公示。
2019年3月	新疆	新疆大森文化傳媒股份有限公司	西域英雄	古代傳奇	一般	省級管理部門備案意見：同意備案，報請總局電視劇管理司公示。相關部門意見：首次備案公示前，新疆維吾爾自治區民委（宗教局）的審讀意見：劇本故事梗概中沒有與黨的民族政策和少數民族風俗習慣相悖之處，新疆維吾爾自治區黨委宣傳部審讀後同意辦理備案相關手續。
	新疆	新疆虎魚文化傳媒有限公司	石榴熟了	現代農村	一般	省級管理部門備案意見：同意備案，報請總局電視劇管理司公示。相關部門意見：已徵求新疆維吾爾自治區民委（宗教局）審讀意見
2019年5月	青海	青海循化縣學忠影視文化傳媒有限公司	巴鐵長歌	當代都市	一般	省級管理部門備案意見：同意備案，報請總局電視劇管理司公示。相關部門意見：已徵求外交部意見。
	新疆	喀什飛寶文化傳媒有限公司	小女霓裳	古代傳奇	一般	省級管理部門備案意見：同意備案，報請總局電視劇管理司公示。

2019年 6月	內蒙古	內蒙古電視臺	江格爾傳奇	古代傳奇	一般	省級管理部門備案意見：同意備案，報請總局電視劇管理司公示。 相關部門意見：已徵求內蒙古自治區民族事務委員會意見
	新疆	新疆大森文化傳媒股份有限公司	第十二村民小組	現代農村	一般	省級管理部門備案意見：同意備案，報請總局電視劇管理司公示。 相關部門意見：已經徵求新疆維吾爾自治區民族事務委員會（宗教事務局）意見。
2019年 7月	寧夏	寧夏中視影業有限公司	人逢喜事精神爽	現代農村	一般	省級管理部門備案意見：同意備案，報請總局電視劇管理司公示。
	新疆	霍爾果斯夢想新創影視傳媒有限公司	世界你好	當代都市	一般	省級管理部門備案意見：同意備案，報請總局電視劇管理司公示。
2019年 9月	新疆	霍爾果斯悅凱影視傳媒有限公司	一座城，在等你	當代都市	一般	省級管理部門備案意見：同意備案，報請總局電視劇管理司公示。
2019年 10月	新疆	霍爾果斯新力量影視文化有限公司	爸爸駕到	當代都市	一般	省級管理部門備案意見：同意備案，報請總局電視劇管理司公示。
	新疆	霍爾果斯新媒誠品文化傳媒有限公司	輕熟時光	當代都市	一般	省級管理部門備案意見：同意備案，報請總局電視劇管理司公示。
	新疆	霍爾果斯新媒誠品文化傳媒有限公司	全職爸爸	當代都市	一般	省級管理部門備案意見：同意備案，報請總局電視劇管理司公示。
	新疆	新疆大森文化傳媒股份有限公司	可可托海不是海	當代創業	一般	省級管理部門備案意見：同意備案，報請總局電視劇管理司公示。 相關部門意見：已徵求新疆民族事務委員會（宗教事務局）意見

					省級管理部門備案意見：同意備案，報請總局電視劇管理司公示。相關部門意見：已徵求國家衛生健康委員會意見。
新疆	霍爾果斯恒星引力浩瀚星空影視傳媒有限公司	謝謝你醫生	當代都市	一般	

注：加粗字體為少數民族題材電視劇。

附表 4-2　邊疆少數民族地區少數民族題材電視劇全國備案數量統計表

年份＼數據＼地區	全國電視劇備案數量	內蒙古	新疆	西藏	寧夏	青海
2017 年	1170	0	7	0	0	0
2018 年	1231	1	1	0	0	1
2019 年（1 月～10 月）	729	1	4	1	0	0

　　據統計，2017 年內蒙古、西藏、寧夏、青海全年沒有少數民族題材電視劇備案，新疆共有 7 部少數民族題材電視劇備案，占 2017 年全國備案電視劇數量比例為 0.59％；2018 年內蒙古、新疆、青海全年只有 1 部少數民族題材電視劇備案，西藏、寧夏均無少數民族題材電視劇備案；2019 年 1 月到 10 月，內蒙古、西藏分別有 1 部少數民族題材電視劇備案，寧夏、青海均無少數民族題材電視劇備案，新疆有 4 部少數民族題材電視劇備案，占 0.54％。

附表 4-3　部分少數民族題材電視劇拍攝製作備案公示表

電視劇拍攝製作備案公示表一						
報備機構：新疆新苗文化傳媒有限公司		2018 年 12 月		許可證號：〔新〕乙第 2014-4 號		
劇名	題材	體裁			集數	拍攝日期	製作週期
		一般	喜劇	戲曲			
我叫阿米提	當代農村	√			30	2018 年 10 月	6 個月
內容提要：維吾爾族青年阿米提從部隊退伍後，遇到了承包經營不利、南下輾轉賣烤肉、四處流浪，經歷了許多人世間的悲歡離合、愛恨情仇，遇到了許多令他難以忘懷的人和事，他在自己被別人救助的同時，也不停地救助別人。在穩定經營之後，他繼續以愛心幫助別人，成為一名慈善家，成為華夏十大人物。演繹了一個從最初擁有助人為樂樸素感情的普通人成長為一名聞名遐邇的慈善家的動人故事。他在受到社會尊重的同時，也收穫了甜蜜的愛情。						

省級管理部門備案意見	同意備案，報請總局電視劇管理司公示。	相關部門意見	已徵求新疆維吾爾自治區民族事務委員會（宗教事務局）意見。

電視劇拍攝製作備案公示表二

報備機構：西藏風古道悠悠文化傳媒有限公司		2019 年 1 月		許可證號：（藏）字第 00131 號	

劇名	題材	體裁			集數	拍攝日期	製作週期
		一般	喜劇	戲曲			
幸福路上	當代農村	√			40	2019 年 8 月	12 個月

內容提要：在三年的駐村工作中，扎西通過黨和政府，以及社會各界愛心人士的幫助，克服了各種困難，以及來自村民的質疑和不理解，解決了敬老院的問題，改善了村小學的環境，修建了幼兒園，在村裏開展了「四講四愛」和「廁所革命」的活動，在大家的努力下，措通村結束了沒有電的歷史，修建了土豆種植基地，村道也全部實現了硬化，三年的駐村工作快要結束前，扎西去了延安學習，回來以後參加了村裏五對新人的婚禮，措通村也脫貧摘帽。駐村結束後，扎西去了英國交流學習，回來以後，扎西作為協調員，帶領參加藏博會的國際國內專家和媒體訪問團，深入到西藏的基層考察，在七十二拐的山頂山，扎西心裏想，作為一名共產黨員，要不忘初心，世界上最長的路，就是我們腳下的路；世界上最高的山峰是人心裏的山峰。其實，每個人所追求的幸福，都在追求幸福的路上。

省級管理部門備案意見	同意備案，報請總局電視劇管理司公示。	相關部門意見	已經徵求區黨委宣傳部意見。

電視劇拍攝製作備案公示表三

報備機構：青海循化縣學忠影視文化傳媒有限公司		2019 年 5 月		許可證號：（青）字第 00041 號	

劇名	題材	體裁			集數	拍攝日期	製作週期
		一般	喜劇	戲曲			
巴鐵長歌	當代其他	√			40	2019 年 4 月	8 個月

內容提要：某年「巴亞鐵路」建設破土動工，駐巴亞總部的總指揮趙立強和巴亞總指揮塔努爾根據巴亞簽署的鐵路項目合作建設文本，簽訂施工合同。當鐵路施工經過庫拉姆部落地區時，遭到了庫拉姆部落族人的阻工，巴亞鐵建責任人三顧茅廬拜訪庫拉姆部落族長蓋爾奇，很快解決了停工及改善了當地工人與外地工人關係。鐵路工人和當地民眾發揚巴亞友誼精神，聯手成功搜救被困山裏的人。為幫助南帕巴特地區群眾脫貧致富，鐵建總部同意，在該地區建設一座機車配件工業園。協調我方醫療分隊奔赴亞克巴港，為亞克巴民眾免費看病，演繹了一場感天動地的友誼之花。在當地警軍通力協作之下，嚴厲打擊掃清了妄圖破壞、阻止「巴亞鐵路」建設的「LL」力斯木團夥，為項目如期竣工提供了有力保障。

省級管理部門備案意見	同意備案，報請總局電視劇管理司公示。	相關部門意見	已徵求外交部意見。

電視劇拍攝製作備案公示表四

報備機構：內蒙古電視臺	2019 年 6 月		許可證號：		
劇名	題材	體裁			集數	拍攝日期	製作週期

劇名	題材	一般	喜劇	戲曲	集數	拍攝日期	製作週期
江格爾傳奇	古代傳奇	√			30	2019 年 1 月	8 個月

內容提要：《江格爾傳奇》這部具有強烈英雄主義精神的史詩，表現的是征戰、婚姻和結盟（結義）的三大母題，講述了寶木巴地區以江格爾、洪古爾為代表的英雄們，同芒乃汗、蟒古斯等邪惡勢力進行抗爭，收復家園，統一各部落，最終江格爾為了部落的和平與復興，放下了個人恩怨，從而使他由一個魯莽的梟雄，變成了一個有大情大義的英雄。《江格爾》代表了蒙古族英雄史詩的最高成就，具有鮮明的蒙古族民族符號的印跡。史詩《江格爾》以其豐富的社會、歷史、文化內涵，加之藝術上所達到的高度和成就，在蒙古族文學史、思想史、文化史上都佔有無與倫比的重要地位。

省級管理部門備案意見	同意備案，報請總局電視劇管理司公示。	相關部門意見	已徵求內蒙古自治區民族事務委員會意見。
備註	系列劇		

電視劇拍攝製作備案公示表五						
報備機構： 新疆大森文化傳媒股份有限公司		2019 年 6 月		許可證號：（新）字第 061 號		
劇名	題材	體裁		集數	拍攝日期	製作週期
		一般	喜劇	戲曲		

劇名	題材	一般	喜劇	戲曲	集數	拍攝日期	製作週期
第十二村民 小組	現代農村	√			32	2019 年 6 月	12 個月

內容提要：1984 年，天山腳下阿克峻村，隨著撤社建鄉和大集體解散，村民自治和第一輪土地及牧業承包開始了。阿克峻村新成立的村委會，根據上級的安排開始成立村民小組。前十一個小組根據自願組合的原則成立，只剩下了一些過去村民眼裏的「問題村民」，被動組合成了第十二個村民小組。十二小組年輕的村民海達爾堅守鄉文化站，及他的好朋友——農村能人史丙辰堅守家鄉，兩人與小組成員一道歷經艱難曲折，在公民意識、法治意識、環境意識、經濟能力等多方面，與改革開放一起成長。

省級管理部門備案意見	同意備案，報請總局電視劇管理司公示。	相關部門意見	已徵求新疆維吾爾自治區民族事務委員會（宗教事務局）意見。

第五章　結語：關於「國族」的認知真實——邊疆少數民族影像傳播的社會心理學研究

導　言

　　本章討論的中心問題是，影視媒介作為少數民族受眾主要的認知來源，如何影響其對現實世界的認知？進而言之，影視媒介如何影響作為「國族」成員的少數民族對國家、領土的忠誠度，並且最終將其凝聚成「國族」社會群體的政治基礎。「認知真實」（perceived reality）是本章的核心關鍵詞，意指少數民族受眾在接觸了影視媒介之後，在腦海中所構建的「國家」、「國族」等現實世界的認知。本章將媒介傳播理論與認知心理學有機結合，試圖探討各種影像中的新聞、政治、價值觀如何對少數民族受眾認知現實世界產生影響。

　　按照建構主義的觀點，影視媒介不僅僅是以鏡象單純表徵世界，同樣也在形塑著現實世界。通過選擇性地呈現外部世界，影像建構了一個「虛擬」的現實世界。時過境遷，受眾最終又會把這個媒介建構的「虛擬現實」當作真實世界。認知心理學是一門多學科交叉滲透的產物，受到喬姆斯基心理語言學、計算機科學、格式塔心理學和行為主義科學的影響。「認知心理學即信息加工心理學，認為認知包括感覺輸入的變換、簡約、加工、存儲和使用的全過程，即信息加工。」〔註1〕有機融合認知心理學和相關媒介理論，在思維

〔註 1〕劉京林《大眾傳播心理學》，北京：中國傳媒大學出版社，2005 年，第 143 頁。

語言、知覺注意、心理表象、歷史記憶等認知領域作出細緻研究，可以聚焦探究影像在傳播過程中如何對少數民族受眾的內部心理過程產生作用。概而言之，「影像製作者」接受的主要是感性世界，「影像接受者」接受的則主要為媒介世界。在內向傳播過程中，如何以前者的感性世界（少數民族影像）影響後者（少數民族受眾）的媒介世界，並且最終促使接受者的認知活動朝傳播者預設的方向進行，成為重要的研究課題。

換而言之，「國家」、「國族」這樣的概念，通過各類影像表徵的編碼過程，在少數民族受眾心中產生以中華民族為主體和核心之「中國」等意含。這個過程可視作由物質實體世界（reality）向影像世界（image representation of reality）轉化的過程。一部有關中華民族認同之影視作品必然在少數民族受眾心中產生記憶或印象。此印象強化了少數民族受眾心中「中華民族」之意象，加深其國族認同的社會現實。影像作品通過直觀描述愛國主義等各類事蹟，在形成行動抉擇的同時造成「中華民族多元一體」之普遍、概念化事實。由此，少數民族影像傳播在少數民族社會內政治文化層面形成動態的、新的集體記憶，並重新凝聚為新群體。此間所帶來的問題是，少數民族影像該以何種有效方式形成顯性的、主流的集體記憶？又該如何有效維持這種集體記憶，最終強化少數民族受眾之國家認同？如果作一個形象的比喻，影像所創造的世界猶如兩層凹凸鏡面上的像。如果不能找到鏡面表相與現實情境的有效對應關係，少數民族受眾所見的「影像世界」只能永遠是鏡面上的表相。只有經過動態觀察，潛心注意影像文本與現實情境之相對變化，受眾才可能對凸凹鏡下的現實世界有更深瞭解。從社會心理學的角度加以分析，在影像「編碼」、「解碼」的過程中，少數民族受眾對於國家的認同其實是一個多元複雜的情感過程。這一過程的最終有效結果是，在懷有國族概念及民族國家意識的受眾心中，整體的影像符號及其表面訊息衍生出新的意蘊——中華民族緊密團結、多元一體。而對居於認同邊緣的少數民族知識分子而言，「去中國化」的民族認同思想得以逐漸消弭。概而言之，影像以特殊的形式不斷或解構、或塑造所謂的典範歷史記憶，讓民族生態體系良性運作，同時創造出具反思性認同的中國少數民族受眾。〔註2〕

〔註 2〕參見王明珂《反思史學與史學反思》，北京：上海世紀出版股份有限公司，2016年，第28～316頁。

第一節　少數民族受眾的認知過程及特徵

一、少數民族受眾的認知過程模式

　　毋庸置疑，影像在形成少數民族受眾思維自覺性過程中產生結構性作用，這種思維自覺性又在民族文化中形成儀式性的重要意義。少數民族受眾對於影視媒介的認知模式可以參見下圖：

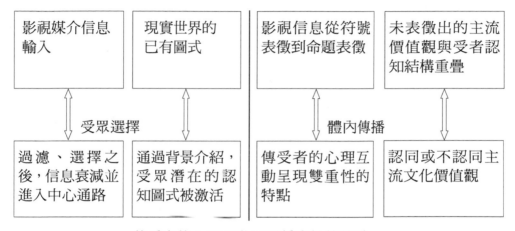

傳受者的心理互動呈現穩定性的特點

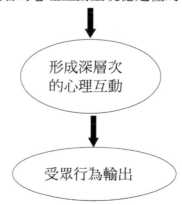

圖 5-1-1　少數民族受眾的認知圖式

　　不同於其他媒介，影視媒介信息主要以直觀逼真的圖像符號作用於少數民族受眾的感官。在媒介信息流中，少數民族觀眾只是選擇了少量信息，而這些被他們關注意識到的信息最終以過濾的方式進入「中心通道」，影響其行為輸出。「過濾」意味著影像信息以「無」、「全」或「部分」的各種形態進入少數民族受眾的大腦。事實上，在視覺信息的體驗性傳播過程中，只有少量

信息被受眾主體加工。於傳者而言，需要認識到影像不可依靠單向度的撒播，交流的預設前提是平等主體的信息互換，而在實際傳播過程中並不存在這一理想化的前提。影像不僅傳遞意義，更是知覺應對和經驗感受。影像不僅僅是物質性的，更是受眾對它的某種情緒性反應（諸如美感等綜合印象與綜合感知）。由是觀之，少數民族受眾的「觀看行為」既是凝視、關注、聚焦等生理行為，同時又觸發欲望、震驚、感動等心理體驗。影像的意義不但來自構成圖像本身的符碼，也是受眾在感知過程中的心理顯現。作為解碼者，少數民族受眾並非被動接受編碼者預設的文本意義，而是如經過哈哈鏡折射後所見的影像，以或放大、或縮小、或扭曲的形象呈現於其腦海。比如一位邊疆蒙古族牧民對近期有關「雪災」的電視報導全神貫注，而可能對本地區的時政新聞熟視無睹。和信息「過濾」方式不同，少數民族受眾在接受影視信息時也會存在「衰減方式」。設想大多數情形下，少數民族受眾與影像不過是某種偶遇關係，在某一時刻同時接受多種影視信息（典型表現是觀者漫無目的、心不在焉地手摁電視遙控器）。在進入少數民族受眾中心通路的各種信息中，被引起注意的信息更加強烈（如關於本地區暴恐活動的報導），而其他未被注意的信息則相對微弱。這些未被注意的影像信息只留存於其腦海瞬間，或是匆匆一瞥，或是駐足停留，第一印象瞬間決定受眾對於圖像的態度。從這一角度而言，影像符號不能單純理解為表徵客觀世界的數碼符號，只有當它轉變為受眾相應的心理符號時，才會調節控制其思維，最終產生意義。當「影像意義」觸動「撩撥」起受眾塵封的歷史記憶之時，才算對於傳者最到位的感悟與認知，這也才是較高層次的「命題表徵」。只有到達這個層次，才可以說少數民族受眾不僅在物理學意義上接收了影像符碼，而且是真正從心理學意義接受了傳者的觀點。

二、少數民族受眾的認知特徵

（一）少數民族受眾認知的主動性

少數民族受眾認知的主動性是指其對影像解碼的過程中，通常是主動選擇、闡釋和記憶信息。人們往往認為影視媒介不同於印刷媒介，觀看行為不及閱讀行為主動。事實上，有研究者通過實驗證實，觀看影視節目的觀眾同樣處於主動認知狀態。[註3]影像讀解可以視作一種創造的權力，少數民族受

[註 3]「麻省理工大學心理學教授安德森博士認為，觀看電視是一種主動的認知活

眾在面對同一信息源時，可能產生兩種不同的解讀方式。由於受眾身份、文化素養、價值觀不同，對影像的理解方式也不盡相同。少數民族受眾對影像符碼的再創造、再加工過程，正是受者主動性和創造力的體現。對於影像讀解的極端化表現，表徵為少數民族受眾內心的疑異和詰問，外化為受者對影像傳播者創作意圖的對抗。在課題組的調研過程中，經常發現少數民族受者提出類似這樣的疑問。「為什麼少數民族愛情故事片的情節往往是漢族姑娘愛上少數民族小夥子，或者是少數民族小夥子愛上漢族姑娘？」、「電視劇中安多地區藏民的服飾老是一成不變，這和我們生活場景並不一致。由於居住區的氣候差異和生活環境的不同，生活在安多拉卜楞區域的人們，不管是牧區還是農區，不分男女老少，隨著季節的變化，春、冬時喜歡穿深黑色或深褐色的布料加罩面的羊皮袍，頭戴狐皮帽。夏秋時人們穿加有裏子的氆氌和用毛嗶嘰等料子所縫成的藏服，有些人還穿黑白羊羔皮縫製的加罩袍，穿綢緞和毛嗶嘰所縫、用水獺皮鑲邊的夏服。男人的皮袍領口環鑲著虎皮或豹皮，女人則用紅、綠、藍、黑等色及各種混色而成的綢子。繫著以紅色為主的各種綢緞腰帶，腳蹬藏式長筒靴。」同樣，在前文所述案例中，2014 年 7 月 6日西藏衛視《西藏新聞聯播》的一期名為「新舊西藏對比」的訪談節目，觀眾們看到在新修好的樓房前，一位藏族老牧民身著嶄新的少數民族服裝接受記者採訪，隨後拿出一本紅色封皮的《習近平總書記公開發表重要講話彙編》，津津有味的閱讀起來。有少數民族受眾對此質疑：「我們並不是在任何時候都穿著盛裝，牧區的藏族老牧民大都不識字啊！」由此觀之，因為存在少數民族受眾認知的主動性和創造力，少數民族影像的傳播者應該特別注意自己所傳播的信息能否被參與者或者少數民族受眾正確表徵。

　　少數民族影像試圖參與社會禮儀、伸張國家集體觀念、融入社會與政治記憶，最終以「歷史之眼」讓少數民族個體的個人記憶與國家族群的歷史記憶相重合。但是這種理想化的媒介效果卻需要考慮到少數民族受眾認知的主

動。它是觀眾、節目以及觀看情境之間的一種主動的認知轉換過程。如果從腦電波的變化、眼球活動的方式、左右腦的主導機制以及心理投入量的多少這四個方面分析觀看電視與閱讀的差異，會得出這樣的結論：電視注意和非電視均享同一個加工機制。這表明，受者使用電視同樣也是一種主動性行為。」〔美〕J·J 博思斯，D，R 安德森著，張令振譯《看電視的認知捲入程度低嗎？》，《北京廣播學院學報》，1991 年第 4 期，第 35 頁。轉引自劉京林《大眾傳播心理學》，北京：中國傳媒大學出版社，2005 年，第 151 頁。

動性。這種主動性可以從動機和情感兩個心理層面加以考察。(1)動機層面。我們可以將動機理解為一個推動力,當少數民族受眾進入映現在眼前的影視故事中時,他的時空便和影像的時空相契合,因而樂意地或附帶地發現他這如此而非別樣地經驗到的現實是可以進行觀看的。在少數民族影像故事裏,「影視進入日常生活,日常生活也進入電影過程——而且是積極、有意、可視、實在或偶然、附帶地一道進入的。」〔註4〕最終,少數民族受眾得以直接地、自發地將影視故事情節感知中的某些相似情形歸屬比用於自身行為的歸屬。(2)情感層面。國家認同、族群認同、角色認同現象可以歸入基本的情感範疇。只有少數民族受眾在情感領域產生積極作用,才會對影視情節和影視經驗的情感產生贊同和認可態度。「同影視情節或首先是人物進行角色認同的觀者因而也就從心靈上直接進入電影的情節、首先是直接間接地進入某一位或幾位演員的人物角色;從心理分析的理論或實踐來看,這樣的觀者可以稱為其行為可受角色認同客體影響乃至可因之而改變的人。」〔註5〕換而言之,閱讀影視作品,每一位少數民族受眾其實都是各取所需。無論影像傳播者如何標榜自己的作品,受者的主動性總會或放大、或縮小、甚至曲解其傳播意圖。這也是受者的思維定勢使然。

(二)少數民族受眾認知的依賴性與可塑性

少數民族觀眾認知的被動性(依賴性)指少數民族觀眾認知範圍與認知來源的侷限性。事實上,少數民族受眾認知的主動性和被動性都是相對的。一方面因為議程設置的存在,少數民族受眾只能被動接受傳者預設的影像信息。另一方面,受眾選取、加工、內化何種媒介信息,主動權則全由受者控制。少數民族作為亞文化群體,他們對自我身份認同、彼此間的關係以及他們與主流文化和權力中心的關係有著不盡相同的感知。試圖將他們同化為沒有思想的、單向度的「大眾」,幾乎全無可能。問題的另一個層面是,因為少數民族受眾被動性的特徵,影視文本得以抓住受眾。但文本卻又必然是開放的、多義的,允許各種不同類型的亞文化群體從中得到自己對亞文化身份認同的滿足。由此,影像的多義性不但指文本建構時必然的龐雜性,也同時指

〔註 4〕〔德〕W・舒里安《影視心理學》,羅悌倫譯,成都:四川人民出版社,1998年,第6～8頁。

〔註 5〕〔德〕W・舒里安《影視心理學》,羅悌倫譯,成都:四川人民出版社,1998年,第8頁。

處於不同階級地位的少數民族受眾激活其潛在意義的多種方式。影視的多義性使圖像意義的抗爭成為可能乃至必然，這表面「可以把影視文本與讀者的權力關係看作社會中主導階層與被支配階層的關係。」〔註6〕作為主流文化中存在的一個亞文化，少數民族影視文化通常有一套屬於自己的隱語（編碼規則），這進一步加劇了少數民族受眾認知來源和認知範圍的侷限性。反過來，「族群中心主義」的思想又可能會認為自己的文化優於其他文化。由此，少數民族影像的塑造者需要堅持「文化相對主義」的理念，在評估少數民族規範、價值觀和習俗時，認真、並且沒有偏見地把它所處的文化環境考慮進去。

少數民族受眾認知的「可塑性」即「可變性」。受者已有的認知圖式一旦形成，就具有相對的穩定性。但是為了適應不斷變化的客觀世界，受者始終在擴充或深化已有的認知圖式。影視媒介符號的不斷更新，使少數民族受眾的認知圖式在豐富性和內涵性上與時俱進地相應變化。〔註7〕事實上，「身份」一詞本身就是一個流動、可塑的概念，它「可以是先賦的，也可以是自致的。先賦地位（ascribed status）由社會『分派』給個人，並不考慮個人特殊的天分或特徵。」〔註8〕在中國社會，少數民族受眾的身份可以是維族青年、賣饢哥、莎車縣農民、南疆少數民族、中國人等等。顯而易見，每位少數民族受眾都可能同時擁有多種不同的身份。少數民族影像作為直觀逼真的圖像編碼，能夠將圖像賦予「國家」、「國族」的象徵，從而強化社會上「國家認同」以及支配團體的社會地位。誠然，這種象徵與少數族群聯繫在一起的時候，也會挑戰少數民族受眾「先在」的、普遍存在的刻板印象。少數民族影像很難改變一位少數民族受眾的先賦地位，但是卻能夠

通過塑造積極正面形象來改變傳統對這些地位所作的限制。在影像塑造身份的過程中，需要認識到「主要身份」這一概念。「主要身份」是超越其他各種身份，在個體社會位置整體中居於主導決定性的身份。現代社會中，種族與性別具有極其重要的地位，這些影響到少數民族受眾的自致身份。進一步說，國族（中國人）的身份則賦予了少數民族受眾重要的政治、經濟權利。

〔註6〕約翰‧菲斯克《電視：多義性與大眾化》，選自〔英〕羅傑‧狄金森、拉馬斯瓦米‧哈里德拉納斯、奧爾加‧林耐編著《受眾研究讀本》，單波譯，北京：華夏出版社，2006 年，第 209 頁。
〔註7〕劉京林《大眾傳播心理學》，北京：中國傳媒大學出版社，2005 年，第 161 頁。
〔註8〕〔美〕理查德‧謝弗《社會學與生活》，趙旭東等譯，北京：世紀圖書出版公司，2014 年，第 143 頁。

人是社會性的動物，通過社會互動建立起更深層次的社會結構意義，而影像無疑是其中極其重要的互動手段。在少數民族各種社會身份（角色）衝突中，滿足一個身份的角色，可能直接違背另一個身份的角色。這是一個人同時擁有兩個社會位置時所面臨的角色緊張。無疑，以影視媒介塑造榜樣角色能引導建立起新的角色認同。通過大眾傳播，影視媒介呈現一種共通的並且或多或少標準化的文化觀點，以增加社會的內聚力。影視媒介「扮演一個為社會裏的成員提供集體經驗的角色，借由播放重要事件、儀式（諸如就職典禮、新聞發布會、遊行、國葬及奧林匹克運動會），還有重大災難，將社區甚至國家的少數民族成員『凝聚在一起』。」〔註9〕影視媒介通過塑造積極正面形象肯定適當行為，推行主流社會規範。概而言之，因為少數民族受眾的依賴性和可塑性，影視媒介並不僅僅展現現實。它們過濾並闡釋外部世界，或加劇、或消弭各種文化張力特質。由此，影視媒介工作者的真正力量在於它們能控制什麼正在呈現，扮演著「守門人」的角色，決定將何種影像呈現帶給少數民族受眾，控制最後呈現在觀眾面前的信息。

　　從影視心理學的角度來考察少數民族受眾認知的可塑性，體現在感知和認知領域兩種不同角度。在感知領域，影視節目的觀賞和體驗呈現一種複雜的反應方式機制。影視故事、劇情、鏡頭剪輯、色彩變化、音樂情緒都會引起少數民族受眾的反應。感知活動凝煉出一種定向功能，該功能讓少數民族受眾心緒起伏的同時，從其關聯結構（歷史文化記憶、已有的社會價值觀）中「以審美方式和電影欣賞方式經驗到亦即看到、認識到、經受到所謂的現實、日常生活此岸與電影感知彼岸的現實。」〔註10〕之後，從認知領域而言，關於影像的種種不同特性的認識會導致對自身立場的觀察、修正或加強。也正因為與其他媒介不同，影視媒介更容易讓少數民族受眾與影視角色認同，最終成為故事本身的一部分，達到「形塑受眾」的目的。在「形塑受眾」的過程中，「傳媒監控」常常用來指主流權勢群體對傳媒內容的監控。在此過程中，難免會出現對少數民族群體報導的誤讀甚至污名化，在這樣的情感環境中，任何傳媒對事實的建構與形塑確非每個少數民族受眾都喜歡。這裡的主流意

〔註 9〕〔美〕理查德・謝弗《社會學與生活》，趙旭東等譯，北京：世紀圖書出版公司，2014 年，第 202 頁。

〔註10〕〔美〕理查德・謝弗《社會學與生活》，趙旭東等譯，北京：世紀圖書出版公司，2014 年，第 9 頁。

識形態（包括國家認同、國族認同等核心意識形態）是一套文化信仰和慣例，
能夠維持優勢群體社會、經濟和政治利益。如果影視媒

　　介傾向於忽視從屬群體（少數民族群體）的生活與目標，媒體塑造的這
些群體內容可能會創造出概念化的忽視個體差異存在的刻板印象。〔註11〕很
難想像，少數民族受眾會接受這樣的扭曲形象。

　　我們還可以從意識形態批判的角度加以考察少數民族受眾認知的可塑
性。通過意識形態分析，能夠洞察不同的影視符碼如何將少數民族受眾形塑
為主導意識形態象徵的代表。讓少數民族受眾的心理情感忠誠傾向於主流意
識形態，從而支配性地引導其接受國家認同、國族團結等主流觀點，形成一
種為各種族所接受的共識。不管少數民族受眾的階級、種族和年齡大小怎樣，
影視技術符碼諸如背景音樂、布景設置、明暗光線和攝相剪輯都能以一種霸
權的方式吸引受眾去認同主流的社會立場。而少數民族受眾解碼過程的回饋
則是得到了認知與熟悉主導意識形態的雙重喜悅。由是觀之，主導意識形態
很大程度上通過所塑造角色的差異和相似傳遞給文本。（這也說明了「榜樣」
對於「認同」的重要性，具體論述可以參看本文案例2-4《國家認同與邊疆少
數民族形象電視傳播的編碼策略——對新疆衛視大型紀實欄目〈東西南北新
疆人〉的鏡象考察》）一個影視節目想要得到認同，必須考慮不同的話語實踐
和不同亞文化的意識形態框架，用以對文本進行接受和解碼。需要注意的是，
影視「文本中的縫隙會造成意義逃脫主導意識形態的控制。是聯想結構給予

〔註11〕「在美國電視節目裏，少數族群經常是被刻板化的。幾乎所有電視節目的主
　　　　角都由白人來扮演，即使像《六人行》（Friends）那樣在種族眾多的紐約市做
　　　　給都市人看的節目也是如此。美國土著印第安人和亞裔美國人很少扮演角
　　　　色；與犯罪有關的節目往往看到黑人出演；拉丁裔實際上則被忽視了。今天，
　　　　美國40%的年輕人都是有色人種，然而他們在電視上看到的面孔很少能反映
　　　　他們的種族或文化繼承。2007年春，在四大主流電視臺黃金時段播放的近60
　　　　部電視劇中，只有5部以有色人種作為主角，而且只有2部：《醜女貝蒂》
　　　　（Ugly Betty）和《喬治·洛佩茲》（George Lopez）以少數族裔演員擔任主要
　　　　角色。此外，最不能反映族群多樣性的節目通常在傍晚播出，這個時段年輕
　　　　人最有可能看電視。當少數族裔出現在電視或其他形式的媒體上時，他們的
　　　　角色傾向於加強人們對他們種族群體的偏見。2004年，幾乎一半由中東人在
　　　　電視上扮演的角色是罪犯；相比之下，白人只有5%。與此同時，主流媒體的
　　　　執行官、製作人和作家都是白人。媒體觀察者認為，長遠來看，主流媒體想
　　　　要在節目中達到真正的多樣性，就需要整合守門人的階級差異，向少數族群
　　　　全面開放。」〔美〕理查德·謝弗《社會學與生活》，趙旭東等譯，北京：世
　　　　紀圖書出版公司，2014年，第212～213頁。

讀者的相對自由打開這些縫隙。可以說文本的片段化是影視在宏觀層次上的典型特徵——影像的表達模式是由聯想而不是邏輯連接在一起的簡短、自足的片段。影視文本相對的開放性如何能容納意識形態層面上的矛盾性解讀成為少數民族受眾社會心理學認知研究的重要課題。」〔註12〕因為主流意識形態和與其對立的意識形態都同時呈現於文本和受眾解讀中，需要在優勢解讀中挖掘主導意識形態；另一方面，因為與其對立的意識形態始終在優勢解讀所試圖邊緣化的符號過剩中尋找，這種符號過剩最終不能完全被主流意識形態所操縱。由此，積極敘事的意識形態能培養少數民族受眾對官方所塑造正面英雄角色的情感和道德認同。反之，反角的影視敘事則會成為社會從屬群體這一體制的一部分，在編碼過程中需要特別慎重。

個案 5-1-1　邊疆少數民族影像媒體認同受眾訪談錄

姜紅（新疆維吾爾自治區阿拉爾市，漢族，女，項目主持人所在學校漢語言文學專業學生）：我和父母平常通過阿拉爾電視臺、新疆兵團衛視和中央電視臺的新聞節目來瞭解新疆少數民族的新聞。我從小看漢語電視劇。雖然新疆衛視有雙語字幕的影視作品，能同時看維吾爾語和漢語，但我一般不會看。之所以不看，因為我是漢族。我們那邊大多是少數民族和少數民族一起，漢族和漢族一起，所以我很少關注少數民族的事情。如果少數民族的影視作品是漢文翻譯，比較好看的，我會看。

我會看維吾爾語頻道播放的美國好萊塢電影，電影的配音是維吾爾語，電影的字幕是漢語，這些電影在其他頻道只能付費收看，在維吾爾語頻道免費收看，我覺得很刺激。我所瞭解的少數民族題材的影視作品以家庭倫理為主，青春偶像劇很少。我沒有看過網絡劇《石榴熟了》，但我願意接觸這類優秀的作品。我認識的維吾爾族同學大多看本民族題材的影視作品，如果他們和漢族玩得越好，他們會選擇更加時尚的影視作品，比如看湖南衛視的電視劇。我住在阿拉爾市農一師十六團，周圍的人大多是漢族。我在大學期間接觸的少數民族，如果他們文化素養高，我不會排斥。

我認為民族團結至關重要，它關乎生死、命運。如果一個城市年年打仗，民族團結可以讓這個城市平息戰爭。引起暴亂事件的原因有民族團結和經濟

〔註12〕約翰‧菲斯克《電視：多義性與大眾性》，蔣寧平譯，選自張斌、蔣寧平主編《電視研究讀本》，上海：上海交通大學出版社，2014年，第402～404頁。

發展兩方面的因素，在沒有恐懼的環境下，人們才可以各司其職，好好發展
經濟，城市才會發展起來。

　　我從小到大接觸的新疆少數民族主要是維吾爾族同胞，他們信伊斯蘭教。
當然，我也遇到過文化衝突的情形。去年暑假，我從成都回烏魯木齊，在火
車上，遇見兩位內高班的維吾爾族同學，她們的漢語水平很好，我們在一起
聊天。有位漢族大叔坐在我們對面，他想問維吾爾族同學關於民族衝突的事，
我趕緊告訴漢族大叔，我們是接受過教育的人（不要對少數民族存在偏見）。
另外的話，每年秋冬，我們家鄉的維吾爾族小工會去漢族的農場摘棉花，有
時候維吾爾族小工正在摘棉花，他們會突然把頭巾放在地上，停下手裏的活，
一些漢族就說他們在偷懶。

　　作為走出新疆的大學生，我深切地感受到，雖然我在新疆是有點恐懼，
不太敢接觸維吾爾族。但當我走出新疆，離新疆比較遠的時候，當遇見維吾
爾族，我反而會比較親切，因為我們都是老鄉，都是從新疆走出來的，遇見
本來就不太容易。新疆的老鄉情很深，特別是當我們走出新疆後聚在一起，
真的是老鄉見面淚汪汪，這種情感特別強烈，比我是一個中國人還要強烈。
我們家有四代人在新疆，從我祖爺爺那輩開始，我老家是四川南充的。

　　我和弟弟、妹妹喜歡看湖南衛視，我哥哥喜歡看中央電視臺的電影頻道。
我媽媽喜歡看家庭倫理劇，她會看浙江衛視、江蘇衛視、北京衛視，深圳衛
視。我爸最喜歡看中央電視臺的社會與法頻道、新聞頻道、財經頻道、綜合
頻道。總體來說，我們家看中央電視臺的時間比較多。（2016 年 10 月 13 日，
項目主持人所在學校，王雅蝶訪談並記錄）

個案 5-1-2　央視新聞人物「賣饢哥」阿布杜如蘇力·麥麥提訪談錄

　　阿布杜如蘇力·麥麥提（新疆喀什地區莎車縣維吾爾族，男，饢餅店老
闆，25 歲）：我覺得如果少數民族題材的影視作品完全反映現實，會被廣電總
局刪減，呈現在我們面前的是不完整的作品，影視作品本身想傳達的意思會
有變化。我們現在看到的影視作品呈的大多不真實。民族團結本來就是事
實，但是一些影視作品中拍得過於浮誇，把維吾爾族和漢族的相處模式變得
很戲劇化。維吾爾族和漢族的相處方式，與維吾爾族和維吾爾族相處差不多，
但是影視作品把雙方都刻畫得過於戲劇化。

　　我信仰伊斯蘭教，維吾爾族有自己的信仰、語言、文字，如果我不把本

民族的文化告訴孩子，我的孩子就漢化了，知識需要不斷傳遞。但是如果我們長時間不與新疆接觸，就不是百分之一百的維吾爾族。能不能堅定本民族的信仰，取決於自己。我們都是中國人，只是民族不一樣，我們都是人，我們的目的都一樣，就是掙錢，把家庭照顧好，要過幸福快樂的生活。

近幾年，我接受那麼多的採訪，捐了一些錢，但是我覺得媒體頻繁的採訪，佔據了我太多的時間，我不想每次捐錢都要被報導，所以我現在繞著圈子拒絕媒體的採訪。電視媒體報導我做善事的新聞，我都沒有看過。（2017 年6 月27 日，四川省綿陽市高水社區，迪力夏提·居來提、王雅蝶、文小成訪談並記錄，注：阿布杜如蘇力·麥麥提，人稱「賣饢哥」，因長期用賣饢餅的收入捐資助學貧困學生，被中央電視臺、新疆衛視、四川衛視等媒體報導。）

圖 5-1-2　2017 年 6 月 27 日課題組在綿陽訪談維吾爾族「賣饢哥」阿布杜（左二）

個案 5-1-3　新疆巴音郭楞蒙古自治州和靜縣少數民族影視節目受眾訪談錄

2016 年 2 月，課題組成員迪力夏提·居來提在新疆維吾爾自治區開展了「少數民族影視節目及其影響調查研究」，對來自巴音郭楞蒙古自治州和靜縣的 10 位不同年齡、不同職業階層的維吾爾族進行訪談交流。大體情況如下：

在本民族題材的少數民族電視節目方面，維吾爾族主要選擇觀看體育類、新聞類、娛樂類的電視節目，個案 5-1-3 案例二中的維吾爾族幹部吾買爾·阿

布拉建議增加本民族題材的法制節目，可見中國邊疆少數民族語言的電視內容與題材還需做更多積極的嘗試。超過半數（7人）的維吾爾族對於電視傳播的信息持懷疑態度，他們強調以電視新聞為主的信息傳播的真實性。由於語言差異，少數民族在收看漢語電視節目時會受到影響，對於個案 5-1-3 案例十中的維吾爾族醫生瓦熱斯江・阿里木來說，自己雖然不能完全看懂漢語電視節目，但也會經常收看脫口秀節目《金星秀》。

在本民族題材的少數民族電影方面，超過半數（8人）的維吾爾族表示喜歡的本民族題材的少數民族電影是《買買提的 2008》和《錢在路上跑》。這些個案說明少數民族電影在運動題材、喜劇題材方面的新發展得到維吾爾族的喜愛與支持，同時這些維吾爾族希望本民族題材的少數民族電影要具有對年輕一代的教育意義。對於非本民族演員飾演本民族題材影片中的本民族角色的問題，一半（5人）維吾爾族表示能夠接受，一半（5人）維吾爾族表示不能夠接受，這些個案表現出團結和尊重少數民族的文藝工作者的重大意義。

近年來新疆和西藏這兩個自治區的網絡普及率增長十分迅速，與 10 年前相比，西部地區的網絡普及率增長明顯，為少數民族積極地參與到信息傳播提供了更多便利性。超過半數（9人）的維吾爾族都會選擇閱讀網絡新聞，網絡新聞包括國內外時事、體育新聞、娛樂新聞等。民族利益問題是中國網絡輿論熱點之一，與民族利益相關的網絡輿論中，一個突出特點是往往會形成較為明顯的派別之爭。這個領域也成為中國思想分化的主要領域之一。超過半數（8人）的維吾爾族認為互聯網在消除民族隔閡、促進各民族交流等方面起到了一定作用。在以互聯網為代表的新媒體時代，如何開展少數民族受眾調查，讓新聞傳播機構更好地瞭解輿論的走向、及時調整自己的傳播策略尤為重要。

案例一：阿布都外力（新疆巴音郭楞蒙古自治州和靜縣維吾爾族，男性，和靜縣天鵝藝術團演員，23 歲）：我喜歡看娛樂節目和體育類電視節目，經常收看的電視頻道有新疆電視臺和中央電視臺體育頻道。我看電視的主要目的是娛樂放鬆。我在收看漢語電視節目時會受到一些語言影響，所以我更傾向於收看維吾爾語電視節目，還要看一些與民族歌曲相關的節目。我認為目前維吾爾語電視節目的數量合適，在民族地區多播放本民族的電視節目還是其他民族的電視節目並不矛盾。可以兼顧兩者，進行合理的安排。我對電視傳播的事件會保持一定懷疑的態度，我認為電視節目在消除民族文化隔閡方面

起到的作用很大。我最喜歡的一部少數民族題材電影是《買買提的 2008》。我更能接受的電影語言類型是維吾爾語。我不能接受有些電影中演員自身的民族特質與其飾演角色的民族特質不符的情況，比如飾演電影角色 A 民族的是 B 民族或 C 民族。我希望每個民族都飾演自己民族的角色。我認為少數民族題材的電影在內容創作上應該更側重於民族習俗、民族歷史等。對於少數民族題材的電影在民族團結和民族認同上如何發揮作用。我建議首先在內容創作上要尊重少數民族的宗教信仰和生活習俗，不能在電影裏出現有悖於少數民族宗教信仰、生活習俗的場景。我平時多用手機上網，使用互聯網最主要的目的是看新聞、聊天、欣賞民族音樂。我在互聯網上關注維吾爾族文藝方面的信息。我認為在互聯網上傳播與少數民族相關的信息，能將少數民族的文化介紹給全世界。我認為互聯網在消除民族隔閡、促進各民族交流等方面起到的作用非常大。

圖 5-1-3　2016 年 2 月 18 日課題組在新疆訪談維吾爾族演員阿布都外力（左一）

　　案例二：吾買爾・阿布拉（新疆巴音郭楞蒙古自治州和靜縣拉布潤林場紀檢書記，維吾爾族，男，60 歲）：我平時喜歡看新聞、農業知識方面的節目。我經常收看的電視頻道有新聞頻道和農業頻道。我看電視的主要目的是為了學知識。在收看漢語電視節目時我會受到一定的語言影響。我特別喜歡看維吾爾語電視節目，也喜歡看部分漢語節目。我認為目前維吾爾語電視節目法律方面的節目比較少，一周播一次，希望法律節目可以增加，比如一周播三

次。希望多放一些農業知識方面的節目。少點廣告，電視節目中穿插廣告會影響節目質量。我認為應該多播放本民族的電視節目，90 後可以聽懂任何一個節目，但是有些地區的老年人可能聽懂百分之五十都很困難。對於電視傳播的信息。我覺得有真有假，往往帶著一種懷疑的心態來接受。我認為電視節目在消除民族文化隔閡方面起到的作用非常大。我最喜歡的一部少數民族題材電影是《買買提的 2008》。我更能接受的電影的語言類型是維吾爾語。我認為少數民族題材的電影在內容創作上應該更側重於充分地介紹少數民族文化，不然會出現不必要的矛盾。我覺得目前少數民族題材的電影在民族團結和民族認同上起的作用很大。對於少數民族題材的電影在民族團結和民族認同上如何發揮作用，我建議只要注意少數民族的生活習俗、少數民族文化方面的問題就可以。因為年齡的關係，我平時不喜歡上網。

圖 5-1-4、5　2016 年 2 月 20 日課題組在新疆訪談維吾爾族幹部吾買爾‧阿布拉（右一）

　　案例三：努爾頓‧吐爾地（和靜縣拉布潤林場工會主席，維吾爾族，男，52 歲）：我平時喜歡看新聞節目和體育節目，經常收看的電視頻道有新疆衛視和中央電視臺。我在收看漢語電視節目時不怎麼受影響。漢語電視節目和維吾爾語電視節目我都看，但是比較起來維吾爾語電視節目看的稍微多一點。我覺得應該多播放本民族的電視節目。對於電視傳播的信息，我比較關注真實性。我認為電視節目在消除民族文化隔閡方面起到的作用很大。我最喜歡的少數民族題材電影是《買買提的 2008》和《錢在路上跑》。我比較能接受的

是影視語言是維吾爾語，其次是漢語。關於少數民族影視作品中演員的身份問題，我覺得一個民族的長相和表達感情的方式是另一個民族無法代替的東西，如果出現這種情況的話，觀眾也無法欣賞。少數民族題材的電影在內容創作上應該更側重於充分、全面地介紹少數民族文化。我認為目前少數民族題材的電影在民族團結和民族認同上起的作用很大。我休息的時候會上網，使用互聯網最主要的目的是看國際國內上除了娛樂之外的各種新聞。我認為互聯網在消除民族隔閡、促進各民族交流等方面起到的作用非常大，不能小看互聯網的作用。

圖 5-1-6　2016 年 2 月 20 日課題組在新疆訪談維吾爾族幹部努爾頓·吐爾地（右一）

案例四：西爾艾力阿吉（和靜縣大清真寺伊瑪目宗教界愛國人士，維吾爾族，男性，36 歲）我平時喜歡看娛樂節目，經常收看的電視頻道有新疆衛視和中央電視臺。我在收看漢語電視節目時，不會受到語言影響。在看電視時，我更傾向於娛樂方面看維吾爾語電視節目，新聞方面看漢語電視節目。我認為通過網絡電視能收看齊全的電視節目，通過一般的數字電視機頂盒收看的電視節目不齊全。在民族地區，本民族的電視節目與其他民族的電視節目兩種都該合理地安排播放。對於電視傳播的信息，我沒有什麼特別的態度或者看法，白是白、黑是黑，看電視時我就這樣理解。我認為電視節目在消除民族文化隔

閣方面起到的作用特別大。我最喜歡的少數民族題材電影是《阿娜爾汗》和《冰山上的來客》。對於電影的語言類型，維吾爾語和漢語我都能接受。少數民族題材的電影在內容創作上應該更側重於少數民族習俗。目前少數民族題材的電影在民族團結和民族認同上起的作用很大。我覺得電影內容方面要正確地傳達少數民族習俗，因為這是教育少數民族或避免產生矛盾的根本。平時我喜歡在手機上網，用互聯網瀏覽本民族文化方面的信息。互聯網上傳播與少數民族相關的信息的主要作用是拓寬人們對少數民族的認識，發展少數民族地區的旅遊業在內的各行各業，此外還可以讓少數民族真實地認識自己。互聯網在消除民族隔閡、促進各民族交流等方面起到的作用非常大。（注：伊瑪目是在清真寺帶領大家做禮拜的人，它的通俗名稱是宗教界愛國人士。）

圖 5-1-7　課題組在新疆訪談維吾爾族宗教界人士西爾艾力阿吉（左一）

　　案例五：木合達爾‧木沙（新疆巴音郭楞蒙古自治州和靜縣步行街「伊南吃快餐」飯店主廚，維吾爾族，24歲，男性）：我平時喜歡看娛樂類型的電視節目，經常收看的電視頻道是體育頻道。看電視的主要目的是娛樂放鬆，在收看漢語電視節目時會受到語言的一定影響。我平時看漢語電視節目比較多，我認為目前維吾爾語電視節目的數量比較合適。在民族地區，本民族的電視節目和其他民族的電視節目都應該合理地安排。對於電視傳播的信息，我希望要注重真實性。我認為電視節目在消除民族文化隔閡方面起到的作用

很大。我最喜歡的一部少數民族題材電影是《買買提的2008》。我更能接受的電影的語言類型是維吾爾語。對於有些電影中演員自身的民族特質與其飾演角色的民族特質不符的情況，比如飾演電影角色 A 民族的是 B 民族或 C 民族，我能接受這種情形，但是更希望本民族演員飾演本民族角色。我認為少數民族題材的電影在內容創作上應該更側重少數民族特色。目前少數民族題材的電影在民族團結和民族認同上起的作用有一定效果。對於少數民族題材的電影在民族團結和民族認同上發揮作用，我建議要表達少數民族真實的生活、工作面貌，注意少數民族服裝的穿著方式和其他生活習俗。

圖 5-1-8　2016 年 2 月 21 日，課題組在新疆訪談維吾爾族廚師木合達爾‧木沙（左一）

　　案例六：迪力亞爾（新疆巴音郭楞蒙古自治州和靜縣巡邏防控大隊特警，維吾爾族，23 歲，男性）：我平時喜歡看體育類型的電視節目，經常收看的電視頻道是中央電視臺體育頻道。在收看漢語電視節目時，我不會受到語言影響。對於於選擇漢語電視節目還是維吾爾語電視節目，我認為都一樣，哪個好看看那個。目前維吾爾語電視節目的數量有不足，我希望專門開一個體育頻道。在民族地區，播放本民族電視節目的前提下，播放其他民族的電視節目會更好。對於電視傳播的信息，我會友好地接受。我最喜歡的一部少數民族題材電影是《錢在路上跑》。更能接受的電影的語言類型是維吾爾語。我能接受有些電影中演員自身的民族特質與其飾演角色的民族特質不符的情況，

比如飾演電影角色 A 民族的是 B 民族或 C 民族。少數民族題材的電影在內容創作上應該更側重於有教育意義。目前少數民族題材的電影在民族團結和民族認同上起的作用十分大。對於少數民族題材的電影在民族團結和民族認同上如何發揮作用，我建議多關注少數民族習俗。我認為，互聯網在消除民族隔閡、促進各民族交流等方面起到的作用非常大。

圖 5-1-9　2016 年 2 月 21 日，課題組在新疆訪談維吾爾族特警迪力亞爾（左一）

　　案例七：阿布都吉力力（新疆巴音郭楞蒙古自治州和靜縣「鼓勵來」養殖專業合作社創業者，維吾爾族，24 歲，男性）：我平時喜歡看經濟類型的電視節目，經常收看的電視頻道有財經頻道、新聞頻道和新疆電視臺。在收看漢語電視節目時，我會一定程度受到語言影響。對於選擇漢語電視節目還是維吾爾語電視節目，我兩個都會選擇。我認為目前維吾爾語電視節目的數量不足，在教育方面和經濟方面的節目比較少。對於在民族地區應該多播放本民族的電視節目還是其他民族的電視節目，我認為取決於少數民族理解漢語的能力。對於電視傳播的信息，如果有不真實的情況，我會持一種激動的態度。電視節目在消除民族文化隔閡方面，應該有一定的作用。我最喜歡的一部少數民族題材電影是《買買提的 2008》。我更能接受的電影的語言類型是維吾爾語。少數民族題材的電影在內容上應該更側重於少數民族歷史。目前少

數民族題材的電影在民族團結和民族認同上起的作用較大，因為電影會影響他人的內心。對於少數民族題材的電影在民族團結和民族認同上發揮作用，我建議電影要傳遞真實和實際性的內容，展示感人的語句和事件，才能很好發揮電影的作用。平時在互聯網上，我會瀏覽本民族文化方面的信息。我認為在互聯網上傳播與少數民族相關的信息的主要作用是介紹少數民族，把少數民族的習俗和當地特產介紹給其他人，還可以通過互聯網做生意，很有作用。互聯網在消除民族隔閡、促進各民族交流等方面起到的作用非常大。

圖 5-1-10　2016 年 2 月 22 日，課題組在新疆訪談維吾爾族創業者阿布都吉力力（右一）

　　案例八：依拉木江（新疆巴音郭楞蒙古自治州和靜縣氣象局辦公室主任，維吾爾族，27 歲，男）：我平時喜歡看體育類的節目。經常收看的電視頻道是體育頻道。在收看漢語電視節目時，我不會受到語言影響。不管漢語電視節目，還是維吾爾語電視節目，我都看。我認為目前維吾爾語電視節目的數量比較少。在民族地區，無論本民族的電視節目還是其他民族的電視節目都應該播，要保持平衡和多樣。對於電視傳播的信息，我覺得電視信息傳播速度趕不上網絡。但電視節目在消除民族文化隔閡方面起到的作用仍然非常大。我最喜歡的一部少數民族題材電影是《錢在路上跑》。我更能接受的電影的語言類型是漢語。我認為少數民族題材的電影在內容上應該更側重於喜劇。目前少數民族題材的電

影在民族團結和民族認同上起的作用很大，不容忽視。對於少數民族題材的電影在民族團結和民族認同上發揮作用，我建議要多播放，多宣傳，少數民族電影不僅在新疆、西藏這些邊疆地區播放，在內地也多放。最好在全中國把新疆、西藏等邊疆少數民族電影放起來，不要只侷限在邊疆地區播放。我使用互聯網最主要的目的是瞭解新聞、看體育賽事、看電影。我認為在互聯網上傳播與少數民族相關的信息的主要作用是，互聯網能夠打破少數民族信息傳播的空間侷限，作用大，但是內地人不會關注這方面的信息。但我認為互聯網在消除民族隔閡、促進各民族交流等方面起到的作用並不太大。

圖 5-1-11　2016 年 2 月 22 日，課題組在新疆訪談維吾爾族幹部依拉木江（左一）

　　案例九：吉力力‧吐爾遜（新疆巴音郭楞蒙古自治州和靜縣維吾爾族，和靜縣第二中學教務處主任，男，35 歲）：我平時喜歡看娛樂類型的電視節目。經常收看的電視頻道有新聞頻道、體育頻道和電影頻道。平時看電視的主要目的是學習知識和娛樂放鬆。在收看漢語電視節目時，我會一定程度受到語言影響。無論漢語電視節目，還是維吾爾語電視節目，我兩個都選擇。目前維吾爾語電視節目的數量還是比較少，可以有獨立的文藝頻道、新聞頻道。在民族地區，不管本民族的電視節目還是其他民族的電視節目都要播，要保持平衡和多樣。對於電視傳播的信息，我認為信息一定要真實，現在有一些不真實的情況。電視節目在消除民族文化隔閡方面起到的作用非常大，因為電視受眾特別多，

所以要在媒體上多播有利於民族團結的內容。我最喜歡的一部少數民族題材電影是《買買提的2008》。我更能接受的電影的語言類型是維吾爾語。目前少數民族題材的電影在內容上應該更側重於少數民族的習俗和歷史。目前少數民族題材的電影在民族團結和民族認同上起的作用特別大。對於少數民族題材的電影在民族團結和民族認同上發揮作用，我建議要充分地展現少數民族的習俗和歷史，要注意很多方面的問題。在互聯網上，傳播與少數民族相關的信息的主要作用是讓整個國家的人民進一步認識少數民族。

圖5-1-12　2016年2月23日，課題組在新疆訪談維吾爾族老師吉力力‧吐爾遜（右一）

　　案例十：瓦熱斯江‧阿里木（和靜縣人民醫院急診科醫生，維吾爾族，28歲，男）我平時喜歡看演講類型、脫口秀類型的節目。經常收看的電視頻道地方衛視的綜藝節目，比如東方衛視的《金星秀》。我看電視的主要目的是娛樂放鬆，在收看漢語電視節目時我會受到語言影響，不懂的地方一般會問我的弟弟。我特別喜歡看維吾爾語電視節目，也喜歡看部分漢語節目。我認為目前維吾爾語電視節目的數量比較合適。對於在民族地區應該多播放本民族的電視節目還是其他民族的電視節目，我覺得應該多放本民族的電視節目，因為很多人有語言方面的障礙。對於電視傳播的信息，我不知真假，所以帶著一種懷疑的心態來接受。我認為電視節目在消除民族文化隔閡方面起到的

作用很大。我最喜歡的一部少數民族題材電影是《在吐魯番的愛情歌曲》。我更能接受的電影語言類型首先是維吾爾語，其次是漢語。有些電影中演員自身的民族特質與其飾演角色的民族特質不符，如果這樣，電影會失去它的真實性，大家不太能接受。我認為少數民族題材的電影在內容上，應該更側重講述各民族之間相互幫助的友好情誼。要拍一些意想不到的場景讓別人認識到，國家對民族地區的投資建設和民族地區的真實發展情況。目前少數民族題材的電影在民族團結和民族認同上，有一定的作用。對於少數民族題材的電影在民族團結和民族認同上發揮作用，我建議增加對實際問題的反映，現實生活中有很多少數民族幫助漢族，應該全面、客觀地呈現民族團結的故事，不要總圍繞漢族幫助少數民族，要讓電影體現出它對民族團結的作用，一定要還原各方面的事實。還有要把對年輕人的教育設為電影的主題之一。在互聯網上，我平時會瀏覽一些本民族文化方面的信息，一般在維語網站上瀏覽維吾爾族醫學博士們的成就和醫學方面的研究成果。互聯網上傳播與少數民族相關的信息的主要作用，是讓更多人瞭解少數民族，比如少數民族的宗教信仰、文化風俗等，消除不必要的誤會。

圖 5-1-13　2016 年 2 月 26 日，課題組在新疆訪談維吾爾族醫生瓦熱斯江·阿里木（右一）

個案 5-1-4　邊疆地區各民族對國家認同與影像傳播的認識訪談錄

2015 年至 2017 年，課題組在項目主持人所在學校開展了「邊疆地區各民族對國家認同與影像傳播的認識調查研究」，對來自西藏自治區、新疆維吾爾自治區、康巴藏區的不同市縣的 11 個少數民族進行了訪談交流。

扎西次仁（西藏日喀則藏族，男，項目主持人所在學校法學專業學生，18 歲）：我在四川很少關注西藏的新聞。我回家偶而看新聞節目，日喀則電視臺的新聞大多與牧區相關，就算播國際新聞，和國內其他電視臺相比也缺乏時效性，所以我一般上網看新聞。我不看中央電視臺的《新聞聯播》，但我每天看中央電視臺綜合頻道的《今日說法》，因為我是法學專業的學生，老師推薦我們看，對分析案例有幫助。媒介所呈現的藏區新聞和我所瞭解的基本一樣，還是挺真實的。我喜歡看藏語新聞，平時非常關注外國媒體對西藏的報導。國外十分重視西藏特有的文化，而國內感覺不怎麼重視，國內在保護藏族文化方面做得不是很好。在我小時候的記憶裏，日喀則有各種補習班，但沒人會補習藏文。高三畢業前，藏文老師在最後一節課上告訴我們：「這有可能是你們大多數人一生中最後一節藏文課。」聽老師那樣說，我很傷心，對我打擊很大。我們這一代藏族孩子是漢化最嚴重的一代，不是有一句話叫做「罪人的一代」嗎？我很擔心藏族文化在幾百年後會消逝。我聽說過 BBC 版本的《西藏一年》，但我不怎麼喜歡看紀錄片，太長了。我看過電影《西藏往事》，在日喀則上映時我去看過，我很喜歡。不過藏族題材的電影挺少，而且藏族導演拍的電影一般，沒有很大吸引力。我和家人都看藏語節目，我媽媽喜歡看藏語譯製的韓國電視劇。我喜歡日本動漫，最近在看《火影忍者》，每週四晚上 10 點準時上網觀看。我算是一個虔誠的佛教徒吧，日喀則有很多寺廟，我經常去寺廟。我享受了國家的優惠政策，心裏也很感激。我現在是一名大學生，國家每年會補助我四千元，一年的學費差不多免了。藏區也提供醫療和養老在內的各種保險和補助。我最喜歡的一個明星是藏族歌手曲爾甲，他唱歌聲音好聽，他的歌曲題材多樣，有關於草原雪山這類自然風光，也有關於愛情的。現在我在讀海倫‧凱勒的《假如給我三天光明》，讀高中沒時間看課外書，只是聽說哪些書好，最近我看了這本書，收穫很大。我從小生活在牧區，父母是牧民，父親會一點漢語，母親不會漢語，哥哥在做生意。（2015年 11 月 29 日，項目主持人所在學校，仁青卓瑪訪談並記錄）

努爾孜汗（新疆伊犁哈薩克自治州沙灣縣哈薩克族，大學生）：我認為目

前哈薩克族文化的傳播前景很廣，越來越多人開始認識哈薩克族文化。電視媒介在哈薩克族文化傳播的效果相對最好，但可能因為哈薩克族人少、錢少，哈薩克族題材的電視劇比較缺乏。我平常用哈薩克語和同胞朋友交流，用漢語和漢族同學交流。我認為漢語環境並未對哈薩克語帶來不好的影響。我主要通過學校教育來瞭解哈薩克族文化，在我瞭解哈薩克族文化的過程中，阿拜·胡那巴依對我的影響最大。我和維吾爾族同胞的關係還不錯，哈薩克族和維吾爾族在文化、習俗方面差不多。不過沙灣縣的維吾爾族同胞很少。我覺得新疆維吾爾族的宗教信仰最強烈。他們會戴頭巾，一天做 5 次禮拜，家庭對他們的影響很大。很多哈薩克族（進行宗教活動）不會這麼嚴格，以我為例，我只是心裏相信阿拉存在，我對伊斯蘭教的教規不太瞭解，所以我不會特別要求自己做禮拜。我覺得一些新疆的少數民族之所以受國外恐怖主義和東突分裂勢力的影響，主要原因是被蠱惑的少數民族文化水平低，他們不知道哪個是對，哪個是錯。還有一個原因是民族間的不平等吧，我聽說過一群哈薩克族牧民，世代居住在沙灣縣，他們的經濟來源就是通過在草原上放牧養活自己，草原是他們生存的根本，後來，漢族搶走了他們一兩千畝的土地，導致這群哈薩克族和漢族打架，我覺得這個現象是民族間的不平等。導致一些少數民族處於弱勢地位的主要原因是文化水平低。在南疆，一個家庭都有十幾個孩子，父母經濟負擔重，孩子讀完小學就會輟學。我覺得電視媒介最能感染、教化、引導這類文化程度偏低的少數民族。對於解決新疆少數民族問題的政策，我認為應該注意宗教，一些政策對少數民族信仰不寬容。我和家人都不會做禮拜，不會嚴格做宗教禮儀，但是我們心裏對阿拉有敬畏心，阿拉是我們日常生活中的道德標準。（2015 年 12 月 2 日，項目主持人所在學校，加依那爾·畢倫別克訪談並記錄，該訪談僅代表受訪者立場，出於研究的目的，本課題作忠實記錄。注：「阿拜·胡那巴依」是哈薩克族偉大的思想家。「做禮拜」，是對每天進行的一種宗教活動的稱呼，禮拜即拜功，是「五功」之一，是穆斯林及基督教的重要宗教活動。「阿拉」，是伊斯蘭教信徒崇拜的主宰名稱。）

馬傑（新疆巴音郭楞蒙古自治州回族，男，項目主持人所在學校環資學院研究生）：我平時看本民族的影視作品比較少，不是很瞭解。對於新疆發生的暴亂事件，我認為是暴亂分子看了暴恐視頻，受到蠱惑。關於不同民族間的族際通婚問題，我現在就有位漢族女朋友，但是家人不同意我和她結婚，

因為家人覺得會有很多麻煩，比如生活習慣、生孩子一類的問題。我們那邊有回族和漢族結婚，回族的父母直接和他們斷絕關係。在我看來，什麼都不是問題，我媽覺得什麼都是問題。我從小接受漢語教育，我上的漢語班，沒有上民族班，回族沒有自己的語言和文字，我從小就說漢語。我的回族朋友和其他民族的朋友一樣多，不過我們村的蒙古族比較多。我只能算是半個穆斯林，小時候我媽每週星期五讓我去做禮拜，我都不太願意去，覺得沒什麼意思。因為我從小接受的教育都是比較科學理性的，覺得（做禮拜）不太靠譜。我認為國家對於新疆的政策挺好的，經濟、教育方面都很好，我們高考時有很多加分。計劃生育政策放得挺寬，我媽媽從事計劃生育統計工作。不過我也並不是特別瞭解民族宗教政策。（2015 年 12 月 8 日，項目主持人所在學校，宋西訪談並記錄）

外克力（新疆伊犁哈薩克自治州維吾爾族，男，項目主持人所在學校環資學院學生）：關於看電視，我寒假比暑假看得多，冬天太冷，我們都在家裏看電視。暑假會和家人一起在地裏種菜，或者出去踢球。我看電視的主要目的是瞭解國內外發生的事情。我經常收看的電視節目以新聞、體育、娛樂節目為主。我覺得電影和電視劇沒有什麼接受不接受的，對於電視新聞，就有的相信，有的不相信。在我們家鄉市區有兩個電影院，關於本民族題材的影視作品，我看過電影《買買提的 2008》、《冰山上的來客》以及電視劇《冰山上的來客》。我認為少數民族題材影視作品的傳播，讓人更加瞭解少數民族的風俗與習慣，促進民族之間的交流。這些影視作品在民族團結和民族融合方面發揮了很好的作用，影視作品傳播給大家搭建了一個很好的平臺，可以幫助外界打開對新疆的認知視野，讓認識變得理性、全面。對於少數民族題材的影視作品創作，我認為還是以我們當地民族語言為好，必須接近我們的生活，讓大家真心感興趣，可以適當增加法律、醫療題材方面的創作。至於恐怖分子製造的暴力襲擊事件，我覺得全世界都有恐怖分子，任何恐怖暴力事件都是反人類的。對於發生在新疆的暴力事件，媒體第一時間報導傳播，會造成一定的負面影響。昨天烏魯木齊地震，媒體沒有怎麼報導。相反，如果是和新疆相關的恐怖暴力事件，各大媒體早就蜂擁而至，說實話，我有點不喜歡，畢竟這是對家鄉的一種傷害。關於當地少數民族和漢族的通婚情況，伊犁地區很少，受歷史、家族、文化在內的很多原因，有一定壓力。對於族際通婚，我不反對，也不贊同。我是一名共青團員，曾任校足球隊隊長。（2015

年 12 月 25 日，項目主持人所在學校，文小成、迪力夏提‧居來提訪談並記錄）

景毅（新疆烏魯木齊市漢族，女，新疆職業大學機械電子工程學院老師，36 歲）：我平時看了很多少數民族題材的影視作品，新疆衛視有 15 個以上的頻道，漢語、維吾爾語、哈薩克語都有，我們愛看新疆衛視維語頻道。我聽不懂維語，電視節目是雙語字幕，有漢語翻譯，很方便。我覺得關於少數民族題材的影視作品，基本上漢族影視作品的題材有什麼，少數民族題材就有什麼。少數民族同志參演的電視劇、電影，特別多，我覺得都很感人。我的少數民族學生會看電影、電視劇，他們會用手機上網。一些人認為媒體「美化」新疆，這是大錯特錯。一定要實事求是，去過新疆才有發言權。去過一次新疆還不行，要多呆十幾年才有發言權。你不要聽這個「美化」、那個「美化」，少數民族地區之所以經濟發展不平衡，因為人才匱乏，需要大學生回家鄉發展。我覺得新疆是很美好的，各民族之間很團結，我周圍的同事和鄰居都是維吾爾族和哈薩克族，我們關係都很好。對於新疆地區的媒介傳播，我覺得不要隨便聽信部分媒體傳播的有關新疆社會恐怖暴力的新聞，根本沒有必要。我上大學的時候，經常聽一個電臺叫美國之音，主播的聲音非常好聽，但是電臺節目裏會說中國的壞話。我當時就想，這些人要真正來到中國，看看中國是什麼樣的，才有發言權。我們不要害怕涉及敏感問題，而是應該更加客觀地看待很多問題，一些人本身不瞭解新疆，他們說的很多話經過媒體傳播後偏於主觀，與實際差別太大。新聞工作者在傳播之前一定要去請教，請教那些看問題站得很高、看得很遠的人。作為新聞工作者，一定要實事求是，儘量去一線調研，得到真實的一線資料，去問新疆當地的少數民族、漢族怎麼看待新疆，效果會更好，才有真正的發言權。現在新疆有些媒體報導新聞，都是沙漠、胡楊林這些自然人文景觀，事實上你們去看看新疆烏魯木齊乃至其他各地市，發展都是非常好的，這些可以多加報導。我是今年新疆教育廳的內派服務教師，在項目主持人所在學校做新疆籍少數民族學生教育管理服務工作。我在新疆從事了 12 年的就業指導工作，也是高校的老師。來了內地以後，發現新疆籍的少數民族同學在就業方面存在問題。在我們學校可以聽到漢語、維吾爾語、哈薩克語、蒙古語、英語、俄羅斯語，我和同事們吃飯，可能就有四五種語言一起交流。在新疆發生的暴力恐怖事件是少數破壞分子造成的，這些破壞分子被定義為暴恐分子，那就是犯罪嫌疑人，是國家法律

嚴厲打擊的。每個民族都有壞人，漢族也有壞人，大家千萬不要因此對新疆產生恐懼感，更不要將偏見延伸到某個民族，這個一定要注意。我是土生土長的新疆人，我對新疆充滿了很深刻的感情，所以我認為所謂的暴恐分子、搞破壞的只是一小撮人，可能受到美國反華勢力的影響。熱比婭·卡德爾跑到美國弄資助，就是刻意搞分裂，想把新疆分裂出中國。中華民族5000多年的文化，多民族融合，不可能說這種根連根的東西憑幾起暴恐事件就能切斷，這是不可能的。我是老綿陽人，我父母20歲從綿陽去支持新疆建設。我在新疆呆了36年，是土生土長的新疆人，見證了新疆從貧瘠到富裕繁榮的過程。23歲前在南疆的阿克蘇和喀什生活、學習，23歲至今在烏魯木齊工作、生活。這次來到內地後，我在思考，為什麼新疆窮，就是因為經濟發展不平衡，如果大家都有錢，也不會有那麼多事，所以就業是很重要的。新疆真得挺好，你要是去過一趟就會明白的，那裡的人熱情、善良、淳樸、大方，不像內地有些人很會玩心眼、小氣。我父母覺得新疆特別好，我們那裡瓜果飄香，每天都是藍天白雲，太陽高照，冬天有暖氣，大型超市很多，生活非常方便，道路交通修得也好，工資也高。我父母在新疆呆了50年，他們最有發言權了，他們給我說，他們年輕的時候四川太窮了，還是到了新疆才有活路的。（2016年10月13日，項目主持人所在學校，王雅蝶訪談並記錄。注：熱比婭·卡德爾，是烏魯木齊「7.5」嚴重暴力犯罪活動的幕後策劃者，是民族分裂分子。）

太麗哈（新疆伊犁哈薩克自治州州東鄉族，女，項目主持人所在學校會計專業學生）：我平常基本沒看少數民族題材的影視作品，我看電視劇和電影都是根據自己喜歡的。我基本都看外國電影，國內電影看的比較少，我也會看紀錄片。我喜歡美國好萊塢的電影，比如科幻片、刑偵片、倫理片、驚悚片。韓國電影也不錯，但我不喜歡韓國電視劇，我感覺好誇張。平常接觸媒體獲取信息，以前主要靠家裏的電視，後來用電腦和手機獲取信息。我信仰伊斯蘭教。但是我現在基本沒有什麼少數民族習慣。我初中之前在伊犁，後來去上海讀書了。我不想討論政治方面的事情，比如新疆發生的暴恐事件，我始終相信家鄉人民是善良而且團結的，我也相信新疆一定會繁榮昌盛。我們從來不排除漢族，也不分什麼漢族或者少數民族。我媽媽是回族，爸爸是東鄉族。我和父母在家裏交流用普通話，我們的漢語都可以，帶點新疆口音。（2016年10月13日，項目主持人所在學校，王雅蝶訪談並記錄）

格興初（四川阿壩羌族藏族自治州馬爾康藏族，女，項目主持人所在學

校漢語國際教育專業學生）：我很喜歡學習英語，喜歡接觸外國的事物，覺得這個專業最能接近外國的事物，也最能有機會去體驗外國的生活方式，所以就選擇了它。平時我比較關注國外媒體對藏區的報導，如果有關於外國對藏族的報導，我一定會看，不會特意關注。我和家里人看的電視節目很不一樣，家裏的老人喜歡看康巴衛視、青海衛視，我比較喜歡看美劇，像《權力的遊戲》，我對外國的影視作品比較感興趣。因為藏族的影視作品本來就少，所以我也很少看。我知道藏族人阿來，他的文學作品《塵埃落定》改編成電視劇，我看過一點。電視劇《塵埃落定》在馬爾康的土司官寨取過景，現在那裡變成了旅遊景區。還有一部電影《檸檬》，它也在馬爾康取了景，我看過。我關注本民族題材的影視作品的最大原因是因為它們在我家鄉馬爾康取景，部分原因是與藏族有關。我覺得本民族文化在電影《檸檬》裏的表現不太多，只是一些單純的鏡頭羅列。藏族導演萬瑪才旦拍的《靜靜的嘛呢石》、《塔洛》等，我都沒有看過，只在網上搜索過《塔洛》的簡介。

　　我父母經常追劇，他們會看藏語譯製的國內抗戰片和泰國電視劇。但是像我爸媽這個年紀，對他們影響最大的是微信。我們都在外面讀書生活，父母會通過微信和我們視頻聊天。父母聊天就發語音，因為他們不怎麼會說漢語或者寫漢字。他們偶而發朋友圈動態，有時候用漢語，但是水平不高。最近上映的電影《岡仁波齊》，我和爺爺奶奶都特意去電影院看了，電影呈現出來的對於信仰的追求和執著是真實存在的。但是也有不專業的地方，媒體不可避免地只看到一些表面的東西。比如我們藏族過節的時候會集體到神山禮拜，但是媒體只看到我們做這些活動，覺得好奇，並沒有瞭解我們為什麼做這樣的活動，做這些活動的目的又是什麼？電影《岡仁波齊》在一定程度上真正傳達了我們的信仰。我信仰藏傳佛教，每次回家都會去寺廟，我們藏族很多人的名字都是寺廟的活佛取的。我的名字是我們那兒一個比較德高望重的老爺爺取的，老爺爺不是僧人。內地雖然都有佛教寺廟，但是差別很大。佛教也有許多派別，所以不會去跟我信仰派別不同的寺廟。我信仰的藏傳佛教的派別格魯派。關於達賴喇嘛分裂國家的行為，包括我以及很多藏族是反對的，藏族講善、講感恩。我覺得達賴喇嘛的作為違背了我們的原則，支持達賴喇嘛的人只是一少部分人，很多接受過教育且比較理性的藏族是不支持達賴喇嘛的。我們信仰的藏傳佛教是講善意的。一些出家人之所以還俗，除了外界誘惑、生活所迫，我覺得更多的原因是對自己內心的追求不夠堅定。

國家的民族宗教政策挺好的，在不斷完善中。我會說藏語，能寫一點點藏文，我們的藏文是方言。在家裏，我和爸爸媽媽溝通用藏語。在學習和工作上，父母都是支持我去國外發展的。我從小就比較獨立，很多事都是自己決定。和以前相比，我們那裡漢藏通婚的很多。大家的觀念隨著時代改變，不像以前那麼反對，但是結婚儀式要藏式的。如果一個藏族女孩和漢族男孩結婚，婚禮會舉辦兩次，一次藏式，一次漢式。（2017 年 7 月 12 日，項目主持人所在學校，王雅蝶訪談並記錄。注：《權力的遊戲》是美國 HBO 電視網推出的一部中世紀史詩奇幻題材的電視劇。）

第二節　少數民族影視話語與媒介社會心理學

一、影視媒介中的少數民族群體：變形的社會鏡象

　　眾所周知，通過影視媒介，受眾得以認知比實際生活更廣泛的各式人群。一方面，我們把影視媒介視為瞭解少數民族群體的發端，也是認知少數民族群體的核心信息源。最極端的情形是，我們對某些少數民族群體的全部信息都來自於影視媒介。眾多中國內陸農村地區的漢族終生未見過任何一個維族或者藏族同胞。在這種情形之下，對於無法親眼目睹真人的受眾而言，影視媒介對於少數民族的形塑刻畫就是真實的（這是一種特殊的、哲學意味的真實）。本節主要討論影視媒介中不同少數民族群體形象的塑造，以及媒介形象對於他們所造成的或積極、或負面的各種影響。

　　一般說來，世界範圍內影視媒介中的少數群體形象大多會經歷四個階段：第一個階段是否認，即在電影大銀幕以及電視屏幕上根本不存在少數群體的形象。第二個階段是諷刺，即少數族群被刻板化為無能、弱智、滑稽的刻板形象，並以此來提升主流群體自身的形象。例如在美國的電視節目中，很難見到正面積極的阿拉伯族裔美國人，他們似乎總是與恐怖分子劃上等號。第三個階段是管理，在這一階段，少數群體大多被描畫為現有社會秩序的保護者（如保安、警探等角色）。第四個階段（也是最理想的階段）是尊重，在這一階段，「影視媒介上少數群體形象就是一個多樣和全面的形象，但這並不是說此時媒介上的少數群體就沒有一個被刻板的形象。」〔註13〕中國影視媒介

〔註13〕〔美〕理查德·傑克森·哈里斯著《媒介心理學》，相德寶譯，北京：中國輕
　　　　工業出版社，2007 年，第 63 頁。

中的少數民族形象大體處在由第三階段向第四階段過渡的時期。影視市場的整體火爆並未給少數民族影視創作帶來多少福音，反而讓少數民族影視作品的生存愈加困難。因為難以在市場獲得良好的回報，少數民族影視作品創作的萎靡對於中國少數民族影視文化生態的負面作用日益凸顯。在主題開掘、類型拓展、影視人才積澱等方面都成為少數民族影視產業格局整體發展的瓶頸。〔註14〕

（一）少數民族影像傳播與社會認知偏見

少數族群如何思考自身和其所處的社會性世界，如何詮釋、選擇、和運用社會信息與歷史記憶來做出理性判斷和實際行動決定了他們社會認知的內涵。少數族群通常努力形成對世界的準確印象，但由於社會思維的性質，他們有時會形成錯誤刻板的印象。影視媒介則以直觀的形象或正面、或負面地加強了這種社會思維，最終形成了某種固化的**心理圖式**。「圖式即組織我們對社會性世界的知識的心理結構，它包括我們對許多事情的知識——其他人、我們自己、社會角色和特定的事件。在每種情形中，圖式都包含我們用來組織我們社會性世界的知識以及解釋新情況的基本知識和印象。」〔註15〕當圖式一旦運用到族群的社會團體成員中時，刻板形象會迅速形成並自然運用。在本課題組的個案訪談中，不乏這樣的案例——少數民族受眾對於影視節目所塑造的浮誇、類型化的少數民族形象嗤之以鼻。需要深思的問題是，對於影視節目製作者而言，如何避免圖式引發的負面效果？如何穩定地創設全新的經驗與過去的圖式相鏈接？又最終如何創設出全新的、原本不存在的圖式？

這裡涉及到一個「可提取性」的論題。「『可提取性』是指圖式和概念在人們頭腦中所佔據的優越範圍，從而使我們在對社會性世界做出判斷的時候予以提取使用。」〔註16〕如果聯繫國家認同與少數民族影視媒介，需要考慮三個因素：其一，歷史經驗導致圖式的「可提取性」日積月累地得到提高。例如，由於「十七年少數民族電影」的廣泛深遠影響，在邊疆少數民族受眾

〔註14〕以 2013 年院線發行的 250 部國產影片類型比例做分析，西部片僅占 0.4%，而票房僅占 2.0%。參見中國電影家協會、中國文聯電影藝術中心編著《2014 年中國電影產業研究報告》，北京：中國電影出版社，2014 年，第 9～10 頁。
〔註15〕〔美〕艾略特・阿倫森、提摩太・D・威爾遜、羅賓・M・埃克特《社會心理學》，侯玉波等譯，北京：世界圖書出版公司，2012 年，第 63 頁。
〔註16〕〔美〕艾略特・阿倫森、提摩太・D・威爾遜、羅賓・M・埃克特《社會心理學》，侯玉波等譯，北京：世界圖書出版公司，2012 年，第 63 頁。

心理普遍產生該歷史時期全國各民族大團結的想像圖景。〔註17〕其二，將少數民族受眾眼前的現實目標與影像訴求的終極目標相契合。例如前文所分析的成功電影案例《買買提的2008》，該片之所以在維族觀眾中反響強烈，正在於擯棄了傳統電影的宣傳說教，把維族偏遠地區的真實民眾訴求（挖溝渠脫貧）和集體主義、國家復興（在北京舉辦2008年奧運會）的宏偉政治理想良好的契合起來。其三，由於少數民族受眾的歷史經驗各異，有些特定的圖式或特徵可能並不容易提取，需要借助成功的媒介啟動提高其「可提取性」。上述三種因素如果同時失效，可能會導致「自證預言」的惡性循環，即人們不知不覺通過他們對待他人的方式來使其負面的圖式變為現實。由是觀之，如何借助影視媒介塑造成功的少數民族形象，改觀少數民族受眾圖式的「可提取性」和「可運用性」，會對他們的社會性世界產生積極深遠的影響。

在探討少數民族社會認知與國家「認同」圖式的過程中，我們還需要關注決定圖式的文化因素。雖然每個人都需要用圖式來理解世界，但圖式的內容卻深刻受到少數民族個體自身成長的文化影響。圖式是文化對個體產生影響的重要途徑，該途徑逐漸構建起影響少數民族個體理解和解讀國家的方式的心理結構。如果少數民族群體普遍感到種族偏見甚至種族歧視的存在，那他們對於國家「認同」的圖式必然是消極和被動的。事實上，種族偏見是雙向的。它經常由主體民族加在少數民族身上；反過來，少數民族又把這種扭曲的認知圖式加在主體民族身上。毋庸置疑，對於少數族群而言，影視文化在形塑認知圖式的過程中舉足輕重。在關於刻板印象的研究中發現，主體民族容易給少數民族貼上「自由奔放」、「能歌善舞」以及「文化智識程度不高」的標簽。而反過來，刻板印象也是雙向的：少數民族給主體民族貼上「冷漠」、「不易接近」的標簽。少數民族的其他一些方面也容易使其成為偏見的對象，譬如文化習俗、宗教信仰。由偏見帶來的負面態度不僅是普遍的，而且是危險的。不同族群間的單純的反感可能會令人無情，甚至導致極端的仇恨。由

〔註17〕課題組在2016年7月17日採訪新疆查爾縣教師進修學校校長阿赫買提時，六十六歲的老人回憶起1968年到烏魯木齊教育學院進修時的情境，深情感歎到：「當時維族題材的電影特別多，《遠方星火》、《兩代人》、《阿娜爾罕》、《天山歌聲》、《綠洲凱歌》、《沙漠裏的戰鬥》……我們特別愛看，那時候漢族和維族的關係親密得就像兩親兄弟。」

此，偏見的對象自尊心遭受巨大傷害在所難免。與「認同」一樣，偏見由三個
要素組成：敵意的情感態度或者情緒要素；認知上的負面的信念與思想；行
為要素上按照態度所表現出來的敵意行為。〔註18〕因為偏見的存在，導致忽
略少數族群成員間的其他不同之處，對其某種共同特質簡單想像或粗淺概括，
最終形成刻板印象。刻板印象非常容易被影視媒體廣泛宣傳並永恆化，一旦
形成就很難因為新信息的出現而發生改變。

　　值得提醒的是，刻板印象是認知進程，而非「情緒性」的認同或者偏見。
它通常是人們簡化世界的一種方法，體現在影視節目創作中，可以視為一
種類型化的製作模式和觀賞反映的心理構架模式。在類型化的影視劇中，
「當然有社會聯想（臺詞、情節、故事），但創作者和觀眾首先與形式系統
打交道，社會意義表達的需要越少，跟形式的關係越密切。」〔註19〕因此，
類型化的少數民族影視節目容易呈現簡單古板、概念化、形式化的刻板印
象。這通常會在少數民族受眾心理上造成公然明顯的、受到不公正歧視的
心理傷害。分析少數民族影視節目中刻板形象的產生原因，可以發現它們
源自創作者「傾向於將影視信息分類組合，形成一些架構並用它們來解釋
新的或不尋常的信息，依賴潛在的不準確的判斷法則（心理推論的捷徑），
以及依賴有誤的記憶過程——社會認知的所有這些層面都能導致創作者形
成消極的刻板形象，並且用於歧視。」〔註20〕負面的少數民族刻板形象容
易激活少數民族受眾潛在的、受壓抑的焦慮心理。這種「情緒性」的態度比
「非情緒性」的態度改變要難得多，由此在少數民族受眾心中產生的強烈
偏見也比其他受眾更為深刻。只有呈現大量與刻板形象不一致的有效信息
刺激，他們才會逐漸修正自己已然偏離、封閉的認知線路。部分少數民族受
眾外表看起來沒有偏見，而內心依然維持著他們的刻板印象觀點，這種現
象被稱為「現代種族主義」。只有影視節目製作者改變負面的社會認知思維
方式，與受眾「相互依賴、追求共同目標、擁有真正政治上的平等地位、頻
繁的人際接觸以及建立平等的社會規範」，才會消弭編碼者（影視製作者）

〔註18〕〔美〕艾略特・阿倫森、提摩太・D・威爾遜、羅賓・M・埃克特《社會心理
　　　　學》，侯玉波等譯，北京：世界圖書出版公司，2012年，第459頁。
〔註19〕郝建《中國電視劇：文化研究與類型研究》，北京：中國電影出版社，2008年，
　　　　第340頁。
〔註20〕〔美〕艾略特・阿倫森、提摩太・D・威爾遜、羅賓・M・埃克特《社會心理
　　　　學》，侯玉波等譯，北京：世界圖書出版公司，2012年，第466頁。

與解碼者（少數民族受眾）之間的認知偏見。〔註21〕

（二）少數民族影像傳播與國家認同「圖式」

假如說少數民族影像利用各種影視語言，旨在以影像方式表達各種觀念，那麼這些手段也是源自「思維圖式」，而非文學修辭格。具體而言，通過安排自己的結構、組合和蘊涵，少數民族影像得以完成象徵性以及造型性表意。〔註22〕「影片影像近似於聯想主義者設想的心象，一副永遠固定在記憶中的影像，它可以隨時被意識喚起和重現。對於少數民族觀眾而言，影片影像代替現實，正如我們做夢時的心象。在夢中，想像是我們自己的想像；而在電影中，它是來自外部的和加在自我的意識上的想像。」〔註23〕正因為如此，少數民族受眾可以隨時拒絕受影像的牽制並參與其中，其參與行為始終是一種自覺行為和一種默契的產物。「無論如何，少數民族觀眾的認同（它彷彿強化了對影片真實性的信任）要求一種自我否定，哪怕只是在演出時間中，以便與『他人』認同。然而，這種移情活動，作為一種真正的淨化，酷似這個詞彙所包含的最深刻和最普遍意義的宗教態度。」〔註24〕如果說把這種認同上升到國族認同、國家認同層面，那麼宗教情懷般的儀式洗禮則至關重要（具體案例可參閱前文對電影《紅河谷》的評述）。需要注意的是，少數民族受眾在國家認同的過程中，理智一直在起作用，理智思考的是被體驗的內容，而非被感知的內容，是接受的內容，而非所發現的內容。由此，觀眾的認同強化了對影像真實性的信任，要求一種自我否定，在觀影過程中與「他人」（影視角色）認同。這種移情活動，作為一種真正的淨化，包含深刻而普世性的宗教態度。觀眾的認同是一種積極的移情投射活動，而影視劇角色體現和凝聚著一種永不知足和耽於夢想的力量。因此，角色成為一種替身，負責通過移情來圓滿少數民族受眾的自我，它承擔著受眾無法成為的這種自我。這深刻闡釋了影像中角色榜樣的示範作用對於國族認同、國家認同

〔註21〕〔美〕艾略特·阿倫森、提摩太·D·威爾遜、羅賓·M·埃克特《社會心理學》，侯玉波等譯，北京：世界圖書出版公司，2012年，第492頁。

〔註22〕〔法〕讓·米特里《電影美學與心理學》，崔君衍譯，南京：江蘇文藝出版社，2012年，第124頁。

〔註23〕〔法〕讓·米特里《電影美學與心理學》，崔君衍譯，南京：江蘇文藝出版社，2012年，第118頁。

〔註24〕〔法〕讓·米特里《電影美學與心理學》，崔君衍譯，南京：江蘇文藝出版社，2012年，第118頁。

的重要意義（具體案例可以參閱前文對於新疆衛視大型紀實節目《東西南北新疆人》的論述）。反之，如果影視節目中少數民族作為「社會問題」的製造者頻繁出現於屏幕，則會對受眾產生負面的消極情緒，最終對於民族團結、國家認同的態度形成障礙。〔註 25〕

　　族群認同大多以血緣宗親關係為紐帶，而國家認同則是一種社會制度意義上，更高層級的文化身份認同。國家認同可以分為兩個不同維度：內省式和開放式。前者表現為帶有威脅性的內斂式身份自省，其演變可能朝向狹隘的民粹主義；而後者指的是同時有效處理本族群身份與關乎國家社會的聯繫與民主價值體系，其理想境界為建設和而不同的公民社會。「內省式國家認同」的少數民族表面上認同國家，但事實上卻在影像傳播中傾向於記得那些符合他們本族群主導參考結構的態度、信仰和行為，以對影像的選擇性記憶來降低他們決定後的不和諧感。〔註 26〕影像傳播者為了達到有效的開放式國家認同，必須置於以下語境方可被理解：「傳通活動」與一個整體情境相關聯，而該整體情境部分通過少數民族受眾的反應來創建。這裡需要思考的問題涉及：如何展現影像當事者內在系統的輪廓以及他的世界觀體系的輪廓？受眾如何理解影像當事者自身的位置以及他人的位置？經過傳通，哪種身份本身可以描繪出這個或那個當事者？當事者展現出怎樣的價值觀和世界觀？當事者的計劃、意圖和關鍵內容如何呈現？當事者介入決定性的情境語境中時（涵蓋影像畫面諸元素，包括時空、人際關係、規範規則以及身份參照對象），他的個體身份如何理解？進而言之，這些介入對於國族團結、國家認同的表徵是否起作用？我們試以新疆新聞聯播 2014 年 7 月 14 日、7 月 23 日播出的兩則新聞截圖為例作具體分析。

〔註 25〕在早期的好萊塢影視作品中，「黑人作為罪犯、毒販子、鬧事者、幫派、製造不和睦的家庭成員和麻煩製造者比任何正面或中性的再現內容都更為普遍。儘管新聞記者法規建議，膚色只是在如果確實相關的情況下才應被提及，但消極的新聞價值判斷經常為了引起公眾的恐慌而在報導中強調膚色。而且，黑人壓力集團已經在譴責媒體對於有種族動機的攻擊輕描淡寫而對黑人犯下的『行兇搶劫』。」〔英〕大衛·麥克奎恩《理解電視》，苗棣、趙長軍、李黎丹譯，北京：華夏出版社，2003 年，第 150 頁。類似的案例如紀錄片《偷》（陳東楠導演，2013 年），該片記錄了未成年新疆維族少年偷竊、吸毒等大量令人不適的鏡頭，儘管看似逼真，但勢必讓受眾對維族產生負面的刻板印象。

〔註 26〕〔美〕賽福林、坦卡德著《傳播理論：起源、方法與運用》，郭鎮之、徐培喜譯，北京：中國傳媒大學出版社，2006 年，第 128 頁。

圖 5-2-1、5-2-2 《新疆新聞聯播》2014 年 7 月 14 日新聞「海上『雪蓮花』」截圖

圖 5-2-3、5-2-4 《新疆新聞聯播》2014 年 7 月 24 日新聞「綿陽『最美賣饢哥』」截圖

　　上述兩則新聞的播出時間均在 2014 年 7 月，當年新疆地區「暴恐事件」頻發（2 月 14 日新疆烏什縣襲警案、4 月 30 日烏魯木齊火車站恐怖襲擊案、5 月 22 日烏魯木齊爆炸案等惡性事件），新聞傳媒機構有必要引導輿論，營造地區穩定、民族團結的傳通情境。具體而言，影像傳播者清醒地認識到，每個影像當事者「在引用自己（或他人）的計劃、品味、看待事物的方式時，都會展示自己（或他人）身份的一個部分，因此他協助創造或修改『身份的語境』。只有在這個語境中，當事人和受眾的傳通才具有某種意義。」〔註27〕接下來，我們將具體分析新聞節目製作者在某一個溝通情境下，如何對出席者的身份施加影響，最終通過對身份的有效操控，完成由「族群認同」到「國族認同」、「國家認同」的轉變。

　　圖 5-2-1、5-2-2 為受眾創設的心理情境是這樣的：一位新疆地區的少數民族電視觀眾在認真觀看當地的主流新聞節目——《新疆新聞聯播》，在他的內心深處，解碼評述著《海上雪蓮花》這則新聞。他也許正在為近期頻發的「暴恐事件」而擔憂，為緊張的民族關係所困擾。新聞題目《海上雪蓮花》

〔註27〕〔法〕阿萊克斯·穆奇艾利《傳通影響力——操控、說服機制研究》，宋嘉寧譯，北京：中國傳媒大學出版社，2009 年，第 127 頁。

赫然躍入眼簾，因此能夠引起觀眾的強烈關注。他被突然帶入到千里之外的另一個世界，一個既陌生卻又十分「熟識」的世界：來自新疆的維爾吾族、哈薩克族、回族、柯爾克孜族女兵，共計 26 名，匯聚遼寧艦。她們分布在全艦 4 個部門，從事航海、通信等 7 個專業，通過鍛鍊先後成長為操舵兵、艦載機調度兵等多個特殊崗位的優秀人才；她們自覺克服種種困難，堅持奮鬥在戰鬥崗位的第一線，爭當海軍新質戰鬥力構成的先鋒骨幹；她們在航母上放飛青春夢想，出色完成了歷次試驗試航任務，唱響了矢志建功深藍的強軍戰歌。

呈現給觀眾的影像不由自主地讓他對目前自己的身份以及新聞影像中當事人（角色）的身份進行比較。他在「精神層面」「參與」進入到新聞影像所描述的世界，通過「認同體驗」經歷新聞主人公英雄般的經歷：作為一名中國女兵而非維族姑娘在「國之利器——遼寧艦」上服役。整條新聞突出了影像世界與觀眾現實世界的強烈對比，「邀請」少數民族觀眾超越俗世、重新塑造國家公民的道德價值觀。通過對比得出的結論，勾起了觀眾的家國情懷，這種情愫由以下元素建構：確定的國族身份、英雄情懷、愛國的價值觀、受到他者尊重的主體身份……新聞強調的反差在少數民族受眾的心理層面引發了如下假設——通過觀看影視節目，觀眾才能夠重尋自身位置、再次找到健康正確的規範，並且與其他受眾分享。

圖 5-2-3、5-2-4《綿陽最美「賣饢哥」》則為受眾創設了這樣的心理情境：「各民族都是一家人，就像石榴籽那樣緊抱在一起……」。這則新聞的主要敘事情節是：維吾爾族小夥阿布杜如蘇力從遙遠的南疆來到四川綿陽打饢謀生。一家三口擠在 10 平方米的出租房，妻子沒工作，還有一個午幼的孩子，他卻拿出積攢的 6 萬餘元幫助四川和新疆兩地的 34 名貧困學生圓了上學夢。阿布杜如蘇力的善良和愛心感動了綿陽和新疆兩地，2014 年底榮獲「四川好人——首屆感動四川十大年度人物」提名。

這則新聞對於改變電視觀眾固化的維族刻板形象，顛倒各種定見以及地域偏見同樣效果顯著。新聞影像中一個可能的信息與當事人的種族身份有關，他來自特定的種族群體——經常因其種族身份而遭到誤解的維族。對於他們，我們習慣於耳聞目睹新聞媒介將其形塑為受到幫扶的弱勢階層。然而，在這裡，主人公英雄般成為捐資助學的施救者！

按照斯圖亞特·霍爾在《「他者」的景觀》中的觀點，阿布杜如蘇力這一形

象承載多重意義。這一形象既顯示了一個事件（直接意指）——維族青年資助漢族貧困學生，又承載了有關「種族」、他者的信息和意義（含蓄意指）——維族與漢族情同一家。新聞的標題「最美賣饢哥」固化了這一意義。如果揣摸少數民族受眾對這一新聞的觀影心理，我們可以得出如下結論：阿布杜如蘇力的形象在上下影視語境中被解讀時，它的意義增加了。「這一意義的累計穿越不同文本，在這些文本中一個形象與另一個相牽連，或其意義在別的形象的語境中被『解讀』從而發生了變化。兩種話語——書寫語言的話語和影像話語——被要求產生和『固定』意義。」〔註28〕換而言之，正是「最美賣饢哥」、「海上雪蓮花」這樣「標明」事件意義的美麗詞彙，以及「遼寧艦」這樣象徵國家強盛的標誌性符號賦予並固化了新聞主人公頗具正能量的「國族」文化身份。

我們可以試著把受眾對上述形象的心理接受過程用一簡圖表述：

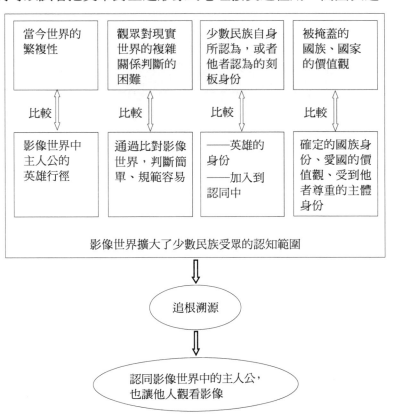

圖 5-2-5　少數民族受眾觀看影像評論流程與得出結論過程

〔註28〕〔英〕斯圖亞特・霍爾編《表徵：文化表徵和意指實踐》，徐亮、陸興華譯，北京：商務印書館，2003 年，第 230 頁。

二、國家認同構建：少數民族影像傳播與刻板印象、偏見的消除

（一）「最簡群體範式」與「刻板類型」

　　如前文所述，刻板印象是指認為某些屬性是特定群體成員（如少數族群）特徵的一種信念。它被影視媒介所強化放大，往往帶來消極、負面甚至錯誤的影響。從社會心理學的角度分析，刻板印象構成了國族認同、國家認同的障礙；它在忽視某些少數族群獨立個體特徵的同時，把關於這個群體的片面知識投射到對該個體的期待中去。其中備受關注、引發爭議的刻板印象當屬惡性的歧視與偏見。偏見與歧視通常產生針對特定群體成員的或消極、或有害的行為。涉及到族群關係，刻板印象與偏見則往往帶來當事者消極的信念、價值觀和行為。不容忽視的一種情形是，一個人可能會不帶偏見地歧視他人。例如，即使異教徒之間彼此並無偏見，但因為擔心後裔被同化以及對宗教未來發展的影響而阻止族際婚姻的發生。事實上，在一個多族群混居的社會中，族際婚姻的比例決定其文化認同程度的高低。

　　社會心理學家採用了多種生理測量方法來評估偏見與刻板印象，其中最為重要的一種被稱為「內隱聯想測驗」。研究者通過實驗，結果發現在觀看影像的過程中，無意識偏見存在於大多數個體觀眾中。〔註29〕毋庸置疑的是，影像的內容同時啟動激發了某一圖式概念或者刻板印象。如果影像傳播的地區恰好是有著長期的矛盾和猜疑歷史的群體間，這種刻板印象的強化則會倍增。研究者同時發現，血緣種族甚至宗教上的差異往往並非國家認同的必然障礙；對抗外敵、保家衛國的共同超級目標往往能增加民族的團聚力。軍隊中不同種族和宗教群體的融合過程之所以相對成功，原因正在於軍人只有學會合作和相互依存才能完成共同的目標。這也解釋了為何成功的軍旅題材影視劇往往能有效激發民族自尊心與國族認同感。（具體案例可參閱前文對電影

〔註29〕「這種技術的原理是：在計算機顯示屏上呈現一系列影像或圖片，要求被實者在圖片符合某一規則時候，用左手按一個鍵；並在符合另一種規則時，用右手按另一個鍵。社會心理學家認為，如果能對特定群體的成員和一些詞語形成刻板印象上的聯繫，被試按鍵的速度會更快；而當詞語和對特定群體成員的刻板印象相悖時，被試按同一個鍵的速度會更慢。有數百萬人參見了在線內隱聯想測驗，調查者發現，約2／3的白人被試表現出了對白人的強烈的或者中等的偏愛。此外，大約有一半的非裔被試也表現出了對白人的偏愛。」
〔美〕托馬斯・吉洛維奇等著《社會心理學》，侯玉波等譯，北京：中國輕工業出版社，2016年，第414～415頁。

《回民支隊》、《從奴隸到將軍》以及電視連續劇《彝海結盟》的案例分析）

　　事實上，不同族群之間融合的障礙在於人們往往願意採用一種「我們」或「他們」的思想，這種心理被稱之為「最簡群體範式」。「最簡群體範式」心理向我們展示了群體內偏袒現象的廣泛性與頑固性。那麼它從影視心理學視角來研究偏見有何作用？影像能使少數民族觀眾根據認知不同把世界分為「我們」和「他們」嗎？由此觀之，「社會認同理論」應該建立在以下不容置疑的事實之上，就是「人們不僅會通過自身的個性與成就獲得自尊上的滿足，也同樣會通過其所屬不同群體的地位和成就來滿足自尊的需求」。〔註30〕只有使「我是一個中國人」成為絕大多數少數民族根深蒂固的自我概念，國家認同感才可能真正建構。伴隨國家認同感的應該是大國崛起帶來的經濟騰飛與軍事實力的增強，中國的科學家、企業家、體育健將、影視明星所帶來的自豪與驕傲。當然，在「疆獨」或者「藏獨」分子眼中，國家可能意味著政治經濟不平等所帶來的不公正與羞恥感。如前文所述，少數民族群體自尊感的重要來源出自其所屬的國族實力，只有盡可能提高整體成員的地位和價值才會讓其對自身更加自信。另一方面，需要注意的是，少數民族個人的群體歸屬感與建立自尊之間關係密切。從認知心理學的角度而言，刻板印象似乎不可避免。它源自人們對自然事物以及人工事物分類的天然本能。其目的在於簡化各種紛繁複雜事物的理解過程，並且對各種新鮮刺激的信息做出類型加工。一如美國記者沃爾特・李普曼所言，成見系統是少數民族個人傳統的核心，是對少數民族社會地位的保護。它既是對少數民族自尊心的保護，又是投射在這個世界上的少數民族自身意識與自身的價值觀念。雖然「他們在曲身鑽進那個模式之前要放棄許多誘惑他們的東西，但只要他們打定主意進去，它就會像一雙舊鞋子那樣令人舒適。」。〔註31〕

　　我們可以從刻板印象、成見與少數民族觀影的心理保護區之間的關係來理解影視節目的類型化後果。「刻板類型（stereotype）」本來是印刷媒介的術語，指的是能提高印數的活字印刷鉛版。後來用作形象化的表達，最基本的意思是指固定的、重複的角色類型。如少數民族影像傳播中常見的刻板類型

〔註30〕〔美〕托馬斯・吉洛維奇等著《社會心理學》，侯玉波等譯，北京：中國輕工業出版社，2016年，第424頁。
〔註31〕〔美〕沃爾特・李普曼《公眾輿論》，閻克文、江紅譯，上海：上海人民出版社，2006年，第72頁。

角色有能歌善舞的少數民族男女青年、啟蒙少數民族文化的漢族共產黨員等等。最初，刻板類型角色出現在影視節目中是為了幫助觀眾更好地理解敘事。對於敘事而言，使用刻板類型角色比較經濟。角色一出場我們就「知道」他們是怎樣的人物，這就沒有必要讓創作者費勁去刻畫人物性格，同時意味著無差別、臉譜化的角色呈現。隨著政治文化語境的改變，不斷有舊的刻板類型角色消失，又有新的刻板類型角色出現。例如十七年電影創作的少數民族女拖拉機手形象（《五朵金花》，1959 年，王家乙導演），以少數民族勞動者的身份來爭取國家政治認同。該片引發出的浪漫想像讓各族觀眾心馳神往——女拖拉機手可以豪情壯志地駕著鐵牛，在一望無際的田野奔馳，而且還可以談戀愛。〔註 32〕在這個思想相對保守的歷史時期，少數民族題材愛情電影開始允許男女之間肢體接觸如牽手相擁，或對唱情歌的場景。當然，男女主角的相識、定情、相戀又都與政治「大我」相關。影片試圖宣揚忘我的集體主義精神，強調的重點依然是工作先於愛情、積極向上的民族認同觀。我們「不能簡單把刻板印象視為簡單的能指，即使他們似乎代表的是某些類型和規範。因為他們是被當成典範而生產出來的社會文化產品，所以有必要在種族、性別（gender）、性慾、年齡、階級（class）和類型片以及歷史等論題下加以考察。」〔註 33〕需要明確的一點是，少數民族影視所塑造刻板類型形象的符碼和慣例容易使我們建立某種歸屬感並排斥他者。觀眾雖然不能成為影視中的「英雄」形象，但至少可以確定不能像「他者」那樣。刻板類型角色在使我們的偏見釋放的同時，卻又在生產著另一種偏見。從上述分析我們可以得出這樣的結論，刻板形象的優勢在於它能夠幫助受眾便捷地保存認知資源，但因為它不能全面概括各種類型的群體成員，也會導致對少數民族個體的錯誤印象或不公判斷。值得反思的問題是，我們如何得出結論，現在少數民族影像中的少數民族形象比以往更少類型化了？他們是更清晰深刻地表徵了少數民族問題，還是仍然囿於刻板類型的窠臼，不過以另外一種形式呈現罷了？

（二）國家認同、少數民族影像闡釋與刻板印象和偏見的減少

在少數民族影像傳播的過程中，受眾常常會出現「外群體同質效應」的社

〔註 32〕劉澍主編《老電影往事》，北京：中國廣播電視出版社，2006 年，第 121～136頁。

〔註 33〕〔英〕蘇珊・海沃德《電影研究關鍵詞》，鄒贊、孫柏、李玥陽譯，北京：北京大學出版社，2013 年，第 456 頁。

會心理現象。首先，少數民族觀眾和本族群內群體成員的接觸常常多於和外群體人員的接觸。所以他們更容易瞭解本族群內成員的習俗、愛好與價值觀。這也解釋了為何在本族群的傳播過程中，萬瑪才旦、賽夫、麥麗絲等少數民族導演的內視角少數民族電影擁有較強的認同感。另一方面，這也導致了少數民族受眾關於外群體的信息大多是傳聞中的刻板印象。因為少數民族受眾共享著一個群體身份，因此他們不會把自己所在群體中的某個成員當成這個組的代表。所以在本族群內部交流中，少數民族個體特異性的好惡、缺點不會被放大為本族群的表徵。由是觀之，少數民族影像的編導應該清醒地意識到，「不要誤以為來自其他群體的成員在思想、裝扮、甚至長相上都是相似的。在少數民族影像的編碼與傳播過程中，因為少數群體在多數群體的大部分成員看來是獨特的，因此少數群體成員的個體行為被凸顯出來，而少數民族群體成員的不良行為有著雙重的獨特性，因此更加令人難忘。」〔註34〕當不同的族群聚集在一起的時候，人們往往馬上意識到其他種族的存在。而當觀眾特別注意某一個種族成員時，那人又恰好在作一些非同尋常之事，那麼種族特徵往往是第一個進入你腦海解釋其行為的重要依據。概而言之，受眾非常可能用疑似體現了某一族群特質的個體成員行為去概括該群體。於是刻板印象得到進一步強化，和刻板印象相一致的行為會被觀眾所看重銘記；而和刻板印象不一致的行為卻會被觀眾視而不見，迅速遺忘。〔註35〕基於此，在傳播少數民族負面的新聞故事時，需要特別謹慎。（請參看前文有關少數民族紀錄片《偷》的相關論述）

種族的差異性改變了受眾解釋其行為的方式。受眾如何接受與刻板印象相悖的影像，最終取決於其對刻板印象的情感捲入程度高低。而受眾如何闡釋支持性信息和反對性信息，則表現在他們如何解碼不同群體的行為，是抽象解碼抑或具體解碼。解碼程度的不同讓他們的解釋帶上了不同的涵義。當與刻板印象不一致的事件相比，和先在的刻板印象相一致的事件被描述得更抽象（描述特質），因而也更意味深長。如前文所述，引發刻板印象甚至偏見的編碼與解碼過程都是經過有意識思考的。於少數民族受眾而言，當他們有意或無意間認識到他者對自己所在的群體持有偏見時，會產生刻板印象威脅

〔註34〕〔美〕托馬斯·吉洛維奇等著《社會心理學》，侯玉波等譯，北京：中國輕工業出版社，2016 年，第 434 頁。

〔註35〕〔美〕托馬斯·吉洛維奇等著《社會心理學》，侯玉波等譯，北京：中國輕工業出版社，2016 年，第 436 頁。

——害怕自己將會印證他者對自己所在群體的刻板印象。刻板印象的折磨最終往往又會導致他們做出與刻板印象一致的行為，而壓抑那些與刻板印象不一致的行為，從而令刻板印象的語言最終自行實現。那麼需要進一步討論的是，如何正確通過影像傳播幫助我們改善族群關係？影像傳播作為不同群體接觸的重要途徑，如何積極而富有成效地實現種族融合、改變不同種族間的負面態度影響？

其一，不同的群體擁有相同的地位，如果一個群體覺得更有優越感而厭惡另一個群體，那麼卓有成效的互動自然也不可能發生。民族融合、國家認同更多是基於文化——制度背景下的政治認同。國內社會背景強有力的影響，是形成國家認同所根植的土壤。「各種社會規則和傳統建構了國家的認同和其行為的利益根源。」〔註36〕少數民族影像傳播作為文化制度建設的重要途徑，對於建立公民社會基礎上的國族認同與國家認同極其重要。少數民族影像的傳播過程事實上亦是一個政治記憶刻寫的過程，意味著刻寫意願、刻寫主體、刻寫對象和刻寫方式的選擇。影像的傳播者需要牢記，影像表徵的世界始終不可與現實世界劃上等號，「權力本身的生命力依靠合法性供給，也來自於少數民族受眾對合法性自下而上的理解。」〔註37〕只有在政治平等的基礎之上，才有可能真正實現「熔爐理論」所描繪的理想圖景。「熔爐剝去了人類所有的種族分離中原始的仇恨與差別，全部熔進一個群體，表明了人與人之間兄弟般的關係。所有的東西都能被吸收，並且所有東西對正在形成的國民性格都能有所貢獻。」〔註38〕

其二，樹立不同族群通過合作方能達成的共同目標，引發共同的「組內身份」，從而促成有效的群體間互動。〔註39〕影響國族認同的刻板印象（認知維度）與情感偏見（情感維度）往往是交織在一起的。少數民族影像傳播作為文化融合的重要途徑，要想促進群體邊界的滲透性、增進「群際接觸」、提

〔註36〕〔美〕彼得·卡贊斯坦主編《國家安全的文化：世界政治中的規範與認同》，宋偉、劉鐵娃譯，北京：北京大學出版社，2009 年，第 25 頁。
〔註37〕王海洲《合法性的爭奪——政治記憶的多重刻寫》，南京：江蘇人民出版社，2008 年，第 26～31 頁。
〔註38〕米爾頓·M·戈登《在美國的同化：理論與現實》，載於馬戎主編《西方民族社會學經典讀本——種族與族群關係研究》，2010 年，第 70～72 頁。
〔註39〕〔美〕托馬斯·吉洛維奇等著《社會心理學》，侯玉波等譯，北京：中國輕工業出版社，2016 年，第 450 頁。

高心理融合，需要「不同群體在追求共同目標的過程中，通過地位平等地接觸而減少彼此間的偏見。」〔註40〕少數民族的公民身份「通過享有和承擔為該民族國家的法律所正式確認的、具有普遍性的和平等的一系列權利和義務來體現。」〔註41〕而少數民族的族群身份則更多與血緣關係、宗親關係、宗教信仰等要素相聯繫。少數民族的國家認同障礙來自於「公民身份」與「民族身份」雙重結構之間的矛盾與衝突。由是觀之，講述「家國情懷」的少數民族影視劇在其中承擔著重要的作用。〔註42〕這也自然構成了本課題研究核心所在：1. 新時期少數民族影像在政治傳播過程中，向受眾究竟有效呈現了何種身份認同？2. 少數民族影像究竟該如何正確定義「自我」與「他者」？3. 如何認識定義少數民族身份認同的影像標籤？4. 不同少數民族影像採取的身份構建策略與其政治文化立場、受眾群要素之間有何關聯？

其三，通過少數民族影像傳播達到文化融合的目的，需要一個應用範圍更廣的社會範圍去支持「群際接觸」。概而言之，包括少數民族受眾在內，人人都需要盡到公民的責任，確保公民權利受到尊重與落實。少數民族影像所塑造的少數民族形象應該力求不偏不倚，體現如下價值觀：不同族群之間擁有更多的機會為了共同的目標而奮鬥，不是因為有限稀缺的資源而彼此競爭甚至發生衝突。概而言之，少數民族影視作品具有文化多樣性、國家文化安全等多重意義和價值。其意識形態功能絕非簡單地以「他者奇觀」滿足各色受眾對外部世界的想像，而是通過非刻板化的有效圖式把各少數民族群體納入中華民族和中國的國家框架之中，最終實現國族認同與國家認同。「少數民族題材影視作品在建設『中華大文化』、防範與抵禦『西化』的文化戰略中有著無法替代的作用。」〔註43〕當然，少數民族影視作品要想真正得到少數民

〔註40〕管健《身份污名與認同融合——城市代際移民的社會表徵研究》，北京：社會科學文獻出版社，2012 年，第 289 頁。

〔註41〕王雯《公民與村民：身份定義的雙重結構》，載於張靜主編《身份認同研究》，上海：人民出版社，2006 年，第 157 頁。

〔註42〕在課題組訪談的過程中，不斷有維吾爾族受訪者表達出對電影《買買提的2008》的青睞。這部勵志體育題材影片既有「同一個世界，同一個夢想」的國家情懷，又不乏沙尾村為打井所凝聚起來的集體主義精神，沙尾村酷愛足球兒童的拼搏勵志。聯繫 2017 年在中國內地熱映的印度電影《摔跤吧！爸爸》，同樣是一部把舉國體制、家國認同很好融於一體的影片。該片的成功可以為少數民族題材影片未來的發展提供啟示。

〔註43〕饒曙光等著《中國少數民族電影史》，北京：中國電影出版社，2011 年，第383 頁。

族受眾的認同、增加「群際接觸」，最終途徑仍然是走向市場化、商業化乃至
國際化。從國家文化發展策略的高度而言，需要政府在政策體制方面給予大
力扶持。於此而言，借助「少數民族影像傳播」實現「中華民族多元一體格
局」，仍舊任重道遠。

　　「同不妨異、共輿而馳」、「異不害同，同舟而濟」、「相互交輝，和衷共
濟」、「相得益彰，兼容並包」的原則，永為「少數民族影視傳播」與國族認同
的煌煌正途。

參考文獻

一、著作

（一）中文著作

1. 白郎編《火焰與柔情之地：涼山彝族鄉土紀實》，重慶：重慶出版社，2007年版。

2. 白潤生《中國少數民族新聞傳播史》，北京：民族出版社，2008年版。

3. 查建英《八十年代訪談錄》，北京：生活・讀書・新知三聯書店，2012年版。

4. 車鳳《中國新聞媒體社會治理功能研究》，北京：中國傳媒大學出版社，2014年版。

5. 陳荒煤、陳播主編《周恩來與電影》，中央文獻出版社，1955年版。

6. 程季華《中國電影發展史第二卷》，北京：中國電影出版社，1963年版。

7. 崔保新《西藏1934——黃慕松奉使西藏實錄》，北京：社會科學文獻出版社，2015年版。

8. 崔衛平《迷人的謊言》，北京：中國華僑出版社，2012年版。

9. 戴錦華《霧中風景：中國電影文化1978～1998》，北京：北京大學出版社，2016年版。

10. 董海雅《情景喜劇的幽默翻譯研究》，上海：上海外語教育出版社，2011年版。

11. 杜贊奇《從民族國家拯救歷史：民族主義話語與中國現代史研究》，南京：江蘇人民出版社，2009年版。

12. 段金生《南京國民政府對西南邊疆的治理研究》，北京：社會科學文獻出版社，2013 年版。

13. 段晶晶《藏傳佛教：寧瑪派聖蹟文化研究》，成都：四川民族出版社，2013 年版。

14. 段鵬《國家形象建構中的傳播策略》，北京：中國傳媒大學出版社，2007 年版。

15. 方延明主編《我國藏語新聞媒體影響力問題研究》，北京：民族出版社，2016 年版。

16. 傅樂成《隋唐五代史》，北京：九州出版社，2010 年版。

17. 傅樂成主編《中國通史》，北京：九州出版社，2010 年版。

18. 高維進《中國新聞紀錄電影史》，北京：世界圖書出版公司，2015 年版。

19. 管健《身份污名與認同融合——城市代際移民的社會表徵研究》，北京：社會科學文獻出版社，2012 年版。

20. 國家新聞出版廣電總局發展研究中心主編《中國廣播電影電視發展報告（2014）》，北京：社會科學文獻出版社，2014 年版。

21. 國家新聞出版廣電總局發展研究中心編著《中國廣播電影電視發展報告（2016）》，北京：中國廣播影視出版社，2016 年版。

22. 國家廣播電視總局發展研究中心編著《中國廣播電影電視發展報告（2018）》，北京：中國廣播影視出版社，2019 年版。

23. 郭淨等編著《中國民族志電影先行者口述史》，昆明：雲南人民出版社，2015 年版。

24. 郭新編《第三極》，北京：五洲傳播出版社，2015 年版。

25. 海闊《媒介人種論：媒介、現代性與民族復興》，上海：中國傳媒大學出版社，2008 年版。

26. 韓鴻《藏語衛視與藏區發展：策略、機制與模式》，北京：社會科學文獻出版社，2017 年版。

27. 郝建《中國電視劇文化研究與類型研究》，北京：中國電影出版社，2008 年版。

28. 海力波《道出真我——黑衣壯的人觀與認同表徵》，北京：社會科學文獻出版社，2008 年版。

29. 郝建《影視類型學》,北京:北京大學出版社,2002 年版。

30. 郝建《中國電視劇:文化研究與類型研究》,北京:中國電影出版社,2008 年版。

31. 何博《我國邊疆少數民族的『中國認同』及其影響因素研究》,北京:中國社會科學出版社,2014 年版。

32. 何成洲主編《跨學科視野下的文化身份認同》,北京:北京大學出版社,2011 年版。

33. 胡譜忠《中國少數民族題材電影研究》,北京:中國國際廣播出版社,2013 年版。

34. 黃鳴剛《危機管理視閾中的電視傳播研究》,北京:中國廣播電視出版社,2011 年版。

35. 賈磊磊《電影語言學導論》,上海:復旦大學出版社,2011 年版。

36. 賈磊磊《影像的傳播》,桂林:廣西師範大學出版社,2005 年版。

37. 賈磊磊《中國武俠電影史》,北京:文化藝術出版社,2005 年版。

38. 姜智芹《美國的中國形象》,北京:人民出版社,2010 年版。

39. 金宜久主編《當代宗教與極端主義》,北京:中國社會科學出版社,2008 年版。

40. 冷述美編著《媒體管理案例研究》,北京:中國傳媒大學出版社,2006 年版。

41. 李道明《紀錄片:歷史、美學、製作、倫理》,臺北:三民書局,2013 年版。

42. 李道新《中國電影:國族論述及其歷史景觀》,北京:中國電影出版社,2013 年版。

43. 李道新《中國電影文化史(1905～2004)》,北京:北京大學出版社,2005 年版。

44. 李偉、潘忠宇《回族倫理文化導論》,銀川:寧夏人民出版社,2010 年版。

45. 李瑞君《當代新疆民族文化現代化與國家認同研究》,北京:中國政法大學出版社,2013 年版。

46. 李曉楓主編《中國電視傳媒體制改革》,北京:中國廣播電視出版社,2004 年版。

47. 李希光、劉康等《妖魔化中國的背後》，北京：中國社會科學出版社，1996年版。

48. 李曉霞《新疆民族混合家庭研究》，北京：社會科學文獻出版社，2011年版。

49. 李曉靈、王曉梅《建構和想像：中國電影中的國家形象之研究》，北京：中國社會科學出版社，2016年版。

50. 《涼山彝族奴隸社會》編寫組：《涼山彝族奴隸社會》，北京：人民出版社，1982年版。

51. 林耀華主編《民族學通論》，北京：中央民族大學出版社，1997年版。

52. 劉國強《媒介身份重建——全球傳播與國家認同建構研究》，成都：四川大學出版社，2009年版。

53. 劉海龍《大眾傳播理論：範式與流派》，北京：中國人民大學出版社，2008年版。

54. 劉海龍《宣傳：觀念、話語及其正當化》，北京：中國大百科全書出版社，2013年版。

55. 劉建華《民族文化傳媒化》，昆明：雲南大學出版社，2011年版。

56. 劉京林《大眾傳播心理學》，北京：中國傳媒大學出版社，2005年版。

57. 劉獻君主編《現實挑戰與路徑選擇——民族精神的對策研究》，北京：人民出版社，2009年版。

58. 劉小楓《拯救與逍遙》，上海：華東師範大學出版社，2007年版。

59. 劉新傳、冷冶夫、陳璐等《角色與認同：中國紀錄片國際傳播策略》，北京：中國傳媒大學出版社，2014年版。

60. 劉燕《媒介認同論：傳播科技與社會影響互動研究》，北京：中國傳媒大學出版社，2010年版。

61. 劉源泉《中國共產黨少數民族文化政策研究》，北京：人民出版社，2014年版。

62. 陸弘石《中國電影史：1905～1949》，北京：文化藝術出版社，2005年版。

63. 陸弘石主編《中國電影：描述與闡釋》，北京：中國電影出版社，2002年版。

64. 陸揚、王毅《文化研究導論》，上海：復旦大學出版社，2007 年版。

65. 呂新雨《紀錄中國：當代中國新紀錄運動》，北京：三聯書店，2003 年版。

66. 呂新雨《學術、傳媒與公共性》，上海：華東師範大學出版社，2015 年版。

67. 馬大正《當代中國邊疆研究（1949～2014）》，北京：中國社會科學出版社，2016 年版。

68. 馬大正《熱點問題冷思考：中國邊疆研究十講》，上海：上海辭書出版社，2013 年版。

69. 馬大正主編《國民政府女密使赴藏紀實》，北京：民族出版社，1998 年版。

70. 馬戎《中國民族史和中華共同文化》，北京：社會科學出版社，2012 年版。

71. 馬戎主編《西方民族社會學經典讀本——種族與族群關係研究》，北京：北京大學出版社，2010 年版。

72. 孟犁野《新中國電影藝術史》，北京：中國電影出版社，2011 年版。

73. 納日碧力戈《萬象共生中的族群與民族》，北京：中國社會科學出版社，2015 年版。

74. 南長森《西北地區少數民族新聞傳播與國家認同研究》，西安：陝西師範大學出版社，2014 年版。

75. 牛頌、饒曙光主編《全球化與民族電影——中國民族題材電影的歷史、現狀與未來》，北京：中國廣播電視出版社，2012 年版。

76. 歐陽宏生主編《紀錄片概論》，成都：四川大學出版社，2004 年版。

77. 彭偉步《新馬華文報文化、族群和國家認同比較研究》，廣州：暨南大學出版社，2009 年版。

78. 錢穆《國史大綱》，北京：商務印書館，1996 年版。

79. 錢穆《民族與文化》，北京：九州出版社，2011 年版。

80. 錢淑芳、烏瓊芳《國內 50 部經典紀錄片——翻閱中國 50 年思想相冊》，北京：電子工業出版社，2012 年版。

81. 邱戈《媒介身份論：中國媒體的身份危機和重建》，北京：中國傳媒大學出版社，2008 年版。

82. 全榮哲《狼圖騰：視覺設計與敘事語言》，北京：北京聯合出版公司，2015
    年版。

83. 饒曙光《中國少數民族電影史》，北京：中國電影出版社，2011 年版。

84. 邵培仁等著《媒介與論學：通向和諧社會的輿論傳播研究》，北京：中國
    傳媒大學出版社，2009 年版。

85. 沈亮《當代中國電影實踐中的間離效果》，選自厲震林、倪震主編《雙輪
    美學：中國戲劇與中國電影互動發展研究》，北京：中國電影出版社，2011
    年版。

86. 石述思《石述思說中國：中國各階層矛盾分析》，北京：九州出版社，2013
    年版。

87. 石義彬《批判視野下的西方傳播思想》，北京：商務印書館，2014 年版。

88. 四川省黨史工作委員會編《紅軍長征在四川》，成都：四川省社會科學院
    出版社，1986 版。

89. 司馬遷《全注全譯史記全本》，李翰文主編，北京：北京聯合出版公司，
    2015 年版。

90. 司仁格旺《十四世達賴喇嘛》，北京：五洲傳播出版社，1997 年版。

91. 孫秀蕙、陳儀芬《結構符號學與傳播文本：理論與研究實例》，臺灣新北
    市：正中書局，2011 年版。

92. 孫玉勝《十年：從改變電視的語態開始》，北京：人民文學出版社，2012
    年版。

93. 隋岩《媒介文化與傳播》，北京：中國廣播電視出版社，2015 年版。

94. 唐宏峰《從視覺思考中國：視覺文化與中國電影研究》，北京：中國電影
    出版社，2016 年版。

95. 陶濤《影像書寫歷史──紀錄片參與的歷史寫作》，北京：中國電影出版
    社，2015 年版。

96. 田卉群《探尋：中國電影的本土化與類型化之路》，北京：中國電影出版
    社，2009 年版。

97. 王斌、陳銳《少數民族地區電視傳播效果研究──以西藏、新疆地區為
    例》，北京：中國廣播電視出版社，2012 年版。

98. 王明珂《華夏邊緣：歷史記憶與族群認同》，浙江：浙江人民出版社，2013

年版。

99. 王迪主編《通向電影聖殿》，北京：中國電影出版社，1993 年版。

100. 王廣飛等著《新中國少數民族電影・築夢之旅・西藏卷》，合肥：安徽大學出版社，2016 年版。

101. 王海洲《合法性的爭奪——政治記憶的多重刻寫》，南京：江蘇人民出版社，2008 年版。

102. 王懷超、靳薇、胡岩等著《新形勢下的民族宗教理論與實踐》，北京：中共中央黨校出版社，2013 年版。

103. 汪暉《東西之間的「西藏問題」》，北京：生活・讀書・新知三聯書店，2014 年版。

104. 汪暉《現代中國思想的興起》上卷第一部，北京：生活・讀書・新知三聯書店，2015 年版。

105. 王珂《東突厥斯坦獨立運動：1930 年代至 1940 年代》，香港：香港中文大學出版社，2013 年版。

106. 王敏等著《新中國少數民族電影築夢之旅》，合肥：安徽大學出版社，2016 年版。

107. 王明珂《反思史學與史學反思》，北京：上海世紀出版股份有限公司，2016 年版。

108. 王明珂《父親那場永不止息的戰爭》，杭州：浙江人民出版社，2012 年版。

109. 王明珂《羌在漢藏之間——川西羌族的歷史人類學研究》，北京：中華書局，2008 年版。

110. 王明珂《英雄祖先與弟兄民族：根據歷史的文本與情境》，北京：中華書局，2009 年版。

111. 王銘銘《「藏彝走廊」與人類學的再構思》，北京：社會科學文獻出版社，2008 年版。

112. 汪文斌、胡正榮主編《世界電視前沿Ⅰ》，北京：華藝出版社，2001 年版。

113. 王玉瑋《民族主義話語與中國電視文化》，北京：中國社會科學出版社，2011 年版。

114. 魏國彬《少數民族電影學的理論建構》，昆明：雲南大學出版社，2012 年版。

115. 吳迪編《中國電影研究資料：1949～1979，上卷》，北京：文化藝術出版社，2006 年版。

116. 烏爾沁《中國少數民族電影文化》，北京：中國社會科學文獻出版社，2015 年版。

117.《西藏廣播電影電視志》編撰委員會編《西藏自治區志·廣播電影電視志》，北京：中國藏學出版社，2005 年版。

118. 謝耘耕主編《輿情藍皮書：中國社會輿情與危機管理報告（2013）》，北京：社科科學文獻出版社，2013 年版。

119. 謝宏聲《圖像與觀看》，桂林：廣西師範大學出版社，2012 年版。

120.《新疆廣播電影電視編年史》編輯委員會編《新疆廣播電影電視編年史》，烏魯木齊：新疆人民出版社，2010 年版。

121. 邢虹文《電視、受眾與認同：基於上海電視媒介的實證研究》，上海：上海交通大學出版社，2013 年版。

122. 徐輝《有生命的影像——吉爾·德勒茲電影影像論研究》，北京：北京大學出版社，2014 年版。

123. 徐訊《民族主義》，北京：東方出版社，2015 年版。

124. 許倬雲《說中國：一個不斷變化的複雜共同體》，桂林：廣西師範大學出版社，2015 年版。

125. 徐中約《中國近代史》，北京：世界圖書出版公司，2008 年版。

126. 顏春龍《華人傳媒與文化認同：21 世紀初〈聯合早報〉研究》，北京：華夏出版社，2008 年版。

127. 楊義《耕海一二三——楊義談讀書與治學》，北京：商務印書館，2016 年版。

128. 楊遠嬰主編《中國電影專業史研究：電影文化卷》，北京：中國電影出版社，2006 年版。

129. 姚新勇《尋根：共同的宿命與碰撞：轉型期中國文學多族群及邊緣區域文化發展研究》，北京：中國社會科學出版社，2010 年版。

130. 尹鴻、凌燕《新中國電影史》，長沙：湖南美術出版社，2002 年版。

131. 余敏玲《形塑「新人」：中共宣傳與蘇聯經驗》，臺北：中央研究院近代史研究所，2015 年版。

132. 岳廣鵬《衝擊・適應・重塑：網絡與少數民族文化》，北京：中國民族大學出版社，2010 年版。

133. 澤玉《電視與西藏鄉村社會變遷》，北京：中國傳媒大學出版社，2015 年版。

134. 澤玉、羅布桑珠、羅布仁次《少數民族地區電視媒體轉型路徑探析——西藏電視臺新媒體個案分析》，《中國廣播電視學刊》，2016 年第 11 期。

135. 曾海若《尋找第三極》，郭新編《第三極》，北京：五洲傳播出版社，2015 年版。

136. 翟衫《儀式的傳播力 ——電視媒介儀式研究》，北京：中國傳媒大學出版社，2014 年版。

137. 張斌、蔣寧平主編《電視研究讀本》，上海：上海交通大學出版社，2014 年版。

138. 張鳳鑄主編《中國當代廣播電視文藝學》，北京：中國傳媒大學出版社，2004 年版。

139. 張海潮、鄭維東《大視頻時代：中國視頻媒體生態考察報告：2014～2015》，北京：中國民主法制出版社，2014 年版。

140. 張靜主編《身份認同研究》，上海：人民出版社，2006 年版。

141. 張慶園《傳播視野下的集體記憶建構——從傳統社會到新媒體時代》，北京：中國社會科學出版社，2016 年版。

142. 張同道主編《真實的風景：世界紀錄電影導演研究》，北京：同心出版社，2009 年版。

143. 張同道、胡智鋒主編《中國紀錄片發展研究報告（2014）》，北京：科學出版社，2014 年版。

144. 張羽新、張雙志編撰《民國藏事史料彙編》第一冊，北京：學苑出版社，2006 年版。

145. 趙丹《銀幕形象創造》，北京：北京聯合出版公司，2015 年版。

146. 趙靳秋、余萍、劉園園編著《西藏藏語傳媒的發展與變遷》，北京：中國傳媒大學出版社，2013 年版。

147. 趙路平《公共危機傳播中的博弈》，上海：上海社會科學出版社，2010 年版。

148. 趙毅衡《符號學原理與推演》，南京：南京大學出版社，2011 年版。

149. 趙毅衡《廣義敘述學》，成都：四川大學出版社，2013 年版。

150. 趙毅衡《趣味符號學》，重慶：重慶大學出版社，2015 年版。

151. 鄭曉雲《文化認同論》，北京：中國社會科學出版社，1992 年版。

152. 鄭雪來主編《世界電影鑒賞辭典》（增訂版），福州：福建教育出版社，2013 年版。

153. 鍾大豐編《拉滿生命之弓：李奕明電影文集》，北京：東方出版社，2015 年版。

154. 仲呈祥《中國電視劇藝術發展史》，北京：中國電影出版社，2014 年版。

155. 中共中央黨史研究室第一研究部、中共中央黨史研究室科研管理部《紅色鐵流──紅軍長征全錄》，北京：中共黨史出版社，1996 年版。

156. 中共中央文獻研究室、中共西藏自治區委員會編《西藏工作文獻選編》，北京：中央文獻出版社，2005 年版。

157. 中國電影家協會編《論中國少數民族電影》，北京：中國電影出版社，1977 年版。

158. 中國電影家協會、中國文聯電影藝術中心編著《2014 年中國電影產業研究報告》，北京：中國電影出版社，2014 年版。

159. 中國社會科學院新聞與傳播研究所主辦《中國新聞年鑒》2009 年卷，北京：中國社會科學出版社，2010 年版。

160. 中國藏學研究中心主編《50 年真相──西藏民主改革與達賴的流亡生涯》，北京：人民出版社，2009 年版。

161. 周寧《異想天開──西洋鏡裏看中國》，南京：南京大學出版社，2007 年版。

162. 周煒《佛界──活佛轉世與西藏文明》北京：中國藏學出版社，2015 年版。

163. 朱靖江編著《民族志紀錄片創作》，北京：北京聯合出版公司，2014 年版。

164. 莊曉東等著《網絡傳播與雲南少數民族文化的現代建構》，北京：科學出版社，2010 年版。

（二）外文譯作

1. （奧）西格蒙德・弗洛伊德《論文明》，徐洋、何桂全、張敦福譯，北京：國際文化出版公司，2007 年版。

2. （澳）邁克爾・A・豪格、（美）多米尼克・阿布拉姆斯《社會認同過程》，高明華譯，北京：中國人民大學出版社，2011 年版。

3. （澳）西蒙・科特主編《新聞、公共關係與權力》，李兆豐、石琳譯，上海：復旦大學出版社，2007 年版。

4. （德）貝・布萊希特《布萊希特論戲劇》，劉國彬、金雄暉譯，北京：中國戲劇出版社，1992 年版。

5. （德）齊格弗里德・克拉考爾《從卡里加利到希特勒：德國電影心理史》，黎靜譯，上海：上海人民出版社，2008 年版。

6. （德）齊格弗里德・克拉考爾《電影的本性》，邵牧君譯，南京：江蘇教育出版社，2006 年版。

7. （德）W・舒里安《影視心理學》，羅悌倫譯，成都：四川人民出版社，1998 年版。

8. （德）嚴斯・路赫特《德國公共廣播電視：基礎——分析——展望》，修春民等譯，北京：中國廣播電視出版社，2011 年版。

9. （法）阿萊克斯・穆奇艾利《傳統影響力——操控、說服機制研究》，宋嘉寧譯，北京：中國傳媒大學出版社，2009 年版。

10. （法）克里斯蒂安・麥茨《想像的能指——精神分析電影》，王志敏譯，北京：中國廣播電視出版社，2006 年版。

11. （法）克里斯蒂昂・德拉熱，樊尚・吉格洛《歷史學家與電影》，楊旭輝、王芳譯，北京：北京大學出版社，2008 年版。

12. （法）皮埃爾・安德烈・塔吉耶夫《種族主義源流》，高凌瀚譯，北京：生活・讀書・新知三聯書店，2005 年版。

13. （法）皮埃爾・布爾迪厄《關於電視》，許鈞譯，南京：南京大學出版社，2011 年版。

14. （法）讓・米特里《電影美學與心理學》，崔君衍譯，南京：江蘇文藝出版社，2012 年版。

15. （加拿大）馬歇爾・麥克盧漢《理解媒介：論人的延伸》，何道寬譯，南

京：譯林出版社，2011 年版。

16. （加拿大）周傑榮、（美）畢克偉主編《勝利的困境：中華人民共和國的最初歲月》，姚昱等譯，香港：香港中文大學出版社，2011 年版。

17. （美）愛德華·Ｗ·薩義德《東方學》2003 年版序言，胡新亮譯，北京：生活·讀書·新知三聯書店，2007 年版。

18. （美）愛德華·ｗ·薩義德《文化與帝國主義》，李琨譯，北京：生活·讀書·新知三聯書店，2003 年版。

19. （美）埃里·阿夫拉漢姆、伊蘭·科特《地區危機傳播：實用媒介策略》，葛岩等譯，上海：上海交通大學出版社，2013 年版。

20. （美）埃里克·愛德森《故事策略：電影劇本必備的 23 個故事段落》，徐晶晶譯，北京：人民郵電出版社，2013 年版。

21. （美）艾略特·阿倫森、提摩太·Ｄ·威爾遜、羅賓·Ｍ·埃克特《社會心理學》，侯玉波等譯，北京：世界圖書出版公司，2012 年版。

22. （美）巴菲爾德《危險的邊疆：游牧帝國與中國》，袁劍譯，江蘇：江蘇人民出版社，2011 年版。

23. （美）保羅·Ｍ·萊斯特《視覺傳播：形象載動信息》，霍文利等譯，北京：中國傳媒大學出版社，2003 年版。

24. （美）本尼迪克特·安德森《想像的共同體：民族主義的起源與散佈》，吳叡人譯，上海：上海人民出版社，2011 年版。

25. （美）彼得·卡贊斯坦主編《國家安全的文化：世界政治中的規範與認同》，宋偉、劉鐵娃譯，北京：北京大學出版社，2009 年版。

26. （美）丹尼爾·貝爾《資本主義文化矛盾》，趙一凡、蒲隆、任曉晉譯，北京：生活·讀書·新知三聯書店，1989 年版。

27. （美）道格拉斯·凱爾納《媒體奇觀：當代美國社會文化透視》，史安斌譯，北京：清華大學出版社，2003 年版。

28. （美）道格拉斯·凱爾納《媒體文化：介於現代與後現代之間的文化研究、認同性與政治》，丁寧譯，北京：商務印書館，2004 年版。

29. （美）杜贊奇《文化、權力與國家：1900～1942 年的華北農村》，王福明譯，南京：江蘇人民出版社，2010 年版。

30. （美）格蘭·斯帕克斯《媒介效果研究概論》，何朝陽、王希華譯，北京：

北京大學出版社，2008 年版。

31. （美）簡寧斯·布萊恩特主編《媒介效果：理論與研究前沿》，石義彬、彭彪譯，北京：華夏出版社，2009 年版。

32. （美）誇梅·安東尼·阿皮亞《認同倫理學》，張榮南譯，南京：譯林出版社，2013 年版。

33. （美）拉里·A·薩默瓦、理查德·E·波特《跨文化傳播》，閔惠泉等譯，北京：中國人民大學出版社，2004 年版。

34. （美）勞倫斯·格羅斯伯格《媒介建構：流行文化中的大眾媒介》，祁林譯，南京：南京大學出版社，2014 年版。

35. （美）理查德·傑克森·哈里斯著《媒介心理學》，相德寶譯，北京：中國輕工業出版社，2007 年版。

36. （美）理查德·謝弗《社會學與生活》，趙旭東等譯，北京：世紀圖書出版公司，2014 年版。

37. （美）羅伯特·艾倫編《重組話語頻道：電視與當代批評理論》，牟嶺譯，北京：北京大學出版社，2008 年版。

38. （美）羅伯特·麥基《故事：材質、結構、風格和銀幕劇作的原理》，周鐵東譯，天津：天津人民出版社，2014 年版。

39. （美）馬克斯韋爾·麥庫姆斯《議程設置：大眾媒介與輿論》，郭鎮之、徐培喜譯，北京：北京大學出版社，2008 年版。

40. （美）邁克爾·H·普羅瑟《文化對話：跨文化傳播導論》，何道寬譯，北京：北京大學出版社，2013 年版。

41. （美）梅·戈爾斯坦《喇嘛王國的覆滅》，杜永彬譯，北京：中國藏學出版社，2015 年版。

42. （美）米爾頓·J·貝內特編著《跨文化交流的建構與實踐》，關世傑、何悝譯，北京：北京大學出版社，2012 年版。

43. （美）米爾頓·M·戈登《美國生活中的同化》，馬戎譯，南京：譯林出版社，2015 年版。

44. （美）尼爾·波茲曼《娛樂至死》，章豔譯，北京：中信出版社，2015 年版。

45. （美）歐文·戈夫曼《日常生活中的自我呈現》，馮鋼譯，北京：北京大學出版社，2008 年版。

46. （美）皮爾斯《皮爾斯：論符號》，趙星植譯，成都：四川大學出版社，2014 年版。

47. （美）普爾尼馬・曼克卡爾《觀文化，看政治：印度後殖民時代的電視、女性和國家》，北京：商務印書館，2015 年版。

48. （美）賽福林、坦卡德著《傳播理論：起源、方法與運用》，郭鎮之、徐培喜譯，北京：中國傳媒大學出版社，2006 年版。

49. （美）塞繆爾・亨廷頓《文明的衝突》，周琪等譯，北京：新華出版社，2013 年版。

50. （美）斯塔夫里阿諾斯《全球通史：從史前史到 21 世紀》，吳象嬰、梁赤民、董書慧、王昶等譯，北京：北京大學出版社，2012 年版。

51. （美）斯坦利・J・巴倫《大眾傳播概論：媒介認知與文化》，劉鴻英譯，北京：中國人民大學出版社，2005 年版。

52. （美）唐納德・里奇《黑澤明的電影》，萬傳法譯，海口：海南出版社，2010 年版。

53. （美）托馬斯・福斯特《如何閱讀一本小說》，梁笑譯，海口：南海出版公司，2015 年版。

54. （美）托馬斯・吉洛維奇等著《社會心理學》，侯玉波等譯，北京：中國輕工業出版社，2016 年版。

55. （美）沃爾特・李普曼《公眾輿論》，閻克文、江紅譯，上海：上海世紀出版集團，2006 年版。

56. （美）悉德・菲爾德《電影劇本寫作基礎》，鍾大豐、鮑玉珩譯，北京：世界圖書出版公司，2012 年版。

57. （美）于連・沃爾夫萊《批評關鍵詞：文學與文化理論》，陳永國譯，北京：北京大學出版社，2015 年版。

58. （美）約翰・菲斯克《電視文化》，祈阿紅、張鯤譯，北京：商務印書館，2010 年版。

59. （美）約翰・菲斯克等著《關鍵概念：傳播與文化研究辭典》（第 2 版），北京：新華出版社，2004 年版。

60. （日）岩本憲兒主編《黑澤明之十二人狂想曲》，張愉主譯，上海：上海人民出版社，2019 年版。

61. （蘇）安德烈·塔可夫斯基《雕刻時光》，張曉東譯，海口：南海出版公司，2016 年版。

62. （印度）S·溫卡塔拉曼主編《媒體與恐怖主義》，北京：中國傳媒大學出版社，2006 版。

63. （英）阿蘭·德波頓《新聞的騷動》，丁維譯，上海：譯文出版社，2015 年版。

64. （英）阿諾德·湯因比《歷史研究》，劉北成、郭小凌譯，上海：上海人民出版社，2005 年版。

65. （英）彼得·伯克《文化雜交》，楊元、蔡玉輝譯，南京：譯林出版社，2016 年版。

66. （英）彼得·丹尼爾斯等編著《人文地理學導論：21 世紀的議題》，鄒勁風、顧露雯譯，南京：南京大學出版社，2014 年版。

67. （英）大衛·麥克奎恩《理解電視：電視節目類型的概念與變遷》，苗棣、趙長軍、李黎丹譯，北京：華夏出版社，2003 年版。

68. （英）戴維·莫利《電視、受眾與文化研究》，史安斌譯，北京：新華出版社，2005 年版。

69. （英）丹尼斯·麥奎爾《受眾分析》，劉燕南、李穎、楊振榮譯，北京：中國人民大學出版社，2006 年版。

70. （英）柯林武德《歷史的觀念》，何兆武、張文傑、陳新譯，北京：北京大學出版社，2010 年版。

71. （英）利莎·泰勒，安德魯·威利斯《媒介研究：文本、機構與受眾》，吳靖、黃佩譯，北京：北京大學出版社，2005 年版。

72. （英）羅傑·狄金森、拉馬斯瓦米·哈里德拉納斯、奧爾加·林耐編著《受眾研究讀本》，單波譯，北京：華夏出版社，2006 年版。

73. （英）米蘭達·布魯斯—米特福德、菲利普·威爾金森《符號與象徵》，周繼嵐譯，北京：讀書·生活·新知三聯書店，2014 年版。

74. （英）斯圖亞特·艾倫《新聞文化》，北京：北京大學出版社，2008 年版。

75. （英）斯圖亞特·霍爾編《表徵——文化意象與意指實踐》，徐亮、陸興華譯，北京：商務印書館，2003 年版。

76. （英）斯圖亞特·霍爾《電視話語中的編碼與解碼》，蔣寧平譯，轉引自

張斌、蔣寧平主編《電視研究讀本》，上海：上海交通大學出版社，2014
年版。

77. （英）蘇珊・海沃德《電影研究關鍵詞》，鄒贊、孫柏、李玥陽編譯，北
京：北京大學出版社，2013 年版。

78. （英）特希・蘭塔能《媒介與全球化》，章宏譯，北京：中國傳媒大學出
版社，2013 年版。

79. （英）詹姆斯・柯蘭、娜塔莉・芬頓、德斯・弗里德曼《互聯網的誤讀》，
何道寬譯，北京：中國人民大學出版社，2014 年版。

（三）外文著作

1. David G. Myers, *Social Psychology.* Michigan: The McGraw-Hill Education, 2005.

2. Hardy, Forsyth, ed. *Grierson on Documentary,* New York: Praeger Publishers, 1971.

3. Rosenstone, Robert A, *Visions of the Past: The Challenge of Film to Our Idea of History*, Cambridge, Massachusetts: Harvard University Press, 1995.

4. Stephen John Hartnett, *Tibet is Burning: Competing Rhetorics of Liberation, Occupation, Resistance, and Paralysis on the Roof of the World*, Quarterly Journal of Speech, 99:3, 283.

二、論文

（一）學術論文

1. 布賴恩・韋勒，關注不平等，《環球科學》，2014 年（11）。

2. 陳功、趙青林，網絡自製劇的傳播特徵分析，當代傳播，2014 年（6）。

3. 杜慶春，少數民族電影與現實表現——與萬瑪才旦導演對話，藝術評論，2011 年（3）。

4. 付佳傑，少數民族怨氣的經濟根源——以四川涼山地區為例，文化縱橫，2014 年（6）。

5. 顧亞奇、吳靜，網絡自製劇的題材、文本與價值分析，當代電影，2016 年（11）。

6. （美）J・J博思斯、D，R安德森著，張令振譯，看電視的認知捲入程度

低嗎？北京廣播學院學報，1991 年（4）。

7. 李二仕，地域文化與民族電影，電影藝術，2005 年（1）。

8. 李道新，風情敘事與文化生產——影片《鮮花》裏的哈薩克文化及其市場前景，當代電影，2010 年（7）。

9. 李凌達，字幕組「神翻譯」的跨文化傳播研究，國際新聞界，2016 年（6）。

10. 李智、潘博，從《西藏一年》探尋電視紀錄片對外傳播新方式，編輯學刊，2010 年（1）。

11. 梁黎，我那嘛呢石一樣的藏區——記中國第一位藏族導演萬瑪才旦，中國民族，2006 年（3）。

12. 廖祖桂、陳慶英、周煒，論清朝金瓶掣簽制度，中國社會科學，1995 年（5）。

13. 馬戎、丹增倫珠，拉薩市流動人口調查報告，西北民族研究，2006 年（4）。

14. 納日碧力戈，和睦共生、和而不同——從彝海結盟和庫拉圈說起，中國民族，2014 年（6）。

15. 娜斯拉·阿依拖拉，論哈薩克阿肯阿依特斯及其傳承特點，2007 年（碩士論文，未發表）。

16. 齊錫實，晶瑩的回憶，深切的思念，電影藝術，1980 年（4）。

17. 稅晶羽，喜馬拉雅天梯：盲人摸象，畫不出真實的模樣，大眾電影，2015 年（21）。

18. 孫琳，4K 超高清紀錄片《喜馬拉雅天梯》創作紀實，影視製作，2015 年（11）。

19. 唐紅梅、王平，寧靜中的自信與優雅——論萬瑪才旦小說創作的特色與意義，中南民族大學學報（人文社會科學版），2014（6）。

20. 萬瑪才旦、劉伽茵《或許現在的我就是將來的他——與〈塔洛〉導演萬瑪才旦的訪談》，《北京電影學院學報》，2015 年（5）。

21. 王華，中國少數民族題材紀錄片概念建構與考察價值，西南交通大學學報，2012 年（2）。

22. 王明珂，建「民族」易，建「國民」難——如何觀看與瞭解邊疆，文化縱橫，2014 年（6）。

23. 王宜文，《鮮花》的兩個維度：文化之魅與時代之籬，當代電影，2010 年

（7）。

24. 吳迎君，如何書寫民族內省視角的藏族電影——探賾萬瑪才旦〈靜靜的嘛呢石〉電影劇本的自覺性藏族書寫，西藏研究，2016 年（1）。

25. 新疆電視臺總編室，《東西南北新疆人》節目閱評通報，新視信息，2015 年（49）。

26. 許金晶，萬瑪才旦導演訪談，戲劇與影視評論，2015 年（5）。

27. 於學偉，憶周總理對《內蒙春光》的關懷，電影藝術，1983 年（1）。

28. 趙衛防，縫合與間離：對少數民族電影的一種評價，電影藝術，2005 年（1）。

29. 趙小青，邊疆故事——電視電影中的少數民族題材創作，當代電影，2009 年（9）。

30. 鄒贊，「羊」的邊緣書寫與民族風情敘事——讀解電影《永生羊》，藝術評論，2012 年（8）。

31. 莊若江，網絡自製劇的崛起、發展與跨媒介傳播，現代傳播，2013 年（6）。

（二）新聞文章

32. 阿比拜，《天山兒女海疆情》激發新疆大學生參軍熱情，新浪網新聞中心，2014 年 7 月 25 日。

33. 常雄飛，《彝海結盟》受熱捧，屢次攻佔收視率榜首位置，四川日報，2016 年 11 月 3 日。

34. 杜恩湖，華西都市報獨家專訪《彝海結盟》導演：紅色題材是大寶庫，華西都市報，2016 年 11 月 3 日。

35. 郭盼，達賴集團『抗議』活佛查詢系統，或因阻斷其『生意鏈』，中國西藏網，2016 年 1 月 26 日。

36. 海日寒，新時期蒙古族電影的文化與藝術問題，內蒙古新聞網，2009 年 7 月 13 日。

37. 李豔，達賴再放厥詞：稱轉世制度已過時，中國西藏網，2016 年 4 月 9 日。

38. 劉炎迅，萬瑪才旦：訴說西藏的靈光，新聞週刊，2009 年第 7 期。

39. 馬征，新聞紀錄片有哪些品種，人民日報，1958 年 6 月 10 日。

40. 龐雪芳，新疆暴力恐怖事件最新消息：網民翻牆編造莎車謠言被刑拘，觀察者網，2014 年 8 月 11 日。

41. 汪景然，電影《鮮花》導演西爾扎提‧牙合甫：讓民族之花開遍全國，
    數字電影，2010 年 5 月 16 日。

42. 王明珂，建「民族」易，造「國民」難──如何觀看與瞭解邊疆，文化
    縱橫，2014 年第 6 期。

43. 武文佳，獻禮長征勝利 80 週年 熒屏重現長征路紅劇不再「高大全」，舜
    網，2016 年 10 月 24 日。

44. 新疆維吾爾自治區主席雪克來提‧扎克爾就新疆反恐維穩情況及開展職
    業技能教育培訓工作答記者問，觀察者網，2018 年 10 月 16 日。

45. 徐偉，專訪蒙古族作家郭雪波:《狼圖騰》究竟錯在哪裏？鳳凰週刊，2015
    年第 8 期。

46. 張馳，暴恐視頻流毒新疆，鳳凰週刊，2014 年第 15 期。

47. 張曉磊，達賴接受臺媒採訪：終止轉世是為留個好名聲，中國西藏網，
    2015 年 12 月 16 日。

48. 張喆，新疆小夥伴拍的網劇《石榴熟了》其他省份的小夥伴也很喜歡，
    澎湃新聞網，2016 年 4 月 8 日。

附錄一　調查問卷量化分析表

國家族群認同與少數民族影像傳播狀況問卷解讀

自課題立項之日起，課題組成員奔赴國內部分邊疆地區積極開展調研工作。在「一帶一路」倡議提出的時代背景下，新疆迎來了自己的發展黃金期，加之新疆是一個少數民族眾多的地方，課題組成員對新疆地區發放問卷 1000 餘份，以期瞭解邊疆少數民族影像傳播接觸狀況及其影響，收回有效問卷 920 份。

一、被訪者社會人口特徵

（一）民族

從圖 1-2 可以看出，被調查者中漢族占 35.96%，維吾爾族占 24.72%，哈薩克族占 22.47%，回族占 5.62%，蒙古族占 5.62%，柯爾克孜族占 2.25%，其他民族占 3.37%。

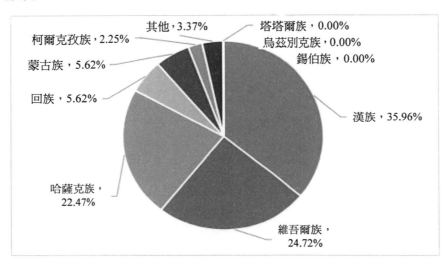

圖 1-2　您是哪個民族

（二）地區

從圖 1-3 可以看出，在所抽取的有效樣本中，來自小城市的受訪者為 290 人，占 31.46%；來自鄉鎮的受訪者為 217 人，占 23.6%；來自農村的受訪者為 217 人，占 23.6%；來自大中城市的受訪者為 196 人，占 21.35%。從圖 1-4 可以看出，被調查者來自伊犁哈薩克自治州的占 24.72%，來自烏魯木齊市的占 15.73%，來自其他地區的占 11.24%，來自昌吉回族自治州的占 10.11%，來自喀什地區的占 5.62%，來自克拉瑪依的占 5.62%，來自吐魯番市的占 4.49%，來自哈密市的占 3.37%，來自阿勒泰地區的占 3.37%，來自巴音郭楞蒙古自治州的占 3.37%，來自塔城地區的占 3.37%，來自自治區直管縣的僅占 2.25%。

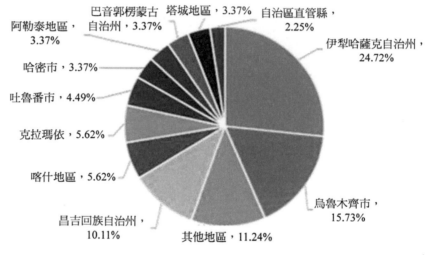

圖 1-3　您的家庭所在地區

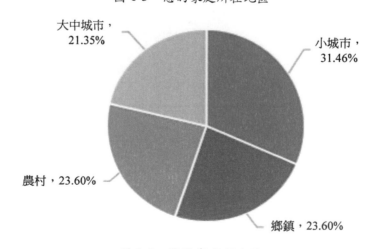

圖 1-4　您的家庭所在地

二、被訪者邊疆少數民族影像傳播接觸狀況

由於電視在少數民族的應用正逐步廣泛化，為更好瞭解邊疆少數民族影像傳播接觸狀況，我們可以先瞭解被訪者電視接觸狀況，統計結果顯示，有效樣本中，有 590 人每天觀看電視 2～5 小時，佔有效樣本數的 64.04%；有 258 人每天觀看電視<1 小時，佔有效樣本數的 28.09%；有 72 人每天觀看電視 6～9 個小時，佔有效樣本數的 7.87%。從受訪者接觸電視的時間趨勢可以看出，電視在少數民族中的普及率呈大致上升趨勢，越來越多的少數民族接觸到電視。見圖 1-5。

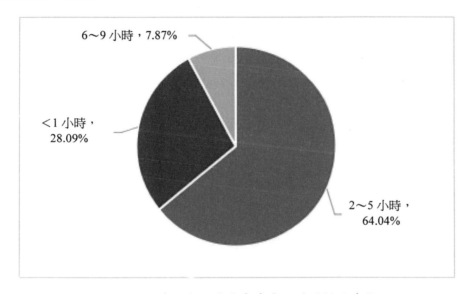

圖 1-5　過去一個月您在家裏每天看電視的時長

（一）看電視動機（多選題）

從圖 1-6 可以看出，在觀看電視內容選擇上，佔據前六位的分別是電影和電視劇、綜藝類節目、文藝類節目以及本民族電視節目、體育節目、專題節目，影視節目占受訪者觀看電視內容選擇比例的六成以上，說明電視的影像傳播功能在受訪者心目中佔有重要位置。

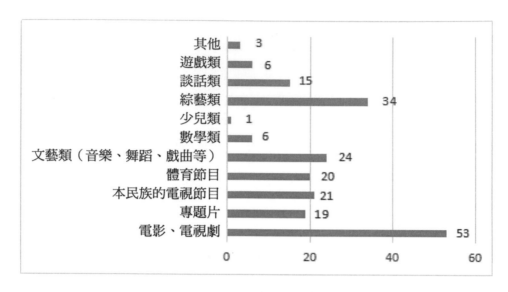

圖 1-6　您看電視的內容是什麼

（二）對影視節目及其引發的民族團結看法

通過調查，我們發現有 46.07% 的受眾認為影視節目對消除民族文化隔閡起到很大作用。認為影視節目對消除民族文化隔閡起到很小作用的占 28.09%，而認為不太瞭解的占 25.84%，兩項比例之和占到了 53.93%。這說明多數受眾對影視節目消除民族文化隔閡的期望值不高。這種看法也導致受眾對影視節目所傳播起來的民族團結觀的一種不認可。見圖 1-7。

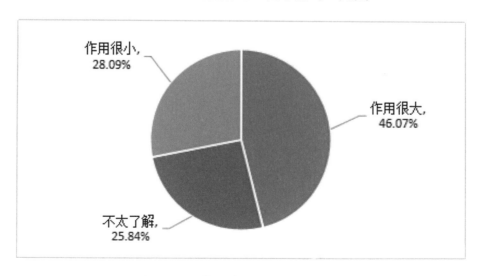

圖 1-7　影視節目傳播的民族團結觀調查

（三）對邊疆少數民族題材影視節目創作的意見程度

對於邊疆少數民族題材影視節目的創作，在 920 個受眾當中，有 42.7% 的人認為可以更偏向少數民族特有的生活方式、風俗習慣和宗教；有 29.21% 的人認為應該反映少數民族歷史故事、歷史人物和民間故事；有 11.24% 的人認為應該表現民族團結，歌頌黨、民族政策，歌頌革命傳統和偉大祖國的壯麗河山；有 8.99% 的人認為，應該反映邊疆的變化和人們的幸福生活。認為應該反映少數民族聚居地存在的矛盾衝突、揭露或抨擊社會中存在的陰暗面的所佔比例很小，僅為 4.49%。見圖 1-8。

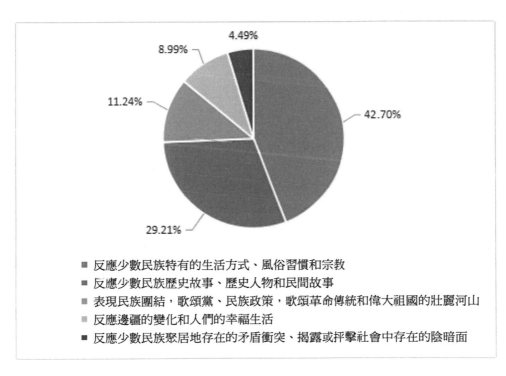

圖 1-8　對邊疆少數民族題材影視節目創作的意見程度

三、被訪者對媒體傳播及傳播內容的意見程度

對媒體傳播及傳播內容的意見程度，問卷主要設置了 3 個題項來進行測量，以反映新疆少數民族對各類媒體及其傳播內容的意見程度。

對於「接受媒體傳播信息時所持態度」說法（多選題），82.6%的人選擇批判、有選擇性地接受；14.13%%的人選擇完全接受；全部不接受的為 1.08%。這說明大部分受眾對媒體傳播信息是認可的。見圖 1-9。

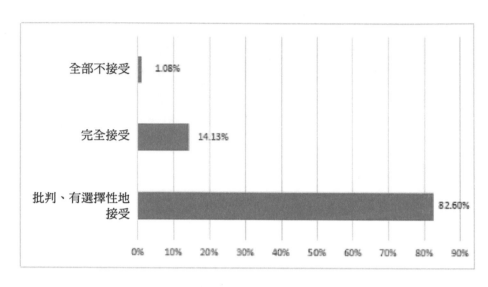

圖 1-9　媒體傳播信息認知態度調查

　　對於「哪類媒體在消除民族文化隔閡方面的作用最大」，35.96%的人選擇
電視新聞；19.1%的人選擇電視節目；11.24%的人選擇電視劇；8.99%的人選擇
網絡社交媒介；8.99%的人選擇網絡媒體；選擇電影的人為 5.62%；選擇報紙、
雜誌等的人為 4.49%；選擇其他的人為 3.37%；選擇廣播的人只占 2.25%。這
表明多數受眾贊成電視新聞在消除民族文化隔閡方面起到的作用。見圖 1-10。

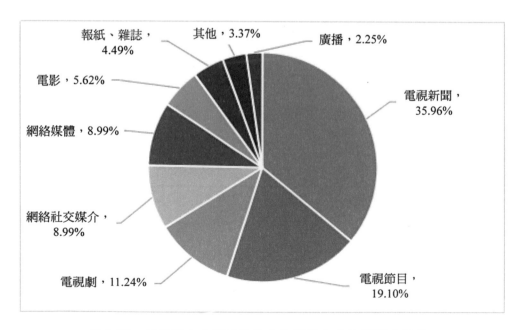

圖 1-10　不同媒介在消除民族文化隔閡方面的影響力調查

　　針對「電視新聞信息發布的認可度」的說法，52.81%的人選擇「信任多數信息」；23.6%的人選擇「信任一半信息」；12.36%的人選擇「完全信任」；選擇「不信任多數信息」的人為8.99%；選擇「完全不信任」的人為2.25%。這說明大部分受眾對電視新聞信息是認可的。見圖1-11。

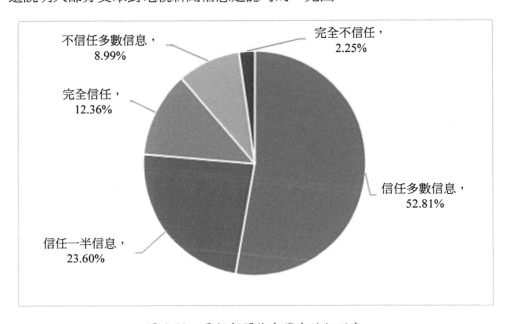

圖1-11　電視新聞信息發布的認可度

附錄二　調查問卷表

邊疆少數民族影視傳播及媒介使用情況調查問卷

各位朋友，你們好！非常感謝你們加入《新時期國家族群認同與邊疆少數民族影像傳播研究》課題組，成為此課題的調研員。這次調研旨在瞭解邊疆少數民族影視傳播以及媒介接觸的情況，在此基礎上探討分析何種媒介傳播方式能更好的消弭民族隔閡，並研究如何用公民的國家認同促進文化認同，將國家認同置於族群認同之上。

為保證數據有效可靠，我們要求調研員盡可能多的在不同的少數民族聚居地進行調查。調查對象的數量無需太多，但需要選取有代表性的對象進行調研。調研員在調查過程中要準確記錄，並把問題翔實的翻譯給調查對象，從而獲得有效的調查數據。

調研員基本信息	
姓名	調研基本要求：
民族	1. 調查對象必須是少數民族，年齡不限。
年齡	（附加要求：最好是農村地區的。）
所在學校	2. 拍攝能體現調查對象日常生活的照片，並附簡短文字說明。（1～2張照片，附在此文檔後面）
調研地區	3. 在和調查對象交流時，若有有趣的故事，請以日誌的形式記錄在下面的方框中。（比如他們生活、工作中發生的一些有趣的事、遇到的困難、與不同民族之間發生的矛盾或和不同民族之間和睦相處的故事等）

一、基本情況

1. 您的性別是

A. 男　B. 女

2. 您的年齡是

A. 18 歲以下　B. 18～30 歲　C. 30～50 歲　D. 50 歲以上

3. 您的文化程度是

A. 小學　B. 初中　C. 高中／中專／技校　D. 本科及以上　E. 沒上過學

4. 您的職業是

A. 國家機關工作人員　B. 企業工作人員　C. 在校老師　D. 學生　E. 其他＿＿＿＿＿

5. 您的民族是

A. 漢族　B. 維吾爾族　C. 哈薩克族　D. 柯爾克孜族　E. 蒙古族　F. 錫伯族　G. 回族　H. 滿族　I. 塔吉克族　J. 塔塔爾族　K. 烏孜別克族　L. 東鄉族　M. 其他＿＿＿＿＿

6. 你的政治面貌是

A. 共青團員　B. 中共黨員　C. 民主黨派人士　D. 無黨派人士

7. 您的宗教信仰是

A. 伊斯蘭教　B. 喇嘛教　C.東正教　D.基督教　E.佛教　F.無宗教信仰　G. 其他＿＿＿＿＿

二、通過電影院接觸影視的情況

8. 您家鄉電影院的數量是

A. 沒有　B. 只有一家　C. 有兩家及以上

9. 您家鄉的官辦電影院多還是商業性電影院多？（官辦電影院指電影播放內容由官方指定，包括露天電影，可免費觀看。商業性電影院指電影內容可自主選擇，但需付費觀看）

A. 只有商業性影院　B. 只有官辦影院

C. 商業性影院數量多於官辦影院　D. 商業性影院數量少於官辦影院

10. 您家鄉的電影院能同步放映院線最新電影嗎？

A. 能完全同步　B. 部分電影能同步　C. 完全不能同步

11. 您對家鄉電影院放映的電影滿意嗎？

A. 不滿意，放映的電影類型太少

B. 不滿意，大部分電影類型不喜歡

C. 不滿意，語言不通，無法很好的理解電影

D. 滿意，影院數量和放映的電影類型都很良好

E. 滿意，語言不成問題

12. 您認為家鄉電影院應該放映什麼類型的電影？（多選）

A. 最新的院線電影

B. 少數民族題材的電影（語言：漢語）

C. 少數民族題材的電影（語言：本民族語言）

D. 無所謂

E. 其他_____

13. 您更能接受的電影語言類型是

A. 漢語　B. 本民族語言　C. 都可以　D. 無所謂

14. 您能否接受有些電影中演員自身的民族特質與其飾演角色的民族特質不符的情況？（比如影片中描述的是 A 民族，而飾演這個角色的是 B 或 C 民族）

A. 能　B. 不能　C. 無所謂

15. 您認為少數民族題材的電影在內容上應該更偏向於什麼？

A. 反映少數民族特有的生活方式、風俗習慣及宗教

B. 反映少數民族歷史故事、歷史人物、民間故事的電影

C. 反映邊疆的變化和人們幸福的生活

D. 體現民族團結，讚揚民族政策，歌頌黨、革命傳統和祖國的壯麗河山

E. 反映少數民族聚居地存在的矛盾衝突、揭露或抨擊社會中存在的陰暗面

F 其他_____

16. 您認為目前少數民族題材的電影在民族團結和民族認同上起到的作用大不大？

A. 作用很大　B. 作用一般　C. 沒有作用

17. 您最喜歡的一部少數民族題材電影是_____。

18. 您覺得如何才能讓少數民族題材的電影在民族團結和民族認同上發揮作用，您的建議是_____。

三、通過電視接觸影視的情況

19. 您看電視的主要目的是什麼？

A. 瞭解國內外發生的事情　　B. 學習知識增長見識　　C. 純粹娛樂消遣

D. 沒有明確的目的

20. 您最喜歡看哪一類型的電視節目？

A. 紀錄片類　　B. 體育類　　C. 娛樂類　　D. 軍事類　　E. 法制類　　F. 其

他_____

21. 您經常收看的電視頻道是（請在劃線部分填寫頻道名稱）（多選）

A. 中央頻道_____　　　　B. 外省市頻道_____

C. 本省頻道_____　　　　D. 本市或縣頻道_____

22. 您每天看電視的時長大約是？

A. 1 小時以下　　B. 2～5 小時　　C. 6～9 小時　　D. 9 小時以上

23. 您在收看漢語電視節目時會受到語言影響嗎？

A. 不會，完全不受影響　　B. 會有一些影響　　C. 影響比較大

24. 您更傾向於選擇漢語電視節目還是本民族語言電視節目？

A. 沒有特別傾向於哪一種

B. 漢語電視節目

C. 本民族語言電視節目

25. 您認為目前本民族語言節目的數量是否合適？

A. 非常少　　B. 比較少　　C. 適中　　D. 比較多　　E. 非常多

26. 您認為在民族地區應該多播放本民族的電視節目還是其他民族的電
　　視節目？

A. 應該全部播放本民族的電視節目　　B. 應該全部播放其他民族的電視
節目

C. 應該多播放本民族的電視節目　　D. 應該多播放其他民族的電視節目

E. 本民族和其他民族的電視節目應該一樣多

27. 您在接收電視媒介傳播的信息時，持何種態度？

A. 完全接受　　B. 批判、有選擇性地接受　　C. 完全不接受

28. 你對電視媒介報導的以下事件評價如何？（請選填數字 1、2、3）

（好—1、不清楚—2、不好—3）
2014 年雲南昆明火車站恐怖襲擊事件（橫線上請填相應數字） 信息披露全面性方面＿＿＿＿＿＿＿ 報導立場正確性方面＿＿＿＿＿＿＿
2011 年和田 718 事件 信息披露全面性方面＿＿＿＿＿＿＿ 報導立場正確性方面＿＿＿＿＿＿＿
2009 年 7.5 烏魯木齊打砸搶燒事件 信息披露全面性方面＿＿＿＿＿＿＿ 報導立場正確性方面＿＿＿＿＿＿＿
2008 年西藏 3.14 暴亂事件 信息披露全面性方面＿＿＿＿＿＿＿ 報導立場正確性方面＿＿＿＿＿＿＿

29. 您認為電視媒介在消除民族文化隔閡方面起到的作用大嗎？

A. 作用很大　 B. 作用很小　 C. 不太瞭解

30. 您認為電視節目對您的影響程度是（請在對應的一欄打✔）

	生活方式	思維方式	道德觀念	性格	人際交往	價值取向	心理健康
影響很大							
影響較大							
說不清							
影響較小							
影響很小							

四、通過互聯網接觸影視的情況

31. 您平時上網嗎？

A. 上（轉 32 題）　 B. 不上（轉 33 題）

32. 您每天上網的時長大約是？

A. 1 小時以下　 B. 2～5 小時　 C. 6～9 小時　 D. 9 小時以上

33. 導致您不上網最主要的原因是？

A. 操作不來電腦　 B. 沒有寬帶覆蓋　 C. 承擔不起網費　 D. 不喜歡上網　 E. 其他＿＿＿＿＿＿

34. 您是用電腦上網多還是手機上網多？

A. 兩者一樣多　B. 電腦多　C. 手機多

35. 您使用互聯網最主要的目的是什麼？

A. 學習知識　B. 交友聊天　C. 打遊戲　D. 看電影電視劇或視頻　E. 其他_____

36. 您經常通過互聯網看電影電視劇或一些短視頻嗎？

A. 經常　B. 偶而

37. 您會在互聯網上瀏覽本民族文化方面的信息嗎？

A. 會（轉 38 題）　B. 不會（轉 39 題）

38. 您在互聯網上瀏覽本民族文化方面的信息主要有？

A. 民族風俗　B. 民族宗教　C. 民族文學　D. 其他_____

39. 您會在互聯網上瀏覽其他民族文化方面的信息嗎？

A. 會（轉 40 題）　B. 不會（轉 42 題）

40. 您在互聯網上瀏覽其他民族文化方面的信息主要有？

A. 民族風俗　B. 民族宗教　C. 民族文學　D. 其他_____

41. 您認為互聯網上少數民族的形象與現實生活中少數民族形象一致嗎？

A. 非常一致　B. 大概一致　C. 差別很大　D. 完全不一致　E. 說不清

42. 您會在互聯網上主動發布有關本民族的一些信息嗎？

A. 會（轉 43 題）　B. 不會（轉 45 題）

43. 您在互聯網上一般會以什麼樣的形式發布有關本民族的信息？

A. 以文字的形式在社交軟件或貼吧論壇上發布

B. 以視頻的形式在社交軟件或貼吧論壇上發布

C. 以圖片的形式在社交軟件或貼吧論壇上發布

D. 其他形式_____

44. 您認為在互聯網上發布少數民族的信息主要作用是什麼？

A. 讓人們能更加瞭解少數民族文化　B. 能提高民族地區的知名度帶動旅遊業發展　C. 增加民族自豪感和自信心　D. 其他_____

45. 您認為互聯網在消除民族文化隔閡方面起到的作用大嗎？

A. 作用很大　B. 作用很小　C. 不太瞭解

答卷人姓名：

照片：【黏貼到此處，或發送給你的調研員】

邊疆少數民族影視媒介使用情況調查問卷

1. 你是哪個民族？（單選題　*必答）
   ○ 漢族
   ○ 維吾爾族
   ○ 哈薩克族
   ○ 回族
   ○ 蒙古族
   ○ 柯爾克孜族
   ○ 塔塔爾族
   ○ 烏孜別克族
   ○ 錫伯族
   ○ 其他＿＿＿＿＿＿

2. 你的年齡是？（單選題　*必答）
   ○ 18 歲以下
   ○ 18～30
   ○ 30～50
   ○ 50 歲以上

3. 你的文化程度？（單選題　*必答）
   ○ 小學
   ○ 初高中
   ○ 專科或本科
   ○ 研究生及以上

4. 你的政治面貌？（單選題　*必答）
   ○ 共青團員
   ○ 中共黨員
   ○ 民主黨派人士
   ○ 無黨派人士

5. 在學校每個月的生活費大概是多少（單選題　*必答）

○ 1000 元以下

○ 1000～1500 元

○ 1500～2000 元

○ 2000 元以上

6. 你的家庭所在地區？（單選題　*必答）

○ 烏魯木齊

○ 克拉瑪依

○ 伊犁哈薩克自治州

○ 昌吉回族自治州

○ 巴音郭楞蒙古自治州

○ 克孜勒蘇柯爾克孜自治州

○ 博爾塔拉蒙古自治州

○ 吐魯番地區

○ 哈密地區

○ 阿克蘇地區

○ 喀什地區

○ 和田地區

○ 阿勒泰地區

○ 塔城地區

○ 自治區直管縣級行政單位（石河子市、阿拉爾市、圖木舒克市、五家渠市）

○ 其他＿＿＿＿＿＿

7. 你的家庭所在地是？（單選題　*必答）

○ 大中城市

○ 小城市

○ 鄉鎮

○ 農村

8. 你在家裏每天看電視的時長大概是？（單選題　*必答）

○ 1 小時以下

○ 2～5 小時

○ 6～9 小時

○ 9 小時以上

9. 你對電視發布的新聞信息的信任情況是？（單選題　*必答）

○ 完全信任

○ 多數信任

○ 一半信任

○ 多數不信任

○ 完全不信任

10. 你在接收媒介信息時，持何種態度？（包括廣播、電視、網絡等）
（多選題　*必答）

□ 完全接受

□ 批判、有選擇性地接受

□ 全部不接受

11. 你對自己家鄉的電視媒介在有關司法方面的報導評價如何？（單選題　*必答）

○ 伸張正義，做的不錯

○ 報導片面，在一些問題上不全面

○ 影響司法獨立，有礙公正

○ 沒有想過這個問題

○ 其他（請注明）＿＿＿＿＿＿＿

12. 你認為下列哪種媒介在消除民族文化隔閡起到的作用最大？（單選題　*必答）

○ 電視新聞

○ 電視節

○ 電影

○ 電視劇

○ 報紙、雜誌等

○ 廣播

○ 網絡媒體

○ 網絡社交媒介

○ 其他（請注明）＿＿＿＿＿＿＿

13. 你認為目前媒介傳播在消除民族文化隔閡起到的作用？（單選題 ＊必答）

　○ 作用很大

　○ 作用很

　○ 不太瞭解

14. 你對電視報導的這些事件評價如何？（請選填數字 1、2、3　注意填寫數字前請勾選前面的小方格）（矩陣多選題 ＊必答）

	信息披露全面性方面（好—1、不清楚—2、不好—3）	報導立場正確性方面（好—1、不清楚—2、不好—3）
2014 年雲南昆明火車站恐怖襲擊事件	☐	☐
2009 年 7.5 烏魯木齊打砸搶燒事件	☐	☐
2008 年西藏 3.14 暴亂事件	☐	☐

15. 電視節目對我的生活、工作各方面的影響程度：（請選擇對應的一欄）（矩陣多選題 ＊必答）

	影響很大	影響較大	說不清	影響較小	影響很小
生活方式	☐	☐	☐	☐	☐
思維方式	☐	☐	☐	☐	☐
道德觀念	☐	☐	☐	☐	☐
性格	☐	☐	☐	☐	☐
人際交往	☐	☐	☐	☐	☐
價值取向	☐	☐	☐	☐	☐
心理健康	☐	☐	☐	☐	☐

16. 看電視節目主要通過什麼方式？（多選題 ＊必答）

　☐ 電視機

　☐ 網絡電視

☐ 手機

☐ 其他

17. 你比較喜歡哪種類型的電視節目？（多選題　*必答）

☐ 電影、電視劇

☐ 專題片

☐ 本民族的電視節目

☐ 體育節目

☐ 文藝類（音樂、舞蹈、戲曲等）

☐ 教學類

☐ 少兒類

☐ 綜藝類

☐ 談話類

☐ 遊戲類

☐ 其他

18. 影響你觀看電視的因素有？（多選題　*必答）

☐ 一直習慣收看某個頻道

☐ 偏愛某個電視欄目

☐ 偏愛本民族電視節目

☐ 片名或片頭吸引人

☐ 影視精品推薦

☐ 別人推薦

☐ 報紙節目預告或評論

☐ 電視節目預告

☐ 偶然發現

☐ 其他

19. 你經常收看的電視頻道是：（請在劃線部分填寫頻道名稱）（多選題 *必答）

☐ 中央臺的（頻道）＿＿＿＿＿＿

☐ 本省臺的（頻道）＿＿＿＿＿＿

☐ 外省市臺的（頻道）＿＿＿＿＿＿

☐ 本縣、市臺（頻道）＿＿＿＿＿＿

□ 其他　（請注明）＿＿＿＿＿＿

20. 你收看電視的目的是為了？（多選題　*必答）

　　□ 獲得新聞及商品信息

　　□ 學習知識

　　□ 娛樂消遣

　　□ 其他（請注明）＿＿＿＿＿＿

21. 你認為電視媒介的主要作用是什麼？（多選題　*必答）

　　□ 迅速提供信息

　　□ 社會輿論監督

　　□ 瞭解政府政策

　　□ 反映群眾呼聲

　　□ 提高文化水平

　　□ 提供娛樂休閒

　　□ 其他（請注明）＿＿＿＿＿＿

22. 你在收看電視節目時會……（多選題　*必答）

　　□ 打開電視，有什麼看什麼

　　□ 按照電視預告，主動選擇喜歡的節目

　　□ 利用互動電視，選擇喜歡的節目

　　□ 在網絡上選擇電視節目觀看

23. 你家鄉電影院總體分布情況？（單選題　*必答）

　　○ 沒有電影院

　　○ 只有一家電影院

　　○ 有兩家及以上

24. 你家鄉的官辦電影院（可免費觀看、電影類型由官方選擇，包括露天電影）與商業性電影院（具有一定規模的商業運作）之間的數量比較？（單選題　*必答）

　　○ 只有商業性影院

　　○ 只有官辦影院

　　○ 商業性影院數量多於官辦影院

　　○ 商業性影院數量少於官辦影院

25. 你家鄉的電影院放映的電影是？（單選題　*必答）

○ 院線最新電

○ 人為挑選的電影

○ 其他＿＿＿＿＿＿

26. 你對你家鄉的電影院放映的電影滿意嗎？（多選題 *必答）

☐ 不滿意，因為電影院數量、種類太少

☐ 不滿意，因為放映的電影類型我不喜歡

☐ 不滿意，因為語言不通，無法理解放映的電影

☐ 滿意，影院數量和放映的電影類型都很良好

☐ 滿意，電影語言不成問題

☐ 無所謂

27. 你認為你的家鄉的電影院應該放映什麼類型的電影？（多選題 *必答）

☐ 最新的院線電影

☐ 少數民族題材的電影（語言：漢語）

☐ 少數民族題材的電影（語言：本民族語言）

☐ 其他 ＿＿＿＿＿＿＿＿

☐ 無所謂

28. 以下電影中請選出你看過的或有印象的？（多選題 *必答）

☐ 《海市蜃樓》 1987

☐ 《塔克拉瑪干》2006

☐ 《十二個月亮》2007

☐ 《吐魯番情歌》2006

☐ 《朱總司令視察新疆》1956

☐ 《真心》2001

☐ 《風雪狼道》2007

☐ 《買買提的 2008》

☐ 《卡德爾大叔的日記》2009

☐ 《陽光照耀著新疆》1959

☐ 《至愛》2007

☐ 《美麗的家園》2006

☐ 《鮮花》2009

□ 《紅草灘》1999

□ 《會唱歌的土豆》1999

□ 《良心》1998

□ 《阿娜的生日》1996

□ 《戈壁來客》1995

□ 《阿曼尼薩罕》1993

□ 《滾燙的青春》1993

□ 《求愛別動隊》1992

□ 《阿凡提二世》1991

□ 《男子漢舞廳的女明星》1990

□ 《快樂世界》1989

□ 《浪人》1988

□ 《光棍之家》1988

□ 《西部舞狂》1988

□ 《少女‧逃犯‧狗》1987

□ 《買買提外傳》1987

□ 《小客人》1987

□ 《美人之死》1986

□ 《魔鬼城之魂》1986

□ 《天山歡歌》（大型歌舞片）

□ 《不平靜的鞏巴克》1986

□ 《孤女戀》1986

□ 《神秘的駝隊》1985

□ 《錢，這東西……》1985

□ 《親人》1985

□ 《奴爾尼莎》1984

□ 《火焰山來的鼓手》1991

□ 《故鄉的旋律》1984

□ 《冰山腳下》1984

□ 《不當演員的姑娘》1983

□ 《邊鄉情》1983

□　《傘花》1983

□　《熱娜的婚事》1982

□　《姑娘墳》1982

□　《艾里甫與賽乃姆》1981

□　《幸福之歌》1981

□　《都是為了愛》1999

□　《草原槍聲》1980

□　《微笑的螃蟹》2001

□　《嚮導》1979

□　《阿娜爾罕》1962

□　《兩代人》1960

□　《我叫阿里木》2013

□　《唐布拉之戀》2006

□　《成績單》2013

□　《西域鐵騎》2012

□　《肖開提的假期》2012

□　《胡楊深處是我家》2011

□　《阿克蘇的饢》2007

□　《望山》2007

□　《歌行千里》2011

□　《幸福的向日葵》2011

□　《永生羊》2010

□　《橫平豎直》2009

□　《尋找阿依闊勒》2009

□　《大河》2009

□　《鮮花》2009

□　《買買提的 2008》

□　《天山雪》2007

□　《崑崙日記》2006

□　《江格爾齊》2011

□　《烏魯木齊的天空》2011

- ☐ 《阿曼尼薩罕》1993
- ☐ 《庫爾班大叔上北京》1990
- ☐ 《草原雄鷹》1964
- ☐ 《娜娜》2012
- ☐ 《翅膀花》2012
- ☐ 《阿娜爾罕》1962
- ☐ 《天山歌聲》1959
- ☐ 《遠方星火》1961
- ☐ 《伊寧不眠夜》2012
- ☐ 《愛在旅途》2014
- ☐ 《禁止吸煙》2014
- ☐ 《巴彥岱》2015

29. 你最喜歡的一部少數民族題材電影是？（請在上一題的選項中選擇）
（填空題　*必答）

_____

30. 你更能接受的電影語言類型是？（單選題　*必答）

○ 漢語

○ 本民族語言

○ 都可以

○ 無所謂

31. 你能否接受有些電影中演員自身的民族特質與其飾演的角色在影片
中的民族特質不符？（比如影片中描述的是 A 民族，而飾演這個角
色的是 B 或 C 民族）（單選題　*必答）

○ 接受

○ 不接受

○ 無所謂

32. 你認為少數民族題材的電影在內容上應該更偏向什麼？（單選題　*
必答）

○ 反映少數民族特有的生活方式、風俗習慣和宗教

○ 反映少數民族歷史故事、歷史人物、民間故事的電影

○ 反映邊疆的變化和人們的幸福的生活

　○　表現民族團結，歌頌黨、民族政策，歌頌革命傳統和偉大祖國的壯麗河山

　○　反映少數民族聚居地存在的矛盾衝突、揭露或抨擊社會中存在的陰暗面

　○　其他 _____

33. 在你的生活中或你周圍，不同民族之間有沒有發生過衝突，或有沒有一些你無法接受的事情、現象發生，請寫出具體事件，可附帶你的看法。（填空題）

後　記

　　兩年醞釀、三年調研、一年多的日夜寫作，終於到了定稿付梓的時候。

　　完成國家社科基金項目結題並出版印刷——這目標也許將如天邊幻變的靈雲不可企及，也許將永遠如飄渺的遠峰。可是現在，居然魔幻片般實現了。現時的感受一如梁宗岱所云：「單是追求的自身已經具有無上的真諦與無窮的詩趣，而作者在這裡找著無限的欣悅了，正如一首歌的美妙在於音韻的抑揚舒卷的程序，而不在於曲終響歇之後。」

　　人生在結束開啟、離棄復得中不斷，無人不是生命驛站中的過客。細想之下，與這本書稿結緣的過客也確實不少。

　　治學嚴謹、科研成果豐碩的重慶大學新聞學院教授劉海明啟發了我申報課題的靈感，溫和儒雅的重慶大學新聞學院博導龍偉為本課題提供了寶貴的修改意見。我的博士生導師閻嘉教授鞭闢入裏的學術指導讓課題報告更具學理性，我的碩士啟蒙恩師——西南大學新聞傳媒學院博導虞吉教授的「影視藝術評析」課程對我影響深遠，也讓我立志以影像傳播研究作為畢生追求的目標。

　　我要感謝給予課題立項通過的專家，是你們的賞識讓我堅定了清貧的治學之路。

　　我要感謝在課題結題盲審中提出長達萬餘字修改意見的鑒定專家，你們的嚴謹和睿智讓我振聾發聵。遺憾的是，迄今我仍然不知道你們的姓名和身份。這也許將永遠成為伴隨書稿的斯芬克斯之謎。

　　我要特別感謝暨南大學碩士生，我的本科學生王雅蝶，是她不辭辛勞，完成了書稿中大量的案例整理以及初稿校訂。

　　我要感謝參與課題調研的西南科技大學同學，這是一個無法寫全的長長名單：維吾爾族同學沙德克・艾克熱木、迪力夏提・居來提、外克力；哈薩克族同學馬爾江・那巴克、加依那爾・畢倫別克；藏族同學仁青卓瑪、道吉先、索朗央宗、卓瑪、格興初、澤仁扎姆、項曲仁青、扎西次仁；彝族同學阿爾史偉、吉皮木孜；回族同學馬傑；漢族同學白雪、羅明皓、曾卓、宋西、文金鳳、文小成、廖欣宇、代婷婷。他們當中的不少同學已經本科畢業離校，而沙德克・艾克熱木同學又將成為我指導的碩士生，這又是一次因課題而起的全新結緣。

　　我要感謝父母的養育之恩，父親早已經在 2014 年 3 月離開了我們。永遠難忘我和姐姐將父親骨灰盒輕輕放入墓穴的場景。就在父親離世後的三個月，我得到了國家社科基金項目立項的通知。當時唯一的心願就是不能將這項課題搞成一個學術僵屍，想想父親如今安眠於長江之畔，鳥語花香、天闊山高，如果地下有知，應當能告慰他的在天之靈。

　　我要感謝我的妻子馮濤和女兒尹茹伊，是你們在我躑躅前行的路途中不斷給我慰藉和信心。

　　尤其需要感謝的是花木蘭文化出版社。課題結題之後，由於種種原因無法順利出版，是你們的賞識讓課題報告最終有機會成為鉛字。

　　完成書稿，猶如一張枯葉穿過記憶的無邊境界，書稿冰冷的文字卻將終獲永生。

　　是為記。

西南科技大學老區家中
2020 年 9 月 2 日